Polly Clark

LOIN DES HOMMES

Traduit de l'anglais (Royaume-Uni)
par Sarah Tardy

Les Presses de la Cité

Publié à Londres sous le titre original *Tiger* par Riverrun, une marque de Quercus Editions Limited, Hachette UK, en 2019.

Les Presses de la Cité, un département Place des Éditeurs
92, avenue de France – 75013 Paris

ISBN : 978-2-258-20829-2
Dépôt légal : août 2024

LOIN
DES
HOMMES

Pour Lucy,
ma belle, ma farouche fille

PROLOGUE

Taïga russe, hiver 1992

Oy, moroz, moroz...
Grand froid, grand froid ! Ne t'en prends pas à moi...
... Ma femme est une jalouse...
Oy, moroz...

Tout en continuant de chanter, Dmitry attacha la corde du piège au pied de l'arbre. Il pouvait boire autant qu'il voulait, ses nœuds de chaise étaient toujours impeccables – des nœuds qui coulaient parfaitement, faciles à défaire. Il se tut le temps de contempler son œuvre, vacillant sur ses jambes. Un piège est une merveille de beauté, pensa-t-il. Simple, élégant, brutal. Autour de cette petite clairière, apparue grâce à la chute d'un pin blanc de Corée, Dmitry en avait posé quatre. Celui-ci était le dernier. Il se servit de quelques branches et d'un peu de neige pour camoufler le cercle de métal, son ressort en fil de fer et la plateforme sur laquelle le tigre devait monter. Puis il effaça ses traces de pas.

— Fais attention, Yana ! lança-t-il au terrier à la fourrure couleur pêche qui, le museau à ras de terre, reniflait autour du feu. J'espère que tu as vu où je les ai posés.

Ma femme, la belle,
Attend que je revienne,
Attend avec peine.
Le baiser que je lui donnerai, au coucher du soleil…
Oy, moroz, moroz…

De retour sur la souche qui lui servait de siège, sa bouteille retrouvée, Dmitry continua de chanter à tue-tête – même si ce qui sortait de sa gorge pleine de polypes ne ressemblait plus à une voix, mais à un souffle râpeux –, jusqu'à ce que son feu de camp finisse par mourir et l'air glacial par reprendre ses assauts. On aurait dit que le Père Frimas s'était démultiplié et répandait le gel muni de kinjals, comme les terribles Cosaques, au lieu de sa canne magique, cherchant à transpercer la peau.

Yana, comme toujours, refusait de grimper sur ses genoux. Dmitry avait un ventre si proéminent que la chienne y tenait à peine, à quoi s'ajoutait qu'à cette heure de la journée l'alcool rendait son souffle brûlant. Il tapa sur ses genoux pour l'appeler, dans l'espoir que la chaleur de l'animal lui permette de retarder le moment où il devrait se lever et retourner chercher du bois.

— Allez, ma fille ! l'exhorta-t-il, mais la chienne tourna sur elle-même en reculant.

Arf, pesta Dmitry, puis il sortit une cigarette qu'il mit plusieurs secondes à allumer faute de parvenir à aligner la flamme avec son extrémité.

Dmitry avait un but dans la vie.

Devenir un homme riche.

— Très bientôt !

Sur ces mots, il se leva péniblement de sa souche, s'empara de sa hache et zigzagua d'un pas lourd à travers la neige, jusqu'aux arbres.

— *Oy, moroz, moroz*, chantait-il. *Ne t'en prends pas à moi...*

Yana partit sur ses talons en bondissant, les oreilles comme deux petits phares, le museau dressé comme un piquet. La neige était un brin trop profonde pour sa taille.

Dmitry regagna le feu les bras chargés de branches. Après avoir arrosé les flammes de vodka, il s'en offrit une rasade pour se réchauffer, puis s'en alla faire plusieurs fois le tour, à grands pas, de l'abri qu'il s'était fabriqué. C'était une construction minable, un simple morceau de vieille tôle ondulée qu'il avait trouvé dans la neige et posé contre le tronc gigantesque tombé à terre. Il l'avait ensuite recouvert de brindilles, de broussailles, s'était servi de branches plus grosses comme poids avant de s'en aller recouper du bois pour boucher l'extrémité, créant une sorte de tanière. L'abri n'était en rien adapté à la rudesse des éléments, mais Dmitry ne resterait pas longtemps. Son plan ne requérait que du courage et de la virilité, qu'il tenait justement comme qualités principales, à côté desquelles son manque de jugeote était vite oublié. Et puis, Yana lui tiendrait chaud. La chienne considéra l'abri d'un œil suspicieux.

À quelques mètres de là pendait la carcasse violette, immobile, d'une biche qui lentement, sous le froid, durcissait comme de la pierre. C'était un appât pour le tigre, mais aussi le repas de Dmitry. Il en coupa un morceau, le regarda crépiter et suinter au-dessus du feu, puis mastiqua la viande avant de la faire passer avec de la vodka. Il en jeta un bout à Yana.

— Hé, le tigre, viens là ! cria-t-il dans le crépuscule de plus en plus épais.

Ses mots ne firent retentir que du silence. Dmitry s'assit, tourné vers la carcasse, son fusil armé, prêt, posé sur ses cuisses. Près du feu, Yana enfouit son museau entre ses pattes.

Dmitry n'aimait pas être seul. Il ne l'était jamais, au village, trouvait toujours de la compagnie pour trinquer à la fortune qu'il gagnerait bientôt. La vodka lui donnait l'illusion d'un objectif facile à atteindre, mais rendait la mise en œuvre floue. Il y avait la fatigue, aussi. Attendre un tigre n'était pas chose aisée. Et guetter dans le noir, traquer les traces de la bête – eh bien, toutes ces tâches rendaient l'attention d'un homme comparable à celle d'un chien aux aguets, attaché à un piquet. Se tapir, cligner des yeux, surgir. La vodka corrodait son esprit.

Au bout d'un certain temps, il finit par bâiller et attraper Yana, dont les pattes arrière moulinèrent en signe de protestation. Puis il se baissa en grognant pour pénétrer dans la cachette. L'abri était tapissé de broussailles, et Dmitry avait prévu un gros morceau de pin encore plein d'aiguilles et des brindilles à rabattre en guise de porte. Homme et chienne tâtonnèrent quelques instants pour trouver leur place à l'intérieur de l'espace confiné. L'air était empesé par son haleine alcoolisée. Près de lui était posé son fusil, chargé, prêt à tirer.

Il était évidemment plus judicieux de rester éveillé pour qui voulait tuer un tigre. Dmitry pouvait bien l'admettre. Seulement, dans le cas où demeurer éveillé s'avérerait impossible, il pouvait compter sur Yana. Les chiens sont capables d'entendre les tigres de loin. Yana aboierait, le réveillerait, et Dmitry saisirait son fusil, surgirait de son repaire et exploserait la cervelle de l'animal. Le tigre, de surcroît, serait pris dans un piège, ce qui rendrait l'opération d'autant plus facile.

Le seul véritable problème consistait à choisir entre écorcher le tigre sur place, tout de suite, ou bien traîner sa carcasse jusqu'au village, où il recevrait de l'aide – ce qui, en contrepartie, l'obligerait à partager ses gains. Cela dépendait, bien sûr, de sa taille. S'il capturait le roi… eh bien, la bête serait énorme. Il avait entendu dire que le roi pouvait peser jusqu'à 400 kilogrammes, et mesurer 4 mètres de long, sans compter la queue. Dans ce cas, Dmitry consentirait à se montrer généreux. Ce genre de considération avait sur lui un effet particulièrement lénifiant et, malgré le froid, ce fut ainsi qu'il sombra dans un sommeil paisible, sa chienne serrée contre sa poitrine. Yana jappa, puis finit par se résigner.

À son réveil, son corps était si raide et ankylosé que Dmitry craignit d'être mort. Yana s'était échappée de ses bras. Il lâcha un juron tout en déplaçant la branche qui servait de porte, et sortit la tête dehors.

— Yana ! cria-t-il au milieu de la neige.

Plusieurs branches tombèrent de sa construction tandis qu'il rampait pour s'en extraire, avant de se dresser, chancelant, au milieu du tourbillon d'empreintes qui s'étalait par terre.

— Mais qu'est-ce que… ?

Un peu plus loin se trouvaient une trace de sang et une touffe de poils couleur pêche. Dmitry fit volte-face. La carcasse de biche avait disparu, elle aussi. Il ne restait plus rien du feu de camp. Et tout autour du refuge, et même très près, étaient imprimés dans la neige des vestiges de l'énorme et caractéristique coussinet du roi tigre, entouré de sa constellation de doigts.

Les poumons de Dmitry se mirent à le brûler. Le soleil était rude et brut, comme un dieu tournant le dos au monde. Mais alors qu'il se précipitait vers les pièges, la stupeur lui tordit les entrailles. Le premier, le second, le troisième, intacts, intouchés… Oh ! Le quatrième, déclenché, de la neige partout, des traces de sang. Et puis… quoi ?

Le câble en acier qui s'était refermé sur la patte du tigre gisait par terre, rongé. Le tigre avait *rongé le câble en acier.*

Comment diable était-ce possible ?

Frénétique, Dmitry récupéra son fusil dans le repaire, fit feu.

— Toi, le tigre ! Salopard ! Sale lâche !

Comment avait-il pu s'approcher aussi près de sa cachette, emmener Yana et la carcasse sans l'avoir réveillé ? Et s'il dormait si profondément, alors pourquoi ne l'avait-il pas tué ? N'avait-il pas vu qu'il se trouvait juste là ?

Si, forcément.

Malgré sa gueule de bois, le choc se répandit en lui comme une pierre qui touche le fond d'un puits.

Il se retrouvait piégé ici, à deux jours du village, sans chien, sans nourriture. Et avec un tigre capable de ronger un câble en acier et qui, semblait-il, avait de la suite dans les idées.

Il chercha attentivement entre les arbres les traces de pattes, vit qu'elles s'enfonçaient vers le cœur de la forêt – les empreintes étaient mouchetées de sang. Les suivre l'aurait mis dans une position de vulnérabilité totale. Non, mieux valait rester là, près du feu, de son arme et de ses pièges.

Par miracle, la bouteille de vodka était restée intacte.

D'une main tremblante, Dmitry dévissa le bouchon et but une longue rasade pour se remettre d'aplomb.

Il avait un plan.

Le tigre allait revenir. (Mais quand ?)

Il suffisait d'être prêt.

Il regarda la trace de sang, au loin. Yana avait dû s'échapper de ses bras pendant la nuit. Le tigre était resté tapi, dans le sens du vent, lui avait bondi dessus avant même qu'elle aboie.

Quelle bonne à rien. Bon débarras.

Il se racla la gorge, s'efforça de se concentrer. Les tremblements qui l'envahissaient chaque matin l'empêchaient désormais de tenir sa hache. Mais il y avait autre chose, cette fois – un autre sentiment que son irrépressible besoin d'alcool faisait trembler ses mains. Il n'avait pas peur, pourtant. Oh que non. Ce tigre avait commis une grosse erreur.

— Une grosse erreur ! hurla-t-il, mais sa voix, à la fin, se brisa comme une brindille.

Fallait-il déplacer les pièges ? Il estima que non, et décida à la place d'organiser sa journée de manière à rester éveillé. Trouver une nouvelle biche, d'abord, ou quelque chose à manger. Faire des réserves de bois. Il avala une nouvelle gorgée et planta un regard défiant sur la forêt.

— Je suis là ! Saloperie de peau ! hurla-t-il aux arbres.

À présent réchauffé par la vodka, Dmitry se sentait exalté. Le roi tigre. Quel trophée ! Le fauve aurait dû le tuer tant qu'il le pouvait. L'occasion ne se présenterait pas deux fois.

Déterminé. Si un mot pouvait qualifier le pas du roi tigre à travers les arbres, alors qu'il se dirigeait vers le camp de Dmitry, ce serait celui-ci. La bête était énorme – une caractéristique qu'elle avait transmise à sa fille –, énorme et si extraordinairement belle qu'on l'aurait crue tout droit sortie d'un autre monde. Et pourtant, rien de superflu chez elle. Chaque poil avait la bonne longueur, chaque foulée était parfaitement calibrée pour répondre au besoin de l'instant. Devait-elle s'élancer, elle pouvait courir à 70 kilomètres par heure, une faculté qui, jusqu'ici, ne lui avait servi que cinq fois dans sa vie. S'élancer sur une proie offrait à cette dernière plusieurs ouvertures ; attaquer de la sorte était presque déjà un aveu d'échec pour le prédateur. Un sanglier zigzague entre les arbres avec autant de fluidité que le vent. Une fois libérée, la vitesse, pour le tigre, devient sa seule arme. Avant d'y avoir recours, il préfère reposer sur son pas déterminé, et furtif.

Le roi n'avait jamais chassé d'humain auparavant. La majeure partie de son vaste territoire s'étendait au-delà des zones que les hommes avaient investies, englobant une grande part d'une taïga encore vierge. Il connaissait les armes toutefois. La faculté des hommes de pouvoir blesser et détruire à distance était imprégnée jusque dans les tréfonds de la conscience de chaque animal de la forêt, s'était comme fondue dans leur génétique, à l'instar de leur connaissance innée des rivières, ou des zones de la forêt abritant les pommes de pin – qui, comme le plancton dans la mer, incarnent la source de toute vie. Le roi comprenait la réalité que recelait le fusil : les hommes, ces étrangers faits de chair et sans défense, tentaient – quoique sans succès – de mettre la main sur son royaume.

Le soleil allait bientôt se coucher. La scène se déroula deux jours après la toute première visite du roi sur le camp. Ce délai avait pour but de semer la confusion chez le chasseur. Son refuge était mal placé, au milieu de bois denses qui offraient au tigre tout le loisir de se camoufler.

Comme un requin, il s'était coulé dans l'obscurité.

Qui aurait eu le malheur de le croiser à cet instant – le malheur, car cette rencontre aurait été la dernière de sa vie – aurait été pétrifié d'émerveillement en découvrant que cette créature si grandiose, si flamboyante, devant laquelle fuyaient tous les autres animaux, était aussi silencieuse et immuable que les profondeurs de l'océan. Le roi tigre était la majesté de la forêt incarnée. Le soleil et la lune, les étoiles et les ombres, la complexité des striations et des cernes ancestraux des troncs, les tonalités de la neige et de la terre – il rassemblait en lui tous ces éléments. Qui le rencontrait devenait le témoin d'une vérité fondamentale : toutes les choses de la nature s'incarnent mutuellement les unes dans les autres.

Toutes les choses de la nature hormis, bien sûr, les chasseurs humains. Fragiles, inadaptés à la forêt, ces hommes n'étaient l'incarnation de rien. Voilà ce que le roi avait compris d'eux, et voilà sur quelle base il affûta son approche. L'existence du chasseur est une existence contre nature. Le chasseur *modifie* la nature à sa convenance. Il la brûle, la coupe, la creuse, la détruit. Il camoufle ses propres faiblesses sous des subterfuges fabriqués : collets, pièges, fusils. Il remplit la forêt de répliques de lui-même, à l'image de ces villageois grouillants qui, peu de temps avant, avaient assisté au massacre de l'une de ses tigresses que l'on avait capturée.

Le tigre n'avait pas fait un seul bruit tandis qu'il approchait par-derrière du camp. En aurait-il fait, le bruit aurait sans doute été noyé sous la chanson que braillait Dmitry, dont la puissance s'était peu à peu amenuisée à mesure que la nuit s'installait et que faiblissait sa résolution de tenir éveillé.

— Tigre ! criait-il par moments. Viens par ici, sale lâche !

Le piège lui avait entaillé la patte et le tigre avait saigné. Heureusement, les températures réduisaient les risques d'infection, bien que ralentissant la cicatrisation. En été, la plaie se serait retrouvée infestée d'asticots en quelques heures à peine. Le piège n'était pas adapté à autre chose qu'un sanglier. Il n'était qu'un piètre obstacle pour le plus gros félin du monde.

Sa queue ondula comme pour le propulser à travers des eaux sombres. Ses contorsions lui permettaient de garder l'équilibre pendant qu'il se faufilait entre les arbres.

Comment une créature aussi massive pouvait-elle se déplacer sans un bruit ?

Quand la forêt s'incarne dans un tigre, la transposition est parfaite. Le bruit, qui est une imperfection, n'a pas sa place ici.

Le chasseur tisonnait le feu tout en marmonnant dans sa barbe. Il tenait son fusil à la main.

Qu'il ne comprenne pas que tout dans la forêt appartenait au roi tigre était une chose déplorable, sincèrement déplorable. Le roi tigre *est* la forêt. Pour pouvoir préserver un territoire d'une telle immensité, toute transgression doit être vengée, et les frontières, implacablement, doivent être renforcées. Tel était le principe fondamental garantissant au roi sa place au sommet du vivant.

Le crâne du tigre, maintenant à quelques mètres du dos de Dmitry, aurait rempli les bras d'un homme. Sa magistrale gueule se figea.

Si tu prends quelque chose qui m'appartient, je viendrai te trouver.

Il en allait ainsi sur son territoire.

Le roi s'approcha furtivement du tronc tombé.

Dmitry n'était pas un homme sensible, et le peu de sensibilité qu'il possédait avait été émoussé par des années de vodka. Ses émotions étaient restées, cependant. Dmitry était un homme très émotif. Qui pleurait à chaudes larmes sous l'effet de l'alcool. Pour sa chienne, pour sa mère, pour les prostituées dont il n'avait jamais connu les noms.

Le tronc lui-même semblait ployer sous l'autorité du roi tigre, s'incurvant pour le laisser se glisser par-dessus en silence.

Un soupir infime. Une motte de neige qui se brise.

Dmitry cessa de sangloter.

Il se tourna sur sa souche.

Peut-être était-il l'homme le plus chanceux du monde. Car le temps s'arrêta pour lui. Le roi tigre ouvrit ses mâchoires, fendant la nuit de ses crocs comme la foudre. Il n'eut pas le temps d'avoir peur. Pas le temps de lever son arme. Il n'eut le temps de rien. Mais une éternité pour contempler la face du divin, pour sentir résonner dans son sang et dans chaque cellule de son corps l'ordre véritable de la nature.

PARTIE I

FRIEDA

1

Je savais bien qu'un jour je finirais par trop consommer au travail, que le masque allait tomber, et qu'alors tout serait fini pour moi. J'étais devenue une experte – la morphine du laboratoire, toujours subtilisée dans la plus grande discrétion, commandée sous un motif factice. Les toilettes, toujours les mêmes, pour me cacher – une cabine à l'écart, dans l'animalerie, où personne ne pouvait rien remarquer. La seringue déjà sortie de son emballage, précautionneusement jetée dans la poubelle de l'animalerie, puis le pincement, bref, de la peau. Et ensuite, la *paix*. Cette paix que je cherchais désespérément. En calculant soigneusement la bonne dose, infime, de morphine, j'arrivais à avoir la paix tout en travaillant. Ma consommation ne semblait pas particulièrement empiéter sur ma capacité à analyser des statistiques, et encore moins sur celle à prendre en photo et noter des observations sur les expressions faciales des bonobos, que je recueillais grâce au dispositif installé dans l'enclos.

Et puis, il y avait aussi dans mon état quelque chose qui semblait apaiser les bonobos eux-mêmes. La plus ancienne, la matriarche nommée Zaïre, se rapprochait de moi lorsque je m'appuyais sur les barreaux de la zone où nous faisions dormir les animaux. Je n'étais pas censée me rendre là-bas en période d'étude, car le fait d'être trop présente, trop proche des bonobos biaisait les résultats, évidemment. Le principe est le même qu'en physique, quand l'acte d'observer compromet le comportement de la lumière, la transforme en ondes ou en particules, comme si elle cherchait à faire plaisir au spectateur. Il en va ainsi pour le bonobo et le chercheur qui révèle sa position d'observateur. Mais j'aimais beaucoup Zaïre et elle m'aimait aussi, si bien qu'au bout d'un moment, pendant ces périodes de paix au travail, je me suis mise à faire fi de ces injonctions. Je veillais à ne pas me faire prendre, mais même cette crainte avait fini par devenir moins présente. J'étais passée à l'étape supérieure en me glissant dans l'enclos, la nuit, pour m'étendre sur les ballots de foin, tout en prenant soin de rester en dehors du champ de la caméra de vidéosurveillance. Les bonobos venaient s'asseoir non loin, et discutaient entre eux. Zaïre, elle, s'installait souvent près de moi. Elle a posé sa main sur mon bras, une fois ; si je ne m'étais pas trouvée dans un état aussi vaporeux, j'en aurais pleuré, je crois. Je ne ressentais aucune peur dans cet état, car il me permettait justement de me libérer de toutes mes peurs.

Je regardais souvent le ciel noir pendant mes incursions secrètes dans l'enclos. Je me demandais : Est-ce que les bonobos s'intéressent aux étoiles ? Étaient-ils intrigués de voir que, certaines nuits, ce ciel qu'ils connaissaient si bien s'éclatait en une infinité de points lumineux ? Les bonobos sont dotés d'une intelligence et d'une émotivité proches de celles des humains ; leur système relationnel pourrait même être qualifié de culture. Ils réfléchissent beaucoup. Ils ont aussi conscience de leur manière d'être au monde. Se demandaient-ils ce que l'avenir leur réservait ? En voyant l'un de leurs semblables âgé ou impotent tomber malade et mourir, se questionnaient-ils sur leur propre sort ?

Quand j'avais fini par devoir m'expliquer, je n'avais eu de cesse de répéter que mes incursions m'avaient permis de faire émerger un élément fondamental pour nos recherches. J'avais découvert que les bonobos, face à la mort, réagissaient en groupe par une sorte de rituel. Ce comportement n'avait jamais été observé ; l'accès est difficile en milieu naturel, dans les tréfonds du Congo, et la recherche sur les bonobos en captivité restait un domaine relativement récent. Cette découverte pesait autant que celle réalisée peu de temps auparavant sur les éléphants, pour lesquels il s'avérait difficile de recueillir des informations sur les rites de deuil en raison de leurs déplacements qui couvraient des territoires trop vastes, et de leurs conditions de vie impossibles à reproduire en captivité.

L'un des bonobos se portait mal. C'est une chose qui arrive parfois – l'animal sait dès sa naissance qu'il n'a pas sa place ici, que son corps n'est pas là où il faut, qu'il sera dominé, défini par d'autres. Ce genre d'individus ne prospérait jamais, ils ne pouvaient surmonter cette conviction qui les habitait selon laquelle leur vie n'était, en un sens, pas réelle, ne leur appartenait pas. Ils allaient parfois jusqu'à développer de véritables maladies ; on les retrouvait chétifs, malingres. Mais même sans aller jusque-là, ces individus dénotaient quelque chose de frileux, de perdu depuis le début, et paraissaient toujours, me semblait-il, attendre la fin. Ce moment où la réalité de l'expérience qu'ils avaient eue d'eux-mêmes et la réalité qui, quelque part, gouvernait le monde, peut-être dans le firmament étoilé, se rejoindraient.

Ce bonobo-là s'appelait Dembe, c'était une jeune femelle, l'arrière-arrière-nièce de Zaïre. Dembe, depuis quelque temps, avait pris l'habitude de s'asseoir dans la pénombre, comme elle se serait assise devant l'entrée de l'autre monde. Les autres avaient fini par la laisser faire, ne cherchaient plus à la tirer pour la ramener dans le groupe. Tel un clochard devant lequel passe la foule pressée, Dembe s'était mise en marge de manière que le groupe puisse continuer à évoluer sans que sa vue suscite de malaise intolérable. Dans le cadre de notre projet, nous nous intéressions à ce que cette démarche signifiait. Dembe ne présentait aucun signe visible de détresse, aucun du moins que ne puisse relever la caméra de vidéosurveillance, mais au cours de mes incursions dans l'enclos, quelque chose m'avait interpellée. J'avais depuis peu développé une sensibilité inédite, celle d'un animal de proie, qui me rendait perméable aux assauts des émotions les plus subtiles. Elles étaient presque impossibles à décrire, et me rendaient sûrement plus proche du pèlerin en émoi qui relate une vision que d'une scientifique. À force de m'étendre dans l'enclos, j'ai remarqué que dans les yeux de Dembe était apparu quelque chose de distant, mais dans lequel se lisait toujours une certaine sérénité, comme si elle observait le groupe derrière une vitre. Sa propre mère, Kia, semblait l'avoir oubliée ; elle lui tournait le dos, la plupart du temps. Je savais pourtant que Kia n'avait rien oublié. Mais certains sentiments sont insupportables. Nous n'avons d'autre choix que de leur tourner le dos. Nous n'avons d'autre choix que de nous mettre en retrait.

Dembe est morte peu après. Elle a simplement fermé les yeux dans la pénombre et, un peu avachie contre le mur, est devenue en quelques instants une simple statue à son effigie.

Les bonobos ont, je crois, su instantanément qu'une mort était survenue : un frisson a parcouru le groupe, des appels ont fusé, Kia s'est déplacée vers l'avant de l'enclos, puis s'est rapprochée de sa fille. Son fils, plus petit et plus jeune que Dembe, tournait autour d'elle en souriant de toutes ses dents blanches et carrées. Depuis mes ballots de foin, je sentais l'atmosphère changer. *Visqueuse. Violette.* La peau de mes bras s'est hérissée de chair de poule.

Ensuite, Kia a récupéré la caisse en bois pour les légumes que son fils faisait tournoyer au-dessus de sa tête et l'a jetée sur la caméra de vidéosurveillance (en se plaçant en dessous, si bien qu'elle n'a pas été filmée – malin). La caméra s'est cassée. Je suis la seule à pouvoir raconter ce qui s'est passé alors, cette chose totalement extraordinaire qu'aucune caméra n'aurait pu, de toute manière, capturer. Quel dommage de n'avoir pu être considérée comme un témoin fiable.

Les bonobos ont transporté le corps au centre de l'enclos et ménagé un vide autour. La dépouille de Dembe, énigmatique masse noire, ressemblait à une araignée noyée.

De nouveau, leur humeur s'est transmise à moi, et mes poils se sont dressés. On aurait dit que leurs émotions s'exhalaient de leurs bouches entrouvertes, puis se condensaient. Je le sentais jusque dans mes entrailles, une sensation comme une vieille grille de portail ou bien une roue de moulin qu'on pousse en forçant à cause de la rouille. Il y a quelque chose de métallique dans le deuil. La vie de Dembe s'était oxydée. Nous le savions tous, nous en sentions le goût, ferreux comme le sang.

Ils couraient dans l'enclos, à présent, cherchant de quoi recouvrir le corps. Un morceau de toile de jute, des débris de planches, quelques branches. Ils l'enterraient. Ce comportement n'est pas étranger chez les animaux sauvages : les ours, par exemple, recouvrent de terre les corps de leurs disparus. Les raisons de ce geste restent encore mal comprises. Mais une telle scène n'avait jamais été observée chez les bonobos. Zaïre s'est approchée de moi avec grâce, en se balançant sur ses gros poings, et s'est arrêtée à côté des ballots de paille. Les autres l'ont rejointe, les mâles avec un peu plus de virulence, pour se mettre à tirer sur le foin où je m'étais allongée. Finalement, le jeune fils de Kia m'a poussée légèrement. Dans ses yeux luisait un éclat tranchant. Sa main, déjà aussi large que la mienne, s'est pressée contre mon chemisier.

Cette ronde silencieuse (silencieuse, mais non dénuée de grammaire, car l'escalade vers la violence suit une syntaxe rigoureuse que certains sont naturellement portés à lire, et d'autres à écrire) m'a profondément rappelé les bandes de jeunes menaçants devant lesquelles il m'arrivait de passer autrefois, ces garçons déjà assez hommes pour être conscients qu'ils pouvaient exiger quelque chose de moi, sur mon espace – première frontière avant l'intimité de ma peau, qui ne m'appartenait pas autant que je le croyais. J'étais pétrifiée. Je suis descendue avec précaution du ballot. Ils se sont rués dessus en hurlant, l'ont déchiqueté, puis ils ont répandu la paille sur Dembe, qui à la fin ne ressemblait plus qu'à un monticule au milieu de l'enclos, un tas de foin, un bûcher. Qui sait ce qu'ils auraient fait à l'état sauvage, ou si quelqu'un – moi – leur avait tendu un briquet.

Je n'avais pas de briquet. Je n'avais que les vêtements que je portais, mes clés, mon badge, et la douleur qui lancinait mon coude engourdi. Ils m'ont laissée tranquille, l'atmosphère est redevenue visqueuse. Ils se sont regroupés dans le coin de l'enclos le plus éloigné du corps. Serrés les uns contre les autres, ils discutaient. Kia poussait des cris de lamentation – les pleurs des bonobos – et une fatigue m'a soudain envahie, si profonde que je n'ai rien pu faire d'autre que me recroqueviller et sombrer sur le carrelage.

C'est ainsi qu'ils m'ont trouvée le lendemain matin. On m'a reproché d'avoir détruit la caméra de surveillance. On m'a reproché d'avoir recouvert le corps. Mon témoignage n'intéressait personne. Ce fut, naturellement, la goutte d'eau qui a fait déborder le vase, car alors que je croyais avoir judicieusement dissimulé mes temps de pause, il s'est non seulement avéré que j'avais tort, mais aussi que mes collègues – à commencer par Cosima, une doctorante particulièrement zélée – m'avaient à l'œil depuis un certain temps.

J'ai plaidé avec ferveur, devant les Ressources humaines de l'Institut et le responsable du département, que les animaux avaient confiance en moi, que je percevais des choses que la caméra de surveillance ne capturerait jamais, que j'étais en possession de toutes mes facultés. Certes, le vol de morphine et sa consommation au travail constituaient une faute grave, je ne pouvais le contester, mais, mais, *mais*…

Charlie Grace, le professeur qui dirigeait le département et mon ancien directeur de thèse, paraissait sonné lors de la réunion où mon sort a été scellé. Je l'observais avec curiosité. Son trouble me rappelait les aquarelles de mon enfance, quand les couleurs débordaient de leur petit carré et que toute la palette virait au brun violacé. La responsable des Ressources humaines, Gina quelque chose, portait un rouge à lèvres qui semblait bleuir à mesure qu'elle parlait. Nous étions confinés dans un petit bureau semi-cloisonné. J'ai tenté de me défendre. Mes deux principaux arguments pouvaient se résumer par :

1. Mon travail n'avait pas pâti de mes écarts.
2. Je ne m'étais jamais sentie aussi épanouie et normale depuis mon agression.

À ce stade, j'ignorais la teneur du dossier complet, compilé par Cosima, qui répertoriait mes manquements. Mon bilan de recherche était incontestable, leur ai-je dit – et ici un petit sourire s'est frayé un chemin sur mon visage, sachant que j'étais et resterais la favorite de Charlie. Mais j'avais fait tout cela par nécessité, pour me reposer. J'étais, bien entendu, extrêmement désolée de la situation, elle ne se reproduirait plus. J'allais trouver des moyens de me faire aider. Il était évident que voler de la morphine et se piquer au travail était inadmissible.

J'ai retenu le cri du cœur qui voulait hurler : *Mais je n'ai jamais aussi bien travaillé !*

Et retenu aussi la vérité qui grattait dans mon esprit obscur comme une taupe : *La morphine m'a recollé les écailles sur les yeux.*

Je savais que mon idylle avec ce béatifique narcotique devait cesser. J'étais persuadée que Charlie compatissait, au fond.

Mais son trouble et sa froideur m'alarmaient au plus haut point. Le comité a écouté mon argumentaire, bien structuré, sans entendre les mots que j'avais fermement réprimés. Je me suis laissée retomber contre le dossier de ma chaise, épuisée. J'ai ajouté :

— N'empêche. Ce qu'ils ont fait avec Dembe... c'est stupéfiant. Charlie, il faut y regarder de plus près. L'expression du deuil chez les bonobos.

Personne n'a rien dit. Charlie ne me regardait pas. Le malaise dans le petit bureau semi-cloisonné était comme l'azote : inerte, irrespirable ; il me tuait.

Gina s'est manifestée par un toussotement qui a fait onduler son chemisier en satin.

— Notre problème, Docteur Bloom, est que la gravité de cet incident outrepasse toute procédure disciplinaire courante. Nous savons que vous avez traversé des difficultés depuis le... votre... accident. Sur l'insistance du Professeur Grace, nous avons fermé les yeux sur d'autres infractions, car il nous assurait que vous étiez en convalescence, et nous rappelait – à juste titre, bien sûr – notre devoir de bienveillance. Et il est entendu que nous vous tenons tous en très haute estime et que nous avons beaucoup d'affection pour vous.

Son fard à paupières métallique, un cran plus vif que ses iris, formait une orbite elliptique autour de ses yeux. Cette vision me perturbait profondément. Son visage semblait aussi grand que le système solaire, et je fixais deux Saturnes et leurs anneaux gazeux. Je ne ressentais aucune estime de sa part, et encore moins d'affection.

— Mais nous espérons que vous reconnaîtrez, a-t-elle continué, que la nature de l'incident d'hier soir appelle un licenciement immédiat. Vous avez non seulement commis un acte illégal sur votre lieu de travail, mais vous avez compromis notre sécurité et les résultats du projet. Nous sommes tout disposés à accueillir les gens créatifs et leurs excentricités (ici, le sourire affligeant de Gina a révélé qu'elle se considérait elle-même comme un bel exemple de créativité et d'excentricité), mais cela va trop loin. Vous avez besoin d'aide. D'une aide institutionnelle.

J'ai fixé Charlie, bouche bée.

— Charlie ?

Mon cher ami, mon mentor, a pris une grande respiration et s'est adressé à ses genoux.

— Je suis désolé.

Une fois dehors, il m'a dit :

— Si tu veux une lettre de recommandation, je te la remettrai en privé. Donne-moi de tes nouvelles, tiens-moi au courant.

— Je peux retourner voir les bonobos ? ai-je demandé. Dire au revoir à Zaïre ?

Il a secoué la tête.

— Ils ne te laisseront plus entrer, Frieda.

J'aime croire que ses yeux étaient embués quand il m'a serrée dans ses bras et a récupéré mon badge pendu à son cordon. Il a insisté pour que je rentre en voiture, trouvant indécent de prendre le bus alors que ma carrière était finie. Je me suis donc retrouvée à attendre gauchement sur le parking pendant qu'il commandait le taxi. Une fois chez moi, je l'ai appelé pour être bien sûre de ce qui venait de se passer. J'ai failli lui demander : *Est-ce que le pire est arrivé ?* Mais bien sûr que le pire était arrivé ; tout ce qui surviendrait désormais ne pourrait même pas s'en approcher. Je ne savais pas vraiment comment catégoriser dans mon esprit le fait d'être licenciée pour faute grave et évincée de ce milieu que j'admirais tant ; c'était comme classer mes CD par ordre de préférence alors que la maison avait depuis longtemps brûlé.

2

— Regarde-la dans les yeux, m'avait appris Charlie il y a bien longtemps, au tout début, à l'époque où j'étais encore étudiante à l'Institut. Quand tu plonges ton regard dans celui d'un bonobo, il y a « quelqu'un à la maison ».

Je m'étais exécutée en me penchant maladroitement vers la vitre derrière laquelle Zaïre était venue à ma rencontre. Tous les chercheurs étaient séparés des singes pour les protéger de nos microbes et éviter de fausser nos travaux. Un simple rhume humain pouvait se transformer en pneumonie chez un bonobo. Les yeux mi-clos, grandement espacés de Zaïre étaient incrustés sur la partie glabre de son visage, et sa tête inclinée en arrière, comme pour me considérer. J'ai commencé à lui parler, mais Charlie m'a interrompue en posant sa main sur mon épaule.

— Pas besoin de parler. Regarde-la juste.

Ses yeux brillaient d'une intelligence qui suscitait en moi une grande nervosité. Je me suis soumise à ce regard, sans tenter de combler l'espace qui nous séparait avec des mots ou des raisonnements. Je cherchais simplement à être là. Son visage était détendu et ses lèvres roses légèrement entrouvertes. En réponse, j'ai senti un sourire se répandre sur mes propres traits.

Zaïre s'est levée et a mis fin à notre entrevue par un grand éclat de rire. Puis elle a pivoté sur ses poings et s'est éloignée en quelques bonds. Charlie m'a souri.

— Tu vois ?

Je voyais, oui, et cela m'a rendue mal à l'aise. Il n'y avait rien de mesurable. Tout était intuitif, et franchement curieux. J'étais soulagée qu'il y ait eu cette vitre entre nous, cette séparation bien définie, et encore plus que nos études ne portent que sur la communication *entre eux*. J'avais la nette impression qu'ainsi cloisonnée, la vie était plus aisée à naviguer.

Les bonobos n'ont été reconnus comme une espèce distincte des chimpanzés que dans les années 1970. Plus petits, plus rares et d'un tempérament diamétralement opposé à leurs cousins brutaux, les bonobos sont les seuls singes à avoir acquis une maîtrise significative de mots, de concepts et de phrases en anglais. La plus célèbre illustration a été apportée par Kanzi, un bonobo connu dans le monde entier, ayant acquis ses facultés au contact des chercheurs humains qui éduquaient sa mère. Les bonobos vivent dans une société matriarcale, sont très portés sur le sexe, mais aussi très doux. Ils sont les seuls primates, à l'exception des humains, à se positionner face à face lors de l'acte sexuel et à avoir des rapports pour le plaisir.

J'avais rejoint ce projet dans le cadre de mon doctorat. Il s'agissait d'étudier la communication des bonobos afin d'en dégager des motifs sonores et corporels.

Contrairement aux travaux déjà réalisés avec des singes, notre étude ne visait pas à leur enseigner notre langue et nos usages de la parole, mais plutôt à décoder la manière dont l'information et le savoir se transmettaient au sein d'un groupe et de génération en génération. Mon propre domaine de recherche se focalisait sur les « piaillements » émis par les bébés bonobos qui, à l'analyse, se rapprochaient beaucoup des bruits préverbaux des bébés humains, notamment de par leur caractère non contextuel – c'est-à-dire non relié à l'expression d'un besoin ou d'un état émotionnel particulier.

Voilà le genre de questions que nous cherchions à résoudre : *Les singes se transmettaient-ils les facultés et les informations acquises en captivité ? Si leur capacité à fabriquer des outils était innée, les spécificités des outils qu'ils fabriquaient dépendaient-elles de leur environnement et de la manière dont ils communiquaient entre eux sur cet environnement ? Possédaient-ils, en effet, ce que nous pourrions appeler un langage ?* Les expériences que nous avions conçues, qui leur offraient de nouvelles manières d'interagir, devaient permettre d'apprécier si ces capacités nouvelles étaient acquises par le groupe et transmises. Par exemple, nous avions appris à Zaïre (grâce à la télévision) à préparer un sandwich au jambon – un aliment qu'elle appréciait tout particulièrement. Ce savoir-faire serait-il transmis ? (Réponse : non, mais elle avait préparé plusieurs sandwiches pour les partager.)

Tout se passait par observation discrète via caméra et derrière la vitre. Pour enregistrer les « piaillements » des bébés, j'avais installé des micros autour des zones où les bonobos s'occupaient de leurs petits, et analysé la fréquence et le type des sons, ainsi que le contexte dans lequel ils étaient émis. C'était un travail d'observation et de recueil de données extrêmement minutieux, déjà amorcé au cours des dix années d'expérience que j'avais derrière moi, et qui ne nécessitait aucun contact physique, aucune relation. L'objectif était d'éviter tout brouillage des résultats par des relations interpersonnelles. Car c'était précisément la raison qui avait fragilisé les données déjà obtenues sur l'apprentissage du langage humain par les bonobos : le chercheur était devenu si proche de l'animal qu'il en devenait difficile de tirer des conclusions.

Je trouvais quelque chose de triste à ces vidéos de Kanzi. Il était un génie, excellait dans l'art d'apprendre une culture étrangère, mais semblait diminué. Connaître des concepts, être capable de transcrire une phrase sur son tableau de communication ne lui procurait pas plus d'autonomie. Il semblait plus isolé, plus dépendant de ses camarades humains, désormais considéré comme un virtuose dans notre monde, et un étranger que personne ne comprenait plus dans le sien. Ce qui, au contraire, me fascinait, était le monde des bonobos, un monde immensément complexe, même dans la version amputée que nous avions créée à l'Institut.

Une autre facette du projet consistait à recenser les changements d'expression, même les plus infimes et fugaces, sur les visages des bonobos et à enregistrer des types spécifiques de vocalisations. Par un après-midi calme, je m'étais amusée à passer les enregistrements en accéléré et au ralenti, et j'avais alors entendu, à ma grande stupéfaction – j'avais appelé Charlie, qui en était resté coi, lui aussi – les mots *orange, bébé, Frieda,* prononcés clairement, repris par les bonobos et répétés au travers de ce système vocal complètement différent du nôtre, qui les rendait beaucoup plus aigus, déformés. Ils donnaient aux mots une bien plus grande souplesse que leur signification réelle ne le permettait. *Frieda* semblait effectivement désigner mon nom, mais se référait aussi à n'importe quelle femelle du groupe. Cette découverte est devenue l'un des fils conducteurs de notre étude, un autre exemple de la manière dont ces créatures particulièrement intelligentes se saisissaient de tout ce que leur offrait leur environnement pour s'en faire un outil.

Le monde de l'Institut et celui des bonobos étaient mon monde. Et j'y brillais : j'avais obtenu des bourses de recherche, j'étais en passe de décrocher un poste de titulaire. Charlie et moi discutions de la possibilité d'étendre le projet à la notion encore inexplorée de communication interespèces, qu'il trouvait fascinante. Je préférais quant à moi rester dans la bulle de recherches que nous menions déjà.

Au sein du monde de certitudes qu'était la recherche scientifique, ma place était claire, et la place des autres – y compris celle des bonobos en tant qu'individus – également. Mais dès lors que nous devions nous considérer sur le même plan, comme deux créatures dont la relation n'est régie par aucun contrat, ne repose sur aucune toile de fond, toute l'assurance que j'avais dans ma conduite s'envolait. Si, comme moi, vous avez grandi en dehors d'une cellule familiale – doux euphémisme, mais j'ai toujours eu honte de prononcer le mot *orpheline* à haute voix, même en me parlant à moi-même –, personne ne vous aura sûrement jamais appris comment vous tenir dans le monde. Le projet me donnait un cadre à l'intérieur duquel je pouvais apprendre, participer, me sentir reliée. Si quelqu'un avait un peu cherché à creuser, ce qui n'est jamais arrivé, j'aurais dit que je n'avais pas eu d'enfance. Que j'étais une ardoise vierge, mais pas de la bonne sorte, et que les choses auraient pu prendre un tour bien différent. La vie des gens de mon espèce s'éloigne généralement de l'ordre, de la réussite, comme si le poids de cette perte originelle déclenchait un tsunami de conséquences qui jamais ne cesse de grandir, et balaie tout sur son passage. Je savais que j'avais de la chance. Combien de personnes comme moi arrivent à trouver un milieu où elles se sentent bien et peuvent prospérer ? Je me réjouissais chaque jour de mener cette vie simple, semée de questions auxquelles des réponses pouvaient être apportées.

Et puis, un jour, ce monde bien ordonné a volé en éclats et j'ai été propulsée dans le chaos. Dans un cri silencieux, j'ai chuté.

RAPPORT DE POLICE

AFFAIRE N° : 12748PX
AGENT EN CHARGE DU RAPPORT : Carey Munro
LIEU DES FAITS : métro Spikers, Parkerton, Londres
DATE ET HEURE : 08/08/2010, 00 h 57
PIÈCES À CONVICTION : Téléphone portable cassé (Pièce n° 1). Fragment de crâne (Pièce n° 2). Bonnet de couleur orange présentant des traces de sang (Pièce n° 3). Portefeuille (Pièce n° 4). Photographies prises sur site (Pièce n° 5).

Le quartier de Parkerton se situe dans le nord de Londres, au nord-est d'Haringey. La mixité sociale y est forte, caractérisée par des communautés d'immigrés polonais, roumains, turcs, mais aussi par un grand nombre d'étudiants et de personnes seules forcées d'abandonner le centre pour des quartiers aux loyers plus abordables. Le taux de locataires résidant seuls est particulièrement important. Plusieurs rues bordées de grandes maisons individuelles entourent

Momentum Park. Un parc HLM a été bâti à l'extrémité nord de la zone. Le taux de criminalité liée aux drogues est modéré, et circonscrit au parc HLM et au quartier résidentiel. Le quartier n'est pas desservi par le métro, mais facilement accessible en bus. Les différentes communautés, bien implantées, cohabitent en bonne entente, possédant chacune leurs commerces et leurs rues aux abords desquelles elles ont coutume de se retrouver. D'une manière générale, il ne s'agit pas d'une zone considérée comme dangereuse.
Le métro Spikers passe sous le petit rond-point de Greenblatt, à l'extrême ouest de Parkerton. Le rond-point de Greenblatt, autrefois centre du trafic local, a été supplanté par le terminal de bus, moins excentré, et à proximité duquel se trouve également un centre commercial. Le métro Spikers ne possède pas de dispositif de vidéosurveillance. C'est un lieu calme, surtout la nuit ; les personnes qui transitent par cette zone proviennent en général du terminal de bus. La station n'est ni entretenue ni bien éclairée. Le soir des faits, un orage avec des pluies torrentielles avait éclaté, causant une inondation dans la rue principale et la coupure anticipée de la ligne de bus.
J'ai reçu l'ordre de me rendre sur le lieu des faits le dimanche 08/08/2010 à 00 h 45, alors que j'effectuais une ronde dans le quartier résidentiel autour de Momentum Park. Il pleuvait fort. Je suis arrivé avant l'ambulance, ralentie par l'inondation. La victime se trouvait au sol, sous un lampadaire hors d'usage, recroquevillée sur le flanc gauche, à environ 6 mètres de la bouche de métro, dans une mare de sang (Pièce

n° 5.1). Le sang, emporté par la pluie, s'était écoulé le long d'une petite rampe en béton et accumulé devant la bouche du caniveau obstruée, à environ 3 mètres en contrebas. Le trottoir présentait des irrégularités et des fissures dues aux racines d'arbres. De mauvaises herbes poussaient dans le béton craquelé. La victime était tombée au milieu d'un massif de digitales apparu sur l'arête du trottoir soulevé. Je n'ai constaté aucune présence à proximité. Un appel au 999 avait été passé depuis une cabine téléphonique située à l'extrémité opposée de la station de métro, mais l'auteur de l'appel ne se trouvait plus sur les lieux et avait refusé de décliner son identité. J'ai immédiatement appelé du renfort. La scène était très mal éclairée, la seule source de lumière provenant d'un plafonnier presque inopérant à l'intérieur de la bouche de métro et d'un lampadaire situé à 10 mètres de là. La station de métro était pourvue d'autres éclairages, mais tous étaient cassés. Le revêtement extérieur en carrelage de la station était ébréché et cassé par endroits, et les murs intérieurs et extérieurs couverts d'imposants graffitis. Le lampadaire sous lequel se trouvait la victime était depuis longtemps hors d'usage, vandalisé. J'ai réalisé des photographies. La victime était de sexe féminin. Elle respirait, mais ne répondait pas. Elle était blanche, avec des cheveux bruns aux épaules, attachés en queue-de-cheval. La queue-de-cheval était retenue par un élastique de type chouchou, en velours noir, imbibé de sang. La victime, de constitution mince, mesurait 1,68 mètre. Ses yeux étaient fermés. J'ai soulevé sa paupière et fait rouler l'œil vers le haut. Son visage présentait des traces de mascara étalé par la pluie. Elle ne portait aucun bijou, ni boucles d'oreilles, ni bague. Elle n'avait pas les oreilles percées. Elle avait les yeux bleus et des taches de rousseur sur le front et le nez. Une dentition légèrement en avant et des pommettes saillantes. J'ai détecté dans son souffle une odeur d'alcool. La lumière de ma torche m'a permis de voir qu'elle portait un imperméable bleu marine et, en dessous, une robe de soirée de couleur vert foncé, avec des collants de couleur claire et des chaussures noires à talons hauts. Elle était trempée par la pluie. Il y avait un téléphone fracassé par terre, à environ 3,50 mètres (Pièce 1). Dans la poche droite de son imperméable se trouvait un portefeuille contenant une Oyster Card et une carte bancaire au nom du Dr Frieda Bloom. Je n'ai pas retrouvé d'argent liquide dans le portefeuille. Aucun élément ne permettait de déterminer son âge, que j'ai estimé à 33 ans, ce qui plus tard a été confirmé. Je n'ai identifié aucune trace de lutte ni de tentative de fuite : elle avait encore ses chaussures aux pieds, même si la chaussure droite n'était retenue que par la bride du gros orteil. Elle avait les mains autour de la tête, comme pour se protéger d'une chute. J'ai soulevé l'imperméable et effectué une palpation afin de détecter la présence d'autres blessures éventuelles sans la déplacer. J'ai ausculté ses côtes, son pubis et son dos. Elle semblait porter deux blessures : la première, celle qui avait causé l'hémorragie, à la tête, sur la partie de son crâne tournée vers le sol ; la seconde, identifiée lorsque j'ai soulevé sa tête, sur sa main du côté gauche – une importante éraflure le long de la jointure des doigts, avec de la terre incrustée dans la plaie.

J'ai dirigé le faisceau de la torche vers la blessure à la tête. En écartant les cheveux collés par le sang, on distinguait une fracture, caractérisée par une entaille profonde, d'environ 2 centimètres de large, susceptible de correspondre à un coup de marteau. L'effet de ce type d'arme sur la boîte crânienne est similaire à celui d'une pierre sur de la glace, avec des fêlures en rayon, partant d'un point central. À la palpation, il m'a semblé que la blessure était suffisamment profonde pour que le pronostic vital soit engagé. Le sang continuait de s'écouler. J'ai fait pression avec ma main afin de contenir l'hémorragie. À cet instant, la victime a ouvert les yeux et m'a regardé. J'ai dit : « Frieda, je suis de la police. Une ambulance arrive. Restez avec moi. » Elle a tenté de repousser ma main et de poser la sienne à la place. Je lui ai dit mon nom, puis j'ai répété qu'une ambulance arrivait, mais elle n'a pas répondu. Elle s'est mise à pleurer, néanmoins, comme si la douleur venait seulement de la frapper. Et puis ses yeux ont roulé dans leurs orbites et elle a de nouveau perdu connaissance. Elle est restée inconsciente pendant tout le reste du temps qui a précédé l'intervention de l'ambulance. Les secours sont arrivés à 1 h 12, ce qui m'a permis de libérer ma main, toujours placée sous sa tête. À 1 h 15, les agents de police Adam et Methuen sont arrivés à leur tour. Ils ont bouclé la zone et l'ont protégée de la pluie à l'aide de bâches. J'ai escorté la victime dans l'ambulance jusqu'à l'hôpital de Whittington, puis un peu plus tard en soins intensifs, afin de poursuivre mes investigations.

3

Tout le monde, même Charlie, devait se douter que je ne partirais pas sans emporter de quoi m'aider à traverser la période qui allait suivre, ou plutôt qui n'allait *pas* suivre. Mon besoin de repli – un repli profond, immédiat – se décuplait sous l'effet de l'idée que, oui, tout était fini, que je m'étais réellement fait renvoyer de mon travail, la seule chose qui donnait du sens à ma vie. J'en ai avalé une petite cuillerée aux toilettes, une fois rentrée chez moi (pourquoi toujours consommer aux toilettes, même seule ? Peut-être une manière de reconnaître, l'espace de quelques minutes, que j'étais bien une droguée), puis je suis sortie dans le jardin, enfin apaisée. C'était un petit espace urbain partagé par l'immeuble, quasiment à l'abandon comme les résidents se composaient de jeunes actifs sans le sou ou bien de personnes âgées pas mieux loties. Mais il restait des vestiges, un amas de compost ou le carré de fleurs sauvages envahi par l'oseille crépue, dans lesquels se devinait que cet espace avait autrefois été un véritable jardin. Ce qui le rendait impressionnant, c'était son arbre. Aucun autre jardin du quartier ne possédait d'arbre. Un if, négligé et immense. Comme les voisins pouvaient le détester – cette masse ancienne qui asséchait leurs pelouses, cette noirceur obscène.

Moi, je l'adorais. J'avais passé bien des après-midi à faire la sieste contre son tronc, l'été après mon agression. À force, le tronc avait même fini par se patiner et un creux par se former dans la terre au pied de l'arbre. C'est là-bas que je suis retournée. Je me suis laissée tomber, m'abreuvant de la douce moiteur de la terre. À travers ses aiguilles, le soleil cillait.

Dans la poche de mon blouson se trouvait un objet que je transportais toujours sur moi : une vieille carte de vœux pliée en quatre. Il y avait sur le devant un chimpanzé avec un grand sourire (Charlie n'avait pas réussi à trouver une carte avec un bonobo en si peu de temps), et à l'intérieur, tout autour du message *Bon rétablissement*, les signatures de tous mes collègues.

La carte était restée accrochée au-dessus de mon lit pendant toutes mes semaines en soins intensifs. Quand l'infirmière me l'avait glissée entre les mains et que j'avais découvert l'illustration, j'avais ri – mon premier rire depuis mon réveil.

Charlie avait signé par un zigouigoui illisible, en bas. Sans ajouter de mot. Il y avait un point, en revanche, après la signature, un point étrangement marqué, qui avait imprimé un creux dans le papier cartonné, comme si le message qui ne figurait pas s'y était condensé. Pendant cette période où ma vision était encore trouble, j'ai passé beaucoup de temps à fixer ce point. Je n'arrivais pas à lire, ni à parler sans m'épuiser, mais ce point derrière la signature de Charlie m'hypnotisait. Il était à la fois *quelque chose* et *rien*. Il me faisait perdre toute notion de ma propre taille ; j'étais devenue comme Alice au pays des merveilles. Parfois, je me sentais aussi énorme qu'un cadavre, et parfois aussi minuscule qu'un corpuscule sanguin. Il m'arrivait d'être si petite que je pouvais me poser au bord de ce point et baisser les yeux vers ses microscopiques abysses, et dans ces moments étranges, fantasmatiques, me venait la sensation d'être à deux doigts de retrouver un sens aux choses, une intention, voire un certain confort. Et puis, tout à coup, j'étais de nouveau happée, propulsée du subatomique à l'universel, comme dans un dessin animé, et mes yeux secs me brûlaient. Ce mot n'était qu'une signature, et le point à la fin n'affirmait pas une présence, mais une absence.

Au-dessus du nom de Charlie se déployaient tous les autres, certains avec des petits cœurs (Cosima) ou des messages bienveillants. J'aimais particulièrement regarder ces noms, car ils correspondaient à toutes les personnes avec lesquelles je me trouvais ce soir-là, juste avant que ma vie ne bascule à jamais. C'était un dîner que Charlie avait organisé pour fêter l'obtention d'une bourse de recherche. L'intérieur de la carte m'évoquait un plan de table de mariage complètement mélangé, que les mariés ressortaient de temps à autre par nostalgie, pour se souvenir. Et je voulais me souvenir. M'accrocher à *l'avant*. L'Institut, les bonobos, Charlie, mes recherches… Cette vie que je m'étais fabriquée. Cette belle vie.

Le *pourquoi* n'existait pas dans l'*avant*. Le pourquoi me handicapait davantage que mes séquelles corporelles, tangibles, telles que la fragilité de mon crâne et des vaisseaux qu'il contenait. Les médecins qui s'étaient succédé m'avaient solennellement informée, radios à l'appui, que plus jamais je ne devrais faire subir à mon corps le moindre effort. Que je risquais à tout moment une hémorragie cérébrale. C'est pour cette raison que je n'ai jamais essayé d'avoir d'enfant. Cette nouvelle terrassante a été difficile à accepter, mais le pire est resté le *pourquoi* qui, métastasant mes pensées, s'est transformé en un gros noyau dur de questions sans réponses.

Pourquoi avais-je autant bu ce soir-là ?

(Parce que j'étais heureuse ?)

Pourquoi ne pas avoir pris un taxi, comme Charlie me l'avait demandé ?

(Pas envie que la soirée se termine ?)

Pourquoi Charlie m'avait-il laissée rentrer seule ?

(*Je ne peux pas venir avec toi, Frieda.*)

Pourquoi mon agresseur m'avait-il choisie, moi ?

(...)

Alors que j'observais la carte, installée sous mon arbre, je me suis rendu compte qu'elle ne me réconfortait plus. Peut-être comme le plan de table de mariage, justement, dont la vision ne fait que raviver les souvenirs douloureux d'une autre vie – car tous les couples qui figuraient dessus ont, tôt ou tard, fini par divorcer. Il n'y avait pourtant aucune souffrance dans mon repli. J'avais la sensation de m'élever, en apesanteur, observatrice détachée, comme un oiseau suivant du regard un radeau qui dérive vers les rapides avec à son bord un humain – moi ? – couché à plat ventre, les bras en croix, agrippé au cordage détrempé.

J'ai déchiré la carte.

La panique est survenue tout de suite après. J'ai voulu ramasser les morceaux dans la poussière, je les ai retournés dans tous les sens pour tenter de reconstituer les noms.

Les pensées se jetaient du bord de mon esprit agité, tumulte effervescent de silences que je brûlais de briser, de vérités et de mensonges que je n'arrivais plus à démêler.

Je me suis fait virer ; je suis accro à la morphine ; je ne supporte pas l'idée de ne plus revoir les bonobos ; je suis terrifiée ; depuis l'agression, je peux ressentir les émotions des bonobos ; nous sommes connectés, nous sommes *semblables* ; une porte de ma perception s'est ouverte ; je m'en tire bien, finalement ; j'ai surmonté le traumatisme ; j'arrive à avancer même sans justice ; mes recherches se passent super bien, je tiens bon ; tout va bien se…

Et puis un « Oh ! », car je l'ai trouvé, j'ai trouvé le morceau avec la signature de Charlie. Un cri particulièrement perçant, et en même temps comme au ralenti. Pareil à celui que pousserait une chenille si les chenilles pouvaient parler. J'ai glissé le morceau sous la coque de mon téléphone. Voilà tout ce qui restait de ma vie d'avant, résidu de cendre après le feu de forêt.

L'une de mes voisines traversait la pelouse dans ma direction. C'était Danda, ancienne vicaire de l'Église anglicane, retraitée, grosse fumeuse. Le toboggan où glissaient mes pensées a percuté un obstacle et je suis revenue à moi, tout d'un coup.

Danda s'est assise en face de moi. Ses rides couleur taupe se sont ouvertes en un sourire beige. Elle avait une belle voix grave.

— Il s'est passé quelque chose ?

Je ne m'étais pas rendu compte que je m'étais complètement avachie contre l'arbre. Je me suis redressée.

— J'ai été virée.

Ses sourcils gris se sont recourbés doucement.

— Je suis désolée. Même si ça ne me surprend pas des masses. Cigarette ?

Elle m'a tendu le paquet. Je ne fumais pas, mais je disais toujours oui quand c'était Danda qui proposait. J'en ai pris deux. Je les ai rangées dans ma poche en secouant la tête quand elle m'a tendu le briquet.

Elle me dévisageait.

— Moi aussi je me suis fait virer, une fois. Virer comme ils savent le faire dans l'Église d'Angleterre. Il y a eu une réunion où on m'a proposé des biscuits premier prix. Tout le monde était mal à l'aise, personne n'a rien dit. Et puis l'évêque m'a mutée dans une autre paroisse.

— Ils t'ont renvoyée pour quoi ?

— Des rumeurs. On racontait qu'en plus d'être une femme je passais mon temps à cloper au lieu d'aider les gens. Les choses se sont beaucoup mieux passées dans la nouvelle paroisse. En centre-ville. Tout le monde était trop préoccupé par sa vie calamiteuse pour se soucier de moi. En fait, les gens venaient même pour me consoler. Moi ! Tu y crois ? J'y suis restée jusqu'à la retraite. Me faire virer, c'est la meilleure chose qui me soit arrivée. Et toi, tu as fait quoi ?

— Je me suis piquée au boulot.

Son rire était comme des cailloux qui tombent dans un seau.

— Ah ouais, d'accord, a-t-elle dit.

Puis :

— Tu veux que j'appelle quelqu'un ? Tes parents ?

Je me sentais terriblement perdue, comme la lumière se perd parfois, le soir : de petites lunes qui brûlent dans les renfoncements ; des silhouettes noires et rondes sur des tronçons de route éclairés.

— J'ai grandi en dehors d'une cellule familiale, ai-je marmonné.

Ma vie décousue était une donnée que les gens, à l'Institut, avaient intégrée comme une molécule. Mais tout ça appartenait au passé. À partir de maintenant, prononcé ou non, le mot *orpheline* allait planer autour de moi comme un putain de frelon et faire peur à tout le monde.

— Je ne comprends pas, m'a répondu gentiment Danda.

— Mes parents sont morts dans un accident de voiture quand j'avais 5 ans, lui ai-je expliqué. Personne à part mon chef – mon ancien chef, mon ex-chef – ne sait qu'ils sont morts. J'ai passé mon enfance dans des centres et des foyers. Je n'ai pas eu à expliquer tout ça depuis des années. Donc, non, il n'y a personne à qui je peux téléphoner. Je sais que j'ai l'air en colère, mais je ne le suis pas. Simplement, ça faisait une éternité que je n'étais plus une orpheline. Et voilà que je le redeviens.

En levant les yeux, j'ai cru rencontrer le regard dur d'un oiseau. Le temps d'une seconde de terreur, je me suis sentie emprisonnée en moi-même, encerclée par toutes mes souffrances et toutes mes peurs.

— Tu veux monter ? a proposé Danda. Je peux nous préparer à dîner.

J'ai secoué la tête. Une fatigue indescriptible m'accablait, brusquement. Quand l'apaisement s'estompait, une sensation d'épuisement arrivait souvent, suivie de l'angoisse.

— Merci pour les cigarettes.

Je me suis levée avec prudence, en m'appuyant sur le tronc. Puis j'ai dit au revoir à Danda d'un signe de main et je suis retournée chez moi.

Une fois dans mon appartement, je me suis servi à boire, un porto qui prenait la poussière, mais je n'avais que ça. La morphine, dernièrement, avait pris le pas sur l'alcool. Et puis j'ai attendu dans un état comateux qu'il se passe quelque chose. Ma peau était encore délicieusement chaude de soleil.

Le crépuscule tapissait le sol et les murs ; le faisceau des lampadaires s'étirait dans la pièce. Je suis restée immobile longtemps. Qu'allait-il se passer si je ne faisais rien ? Si je restais là, sur le canapé, à ne rien faire ?

Je regardais les traces de vie, avant et après : les piles de *New Scientist* autour de moi, les livres, leurs strates de poussière, et aussi les rideaux que j'avais, très curieusement, confectionnés moi-même, à la main, par une nuit enfiévrée où je croyais ne plus jamais pouvoir trouver le sommeil, où il m'avait clairement semblé que ma planche de salut se trouvait là, dans ces points de couture, répétés encore et encore pendant toute la nuit.

Mieux valait peut-être aller me coucher. Après tout, le soir arrivait. Je me suis traînée jusqu'à ma chambre et débarrassée de mes habits. Dans la pénombre, j'ai aperçu une femme osseuse, à la peau très blanche, avec une moitié de cheveux fins et clairsemés, comme s'ils s'étaient arrêtés de pousser. Nos regards se sont croisés. Elle avait les pupilles tellement dilatées qu'on ne distinguait plus la couleur de ses yeux.

J'ai allumé une cigarette de Danda. Elle avait un goût de vieilles mauvaises nouvelles. Mais j'ai quand même entrouvert les lèvres, délicatement, et soufflé un rond de fumée parfait. La femme osseuse dans le miroir a fait pareil. Mon rond de fumée, oscillant comme une onde sonore, s'est élevé jusqu'au plafond en se dissipant comme un champignon atomique. Il était beau. Le rond de l'autre Frieda a disparu au bord du miroir, la laissant contempler le vide, le nez en l'air.

4

Quatre semaines plus tard, je descendais du train devant l'arche de pierre peinte en blanc qui marquait l'entrée du zoo Torbet. Je débarquais dans le fin fond de la campagne du Devon, prête à occuper mon nouvel emploi de soigneur animalier. Charlie me l'avait décroché. C'était un petit zoo privé. Le propriétaire, M. Torbet, connaissance d'un ami d'ami, n'avait pas posé trop de questions. Il y avait toujours besoin de bras pour pousser les brouettes.

— Tu as arrêté la morphine ? m'avait demandé Charlie au téléphone quand je l'avais appelé pour le supplier de m'aider.

Ne plus travailler me rendait folle. Je pensais à Zaïre tout le temps. Même le petit stock d'ampoules que j'avais volé à l'Institut ne me permettait plus de m'apaiser durablement. Il fallait que je retrouve mon laboratoire. Il le fallait absolument. Quand j'ai appelé Charlie, je m'attendais à ce qu'il m'annonce qu'il faisait son possible pour me réintégrer.

— Bien sûr que j'ai arrêté, ai-je menti.

J'avais atténué l'effet des ampoules en les coupant avec du diazépam que m'avait prescrit ma généraliste, qui n'avait rien cherché à savoir quand je lui avais annoncé avoir besoin de quelque chose pour me calmer. L'autre solution – la vraie – aurait pris beaucoup trop de temps, et le médecin, une femme très gentille, semblait avoir envie de m'aider.

— Je ne suis pas dépressive, avais-je insisté. Simplement, je souffre de troubles anxieux terribles depuis mon…

Je détestais prononcer le mot, mais je n'avais pas le choix.

— … *agression.*

Inutile de tout lui répéter, elle connaissait déjà l'histoire : les opérations ; ma longue convalescence. La cicatrice sur le côté de ma tête où les cheveux ne repoussaient plus, que je camouflais tant bien que mal, mais qui commençait à se voir comme je perdais mes cheveux. Je n'avais pu en parler avec personne, à part elle.

Elle a hoché la tête avec empathie.

— Depuis l'agression, je n'arrive plus à dormir. J'ai perdu mon travail. J'ai simplement besoin… de paix.

Et c'est ainsi que j'ai obtenu un petit stock, assez chiche, de diazépam, qui nécessiterait une nouvelle visite si je voulais le voir renouvelé, ainsi qu'une ordonnance pour de la codéine fortement dosée – je savais que les maux de tête deviendraient insupportables une fois les ampoules terminées. J'ai comblé la différence avec les antalgiques les plus puissants que la pharmacie a bien voulu me donner, et renoué avec la vodka. Le jour où Charlie, au téléphone, m'a demandé si j'avais arrêté la morphine, le mensonge par lequel j'ai répondu différait, à mon sens, des tromperies d'une droguée ; il s'agissait plutôt d'une abréviation de la vérité. J'étais *en train* d'arrêter la morphine. Quand viendrait mon retour à l'Institut, je serais clean. J'arrivais presque au bout de mes ampoules, mais mon système de sevrage par substitution était en place.

Charlie a accepté de voir ce qu'il pouvait faire. Quelques jours plus tard, il m'a rappelée pour me proposer ce nouveau poste. J'étais tellement abasourdie que ma mâchoire est restée ouverte comme si je venais d'être victime d'un AVC et que le combiné devait servir de réceptacle à ma bave.

Merci, Charlie. Nickel. Ça alors, comment tu as fait ? Merci infiniment. Je commence mes bagages dès ce soir. Début lundi prochain, tu dis ? J'y serai. Super nouvelle.

Charlie a bien insisté sur le fait qu'il ne dirait rien de mon problème d'addiction à mes nouveaux employeurs, du moment qu'il n'y avait rien à dire, comme il l'a formulé. Quand je suis arrivée au zoo Torbet, je n'avais pas consommé de morphine depuis une semaine. Dans ma salopette, achetée spécialement pour montrer toute la bonne volonté que je mettais à embrasser cette nouvelle vie de travail manuel, je ruisselais de sueur froide. J'avais l'impression d'avoir à la place du cerveau des sacs de sable qui pesaient de chaque côté de ma tête. Sous le bonnet en laine marron que j'avais prévu pour cacher mon trou à mes nouveaux collègues, mon cuir chevelu frottait.

Il y avait après l'arche une guérite avec une vitre derrière laquelle dépassait la tête d'un homme, une tête étonnamment pointue qui ressemblait à une montagne chinoise, coiffée d'une étrange touffe de frisottis. Frodo, ainsi que je l'apprendrais bientôt. Fonctionnait-on ici comme dans une sorte d'internat où tout le monde possédait un surnom ? Je me demandais quel serait le mien.

Frodo a levé ses yeux de chien battu de son journal, le *Socialist Worker*.

— Tu es ?

— Frieda Bloom.

Sur son visage s'est déployé un impressionnant éventail de plis. Il souriait.

— Tu es la nouvelle, c'est ça ? Il faut que tu passes voir Penelope au bureau.

Frodo a fait coulisser la vitre de la guérite et passé la tête dehors, révélant une constellation de gros grains de beauté sur son crâne et au niveau du col.

— Suis cette allée, là, m'a-t-il indiqué en désignant la seule route qui serpentait sur la colline. Si tu veux laisser ta valise, je demanderai à l'un des gars de te la monter.

Ma valise contenait du matériel vital.

— Non, c'est gentil. Je vais y aller doucement. Elle a des roulettes…

Des roulettes cassées.

Frodo a rentré la tête à l'intérieur de la guérite comme un coucou dans une horloge suisse. J'avais repéré, plus haut, un virage sur la route et des fourrés. Si jamais je me sentais mal, je pourrais toujours me requinquer avec un peu de codéine.

Malgré mon corps fébrile, quelque chose s'est insinué dans les replis de mon esprit, ces tuyaux rigides qui m'avaient réduite à un être piloté par des besoins et des réactions. L'odeur des feuilles humides du paillis, des animaux et de leur litière, leur peau, leur fourrure

– mais aussi l'air frais lui-même. Toutes ces choses m'ont revigorée, comme de l'eau versée sur une terre sèche. L'Institut était un lieu clos, sous air conditionné ; en fait, nous ne sortions que lorsque nous observions les bonobos dans l'enclos extérieur. Il y avait dans cette sensation quelque chose de déroutant, mais pas désagréable. J'ai tiré ma valise sur ses roulettes branlantes en me courbant pour monter la côte. Mon pouls battait dans les fissures qui sillonnaient mon crâne, sous mon bonnet. La sueur coulait déjà ; j'avais la gorge serrée et la respiration sifflante. Mais je faisais preuve d'une force que j'avais oublié posséder.

Penelope avait des cheveux courts, orange, des lunettes rectangles à bords épais et portait un rouge à lèvres auburn parfaitement choisi pour faire ressortir son teint gris. Elle était la conservatrice du zoo. Elle m'a regardée, écrasée par mon gros sac à dos, flanquée de ma valise grinçante, puis s'est levée pour contourner son bureau, révélant un ensemble fabriqué dans ce qui semblait être un velours beige très épais. Elle m'a serré la main en me disant :

— Charlie m'a beaucoup parlé de toi. Je pense que tu seras dans ton élément ici.

J'espérais que ma main ne soit pas trop moite.

— Bonjour, ai-je répondu.

Penelope a sorti de sa poche un mouchoir en tissu géant avant d'éternuer vigoureusement à l'intérieur.

— Je suis allergique à la laine, s'est-elle justifiée en montrant mon bonnet.

Mes mains ont bondi dessus. Impossible de le retirer. Je n'étais pas encore assez forte pour pouvoir supporter les murmures, la surprise, la pitié.

— Je suis désolée, ai-je bredouillé en faisant un pas en arrière. J'ai été opérée. Il faut que ma tête reste au chaud.

Le nez dans son mouchoir, Penelope m'a répondu :

— Ne t'inquiète pas. Il n'y a pas que la laine. C'est pareil avec les plumes, la fourrure, le pollen. Je crois que je n'aurais pas pu trouver pire comme lieu de travail. Je tente la stratégie de l'exposition, tu vois, plutôt que de me gaver d'antihistaminiques qui me font somnoler.

Puis elle a inspiré profondément, de manière un peu exagérée, par ses narines rougies.

— Ce n'est pas un boulot facile – tu es au courant ?

J'ai hoché la tête.

— Je suis plus costaude que j'en ai l'air.

À l'Institut, le nettoyage des enclos et les tâches quotidiennes étaient assurés par les étudiants – comme Cosima – et les techniciens. J'y avais eu droit, en mon temps, mais une fois diplômée et en blouse blanche, j'avais cessé de me servir de mes muscles pour utiliser mon cerveau.

— Ton responsable de l'Institut, Charlie Grace… il t'avait à la bonne, dis donc. Il m'a pratiquement dit que tu pouvais décrocher la lune, a continué Penelope. Il y a beaucoup de marginaux, ici. À commencer par Torbet lui-même, le propriétaire du zoo – tu le rencontreras à la fin de la semaine, pendant la soirée Tigre de Sibérie. Tu es au courant, n'est-ce pas ? Ce type attire les cas sociaux comme un aimant. Il n'y a que des gens comme ça qui peuvent le suivre, de toute façon.

Penelope a de nouveau éternué, avant de lever en l'air une main aux ongles longs comme des serres.

— Ne le prends surtout pas mal, a-t-elle repris, parlant dans son mouchoir, les yeux ruisselant derrière ses lunettes. Quand je dis « les cas sociaux », je nous inclus tous ici. Moi y compris. Ça n'a rien de péjoratif, au contraire. Sortir un peu des codes…

Elle a secoué la tête, comme si ses propres mots la désolaient.

— Je me suis renseignée sur ce que vous faites au zoo, ai-je dit.

Charlie m'avait raconté que, même si le zoo était né de la lubie d'un excentrique, des projets d'élevage intéressants, bien que hors normes, y étaient menés. Après quelques recherches, j'ai découvert que le zoo avait pour politique le contact direct entre les soigneurs et les animaux. Les articles que j'avais pu lire sur les travaux de John Aspinall donnaient pourtant l'impression qu'entrer dans l'enclos d'un tigre ou d'un gorille était une chose démente et dangereuse. Il n'empêche que le taux de natalité avait sensiblement augmenté grâce à cette pratique, sûrement parce qu'elle enrichissait un environnement autrement morne. Les derniers temps, pendant mes pauses à l'Institut, c'était justement ce que j'avais fait, et grâce à cela que j'étais arrivée à mes découvertes sur les bonobos et leurs rites de deuil. J'ai poussé un soupir en pensant qu'aucune suite ne serait jamais donnée à ces résultats, précisément à cause des moyens par lesquels je les avais obtenus.

Les lèvres joliment peintes de Penelope se sont recourbées.

— Oui. Nous entrons dans les enclos avec les animaux. Les gros, les petits, les méchants, les gentils.

Torbet croit en l'idée que soigneur et animal doivent entretenir une étroite relation. Même si cela comporte des risques, évidemment.

Elle est retournée derrière son bureau pour récupérer un papier.

— J'allais oublier. C'est un formulaire de décharge de responsabilité. Il faut que tu le signes.

J'ai baissé les yeux vers la feuille couverte de jargon juridique.

Penelope me scrutait avec une intensité quasi maternelle.

— Il arrive que ça dérape – souvent quand un soigneur devient trop sûr de lui avec le tigre. Torbet a mis en place ce formulaire pour nous faire prendre conscience des risques, en amont.

— Je vois.

Acceptant le stylo qu'elle me tendait, j'ai posé la feuille sur mes genoux. Je m'apprêtais à signer quand Penelope a ajouté :

— Juste pour être claire : tu n'iras pas immédiatement dans l'enclos. Nous ne sommes pas irresponsables. Fous, oui, mais pas tarés, si tu vois la différence. Quoi qu'il en soit, c'est Morris qui te donnera le feu vert.

— Morris ?

— Le soigneur en chef des singes. C'est là-bas que je voudrais te mettre.

— Je travaillerai avec les bonobos ?

— Oui. Charlie m'a dit que c'étaient tes singes préférés.

Incapable de réprimer un sourire, j'ai signé le formulaire et le lui ai rendu.

Penelope l'a fourré dans un tiroir, puis elle a brandi un sac.

— Tes deux salopettes Torbet Zoo. Pointure ?

— 38.

Elle est allée fouiller dans un coin de la pièce pour attraper des bottes qu'elle a laissées tomber dans le sac avant de me le tendre. Puis elle m'a posé dans le creux de la main une clé avec un porte-clés en forme de tigre tellement gros qu'il prenait toute ma paume.

— Tu sais que nous allons bientôt avoir un tigre de Sibérie ?

Je l'ignorais.

Elle s'est frotté les yeux derrière ses lunettes.

— Nous amorçons un programme d'élevage. Il faut absolument que tu discutes avec Torbet à la soirée Tigre. Tout le monde sera là. Il y aura une présentation devant ses amis et les membres du zoo et, bien sûr, nous espérons lever des fonds. Je crois que Torbet commentera aussi un diaporama.

Après un dernier mouchage de nez grandiloquent qui lui a valu du rouge à lèvres sur les dents, Penelope a ajouté :

— La journée commence demain à 8 heures. Morris te montrera tout ce qu'il faut. Tu ne pourras pas le rater. John Lennon. Période Yoko.

Ses yeux n'étaient plus que deux fentes rouges ; elle a souri malgré tout.

— Bienvenue, alors. Le pavillon se trouve par là.

Elle a pointé son doigt vers la fenêtre, à l'horizon.

Charlie m'avait obtenu un logement sur place, dans le pavillon – une ancienne maison de baron défraîchie, à l'autre bout du parc. Plusieurs autres soigneurs vivaient là-bas. Je présume qu'il devait croire que cela m'aiderait à m'intégrer, à me sentir moins seule.

De part et d'autre de la route sur laquelle je traînais à présent ma valise s'alignaient des affiches annonçant l'arrivée imminente du nouveau tigre : gros plan d'une gueule rugissante, avec en légende : PROCHAINEMENT : LE SEIGNEUR DES FORÊTS DE SIBÉRIE. Devant moi se dressait un panneau indiquant la maison des singes, au pied de la colline, et d'autres pour les oiseaux, les félins et les zèbres. Je me sentais un peu dépassée de me savoir entourée d'un si grand nombre d'espèces, moi dont l'expertise ne couvrait qu'un domaine restreint.

Les moyens de conservation des espèces n'avaient jamais été pour moi sujets à controverse. Je n'avais jamais remis en question le fait de garder des bonobos toute leur vie à l'Institut : la captivité, au service d'une cause plus grande, ne me dérangeait pas. De ce que j'avais compris, le zoo de Torbet se classait plutôt parmi les ménageries que les lieux où sont mis en œuvre de réels efforts de conservation. Charlie m'avait dit (pour rendre le projet plus attractif scientifiquement, je suppose) que le zoo avait participé à un programme de réintroduction d'un petit lézard brun dont j'avais oublié le nom. Nos recherches sur les bonobos ne portaient pas sur leur conservation à proprement parler, mais sur l'amélioration de la compréhension que nous avions d'eux et le perfectionnement de nos connaissances de l'espèce. Peut-être y aurait-il ici de nouvelles perspectives de recherche. Peut-être que tout ne serait pas si affreux.

Je me suis retrouvée dans un couloir avec des portes numérotées, dont une obstruée par un poster de tigre géant. Il y avait au bout un escalier étroit en colimaçon, que j'ai suivi pour arriver sur un petit palier qui ne comptait qu'une seule porte, la mienne, la numéro 4. En l'ouvrant, j'ai découvert une petite pièce circulaire, peinte en blanc. Elle correspondait à l'une des tourelles du pavillon. Il y avait un plafond hexagonal, et une fenêtre étroite. C'était une fenêtre à meneaux, avec des résilles de plomb. La pièce comportait un petit lit une place, une table avec une plaque chauffante, une chaise et une lampe, et une armoire. Avec un piaillement de joie à peine contenu, j'ai laissé tomber par terre tous mes bagages. J'ai ouvert la fenêtre et laissé entrer l'air frais et les bruits du zoo.

En dessous, les capybaras prenaient le soleil. Leur dos doré brillait, et l'un d'eux déambulait dans l'enclos avec un air bienheureux.

J'ai attrapé mon téléphone et écrit à Charlie : *J'ai une tourelle !* Et puis j'ai gobé plusieurs cachets de codéine et de diazépam, parce que la migraine arrivait. Je me suis étendue sur le lit tout habillée, et j'ai sombré dans le sommeil, le premier sommeil paisible depuis l'agression.

5

Le hululement mélodieux du gibbon vibrait dans mes oreilles. Le jour s'était levé – j'avais fait le tour du cadran. L'amas de bagages tranchant sur le blanc du mur éclairé par le soleil me faisait mal aux yeux. Comme chaque matin, j'ai passé en revue mes maux de tête, mes envies de médicament. J'avais la tête lourde, mais pas douloureuse, et à l'intérieur ne résonnait que le chant quotidien du sang circulant dans chacun des replis et des follicules de mon corps. La musique de ma dépendance était toujours là, incessante. J'ai fait mes calculs. La codéine calmerait la sensation de vivre avec une scie émoussée à la place des nerfs, et je garderais sur moi le diazépam, au cas où. Ma vie comportait beaucoup d'*au cas où*. Le manque, corporel ou émotionnel, voire les deux, pouvait me prendre par surprise à tout moment. Mais, voyant que l'heure tournait, je me suis traînée hors du lit, j'ai enfilé mes vêtements et je suis partie au pas de course dans la lumière du matin vers la maison des singes, à la rencontre de Morris.

Pendant que j'attendais devant la vitre, comme un visiteur, j'ai dû retenir mes larmes en découvrant l'obscurité fétide de l'enclos des bonobos, son carrelage brut, ébréché. Le simple fait que le zoo abrite des bonobos était en soi assez exceptionnel, même si l'environnement apparaissait plus dépouillé qu'à l'Institut. La plupart des zoos possédaient des chimpanzés, les bagarreurs et masturbateurs du monde des primates. Le spectacle d'un groupe paisible, matriarcal, de singes aimants plutôt que belliqueux ne suffisait pas à satisfaire le public.

Un homme est sorti de la salle de préparation en trottinant, ses cheveux noirs bouclés dépassant sous une casquette de base-ball marquée d'un écusson TORBET ZOO PARK qui portait un dessin de tigre et la légende *Embracing Conservation*. J'avais trouvé Morris, qui ne ressemblait absolument en rien à John Lennon. Il m'a repérée à la manière d'un renard – avec un sursaut et des yeux ronds – avant de s'approcher de moi en me dominant de toute sa hauteur, comme dans un film de cow-boy.

— Premier jour ?

Il parlait avec un accent londonien affecté, qui semblait appris plutôt qu'inné. Il paraissait plus jeune que moi, peut-être cinq ans de moins. Il avait une peau épaisse, bien que lisse, comme celle d'un jeune rhinocéros, et avait un de ces visages qu'il m'était difficile de savoir si j'appréciais ou non. J'ai décidé que oui. Sa main, quand je l'ai serrée, était chaude. Sa chaleur est en fait ce qui m'a le plus frappée lors de ce bref moment sans mots. Elle m'a fait l'effet d'une décharge qui transportait un message. J'ai retiré ma main.

— Je suis Gabriel, le fils de Torbet, m'a-t-il annoncé. Morris ne sera pas long. Viens.

Quand je lui ai dit mon nom, ses lèvres l'ont attrapé, puis fait tourner dans sa bouche comme un bonbon.

— Frieda... Fried*a*.

Je lui ai emboîté le pas avec le sentiment d'avoir soudain rajeuni et d'être encore plus bizarre qu'à l'ordinaire. Ses jambes qui disparaissaient sous le bas de sa blouse donnaient l'impression qu'il n'avait pas de fesses. Vu de dos, on aurait dit l'un de ces animaux qu'on voit brouter dans la savane, un oryx, ou même une girafe, tout en longueur, en extension. Je me suis demandé quel effet cela pouvait faire d'être aussi grand.

Il y avait un couloir tout autour du bâtiment, derrière les enclos. Il longeait d'abord les bonobos, puis les drills, et pour finir les cages destinées aux singes plus petits – capucins, macaques, cercopithèques Diane, lémuriens.

Ce couloir menait à une salle d'observation inaccessible au public. Nous avons regardé les bonobos depuis un balcon. Comme l'extérieur était mouillé, les bonobos avaient choisi de rester dans la partie abritée de l'enclos, préférant les cris et les coups contre la vitre des visiteurs à la pluie.

La pauvreté de l'espace contrastait avec l'Institut où nous avions aménagé l'enclos avec soin. Seulement de la sciure éparpillée par terre. Une structure de grimpe en métal sur environ un tiers de l'espace. Quelques matelas de paille, des caisses en bois, une corde. Pas de bottes de foin ni de hamac, d'étages, de recoins. J'ai commencé à parler de Zaïre à Gabriel, mais je me suis arrêtée. Les bonobos ne semblaient pas malheureux. Ils étaient calmes, se déplaçaient de manière plutôt naturelle. Toutes les femelles présentaient un fort gonflement du postérieur indiquant une période de chaleur. La saison fertile, chez les femelles bonobos, dure beaucoup plus longtemps que chez les autres singes. Visiblement mal à l'aise et gênées pour s'asseoir, elles déambulaient ou s'alanguissaient sur les paillis, semblables à des dames de l'époque victorienne. Comme on l'observe souvent, elles se présentaient aux mâles dans des postures ouvertement sexuelles soit pour recevoir de ces derniers de la nourriture, pour faire cesser une querelle, soit pour une autre raison – ou sans raison du tout. S'ensuivait un accouplement rapide, puis les deux individus retournaient à leurs fouilles ou à leur déambulation.

— Ils passent leur temps à se rouler des pelles, a fait remarquer Gabriel en secouant la tête. Littéralement. Nous avons reçu des plaintes de parents.

— C'est leur façon de régler les problèmes..., ai-je dit. Les chimpanzés, eux, l'utilisent comme moyen de domination.

Je savais que je passais pour la fille coincée. Mais c'était comme ça que nous parlions de la sexualité des bonobos à l'Institut. *Rouler des pelles* ne faisait pas partie de notre vocabulaire.

La plus grosse d'entre elles, sûrement la femelle dominante, couchée sur le dos, les jambes écartées, appelait un mâle à proximité. Le mâle a bondi sur elle, puis tous les deux se sont livrés à un accouplement franc et ouvert, face à face, devant un groupe d'élèves en sortie scolaire. Le coït terminé, la femelle a poussé un cri perçant, puis a tendu le bras pour attraper l'orange que le mâle tenait dans sa main. Ce dernier est alors reparti, sans objecter. Le trémolo de l'institutrice a résonné dans le bâtiment.

— Avancez, les enfants !

Elle a poussé le groupe vers l'avant, leurs visages comme autant de ballons s'entrechoquant doucement, déboussolés et vides d'expression.

— Les femelles aussi ont des orgasmes, ai-je repris. Un orgasme et une orange. Pas mal.

Un silence est passé.

— Ce que je ne comprends pas, a répondu Gabriel, c'est la raison pour laquelle il la laisse le commander comme ça.

Ses mots m'ont donné des fourmis sous la peau, comme les ondes de mon téléphone.

— Il va y avoir un nouveau tigre, a-t-il poursuivi. J'étais le soigneur du tigre, avant, mais ils m'ont transféré ici parce que j'ai oublié de fermer une trappe et qu'il a failli s'échapper. Tu es au courant qu'ils nous laissent aller avec les tigres dans l'enclos, n'est-ce pas ? Il faut juste faire gaffe aux trappes.

Il a soupiré, puis son attention est retournée à la scène qui se déroulait devant nous.

— C'est quand même gênant pour les gamins. Je trouve qu'ils devraient remettre les chimpanzés.

— Mais les chimpanzés passent leur temps à se battre ! Et ils se masturbent devant les enfants.

— Pas faux, a-t-il concédé avec un grand sourire.

— Alors ?

— Ce serait quand même mieux que des vieilles primates qui sautent sur tout ce qui bouge. Au moins, les chimpanzés sont marrants. Là, les gens doivent avoir l'impression d'emmener leurs gosses voir un porno.

— Peut-être que si davantage d'enfants voyaient ça, ils n'auraient pas la même mentalité que toi en grandissant.

L'effort que me demandait cet échange m'a obligée à toucher ma boîte de diazépam. La sentir sous ma main m'a rassurée.

Gabriel a braqué son regard sur moi.

— Le comportement du chimpanzé est plus naturel, a-t-il affirmé.

— Mais tout est naturel ! Et qu'est-ce que ça veut dire, de toute façon ?

— Arrête tes conneries, a-t-il rétorqué.

Le rouge m'est monté aux joues.

— Mes *conneries* ?

Il n'a pas répondu, alors j'ai poursuivi :

— Ces singes font partie des animaux les plus rares au monde. Et pratiquement personne ne les étudie. C'est à cause de gens comme toi qu'on les refuse dans les zoos ! Les bonobos sont en train de mourir à cause de toi et de ton discours de macho à deux balles sur les tigres et les chimpanzés !

Ma voix était montée dans les aigus. Gabriel s'est gratté la joue comme si de rien n'était, sans dire un mot.

— C'est un modèle matriarcal très stable, ai-je repris. Où la violence n'existe pratiquement pas. C'est sur eux que nous devrions prendre exemple et toi, le seul truc que tu trouves à dire, c'est qu'ils « baisent trop » ? Ça me débecte.

Nous nous sommes fusillés du regard en silence sous les poutres du plafond couvertes de toiles d'araignées.

Au même moment, deux femelles bonobos ont commencé à se faire des câlins et à se tripoter, juste sous notre nez. Gabriel a poussé un soupir.

— Je suis devenu soigneur pour travailler avec les tigres. Ils me passionnent depuis que je suis gamin. J'ai un fils – devine comment il s'appelle ? Tiger. Être le fils de Torbet, travailler avec son père, ça n'a rien de facile, mais je le supporte parce que j'assure avec les tigres.

Les deux femelles ont interrompu leurs caresses pour manger des bouts de melon qu'elles s'échangeaient tout en poussant de chaleureuses vocalises.

— J'ai tissé une relation très forte avec le mâle, Lyric, a-t-il continué. Il faut beaucoup de temps pour parvenir à ça avec un tigre. Ça n'a rien à voir avec toutes ces… embrassades et ces jacasseries.

Je n'en croyais pas mes oreilles.

— Et qu'est-ce que les tigres ont de si formidable, dans ce cas ? Ils rugissent ? Ils tuent ?

Gabriel m'a regardée attentivement. De nouveau, j'ai entendu mon sang vibrer dans mon corps, dans une atroce cacophonie d'envies soudaines. Il a secoué la tête, s'est écarté du garde-corps, puis il est parti.

— C'est un comportement complexe, ai-je lancé dans son dos. C'est ça qui te dérange ?

À ces mots, il s'est retourné et a fait demi-tour, tout d'un coup. Il était bien plus grand que moi. S'il me poussait, j'atterrissais dans l'enclos. S'il me frappait, il m'assommait. J'ai levé le bras pour me protéger.

— Mais ça va pas ou quoi ? Baisse ta main. Je veux juste te dire quelque chose.

J'ai abaissé mon bras, sceptique, le cœur battant.

— Je ne pense pas que les bonobos sont moins importants. Simplement…

Il a marqué une pause pour réfléchir.

— Tu t'es déjà retrouvée dans un enclos avec un tigre ?

— Non.

— OK. Bon. Un seul coup de patte, et il te tue. Il faut que tu gardes ça à l'esprit.

Il a brandi sa main et ajouté :

— Griffes rétractiles. S'il les sort et qu'il te lacère le ventre, tu peux dire adieu à tes boyaux.

Il guettait ma réaction. Je suis restée de marbre.

— À l'état sauvage – dans la *vraie nature*, et pardon, mais il me semble bien que nous en sommes loin, ici –, il y a deux choses qui importent : le prédateur et la proie. Et le tigre sait qu'il se trouve au sommet de la chaîne alimentaire. Ce n'est pas pour rien qu'on le surnomme le roi. Le motif de son pelage, sur son front… tu savais qu'il forme le caractère chinois qui veut dire *roi* ?

Il débordait d'énergie à présent. Son regard restait planté sur moi pour vérifier que je n'en perdais rien.

— Et ce à quoi tu dois parvenir, l'objectif premier d'un soigneur de tigre – et il faut un temps monstrueux pour y arriver –, c'est de gagner son respect.

J'ai levé les yeux au ciel.

— Oh, arrête ton cirque.

— Quoi ? Ne sois pas bête, enfin. Dans les contrées sauvages de Sibérie, il n'y a pas de temps pour tes conneries de dynamique de groupe. Il n'y a que lui et toi, et toutes les chances du monde pour qu'il te tue, juste parce qu'il en a envie. Et c'est à toi de trouver le moyen d'aller au-delà, de te connecter avec cet esprit sauvage.

— Ce que tu appelles « conneries de dynamique de groupe », lui ai-je fait remarquer en croisant les bras, est la forme de société la plus complexe identifiée dans le règne animal.

— À jacasser et se rouler des pelles. Mais ils ne prospèrent pas, pas vrai ?

— C'est la destruction de leur habitat qui les fait disparaître, bon sang !

— Écoute, a repris Gabriel après un silence glacial. N'importe quel imbécile peut entrer dans un enclos à bonobos. Il n'y a pratiquement rien à apprendre. Tu tournes la tête à gauche : ils jacassent. Tu tournes la tête à droite : ils se roulent des pelles. Tu trouves ça complexe, moi je trouve ça rasoir. Alors que pour aller avec les tigres, là, il faut savoir y faire. Et si tu veux bien arrêter deux secondes de blablater, je vais te dire comment. D'accord ? Si ça se trouve, un jour, ils te laisseront entrer.

Je suis restée sans voix. De toute façon, il ne semblait pas attendre mon feu vert.

— OK, super, a-t-il dit. La règle de base, c'est de ne jamais te comporter comme une proie. Quand le tigre joue, il aime poser les pattes sur tes épaules, comme ça.

Sans crier gare, il a appuyé sur mes épaules avec ses deux bras. Des ombres se sont abattues autour de moi. Je ne me trouvais plus qu'à quelques centimètres de son torse. Sentant tout de suite venir la claustrophobie, je l'ai repoussé.

— Hé, du calme ! Je sors les griffes sinon, a-t-il protesté en tendant au-dessus de moi deux mains crochues. Et adieu les boyaux !

— N'importe quoi.

— Mais non ! Je te sauve la vie, là. Bon, laisse-toi faire, cette fois.

Il a reposé les bras sur mes épaules.

— Ne bouge pas. Ne fléchis pas. Ne parle pas. Ne me serre pas dans tes bras. On n'est pas encore potes, toi et moi.

Mon cœur a résonné dans la pénombre étriquée, réchauffée par mon souffle.

— Tu as peur ?

Ses mots se sont fracassés sur mes lèvres. La sueur s'est mise à ruisseler dans mon dos. J'étais sur le point de suffoquer.

— Non, ai-je soufflé.

— Eh bien, tu devrais. Mais tu ne dois pas le montrer. Parce que la solution pour te sortir de là et garder son respect, c'est de te dégager, et, pour ce faire, tu dois retirer ses pattes. Tu peux parler en même temps, si tu veux, mais toujours à voix basse et, bien sûr, sans dire trop de conneries, tu vois. Tu évites les monologues débiles provoqués par la peur.

Un souvenir assourdissant s'est abattu sur moi comme un couvercle qu'on referme. L'obscurité du métro. La flambée soudaine dans mon crâne. Quand une chose veut tuer, elle tue.

Je me suis arrachée de ses bras en poussant un cri, avant de m'éloigner d'un pas ferme.

— Ne jamais tourner le dos à un tigre !

Il m'a rattrapée et fait pivoter vers lui.

— Ça fait deux fois que tu te fais tuer en cinq minutes. Attends, a-t-il dit en se penchant vers moi, tu... tu pleures ?

— Non !

Il m'a regardée fixement, sans comprendre, pendant que les deux femelles bonobos, en dessous, entamaient une série de tendres cris perçants.

— Elle est complètement tordue, ta vision de la nature ! me suis-je écriée. Regarde le résultat ! Morte deux fois en cinq minutes ! C'est juste... *chiant* et *unilatéral*, et je déteste ça !

Un long silence s'est écoulé.

— Comme tu veux.

Puis il est parti. Je me suis appuyée contre le garde-corps, les mains agrippées à la rambarde, les jambes brusquement molles. Quel intérêt y avait-il à laisser exploser cette colère, qui déjà se flétrissait, changée en tristesse ? J'ai avalé le diazépam et imaginé Gabriel en proie aux flammes. Sans résultat. Il s'était éloigné de quelques pas lorsqu'il s'est retourné et m'a lancé :

— Morris arrivera d'un instant à l'autre. Si tu ne veux pas écouter mes conseils sur les tigres et le respect, écoute les siens, en revanche. Tu n'imagines même pas comme ce mec est rigide. Il va te bouffer toute crue.

6

Morris faisait ma taille, et les deux tiers au moins de son visage étaient cachés derrière ses cheveux châtains, comme une planète aride couverte d'algues mortes. Il portait une paire de lunettes à monture métallique. Il est apparu sans un bruit, comme s'il flottait, et m'a fait signe de le suivre. J'ai vu partir Gabriel avec soulagement. Dans la salle de préparation humide, j'ai tendu la main à mon nouveau patron. Mais, au lieu de la serrer, Morris m'a indiqué un gros tas de carottes, de choux et de fruits divers. Puis s'est ouvert, entre sa barbe et sa moustache, un minuscule espace rose révélant de petites dents pointues et un murmure sévère :

— Il faut couper tout ça en tranches. Ne sois pas trop longue – il y a tout le nettoyage à faire ensuite. Une demi-heure, tu penses que c'est jouable ?

J'ai hoché la tête et laissé retomber la main qu'il avait refusée. En tranches. Pas sorcier.

— N'écoute pas les bêtises de Gabriel, a marmonné Morris. C'est un décérébré.

Là-dessus, il s'en est allé à grands pas sur ses jambes d'échassier.

J'ai attrapé le couteau et commencé mon hachage en fredonnant, séparant les aliments par piles. Je n'ai pas vu le temps passer. Je reculais pour observer fièrement ma besogne quand Morris a fait coulisser la porte, environ une demi-heure plus tard.

Il était impossible de déchiffrer son expression derrière tous ces cheveux, mais il n'y avait en revanche pas de méprise possible quant à la fureur qui s'est emparée de lui alors qu'il ramassait une poignée de carottes et, à mi-chemin entre le murmure et le hurlement, me soufflait à la figure : « Tu mangerais ça, toi ? Ce n'est même pas lavé ! », avant de tout jeter sur le sol.

Stupéfaite, je voyais à présent ce qu'il voulait dire : des formes irrégulières, des morceaux biscornus, un manque total de soin. La lumière crue, tout à coup, me brûlait la peau. J'aurais donné n'importe quoi pour aller me réfugier dans mon coin. Morris semblait du genre impétueux, du genre à pouvoir abattre soudainement ses poings sur moi. Je me suis écartée de lui, les bras cachés derrière mon dos. Mais impossible de détacher mon regard de lui – et Morris a semblé l'interpréter comme une provocation de ma part, ce qui l'a rendu fou. Tremblant de rage, il m'a susurré :

— Si tu n'es même pas foutue de découper une carotte, alors tu ne me serviras à rien. Tu entends ? À rien.

— C'est vrai, je suis désolée. Je n'avais jamais découpé de carottes. J'ai toujours eu l'habitude de les émincer dans le sens de la longueur. Et je les pèle, en général, au lieu de les laver *et* de les peler. Il me semblait inutile de faire les deux. Mais ça, c'était dans une autre vie.

Tout en parlant, je m'étais mise hors de sa portée, mon regard toujours rivé sur le sien.

— Vous voudrez bien m'apprendre ? lui ai-je demandé en parvenant à esquisser un sourire hésitant que Morris a dardé de ses yeux de myope, derrière ses verres immaculés.

Tout en poussant un énorme soupir, il a ramassé dans le tas une carotte tordue pour la frotter vigoureusement sous le jet de l'évier, avec une brosse qu'il m'a ensuite ostensiblement agitée sous le nez. Puis il m'a pris mon couteau des mains et, avec la dextérité foudroyante d'un chef de haut rang, a émincé la carotte en morceaux identiques, à peu près de la taille d'une phalange. Les tronçons luisaient sur la planche. Morris a fait tomber le tout dans un saladier, m'a rendu le couteau et a dit :

— Des *bâtonnets*, quoi. Putain de merde.

Les légumes finalement coupés comme il se devait, le moment du nettoyage des cages est arrivé. Chaque espèce de singe possédait un enclos intérieur et extérieur, séparé par le couloir dans lequel nous nous trouvions. L'extérieur était relié par un tunnel qui passait sous nos pieds. Les cages abritées, vieilles de plusieurs dizaines d'années, étaient recouvertes de carrelage et fermées par une porte en métal, chacune verrouillée par une clé différente. La lumière blanche faisait briller les murs ; chaque mouvement se réfléchissait dans des ombres fébriles.

Morris a jeté un coup d'œil à travers les barreaux de la fenêtre de la première porte avant de soulever la trappe à l'aide d'une corde et de pousser un cri au son duquel les capucins ont détalé dans le tunnel.

— Il faut les compter une fois qu'ils sont sortis, m'a-t-il soufflé après avoir abaissé la trappe.

Puis il m'a regardée comme s'il n'était pas sûr que j'avais compris.

— Couper un singe en deux, c'est mal. Pigé ?

J'ai hoché la tête, sans oser tenir pour acquis, comme je l'avais fait avec la préparation des rations, que n'importe quel imbécile pouvait abaisser une trappe sans couper un singe en deux. Toutes ces opérations, tous ces gestes qui me semblaient familiers devaient en fait être réappris.

— Seau, a déclaré Morris en pointant le couloir du doigt. Tuyau. Désinfectant. Balai. Brosse à récurer. Pelle. Tu sais à quoi toutes ces choses servent ou je dois te montrer ?

J'aurais préféré qu'il me montre, car je me méfiais éminemment des objets du quotidien. Mais je savais qu'afficher mon manque d'assurance me desservirait. Je me suis efforcée de décoder son langage corporel, d'en dégager une histoire, mais il en semblait sincèrement dépourvu. Alors, les bras rangés derrière mon dos, j'ai tenté de copier avec la plus grande précision possible l'angle selon lequel sa tête était penchée. J'ignore pourquoi, mais une envie furieuse de toucher ses cheveux et sa barbe me démangeait. Était-ce chaud en dessous ? Et ce torse carré, sous ce tee-shirt uni et ce sweat-shirt à l'effigie du zoo – sentirais-je un cœur battre dedans ? L'impression qu'à l'intérieur de cet homme ne se cachait rien d'autre qu'un immense mépris commençait à m'effrayer un petit peu.

— Je peux le faire, ai-je dit.

D'un geste plein d'emphase, Morris a plongé la main dans la poche arrière de son pantalon pour en sortir une brosse à dents. Elle était vieille, mais d'une propreté immaculée. Il m'a tenu la porte de l'enclos. L'intérieur était bourré de brindilles, jusqu'au plafond. J'ai dû me baisser pour passer en dessous. Morris a retourné une caisse en bois pour s'en servir comme marchepied, puis a mimé le geste de récurer une brindille avec la brosse à dents.

— Elles se retrouvent complètement recouvertes de merde, sinon, m'a-t-il expliqué en baissant les yeux vers moi comme un hibou.

Je me demandais s'il cherchait une réaction. Difficile de ne pas en avoir. Il y avait des *milliers* de brindilles. La tâche était impossible.

— Il y a 20 cages – 10 de chaque côté ; 10 avant la pause déjeuner, 10 après. Donc ne passe pas toute la matinée sur celle-là.

Il m'a tendu la brosse à dents.

— Je vais laisser sortir tous les animaux en partant. Ne les fais pas rentrer avant mon retour.

Morris parti, je me suis retrouvée toute seule dans l'enclos carrelé, ma brosse à dents à la main. Une petite étincelle d'excitation commençait à naître en moi. J'ai déroulé le tuyau d'arrosage, puis j'ai ouvert l'eau en écoutant les appels des singes, dehors. La laideur des cages a paru s'atténuer. Les branches avaient été choisies et disposées avec soin. Des boîtes à trous remplies de nourriture étaient accrochées au plafond, et les singes avaient à leur disposition des filets et de la toile à sac pour se balancer et se cacher. J'ai promené mes doigts sur les murs glissants d'eau.

Un grand bruit m'a soudain fait sursauter. Plusieurs dizaines d'écoliers tapaient contre la vitre en se prenant pour des singes. La paroi, embuée par leur souffle chaud, vibrait sous la force de leurs poings. Je suis tombée contre la porte en glissant sur le sol détrempé. Le battant a claqué. Les clés se trouvaient toujours dans la serrure, de l'autre côté ; j'étais à présent toute seule, par terre, emprisonnée dans ma cellule sous le regard des enfants hurlants. Dans ma salopette trempée par le tuyau d'arrosage, j'ai senti mes joues s'empourprer.

Les pieuvres sont capables de disparaître dans un espace aussi restreint que leur œil. Certaines ont été observées se déplaçant avec deux moitiés de coques de noix de coco emboîtées l'une sur l'autre pour faciliter le transport ; en cas de danger, les pieuvres se réfugient dans une moitié et placent l'autre au-dessus, comme un couvercle, pour se protéger. Le calamar est capable de prendre la couleur de son environnement presque instantanément. J'aurais donné n'importe quoi pour en être capable, là tout de suite. Recroquevillée dans mon coin, j'ai tenté de me cacher derrière un morceau de toile à sac. Bande de sauvages. Je les détestais. Ils ne se souciaient absolument pas des animaux. Leurs doigts laissaient des traces de gras de chips et de sueur sur le carreau. On aurait dit des machines détraquées, aux mouvements saccadés.

J'ai voulu leur faire peur en bouchant une partie du tuyau pour projeter sur la vitre un jet puissant, dur comme de la pierre. Quand l'eau a percuté la paroi, les teignes, à ma grande satisfaction, se sont mises à hurler de panique, leurs visages masqués par les éclaboussures. Je me suis rapprochée en rampant, le tuyau braqué sur la vitre. Les enfants, hystériques, reculaient par vagues. J'ai brièvement aperçu la tête chauve d'un adulte à grosses lunettes qui les appelait, puis tout le monde a déguerpi.

Le silence était restauré. C'est à cet instant que j'ai vu, tapie à quelques centimètres de là, une énorme araignée. Une espèce tropicale, sans aucun doute, sûrement arrivée dans un fruit, tellement grosse que je voyais ses mandibules bouger. Ses pattes gigantesques surélevaient son corps à une hauteur suffisante pour qu'elle projette une ombre sur les tuiles. Elle semblait tendue, prête à me sauter dessus.

Mais l'époque de la Frieda Bloom en blouse blanche était révolue. J'ai dirigé le tuyau juste à côté de l'araignée, qui s'est rétractée en une masse détrempée de la taille d'une balle de golf. La conduire jusqu'à la grille d'évacuation n'a pas été aisé. Il m'a fallu faire ricocher le jet contre le mur pour réussir à la déloger. Pendant un instant, l'araignée s'est redéployée comme pour s'enfuir, mais j'ai poursuivi l'arrosage, imperturbable. Après un dernier tourbillon de tuyau délivré d'une main experte, j'ai laissé s'engouffrer ce qui restait de l'araignée par la grille d'évacuation.

Et maintenant ? Ayant épuisé toutes mes cibles, j'ai retiré mon doigt pour retrouver le débit d'origine avant d'abandonner le tuyau dans un coin. J'ai ramassé la brosse à dents. Je devais au moins essayer d'avancer un peu le travail avant de crier à l'aide pour que quelqu'un me sorte de là. Comme Morris, je me suis servie d'une caisse retournée comme marchepied afin de commencer par les branches les plus hautes. Il avait raison : le bois luisait sous les excréments. L'espace était si confiné que les brindilles me griffaient le visage, projetant des mouchetures dans mes yeux. C'est alors que j'ai entendu des éclats de rire en provenance de la porte.

— Tu as vu que tu t'étais enfermée ? m'a demandé Gabriel en laissant pendre la clé au bout de son doigt.

Constater que je le dépassais de quelques têtes, là sur ma caisse, m'a procuré un sentiment d'exaltation assez curieux.

— Merci, ai-je dit en me dépêtrant des branchages et en essuyant les projections de crotte qui avaient atterri dans mes yeux.

Puis j'ai ajouté :

— Je crois qu'on a pris un mauvais départ, tout à l'heure.

Gabriel a haussé les épaules et balayé l'enclos du regard, tout en continuant à brandir la clé.

— Eh ben… Morris va te tuer.

— Pourquoi ?

— Parce que l'enclos est dégueulasse et qu'il t'en reste neuf autres à nettoyer.

— Il était sérieux ? À propos de la brosse à dents ?

Sur ses lèvres s'est lentement dessiné un sourire, un franc sourire que je n'avais pas entraperçu lors de notre précédent face-à-face.

— Je t'avais prévenue. C'est un maniaque. Le jour où j'ai commencé ici, il m'a hurlé dessus tellement fort que j'ai cru qu'il allait faire une attaque. On aurait dit un lutin maléfique avec son couteau brandi en l'air. J'ai cru qu'il allait me découper les rotules.

— Qu'est-ce que tu avais fait de mal ?

— Je l'avais contredit.

— Au moins, il ne peut pas me reprocher ça.

— Ce n'est pas pour ça que tu es à l'abri. Tu signes ton arrêt de mort si le boulot n'est pas fait.

— Mon arrêt de mort ?

— Fini. Virée. Tu sais combien de candidats sont passés ici avant toi ?

Qu'il soit possible de se faire virer deux fois en un mois ne m'avait même pas effleurée.

— Bon, tu ferais mieux de te grouiller. Je veux bien te dépanner pour cette fois.

Puis il a ajouté en faisant pendouiller la clé au bout de son doigt :

— Il faut reconnaître que tu es partie avec un sérieux handicap. N'empêche, tu n'as pas l'air très à l'aise, je me trompe ? Comment tu as atterri ici, déjà ?

— Parce que… j'aime les bonobos.

Il a secoué la tête.

— Tu n'as même pas l'air d'avoir assez de force pour soulever une brosse à dents, alors nettoyer 10 cages… Tu as été malade ?

Il a sorti ces derniers mots du bout des lèvres, et son langage corporel laissait deviner qu'il luttait entre sa curiosité et la mise à l'épreuve sévère de ses capacités d'empathie.

— J'ai fait un long séjour à l'hôpital. Mais je vais mieux. Je n'ai plus rien. Et je n'ai peut-être pas l'air comme ça, mais j'ai beaucoup de force.

Il a hoché la tête.

— OK, Miss bonobo, je commence de l'autre côté, on se rejoint au milieu.

Quand Morris est revenu, à midi, il s'est raidi comme un chien d'arrêt qui flaire le gibier, car dans l'enclos régnaient la paix et l'ordre, ce à quoi il ne s'attendait sûrement pas. Gabriel était parti depuis longtemps, sans rien dire, pour se rendre à la cantine. Il m'avait laissé l'accès à la salle de préparation, où j'avais pu laver les tables.

— Où est ma brosse à dents ? m'a demandé Morris, et je la lui ai tendue en souriant avant de sortir prendre l'air.

Mais mon corps, lui, était pétri de douleur à cause de ces heures de dur labeur, de ces exigences démentes, et de ce sentiment d'avoir enfin trouvé ma place quelque part.

7

Cette première semaine, j'ai passé mon temps à explorer le zoo quand je n'étais pas de service à la maison des singes. Mon accrochage avec Gabriel me poussait tout particulièrement vers l'enclos du tigre. Tous les félins cohabitaient dans un espace sinueux, tout en longueur, séparé des visiteurs par une vitre. C'était un enclos à l'ancienne, étriqué. Malgré ces conditions de vie en apparence sommaires, les fauves parvenaient à se reproduire. L'une des raisons en était que cette vie en collectivité – à part pour le tigre, qui n'est pas un animal de meute – leur procurait le sentiment de vivre au sein d'un groupe familial, facteur de bien-être déterminant pour les animaux sociaux en captivité. En outre, les interactions entre soigneurs et félins semblaient bénéfiques à ces derniers.

On aurait dit une parodie de séance d'identification policière. La violence qui m'entourait était contenue derrière une vitre, si bien qu'il m'était permis de l'observer, à loisir, sous toutes les coutures, de la déplorer. Contrairement à ceux qui détenaient le pouvoir de me tuer, j'étais en liberté. L'enclos du tigre se trouvait tout au bout. Une extension avait été réalisée, qui devait servir de vitrine pour le zoo. C'était là-bas que vivrait le nouveau tigre de Sibérie. Pour l'heure, son seul occupant était Lyric, le mâle que Gabriel aimait tant.

Je me suis arrêtée devant son enclos. C'était une bête massive, trapue, facilement identifiable à ses oreilles noires qui portaient toutes les deux une tache blanche à l'arrière. Sur le front, ce pompeux hiéroglyphe que Gabriel m'avait décrit comme le caractère chinois du mot *roi*. Il faisait les cent pas sur le gazon pelé de l'enclos d'un air désabusé. Lyric avait été récupéré dans un cirque d'Europe de l'Est ; son intégration au zoo s'était bien passée. Sa partenaire et leur progéniture avaient été transférées dans d'autres zoos, ce qui le rendait disponible pour un nouvel accouplement.

Peut-être le plaisir que je prenais à exhiber ma liberté devant ces fauves emprisonnés était-il comparable à celui de ces femmes qui écrivent des lettres d'admiration aux condamnés à mort, qui les épousent et les touchent à travers les trous d'un plexiglas. Se sentaient-elles en sécurité comme moi à cet instant, si proche de ces bêtes pourtant capables de me tuer ? La violence en devenait-elle attrayante ? Avais-je été pervertie par ce que j'avais vécu ? Un calme délicieux m'a envahie alors que je regardais Lyric décrire des boucles autour des piliers de sa structure comme il le faisait chaque jour.

J'avais lu quelque part que les tigres tuaient leur proie soit en les mordant à la gorge pour les étouffer, ou bien à la nuque pour briser les cervicales. La mort est rapide et, plus important encore, sans peur. Les rescapés d'attaques de tigres (qui forment un cercle très restreint) disent avoir été habités par une sensation de paix alors que la gueule du fauve se refermait sur leur gorge. La sidération prend le dessus. La peur est une émotion à diffusion étonnamment lente. Si elle n'a pas le temps d'arriver la première, elle se perd. « Fuir ou se battre » : ce précepte n'est plus valable une fois que les crocs ont percé la trachée. Quelque chose d'autre doit prendre le relais afin que la vie puisse rencontrer la mort avec une forme de transparence, d'équanimité. Tout le reste n'est que gaspillage d'énergie, ce que déteste la nature.

Quand l'homme qui m'a agressée devant la station de métro m'a défoncé le crâne à coups de marteau, il y a eu un instant, étourdissant, qui ne m'a pas du tout semblé se composer de temps, et qui a duré une éternité. Moi non plus, je n'ai pas eu peur pendant cet instant. Mon regard cherchait désespérément à entrer en contact avec cet homme et son arme – de quoi s'agissait-il ? un marteau ? une clé ? – car j'avais compris, durant cette fraction de seconde, que j'allais mourir, et que personne n'a envie de mourir seul. J'étais passée de l'invisibilité à une visibilité totale, j'étais devenue un obstacle si énorme qu'il fallait l'anéantir, et cet anéantissement, mon agresseur en était à la fois la cause et le témoin. Jamais de ma vie je n'avais été vue aussi distinctement, jamais mon existence n'avait été reconnue aussi profondément. Comme pour le chevreuil à la gorge enserrée par les mâchoires du tigre, il n'y a pas eu de temps pour la peur, seulement mes yeux roulant dans leurs orbites pour tenter de l'apercevoir. Je ne l'ai jamais vu, cependant. On ne l'a jamais retrouvé.

Alors que ces pensées tournaient dans mon esprit, la porte latérale, réservée aux soigneurs, s'est ouverte et Gabriel est entré dans l'enclos. J'ai reculé dans l'ombre. Comment pouvait-il avoir la clé ? On ne remettait aux soigneurs que les clés de leur propre secteur. Il a regardé autour de lui pour vérifier que personne ne l'observait avant de tourner un bouton de sa radio – pour l'éteindre ? Puis il l'a déposée, avec ses clés, au pied du portail – un geste qui aurait constitué un motif de renvoi pour toute personne autre que le fils de Torbet –, et s'en est allé d'un pas assuré au centre de l'enclos pour appeler Lyric. Le tigre s'est raidi, s'est tourné, une oreille noire dressée vers l'avant, puis a bondi comme je n'avais jamais vu aucun des autres fauves bondir dans leur enclos. C'était un mouvement réservé au dernier instant avant la capture d'une proie, un bond qui signifiait que le tigre pouvait couvrir des dizaines de mètres en seulement une ou deux secondes. Gabriel l'attendait de face, bras écartés, le corps complètement ouvert pour le recevoir. Une longue jambe légèrement en arrière pour prendre appui au moment de la charge : position de receveur, mais receveur de comète plutôt que de simple balle.

Lyric a fondu sur lui de toutes ses forces, les pattes avant sur ses épaules. Ses mâchoires immenses se sont ouvertes à quelques centimètres de son visage. Ma main s'est aussitôt posée sur ma radio ; la scène ressemblait à s'y méprendre à une attaque. Mais Gabriel se tenait toujours debout, bien qu'ayant reculé sous l'assaut brutal de l'animal. Les bras autour de sa tête, il lui grattait l'échine et l'arrière des oreilles comme s'il ne s'agissait que d'un gros chien fou. Les pattes du tigre, larges comme des assiettes, s'écrasaient sur ses épaules avec une délicatesse stupéfiante, les griffes rétractées. Lorsqu'il a tourné la tête pour lui offrir sa joue, Gabriel souriait. Toutes les manifestations de sympathie qu'il avait pu me témoigner n'étaient rien comparées à ce sourire. Cette joie absolue m'a touchée jusque dans ma cachette, et mes doigts sont lentement remontés de ma radio à la vitre.

Gabriel s'est laissé tomber à genoux, tout en bavardant avec Lyric, aussi insouciant qu'un petit garçon. Les pattes sur ses épaules, le tigre l'a cloué par terre avant d'enfouir son museau, gueule ouverte, dans le creux de son cou. La scène était terrifiante. Sa notion du jeu ne consistait en réalité qu'à se *retenir* de l'éviscérer, se *retenir* de le mordre, et chaque instant qui s'écoulait ne semblait être pour le tigre qu'un renouvellement de ces décisions. Je ne parvenais pas à comprendre ce que Gabriel pouvait trouver de si satisfaisant dans ces interactions, à part peut-être le frisson du danger face à cette ligne qu'ils semblaient sur le point de franchir. Les bonobos, eux, possédaient une palette de comportements et des variantes : il ne s'agissait pas simplement d'appuyer sur un bouton pour en activer un ou, au contraire, le désactiver. Le problème venait peut-être de moi, qui ne savais pas apprécier l'effort de conscience que devait fournir le plus gros fauve du monde pour contrôler ses pulsions de prédateur. Vu la somme d'énergie mentale et physique que cela requérait, peut-être que le tigre pouvait être considéré comme aussi évolué que les bonobos et leur palette de comportements inoffensifs, après tout.

J'ai frissonné dans ma cachette.

L'heure tournait. Plus Gabriel s'attardait, plus grandes étaient les chances qu'un soigneur encore en service le surprenne. Semblant penser la même chose, Gabriel a changé sa manière de s'adresser à Lyric. Il s'est mis à parler moins vite, puis a passé les bras entre les pattes avant du tigre pour libérer ses épaules, exactement comme il me l'avait décrit.

Règle numéro 1 : quand on joue avec un tigre, *on ne lutte pas.*

Une fois ce petit espace créé, Gabriel s'est tourné sur le côté, délogeant le tigre puis, sans retirer sa main de sa gueule, toujours en lui parlant avec calme, il a remonté les genoux et poussé sur le sol pour se libérer. Il avait été si bien enveloppé par le corps du tigre que le voir émerger ainsi, tout maladroit, clignant des yeux, paraissait presque comme une naissance. Lyric s'est roulé sur le dos, exactement comme un chat domestique, en se tortillant de plaisir, mais à l'instant où Gabriel s'est relevé en sautant, le tigre a lui aussi bondi. Le jeu n'était pas terminé pour lui : ses pattes se sont à nouveau retrouvées sur les épaules de Gabriel. Mais le soigneur l'avait anticipé : cette fois, au lieu de lui ébouriffer la crinière, il lui a dit fermement : « Descends, Lyric. C'est l'heure. » Puis il a accompli le même protocole pour s'extraire avant de reculer calmement.

Règle numéro 2 : ne *jamais* tourner le dos à un tigre.

Lyric s'est mis à l'encercler. Gabriel était grand ; les épaules musclées du tigre ondulaient à hauteur de ses hanches. Rejetant en arrière sa tête à la couronne de feu, le tigre a rugi, révélant ses crocs luisants. D'un pas régulier, Gabriel s'est dirigé vers le portail à reculons, se baissant en chemin pour ramasser ses clés et sa radio. Son corps était détendu ; rien dans son expression ne trahissait la moindre appréhension.

Règle numéro 3 : ne *jamais* fuir devant un tigre.

Le verrou n'était pas facile à ouvrir. Il s'est faufilé dehors et a refermé le portail derrière lui juste au moment où Lyric décidait qu'il n'en avait pas fini et se ruait sur la grille. Le cadre tout entier a tremblé dans un grand fracas métallique. Les griffes du tigre, sorties, brillaient.

Par-dessus le portail, Gabriel lui a jeté un poulet cru entier. La viande a atterri sur l'herbe, à quelques mètres de Lyric qui, sautant dessus, l'a dévorée en une bouchée, le soigneur oublié.

Je risquais d'être vue si je restais où je me trouvais ; mieux valait partir maintenant, en espérant réussir à sortir avant qu'il n'arrive. N'importe qui aurait détesté se savoir observé en train d'enfreindre le règlement. J'avais mal à la tête, à la fois à cause de la scène extraordinaire à laquelle je venais d'assister, mais aussi du soulagement que j'éprouvais de ne pas avoir été à la place de Gabriel.

— Qu'est-ce que tu fais là ?

Il s'est posté devant moi.

— Rien, je…

— Tu m'épiais ?

— Je ne voulais pas. Mais je n'arrivais pas à ne pas regarder. J'ai cru qu'il allait te tuer.

— Lyric ne me ferait jamais de mal, a dit Gabriel. Mais je reconnais que, techniquement, je n'aurais pas dû me trouver là. J'ai emprunté le double des clés.

Il m'a défiée du regard mais, voyant que je ne disais rien, a poursuivi :

— Ils vont avoir besoin de moi quand la femelle arrivera. La trappe, c'était juste une erreur. Lyric et moi, on se comprend, alors j'ai relâché mon attention. J'assume. Comment on dit, déjà ? *Mea culpa !* Mais on ne va pas non plus me le reprocher éternellement.

Il a semblé apprécier mon absence de réaction. Il a croisé les bras et a souri, détendu.

— Bon, alors, tu as appris des trucs ? Tu as vu de quoi je parlais, quand je te dis qu'il joue ?

— Je doute que je considère un jour ça comme du jeu.

Mon regard a dérivé le long de son corps en tenue de travail, qui exsudait une force brute. Le duo qu'il formait avec Lyric était saisissant – deux mâles puissants tissant une relation. Sauf que l'un était resté en captivité tandis que l'autre était ici, libre.

Gabriel s'est retourné vers l'enclos, où le tigre s'était remis à faire les cent pas.

— J'ai vraiment hâte que cette femelle arrive. Il devient dingue ici, tout seul. Mais bref, tu sais ce qu'il y a ce soir, pas vrai ?

— Non ?

— La soirée Tigre de Sibérie ! On est tous censés y aller.

Nous sommes partis en direction du bâtiment principal, côte à côte. Gabriel n'arrêtait pas de traîner. Il jetait des coups d'œil à l'intérieur de l'enclos des fauves, se faisait des réflexions à lui-même sur les conditions de vie des occupants. Je tentais d'amorcer la conversation quand je me suis aperçue que je me trouvais largement en tête. Gabriel ne m'accompagnait pas au sens propre, pas plus qu'un chat ne l'aurait fait. J'ai renoncé.

— On se retrouve là-bas !

C'est à peine s'il a levé le nez.

Mon téléphone a vibré dans la poche de ma salopette. C'était Charlie. Il m'envoyait par SMS une photo de Zaïre qui tenait à la main un sandwich au jambon extraordinairement anarchique, en souriant de toutes ses dents, la tête rejetée en arrière.

Un frisson de tristesse m'a parcourue en voyant ses yeux. J'ai avalé un comprimé de codéine. Mon doigt s'est promené sur sa face.

Qu'aurais-je vu si cette photo m'avait montrée, moi, plutôt que Zaïre ? Les yeux étaient-ils réellement le miroir de l'âme ? Tant de choses se lisaient dans son regard brun, comme de la terre d'où vont bientôt germer de jeunes pousses. Mais je savais, bien sûr, à quoi cette image m'aurait renvoyée. Cette image aurait été un coup de marteau sur ma boîte crânienne. La vulnérabilité ne paie jamais.

Est arrivée à ma hauteur une silhouette furtive qui s'est révélée être Frodo, que je n'avais pas vu sortir de sa guérite depuis le jour de mon arrivée.

— Salut, Frieda ! m'a-t-il lancé en roulant son *Socialist Worker* pour me donner une tape sur le bras. Alors, comment vont les singes ?

— Je n'en ai pas encore tué un seul, ai-je répondu. En même temps, je viens à peine de commencer.

Toutes les parties de son visage se sont animées de manière désynchronisée, puis un couinement de rire s'est échappé de ses lèvres humides.

— Et comment va Gabriel ?

Ses sourcils broussailleux se sont levés d'un air complice.

— Comment ça ?

— Tu sais bien, a-t-il ricané.

— Frodo, je ne vois pas du tout de quoi tu parles.

Nous approchions de l'entrée principale du pavillon où j'avais l'intention de passer me rafraîchir. Frodo s'est arrêté devant les marches du perron, visiblement surexcité.

— Fais gaffe ! Tu ne sais pas où il a traîné !

Son timbre joyeux a résonné derrière moi dans l'escalier.

J'ai troqué ma salopette contre une tenue propre dans la salle de bains. Mes mains tremblaient. Je me suis reposée de tout mon poids contre le lavabo, brûlant de m'installer par terre avec une bouteille, de gober tous mes cachets de diazépam d'un coup, de faire quelque chose, n'importe quoi, pour crever la panique qui enflait.

L'autre Frieda me regardait dans le miroir. Ses lèvres étaient pincées, sa peau ressemblait à celle d'une malade. Pauvre Frieda.

J'ai ôté mon bonnet et passé mes doigts dans mes cheveux humides. Je n'avais aucun espoir de réussir à cacher le trou. Je me suis passé le visage sous l'eau froide, puis j'ai remis mon bonnet. À mon grand soulagement, Frodo n'était plus là quand je suis ressortie.

Une table avec des verres et des bouteilles de vin avait été installée contre un mur de la grande salle du bâtiment principal. À la vingtaine de soigneurs et membres de l'équipe présents s'ajoutait environ le double d'invités, des hommes et des femmes élégamment habillés. Tous nous observaient avec un mélange de perplexité et d'amusement. À cette heure de la journée, la plupart d'entre nous puaient la bête et le fourrage. Notre authenticité ne faisait au moins aucun doute, ni la réalité de ce qu'était la vie au zoo.

J'ai attrapé un verre de vin avant de fausser compagnie à Frodo, qui me regardait avec un grand sourire, pour me faufiler jusqu'à une chaise à côté de Morris.

Un homme, sans doute Torbet, s'affairait sur un vidéoprojecteur et un ordinateur portable fin comme une galette. Le tableau ne me disait rien de bon. Les lumières de la salle faisaient luire de jolis reflets gris-vert sur la plume de son chapeau. C'était un homme solidement charpenté, avec un tronc rectangulaire d'où partaient des bras et jambes trapus. Sous le chapeau à plume se devinait une chevelure grise ondulée. J'ai remarqué qu'il portait un veston avec des tigres brodés dessus. Il faisait penser à un bateleur de foire de l'époque victorienne ; je l'imaginais sans peine devant des spectateurs, écartant un rideau pour révéler des frères siamois à barbe.

Sur le rang de devant, Penelope s'est retournée avec un grand sourire.

— Salut, Frieda ! m'a-t-elle lancé en agitant sa main aux griffes rouges. Alors, ces premiers jours ?

Voyant mon bonnet, elle a sorti d'avance un mouchoir.

— Très bien. Morris m'en apprend beaucoup.

Morris a poussé un grognement. L'anxiété s'est mise à remuer comme un couteau dans mon ventre. J'ai pris une gorgée de vin.

Au même moment, Torbet a fait une entrée fracassante sur scène. Penelope a levé les yeux au ciel.

— Et c'est parti, a-t-elle dit en souriant.

— Merci à nos soigneurs d'avoir accepté de retarder leurs retrouvailles avec leurs pénates, leurs chers et tendres, leurs pubs…, a commencé Torbet.

À son annulaire boudiné brillait une chevalière en or.

— Je suis très heureux d'accueillir certains de nos amis et membres pour cette petite soirée de présentation. Nous sommes extrêmement fiers de notre nouvelle acquisition, un tigre de Sibérie, qui nous l'espérons nous permettra de donner à notre programme d'élevage une nouvelle dimension.

La grande salle faisait penser à un vieil hôtel au passé fastueux. Des murs tapissés d'un papier peint floqué, taché, aux couleurs fanées, et aux fenêtres des rideaux de velours poussiéreux. Une moquette pourpre que l'usure rendait rose par endroits. La scène sur laquelle Torbet allait et venait à présent en se frottant les mains avec gourmandise n'était en fait qu'une simple estrade qui le rehaussait de quelques centimètres.

— Comme vous le savez tous, nous attendons sous peu un nouvel arrivant. C'est un projet qui me tient particulièrement à cœur. Il s'agit d'un tigre de Sibérie femelle, en provenance d'Ukraine, et qui, espérons-le, offrira à Lyric une descendance nombreuse.

Il a appuyé sur la télécommande qu'il tenait à la main. Le vidéoprojecteur s'est allumé en soufflant.

Une carte granuleuse est apparue à l'écran et Torbet a sauté sur le côté pour éviter de cacher l'image avec son ombre.

— Voici, comme vous pouvez le voir, la partie de Sibérie traversée par le fleuve Amour, qui s'étire tellement à l'est que les Russes eux-mêmes l'appellent communément le « Far East ». L'Amour est le neuvième plus grand fleuve du monde, et ce bassin, ici, a précisé Torbet en pointant une zone ombragée, le long de la mer du Japon, est la dernière forêt vierge de l'hémisphère Nord, un environnement si riche, si divers, si préservé, que nous pourrions assez raisonnablement le rapprocher d'une sorte d'Éden. Il s'agit du dernier habitat naturel du tigre de Sibérie. La population de tigre à l'état sauvage est estimée à 500 individus. Le taux de reproduction est stable, mais néanmoins bien trop faible pour assurer la diversité génétique des individus. Notre programme d'élevage se veut un moyen d'encourager cette diversité. Nous espérons que Lyric et la tigresse engendreront beaucoup de petits pour que, peut-être, l'un d'eux puisse un jour être réintégré dans son milieu naturel.

Une main s'est levée. Gabriel, au premier rang.

— Pourquoi ce transit par l'Ukraine ?

— Mon contact en Ukraine est un marchand qui l'a sauvée alors qu'elle était destinée à finir chez des particuliers, à Moscou. Saviez-vous qu'en Russie il est possible d'acheter un bébé tigre pour quelques milliers de dollars ? J'ignore où elle vivait, avant. Mais nous ferons en sorte qu'elle se plaise parmi nous. Et qu'elle se reproduise rapidement, pas vrai ?

Torbet a souri à son fils, mais d'un sourire étrange, froid, qui n'a duré qu'une fraction de seconde. Gabriel s'est laissé retomber contre le dossier de sa chaise. De nouveau, Torbet a appuyé sur la télécommande pour faire apparaître, cette fois, la photo d'un tigre de Sibérie et ses petits au sommet d'une montagne, au-dessus de la mer.

— À l'état sauvage, le mâle, aussi appelé « roi tigre », vit sur un territoire d'environ 130 000 hectares qu'il passe son temps à surveiller. Et à l'intérieur de ce territoire se distinguent les territoires des femelles, qui peuvent aller jusqu'au nombre de cinq. Je vous laisse donc imaginer comme il peut être difficile de perpétuer l'espèce en conditions naturelles, en particulier quand l'habitat est menacé par la déforestation et l'activité minière et que les tigres eux-mêmes sont braconnés pour leur fourrure et la médecine chinoise. J'espère que tout le monde saura mesurer le caractère vital du travail que nous fournissons ici, au zoo. Il s'agira de notre programme phare, auquel nos amis devraient être particulièrement sensibles.

Là-dessus, Torbet s'est tourné pour adresser à l'assistance un sourire incandescent.

Il a rappuyé sur la télécommande. L'écran de l'ordinateur a cligné et le vidéoprojecteur a affiché une nouvelle image, à l'envers. La photo d'une petite antilope.

— Oh. Est-ce qu'on peut… ? Oh, peu importe. C'est un cerf sika, principale proie du tigre de l'Amour, et gibier le plus chassé par les populations indigènes de la région, qui se retrouvent en concurrence avec le tigre pour se nourrir.

Comme pour Lyric, notre pensionnaire mâle, la nouvelle femelle sera nourrie chaque semaine avec des denrées aussi proches que possible de celle-ci. Nous sommes, comme toujours, extrêmement reconnaissants à nos amis des centres équestres, des fermes et des refuges pour l'aide qu'ils nous apportent à ce sujet. Une fois la tigresse installée, il va de soi que nous lui donnerons tous les bons soins et l'affection qui ont fait notre réputation.

De nouveau, Gabriel a demandé la parole, mais voyant que son père l'ignorait, il s'est levé pour s'adresser à la salle.

— Je m'appelle Gabriel – je suis le fils de Torbet –, j'intégrerai l'équipe du secteur des tigres quand la femelle sera là. Mon père vous a décrit la situation à l'état naturel, mais il pourrait être utile de vous en dire un peu plus sur la manière dont nous nous occuperons, au quotidien, de la nouvelle femelle, pour vous permettre de comprendre tout ce que nous mettons en œuvre afin d'encourager la reproduction et de participer à la perpétuation de l'espèce. Par ailleurs, nous avons achevé la première phase de construction du nouvel enclos, en grande partie financé par vos généreux…

Torbet a toussé dans son dos.

— Merci, Gabriel. À présent, j'aimerais demander à Leyland, chef des fauves, de nous dire quelques mots sur l'enclos.

L'atmosphère s'est chargée d'électricité. Morris a marmonné quelque chose dans sa barbe.

Mais Gabriel a continué comme si de rien n'était.

— La première phase a été l'aménagement de la zone où vivra la nouvelle femelle. Vous l'avez aperçue pendant votre visite, tout à l'heure. Elle s'inspire des enclos des zoos les plus à la pointe. Une butte a été prévue, car les tigres aiment se trouver en surplomb. Actuellement, Lyric, le mâle, vit dans la partie restante de l'ancien enclos, depuis lequel il pourra voir et sentir la nouvelle femelle…

— Gabriel ! Merci !

La main de Torbet s'est posée sur le bras de son fils, mais Gabriel l'a repoussée.

— Nous allons écouter Leyland, à présent. Mais ce que Gabriel a dit n'en demeure pas moins parfaitement exact. Merci, fiston.

Torbet a dardé un regard assassin sur Gabriel, qui a hésité pendant qu'un silence total s'abattait sur la salle. L'émotion se lisait sur son visage. Puis il s'est redressé d'un coup, comme un soldat pendant l'inspection, avant de quitter le bâtiment.

Sans transition, Torbet a fait monter sur scène le chef des fauves, puis s'est hâté de projeter les images suivantes – des tigres en captivité, à l'endroit cette fois. Leyland, manifestement, n'était pas à son aise sous les feux de la rampe, et gêné aussi après l'incursion de Gabriel. Il s'est éclairci la gorge et a commencé dans un accent nord-irlandais étouffé :

— Donc, grâce au généreux soutien de nos amis, membres et des différentes organisations auxquelles ils sont affiliés, la phase de financement suivante servira à étendre la butte au-dessus d'un tunnel vitré pour le public. Lyric et la nouvelle tigresse resteront séparés jusqu'à ce qu'ils se soient suffisamment observés et que nous puissions les présenter l'un à l'autre. Merci.

Leyland a hoché maladroitement la tête et regagné sa place. Depuis le fond de la salle, une femme a toussé poliment.

— Mais quel bordel, a maugréé Morris.

Torbet a continué avec un gros plan majestueux d'un tigre rugissant. Il a balayé le public du regard pour s'assurer qu'il n'avait pas perdu son attention, et hoché la tête avec satisfaction devant l'effet produit par cette gueule gigantesque. Plusieurs petits cris de surprise ont résonné dans la salle. Je trouvais fascinant que la vue d'une tête de tigre produise toujours ce même effet, cet émerveillement.

— Nous savons tous, bien entendu, que le tigre de Sibérie est le plus gros félin du monde et occupe le dernier véritable habitat sauvage que compte l'hémisphère Nord. Les motifs des rayures présentes sur sa tête et son corps sont uniques, exactement comme nos empreintes digitales et, chose incroyable, si jamais un tigre de Sibérie était tondu, on pourrait encore voir les couleurs, imprimées sur sa peau !

Après un grand sourire satisfait, Torbet a continué :

— Mais nous nous abstiendrons, bien sûr, même si, a-t-il ajouté en tournant son regard pétillant vers Penelope, nous pourrions accepter de céder les chutes de poils aux donateurs qui nous en offriraient, disons… 100 000 livres au minimum ?

Penelope a répondu par un rire blasé qui a fini en éternuement.

— Ha ! Ça vaut le coup d'essayer.

Une vague de rires a parcouru la salle.

Le projecteur s'est remis à souffler et à l'écran est apparu un homme armé d'un fusil, qui semblait aux abois, dans la neige.

— Et maintenant, mesdames et messieurs, la chose la plus importante – et la plus terrifiante – à propos du tigre de Sibérie ! a lancé Torbet en souriant à l'assistance. Le tigre de l'Amour est le seul animal sur Terre, en dehors de l'être humain, à nourrir de la rancune. Si vous essayez d'en tuer un mais que vous ne parvenez qu'à le blesser, soyez sûr qu'il consacrera le restant de ses jours à vous retrouver pour se venger.

Une onde de choc s'est répandue dans le public. J'imaginais les mains de toutes ces femmes fortunées saisir par réflexe celles du voisin. Torbet a continué :

— Le tigre vous reconnaîtra à l'odeur de votre sang et vous traquera. Cette pauvre âme, justement, s'est-il désolé en indiquant l'homme en détresse derrière lui, était un braconnier qui a commis l'erreur de tirer sur un tigre et de ne le blesser qu'à la patte. Le tigre l'a pisté, a analysé ses déplacements et l'attendait, finalement, devant sa cabane. Il lui a fallu deux mois ; le tigre s'était tellement appliqué à rester discret que le braconnier avait pensé s'en être tiré – il s'en est même vanté auprès de ses amis ! Mais, deux mois plus tard, l'homme a été retrouvé – du moins ce qu'il en restait : un fémur et une seule botte. Oh, et la crosse de son fusil, complètement mâchonnée.

— Mon Dieu ! a murmuré quelqu'un.

Content de son petit effet, Torbet a conclu :

— Moralité : ne cherchez pas la grosse bête. Merci d'être venus. Le buffet est ouvert, et n'hésitez pas à discuter avec nos soigneurs. Merci.

Il s'est retiré de la scène en quelques grandes enjambées, lançant au passage un clin d'œil à Penelope, puis s'est dirigé tout droit vers un couple de personnes âgées à l'air distingué, assis dans les derniers rangs.

— C'était quoi ce cinéma avec Gabriel ? ai-je demandé à Morris.

Celui-ci a secoué la tête.

— Torbet devrait le virer, mais comme il ne peut pas, vu que c'est son fils, il me le refile.

— Il a oublié de refermer une trappe, c'est ça ? Ça ne lui ressemble vraiment pas, pourtant. D'être aussi étourdi.

Morris a gratté une parcelle de peau invisible sous sa barbe.

— C'est ce qu'il t'a raconté ?

Ses mèches de cheveux gras se sont vigoureusement agitées tandis qu'il secouait à nouveau la tête.

— S'il a été écarté du secteur des fauves, c'est parce qu'il a couché avec la femme de Leyland ! Une humiliation absolue pour Leyland. Ça se voyait comme le nez au milieu de la figure, sur lui comme sur elle. Et quand elle a fini par quitter Leyland, Gabriel l'a laissée tomber. Ç'a été horrible. Leyland ne s'en est jamais remis. Et Gabriel n'en a rien eu à secouer.

Je n'avais jamais entendu Morris parler aussi longtemps depuis que je le connaissais. Il s'est levé d'un coup et m'a laissée là. J'ai promené mon regard sur la salle, à la recherche de Gabriel. Il était revenu et semblait plongé dans une discussion passionnée avec un groupe d'amis. Leyland, lui, avait disparu.

Les soigneurs flânaient dans la salle en attendant de se voir aborder par des gens curieux d'entendre les récits de leur vie auprès des animaux. Leur travail, particulièrement pour les soigneurs en charge des espèces les plus glamours, suscitait une forme d'attrait chez les gens, et Torbet l'avait parfaitement compris. Cette considération semblait créer chez eux une émulation : Morris, à travers sa barbe, parlait avec ferveur à une dame de grande taille parée de bijoux aztèques.

Penelope est apparue à côté de moi et m'a fait pivoter en direction de Torbet, qui a interrompu sa conversation pour me lancer un grand sourire éclatant.

— Voici Frieda, lui a dit Penelope d'un ton complice.

Le visage de Torbet s'est légèrement assombri. Il s'est frotté le menton, puis a demandé à Penelope :

— C'est elle, l'experte des bonobos ?

Voyant Penelope hocher la tête, Torbet m'a tendu une main enthousiaste.

— Frieda, à présent que j'ai pu mettre un visage sur la nouvelle recrue de notre formidable équipe, j'ai le plaisir de t'annoncer que Morris m'a dit le plus grand bien de ton travail auprès des animaux.

Il s'est tourné vers l'élégant couple :

— Herbert, Marjorie, je vous présente Frieda. Qui travaille avec nos singes. Comment vont les bonobos, Frieda ?

Le couple m'a souri et s'est incliné comme deux girafes.

— Très bien, ai-je dit. Pourrais-je émettre une suggestion ?

— Bien sûr.

Il s'est penché vers moi, tout ouïe.

— Il leur faudrait des bottes de paille et de foin pour construire des plateformes et des tunnels – et qu'ils pourraient aussi déchiqueter, parfois…

Je me suis arrêtée.

— Je me permets de vous le signaler, même si je sais que cette demande s'adresse à Morris.

— Morris ? a-t-il crié d'une voix tonitruante.

Le regard de Morris a obliqué vers moi.

— Ta petite prodige vient de nous soumettre une bonne idée. Elle veut t'en parler en premier.

J'ai fait un pas en arrière vers le couple élégant, qui s'est écarté pour me laisser m'insérer entre eux.

Morris s'est rapproché en ondulant comme un tentacule enivré.

— Des bottes de paille et de foin, ai-je répété. Pour les bonobos. Pour qu'ils puissent… monter dessus… les déchiqueter…

Morris a hoché la tête.

— J'y pensais, justement.

Puis, sans plus de cérémonie, il s'en est retourné vers le groupe avec lequel il discutait.

— On dirait que c'est un grand oui, n'est-ce pas ? s'est réjoui Torbet. Bien joué, Frieda !

Je commençais à transpirer. Pour me calmer, j'ai visualisé la splendide boîte de diazépam qui m'attendrait à mon retour dans ma chambre.

— Frieda, comment va Gabriel ? m'a demandé Torbet.

Tous les sourcils ont bondi d'inquiétude.

— Il m'a tirée d'affaire, mon premier jour, ai-je dit. Morris vous a sûrement raconté que j'en suis encore à l'apprentissage pratique. J'ai réussi à m'enfermer dans…

Torbet a hoché la tête d'un air grave.

— Enfermée où ça ?

— Dans l'enclos des capucins. Au moins, j'aurais eu l'occasion de voir le monde de leur point de vue, ai-je fait remarquer en souriant. C'est Gabriel… qui m'a secourue. Et puis, il m'a appris énormément de choses sur les tigres, alors que je n'y connaissais rien. Il m'a montré comment entrer dans l'enclos avec eux.

— C'est totalement fascinant, s'est exclamée Marjorie en cherchant Gabriel du regard. Il pourrait peut-être me montrer, à moi aussi.

— Tout ça est formidable, Frieda, a répondu sèchement Torbet. Que dirais-tu de venir voir la tigresse, quand elle arrivera ? Tu penses que tu aurais le temps ?

— Bien sûr.

Penelope m'a regardée en levant les pouces en l'air, furtivement.

J'ai marmonné des au revoir, puis je me suis faufilée à travers la foule pour sortir dans la nuit fraîche. Aussitôt dehors, je suis partie en courant. Je voulais retrouver aussi vite que possible le pavillon et ma petite chambre blanche. Et appeler Charlie, avaler mes cachets. Rester en paix.

Une main sur mon épaule m'a obligée à m'arrêter. Gabriel. Il m'a conduite fermement vers un petit chemin, en dehors du crépuscule, m'a placée dos à un mur.

— De quoi tu parlais avec mon père ?

— Des bonobos. J'avais des suggestions à…

— Je t'ai entendue parler de la tigresse.

— Il m'a juste proposé de passer la voir quand elle arriverait.

Puis j'ai ajouté :

— Morris m'a raconté pour la femme de Leyland.

— En quoi ça te concerne, putain ?

Mon regard s'est arrêté sur les traces que les pattes de Lyric avaient laissées sur sa veste. Le sang faisait palpiter ma tête. S'il m'avait demandé, à cet instant, *Est-ce que tu as peur ?* J'aurais murmuré *Oui.*

— Tu m'as dit que c'était à cause d'une trappe qu'on t'avait écarté des tigres.

— Tu me traites de menteur ?

— J'en sais rien. Je devrais ?

Mais, au lieu de me répondre, Gabriel m'a embrassée. Ou plutôt devrais-je dire a imprimé un rugissement en moi. Cela faisait très longtemps que je n'avais pas été embrassée. Mais cela n'avait rien d'un baiser ordinaire, qui – dans mon souvenir, du moins – tenait davantage d'une curiosité mutuelle.

C'était une morsure féroce. Prise de court, je me suis débattue. C'était un baiser qui étouffe les pensées.

— Oh, Gabs ! Mec !

Il s'est reculé d'un coup.

Des silhouettes. Des gens.

— C'est bon, on ne faisait que discuter. Pas vrai, Frieda ? a dit Gabriel avec un sourire où s'est reflété le peu de lumière qui subsistait.

J'ai hoché la tête avec incertitude, le visage en feu.

— Attendez, a-t-il crié aux autres avant de gambader vers eux, sans un au revoir.

Sa voix s'est diluée dans les leurs, un gros éclat de rire rauque.

En m'essuyant la bouche, je me suis rendu compte que mes mains, puis mon corps tout entier, tremblaient de manière incontrôlable. Je me suis effondrée contre le mur.

Zaïre. Charlie. L'absence était atroce.

Celle de la morphine, surtout.

8

Quand la tigresse de Sibérie est arrivée, deux semaines plus tard, le zoo a été fermé aux visiteurs. Sur les sentiers d'accès derrière l'enclos du tigre se tenaient Torbet, Gabriel, Penelope et Carter, le vétérinaire dont la barbe broussailleuse donnait l'impression qu'un oiseau de paradis se cachait à l'intérieur. Tous, à l'exception de Torbet, affichaient un air grave, comme si un poids particulièrement lourd pesait sur eux. Le propriétaire du zoo tenait à peine en place. Il sautillait, tout sourire, d'un pied sur l'autre, en semblant chercher l'approbation de Penelope. D'autres soigneurs affluaient des quatre coins du zoo.

Je me trouvais dans l'enclos des bonobos, à réparer des cordes – les bonobos aimaient tout particulièrement détortiller les brins, ce qui m'avait valu d'apprendre le réentortillage et à faire des nœuds plus solides au bout –, quand Morris a frappé à la vitre.

— On t'appelle. La tigresse arrive.

J'ai eu la présence d'esprit de ne pas lui demander s'il venait également. Tournant les talons, Morris est reparti vers le fond de l'enclos où il travaillait sur des réparations délicates. Je savais qu'il sortirait un livre et se mettrait à bouquiner dès que je serais partie.

Jusqu'à présent, mon objectif avait été de réaliser de nouvelles découvertes sur les bonobos dont je pourrais parler à Charlie, dans l'éventuelle idée de récupérer ma place à l'Institut. J'avais bon espoir d'y parvenir, car ici, au zoo, il m'était permis de passer du temps auprès d'eux, à l'intérieur de l'enclos – maintenant que Morris avait reconnu que je n'étais pas une totale incompétente. Il avait adopté plusieurs de mes suggestions, dont celle des bottes de foin et de paille, et avait aussi suspendu dans les coins des hamacs où les bonobos adoraient faire la sieste et se balancer. Un jour où je me trouvais assise un peu en marge du groupe, il avait sorti son gros carnet couvert de tableaux, de notes et de croquis, et me l'avait jeté sur les genoux en grommelant dans sa barbe :

— Je n'ai pas eu le temps de trop avancer, mais ça te donnera déjà une idée.

Tout ça n'avait rien à voir avec l'Institut, néanmoins. Et il n'était pas question de me le faire croire. J'ai finalement compris quelque chose : je n'aimais pas *tous* les bonobos. Juste Zaïre, et son groupe. Et ce n'était pas Morris que j'avais envie d'impressionner – mais Charlie.

Un camion-remorque s'est arrêté devant l'enclos du tigre. Ses parois vibraient sous les grognements. Comme sur un chantier, tout le monde semblait s'affairer sans aucun résultat visible. Le retard était dû à un tunnel qu'il fallait monter pour relier l'arrière du camion à l'enclos afin que la tigresse puisse rejoindre sa nouvelle maison juste en lui ouvrant la trappe. De gros tubes d'échafaudage et des rampes métalliques devaient être assemblés, puis recouverts de plaques d'inox. Gabriel et les autres s'en occupaient, aidés par plusieurs hommes que je ne connaissais pas.

Depuis qu'il m'avait embrassée, Gabriel m'évitait, mais pas par des stratagèmes normaux (ou auxquels j'aurais eu recours moi-même), comme par exemple demander à changer ses horaires. À la place, il passait devant moi à grands pas en m'ignorant, sortait d'une salle lorsque j'y entrais ou mettait fin à ses conversations à la cantine dès qu'il me voyait arriver.

Il travaillait sans me regarder, jamais. Mon envie qu'il le fasse était aussi puissante qu'une envie de morphine – tellement, à vrai dire, qu'elle me désarçonnait.

Je la sentais de retour, cette douleur incandescente, là, dans ma cage thoracique. *Regarde-moi.*

La seule consolation de ma vie sans morphine était la certitude que, si je parvenais à résister à cela, alors je pouvais résister à tout. J'ai enfoncé mon ongle dans ma gencive jusqu'à ce que la douleur m'oblige à me ressaisir.

Une vive effervescence agitait le groupe de soigneurs. Le tigre avait beau être un animal dont je ne pourrais jamais décoder les expressions faciales, un animal non social, et par conséquent sans langage ni grammaire à analyser, c'était un privilège de pouvoir en approcher un de si près – même si je n'avais rien demandé. Quelqu'un a appuyé sur une télécommande et le hayon du camion, puis la porte de je ne sais quelle cage s'est ouverte lentement.

Puis le véhicule tout entier a vacillé sous le bond que la bête a exécuté à l'intérieur. Le groupe de soigneurs a étouffé un cri tandis que la rampe et les tubes de métal, bruyamment, vibraient comme les rails d'un grand huit. Heureusement, le tunnel était court, car si l'envie avait pris à la bête de le détruire, elle n'aurait eu aucun mal. Une explosion de couleurs d'automne a envahi l'enclos alors que la tigresse, ramassée sur elle-même, s'élançait à l'intérieur et se jetait contre la vitre.

— Mon Dieu…, a soufflé Torbet.

Tout le monde a regardé la scène, médusé. Car la créature qui venait de faire son entrée et se ruer sur nous ne ressemblait en rien à ce que nous attendions.

La tigresse a décollé du sol pour se jeter sur la grille de sécurité. Plus de 4 mètres de haut, électrifiée au sommet. La clôture a tremblé sous sa force, puis la tigresse, retombant sur ses pattes, a reculé en vacillant avant de tourner vers nous sa gueule, un peu hébétée.

Elle était décharnée. Ses pattes et sa tête paraissaient énormes comparées à son corps squelettique caché sous une fourrure pelée. Ses babines se sont retroussées sous un grognement alors qu'elle nous regardait, attroupés derrière la vitre. Il ne lui manquait aucune dent, mais quelque chose clochait avec sa gueule : l'un des côtés manquait de relief, et c'est à ce moment-là que je me suis rendu compte qu'elle n'avait qu'un œil – il n'y avait qu'un trou noir à la place de l'orbite droite.

Cela ne l'a pas empêchée de nous fixer, elle et sa gueule cassée, d'un regard glacial, enragé. Son corps tout entier, 2 mètres environ, queue incluse, se soulevait sous les halètements de sa respiration.

— Putain, mais qu'est-ce que c'est que *ça* ? a soufflé Gabriel.

On distinguait encore les restes d'une crinière rousse et crème autour de sa tête et d'une toison blanche sur son bas-ventre. L'imaginer se fondre dans une forêt enneigée n'était pas chose impossible. Sa fourrure, toute pelée qu'elle était, pouvait dissimuler son corps au milieu des fourrés, comme des ondes brouillées.

Torbet est monté sur une brouette pour se surélever avant de s'adresser à nous.

— Elle est dans un pire état que ce à quoi je m'attendais.

— Hé, Lyric, vise un peu la donzelle ! a crié quelqu'un.

Torbet semblait sonné.

— Oui, nous allons en discuter avec l'intermédiaire. En attendant, nous devrons la préserver du regard des visiteurs et nous concentrer sur sa remise en forme.

Une trappe s'est ouverte et une carcasse a été déposée dans l'enclos. La tigresse a tourné autour, puis grogné, la tête orientée vers nous.

— Elle ne mangera pas si nous restons là à la regarder, a dit Penelope.

— OK, les gars, laissons-la tranquille, a décrété Torbet en agitant les bras. Mettons-nous de ce côté.

Les soigneurs se sont éloignés les uns derrière les autres en marmonnant.

— Ça va ? m'a demandé Penelope.

— Je vais retourner chez les singes. Morris va finir par se demander ce que je fabrique.

— Ah, oui. D'ailleurs, à ce propos..., a commencé Penelope.

Sa main griffue s'est posée sur mon bras. Torbet me regardait en hochant la tête. C'était la première fois que je rencontrais quelqu'un qui me rappelait nos ancêtres primates. Il y avait chez lui quelque chose de sautillant, une exubérance simiesque, et aussi cette étrange vocalisation gutturale qu'il produisait lorsqu'il était nerveux. Comme dans le cas présent.

— On réfléchissait au meilleur moyen de permettre à la tigresse de s'acclimater ici, et nous avons pensé qu'il serait bien que toi, Frieda, tu rejoignes l'équipe du secteur pour un moment.

— Moi ?

Gabriel est apparu près de moi.

— Mais Morris va manquer d'aide si nous partons tous les deux, a-t-il dit.

— Ah, a fait Torbet. Non, toi tu restes avec Morris, pour l'instant. Il a besoin de toi, Gabriel.

Son visage rougissait à mesure qu'il parlait.

Gabriel a regardé fixement son père. Le désarroi s'était emparé de son expression comme des manifestants s'emparent d'une route.

— Mais c'est ma place, a protesté Gabriel. Tu avais dit que quand la tigresse arriverait…

— J'avais dit « on verra ». Le moment viendra où nous te réintégrerons, Gabriel, mais pas maintenant. Leyland… Leyland ne veut pas en entendre parler. Il ne veut rien savoir. Frieda est une excellente soigneuse, très douce avec les animaux, et maintenant que j'ai vu dans quel état se trouve notre nouvelle pensionnaire, je… je pense que ses compétences seront particulièrement bienvenues…

— Je n'ai aucune expérience avec les tigres, l'ai-je interrompu. Je sais y faire avec les bonobos, c'est tout.

Il me semble que… que Gabriel serait plus compétent que moi. C'est lui, le spécialiste.

Gabriel, à côté de moi, semblait s'être transformé en rocher.

— Ce n'est pas l'expérience que nous recherchons sur ce coup, Frieda. C'est autre chose, a déclaré Torbet en se tournant vers moi. Postuler dans un zoo, c'est un peu comme répondre à une offre d'emploi du président américain. J'espère que tu n'as pas l'intention de décliner cette opportunité ?

Il souriait, mais le malaise transpirait dans son regard.

— Gabriel, je fais mon possible avec Leyland, mais en tant que chef de secteur, c'est à lui que revient le dernier mot, a-t-il ajouté. Il en a discuté avec Morris, tout comme nous, et, sincèrement, tout le monde est très enthousiaste à l'idée que Frieda se joigne à l'équipe.

Gabriel s'apprêtait à répondre, mais a refermé la bouche. Il semblait en état de choc, puis quelque chose de pire encore a envahi son visage, une expression de tristesse qui s'est coulée dans ses traits, le faisant paraître bien plus âgé qu'il ne l'était. Il a dit à son père :

— Leyland va trop loin avec cette histoire. Dis-lui que je reviens.

Torbet a secoué la tête.

— Je ne peux pas, fiston. C'est toi qui as déclenché tout ce bazar, qui as brisé deux vies, et tout ça sans jamais manifester le moindre remords. Alors que ça fait vingt ans que Leyland est un soigneur fidèle et un bon ami. Pardon, mais sur ce coup-là, je me range de son côté. Tu reviendras quand il te le dira.

Gabriel m'a lancé un regard empli d'une telle haine que j'ai failli céder à l'envie de faire quelque chose, n'importe quoi, pour l'aider. J'avais l'impression d'être un papillon cloué entre eux, incapable de respirer. Et puis Gabriel, toisant son père avec une expression bestiale, a brusquement décampé.

— Je ne suis pas sûre que ce soit une bonne idée, ai-je dit.

— C'est une idée formidable, a répondu Penelope en me tapotant l'épaule. Morris a beaucoup d'estime pour toi, tu sais. Alors que, comme tu as pu le voir, il déteste pratiquement tout le monde ! Écoute… tu connais Gabriel. Ignore-le. C'est une super occasion pour toi.

Torbet a acquiescé d'un signe de tête tout en émettant ce drôle de bruit guttural. Il se mordait la lèvre en suivant du regard son fils qui s'éloignait sur le chemin d'un pas furieux quand, brusquement, il a semblé reprendre ses esprits et m'a dit :

— Morris nous a raconté que tu avais travaillé d'arrache-pied pour comprendre ces bonobos. C'est ce que nous recherchons ici. Je veux dire… comment peut-on faire une chose pareille ? À une créature pareille ?

Un rugissement venu de l'intérieur du bâtiment nous a fait taire. On aurait dit un amas de pierres propulsé par un torrent d'eau dans une caverne souterraine. Il avait la forme d'un cri de chouette, deux syllabes, *Ow-OO*, sauf que cette forme recelait une si grande férocité que tous les oiseaux environnants se sont envolés, et il ne faisait nul doute que tous les autres animaux du zoo s'étaient terrés dans un coin sombre. Le mâle, Lyric, a répondu, et le temps de quelques minutes, le ciel a grondé tandis qu'avait lieu le premier contact entre les deux fauves. Mon regard était posé sur le vide qui s'étirait entre le son et moi. C'était le dernier endroit au monde où je me serais sentie à ma place, le dernier endroit au monde où j'aurais aimé me trouver.

Une fois les cris retombés, Torbet a repris, inextinguible comme toujours :

— Eh ben ! Nous allons faire d'elle la plus belle, la plus heureuse des tigresses – borgnes – du monde !

J'ai souri – impossible de ne pas sourire. Il s'est penché vers moi avec effervescence.

— Je veux être tenu au courant de tout, d'accord ? Quelque chose me dit qu'elle aura encore plus besoin de toi que ce que nous pensions, Frieda.

9

— Par ici, m'a dit Leyland.

Son « bureau » était une petite annexe accolée à l'enclos de la tigresse. Il y avait une table, non vernie, avec une bouilloire dessus ; un évier avec un robinet ; un fauteuil usé jusqu'au crin, dont ce qui restait de cuir se réduisait à une fine pellicule brillante. Il y avait des crochets avec des clés et, contre le mur, un fusil dont les munitions étaient rangées dans un tiroir séparé, fermé par l'une des clés suspendues. Il était impératif de toujours séparer l'arme de ses munitions, m'a-t-il expliqué. C'était trop risqué et le coup pouvait partir tout seul, sinon. Et si cela devait se produire, il fallait s'y préparer et viser au bon endroit.

Je me suis tortillée en regardant autour de moi. Pas de bouteilles. Pas de clopes. Une petite étagère de livres – mélange d'ouvrages scientifiques, parmi lesquels un vieux manuel de soigneur animalier, et de romans sur les fauves, en format poche.

Puis mon regard est tombé sur ce que j'ai supposé être le fusil hypodermique. Oh, bon sang. Mon cœur a fait un bond en même temps que je cherchais des yeux le placard fermé à clé qui contenait… quoi ? les barbituriques ? le suxaméthonium ? la *morphine* ?

Je connaissais un peu le suxaméthonium, mais ça ne m'intéressait pas. À vrai dire, j'espérais qu'il s'agissait du produit que contenait ledit placard – où donc était-il ? –, au moins je ne serais pas tentée. Il fait partie de l'ancienne génération de tranquillisants, ceux qui provoquent la paralysie de l'animal, mais le laissent pleinement conscient. Il s'avère parfois indispensable pour les animaux sauvages de grande taille, qui peuvent mal réagir à l'anesthésie et être difficiles à réveiller ensuite. Il se métabolise rapidement dans l'organisme, ne présente pas d'effets secondaires – hormis les conséquences psychologiques de la paralysie. Je ne l'avais utilisé qu'une fois, sur l'un des bonobos à l'Institut : un mâle adulte devenu incontrôlable et violent après s'être coincé les doigts dans une trappe. L'effet, m'avait-il semblé, devait être un peu le même que de se réveiller en pleine opération : le supplice d'être incapable de bouger alors que l'on sent tout. Il regardait fixement devant lui, les yeux vides, pendant que les chercheurs accouraient et examinaient sa blessure, le pansaient et l'isolaient dans la zone où les animaux dormaient d'habitude afin qu'il récupère. Derrière ce regard mort, je savais qu'une terreur fulgurante irradiait son cerveau. Non, ce produit ne me tentait pas le moins du monde.

Leyland a suivi mon regard.

— Oui, le fusil hypodermique. Utilisé pour différentes urgences.

— Il est toujours chargé ? ai-je demandé.

Leyland a rivé ses yeux sur moi.

— Bien sûr que non. Nous avons des cartouches préremplies avec différents produits. Il faudra que tu connaisses leurs propriétés et que tu apprennes à les administrer.

— Je peux voir ?

L'eau me montait à la bouche. Je me détestais.

— Bien sûr.

Leyland a décroché une clé, puis s'est rendu jusqu'à un coffre posé derrière sa chaise. À l'intérieur, un attirail de fléchettes.

— Et dedans… ? ai-je demandé, l'air de rien.

— Suxaméthonium ici…

— Oui, je le connais, celui-là.

J'ai cru ma tête sur le point d'exploser alors qu'il promenait son doigt sur les étiquettes.

— Et là, kétamine-Valium.

— Pas d'opiacés ? ai-je glapi.

Le coffre est resté tristement ouvert sous mes yeux, comme une boîte de chocolats, mais ceux dont personne ne veut.

— Tu n'as jamais entendu parler de la folie morphinique chez les félins ?

J'ai secoué la tête.

— Les opiacés les excitent. Tout le contraire de ce qu'on cherche. Cette combinaison avec kétamine les met K.-O. en cinq à dix minutes, mais l'agressivité diminue bien avant.

Une lucarne couronnée de toiles d'araignées. Un petit radiateur électrique. Manifestement, Leyland passait beaucoup de temps ici. Seul. Il connaissait son boulot sur le bout des doigts.

— Et donc… pas de M99 ? J'ai lu qu'on pouvait l'administrer aux animaux de grande taille dans les zoos.

— L'étorphine ? C'est un opiacé. Mille fois plus puissant que la morphine. Utilisé pour les ruminants. Si une ampoule de ce machin se casse et entre en contact avec ta peau, tu meurs. On est obligés de garder l'antidote à proximité. Beaucoup de logistique pour pas grand-chose, si tu veux mon avis.

Incapable de parler, j'ai hoché la tête. Étais-je déçue ou soulagée ? Je n'avais jamais eu l'intention de voler de la morphine, mais de là à me retrouver dans le seul secteur du zoo qui n'en utilisait jamais…

— Bon, passons à la pratique, maintenant.

Leyland a sorti les munitions du tiroir, les a glissées dans sa poche, puis a ouvert le fusil avant de le poser sur son épaule.

— Torbet peut dire ce qu'il veut, tu ne mettras pas les pieds dans cet enclos tant que tu ne sauras pas tirer.

Sa peau était ridée comme celle d'un lézard, et ses yeux tellement alertes que je m'attendais presque à les voir tourner sur eux-mêmes, comme un caméléon.

Mon fantasme tout à coup brisé avait mis mon esprit en ébullition. Je n'arrivais plus à me concentrer sur ce que Leyland me disait. Je n'avais plus aucun moyen, à présent, de prouver – y compris à moi-même – que j'avais surmonté mon addiction. Je n'avais plus d'appât. Et maintenant que j'avais épuisé toutes mes ampoules, il me fallait tout simplement tirer un trait sur l'idée de revoir un jour de la morphine.

— Tout va bien ? m'a demandé Leyland. Tu transpires.

— Oui. Ça m'arrive, parfois, ai-je dit en enfonçant mes ongles dans la paume de ma main. Allons-y.

Le petit bureau semblait pourvu de mâchoires prêtes à se fermer sur moi.

Leyland est parti vers la butte à une allure en parfait décalage avec son âge et son physique voûté. Je lui ai emboîté le pas au petit trot, dépassant l'enclos de l'émeu, curieusement placé à côté de celui des carnivores. L'oiseau se tenait pile au centre, immobile sur une patte. Ses yeux énormes aux longs cils guettaient on ne savait quoi.

Nous sommes bientôt arrivés sur un terrain en friche, tout en haut du site, où un stand de tir avait été improvisé. Un garde-corps en bois servait de support pour le fusil, et plusieurs cibles se dressaient à des distances variables. Leyland a monté le fusil avec la célérité d'un expert. Il était trop lourd et trop long pour m'en servir sans appui. Les yeux plissés, Leyland a regardé à travers la visée, sorti les munitions de sa poche pour les glisser dans le chargeur et refermé le tout dans un cliquètement métallique avant de poser l'arme sur la crosse.

— Maintenant, regarde la bande de visée et aligne le cran de mire sur le guidon. Tu dois centrer la cible sur l'œilleton.

— Il n'y a pas de truc télescopique ?

— Pas de truc télescopique. C'est une vieille carabine, mais si tu arrives à tirer avec ça, tu pourras tirer avec n'importe quoi. C'est de la bonne came.

Je suis montée sur le marchepied et Leyland m'a montré comment bien épauler le fusil et laisser reposer ma joue sur la crosse.

— Il va y avoir du recul, a-t-il continué. Prépare-toi. Et quand tu te sens prête, appuiiiiiie sur la détente. Tu penses que tu peux y arriver ?

Étant donné que je peinais déjà à tenir sur mes jambes avec cette carabine presque aussi grande que moi, je n'ai pas répondu. Je sentais contre ma joue le bois chaud de la crosse, la fraîcheur du métal. Il m'est tout de suite apparu qu'aligner ces quatre éléments – deux crans de mire, un œilleton, une cible – serait un peu comme tenir en équilibre un bocal d'eau avec au fond les pièces d'un puzzle particulièrement difficile. La tâche n'était pas simplement ardue, elle était pratiquement impossible, non seulement parce que le fusil palpitait contre mon épaule, mais aussi parce que Leyland se tenait derrière moi, sans rien dire, et que je sentais qu'il ne s'attendait pas un instant à ce que je réussisse.

C'est alors que je me suis revue – pendant que la cible vacillait au milieu de l'œilleton, sortait du champ, revenait, que les crans de mire se désalignaient puis repassaient dans l'œilleton, comme des épingles perçant un ballon –, assise pendant toutes ces heures à observer Zaïre bercer sa nièce, à recenser chaque expression, même les plus fugaces, de leurs visages, retenant chaque détail afin de pouvoir les reconnaître plus tard. Et réécoutant, à l'époque de nos études sur les piaillements des bébés bonobos, ces sons en boucle pour graver leur motif dans ma mémoire, pour les comparer les uns aux autres, les ajouter à mon lexique – un acte qui, par cette écoute précise et cette observation attentive, avait finalement ouvert à mon esprit la porte d'une plaine calme, blanche et infinie, et donné à ma concentration le tranchant d'une crête de vague. Au milieu de ce calme, j'étais capable de tout, de distordre le temps lui-même, de l'étirer. Le temps était devenu malléable. Plus mon attention se focalisait, plus cet espace et ce temps semblaient s'ouvrir à moi. Après l'agression, il m'était devenu plus difficile de trouver cet œil de l'esprit. J'y parvenais malgré tout – ou peut-être que la morphine me le faisait croire.

J'ai pressé la détente et me suis écroulée en arrière, sur le sol.

— Alors ? ai-je demandé dans un souffle.

Leyland a haussé les épaules.

— Pas impossible que tu l'aies eue.

Nous avons traversé le champ. Leyland a fait résonner un grand rire.

— Regarde ! En plein dans le mille !

En effet, j'avais touché la cible. J'étais même proche du centre.

— Eh bien, pour une première !

Leyland a sorti son téléphone pour prendre une photo. Puis il m'a fait signe de me placer à côté de la cible afin de me photographier avec mon chef-d'œuvre avant de me donner une tape dans l'épaule avec un grand sourire franc.

— Tu n'avais jamais tiré ? C'est prometteur. Très prometteur.

J'ai souri. Ces muscles que je ne sollicitais jamais m'ont provoqué une douleur assez similaire à celle que m'avait causée la manipulation du fusil.

— On s'entraînera aussi souvent que possible. Si tu sais tirer, tu seras utile pour les fléchettes tranquillisantes, et pour plein d'autres choses. Et tu seras aussi capable de te défendre.

Nous avons réalisé encore quelques essais pour vérifier qu'il ne s'agissait pas juste de la chance du débutant. Sur le chemin du retour, il ne m'a pas échappé que nous avions tous les deux le pas presque sautillant. Dans son bureau, Leyland a retiré les cartouches, les a rangées dans son tiroir fermé à clé, puis a posé le fusil contre le mur, en face.

— Celui-là, en revanche, possède une lunette télescopique, m'a-t-il dit en ramassant le fusil hypodermique. Mais ce sera du petit lait si tu maîtrises déjà l'autre.

Il me l'a tendu en ajoutant :

— Tu vois ?

Je l'ai pris, l'ai levé à la hauteur de mes yeux. Il était fin, léger. Dans le viseur, tout paraissait flou et grossi. Je le lui ai rendu en hochant la tête. Mes pensées dérivaient vers la kétamine-Valium. Je me demandais si cela me calmerait… ou me propulserait simplement dans un *k-hole* gros comme un tigre, un état de dissociation dont je n'émergerais jamais. Mais, plus important encore, le jeu en valait-il la chandelle ? J'avais certes tout perdu en volant la morphine, mais cela en avait valu la peine, au moins pendant un temps. Cette simple pensée a provoqué en moi la même émotion que si j'avais tout à coup entendu le nom d'un ancien amoureux. J'ai cligné des yeux très fort, espérant chasser ces images de mon cerveau. Leyland a raccroché le fusil sur le mur.

— Notre travail ici, avec les tigres… ce n'est pas la même chose que ce que tu faisais avant. Ce sont des animaux très différents. Le tigre est indépendant, noble, c'est un roi. Il ne comprend pas la solitude. Il comprend la concentration, l'intuition, la confiance. Il les maîtrise entièrement. Et si tu les maîtrises toi aussi, alors tu n'auras rien à craindre dans l'enclos.

Le bureau donnait sur une zone d'observation avec un balcon. La tigresse longeait les limites de son enclos d'un pas déterminé, que l'on aurait pu croire serein sans la répétition millimétrée de chaque demi-tour, l'apposition de chaque patte dans l'empreinte laissée juste avant.

— Nous l'avons appelée Luna, a continué Leyland. « Lune », en russe. À cause du croissant sur la partie inférieure de sa gueule. Elle sera superbe une fois qu'elle ira mieux.

Nous sommes restés à l'admirer, silencieux.

— Il faut enrichir cet environnement, a ajouté Leyland. On voit qu'elle est stressée. Elle n'a pas encore accepté la situation. Quand tu ne seras pas occupée à nettoyer, je voudrais que tu commences à cartographier son itinéraire, à l'observer ; essaie de déduire des choses. Je voudrais que tout soit consigné.

Je l'ai regardé, ravie.

— Tu veux que je l'étudie ?

— Je veux que tu m'apprennes des choses que je ne sais pas. C'est la seule façon d'y arriver.

Exaltée, je lui ai serré le bras.

— Mais bien sûr, priorité au nettoyage, a-t-il insisté. Dans son enclos et dans les autres. Le gros du travail, c'est du ramassage de crotte, comme tu le sais. Mais profites-en pour l'observer. Tu me diras ce que tu as trouvé dans une semaine ou deux.

— Je ne veux pas entrer dans l'enclos avec elle, par contre.

Leyland a éclaté de rire.

— Non, il n'en est pas question dans l'immédiat. Mais c'est une bonne chose qu'elle s'habitue à ta présence. Il faut qu'elle te voie aussi souvent que possible. Qu'elle s'acclimate. Bon, je vais au pub, moi. Reste un peu. Regarde-la.

La nuit commençait à tomber ; les groupes de visiteurs devenaient épars. Un périmètre de sécurité avait été délimité devant l'enclos de Luna pour les empêcher de la déranger. Je n'avais pas de carnet sur moi, mais je pouvais au moins me faire une première idée d'elle, ma nouvelle protégée. Je retrouvais soudain l'un de mes plaisirs d'autrefois, ce moment qui précède le début de l'observation.

Luna arpentait l'extrémité de l'enclos, ses côtes saillant sous son pelage. Même émaciée, elle portait la tête haute. Elle ne s'arrêtait pas pour explorer, ce qui révélait qu'elle avait déjà abandonné l'espoir que l'enclos puisse contenir la moindre source d'intérêt.

Personne ne me voyait. On m'avait confié les clés, le fusil, le fauve le plus dangereux du monde. Un inexplicable élan m'a poussée vers le bureau de Leyland. Je suis passée devant la boîte de tranquillisants sans un regard ou presque, j'ai décroché le fusil du mur, arraché les clés du crochet et ouvert le tiroir. Les munitions. Je voulais rééprouver ce sentiment de puissance, de contrôle. Même si Leyland ne comprenait pas, même si je risquais de m'attirer des ennuis, je devais atteindre une nouvelle fois cette sensation, pousser l'expérience plus loin.

Jetant le fusil sur mon épaule, comme Leyland l'avait fait, je me suis dépêchée de retourner sur le balcon.

De retour à ma place, j'ai inséré les munitions. J'ai pressé le bois contre mon épaule et ma joue sur le canon. J'ai fermé l'œil gauche, et les encoches sont devenues des mains, l'œilleton une lune. Au milieu de cet interstice, la tigresse est apparue. Mon souffle se condensait sur le métal du canon tandis que son flanc osseux ondulait dans la visée, fragment par fragment. J'ai promené le fusil le long de son corps. La sueur commençait à ruisseler sous ma veste. Prudemment, j'ai dirigé le viseur vers sa tête. Mon doigt reposait sur la gâchette quand sa joue cabossée, majestueuse, est apparue, énorme. Son grand œil ambré brillait dans l'œilleton.

Puis elle s'est volatilisée. J'ai déplacé frénétiquement le viseur pour la retrouver, en vain. J'ai levé la tête du canon. Elle avait filé de l'autre côté de l'enclos où elle se tenait à distance, aux aguets. Ainsi donc, elle savait ce qu'était un fusil.

Et savait aussi que je n'étais pas assez bonne tireuse pour la toucher.

Même si je n'avais aucune intention de tirer. Je crois.

Ce que je voulais, c'était savoir que je pouvais.

Que je pouvais détruire quelque chose, si je le décidais.

Mais je ne voulais rien détruire, pas vrai ?

Moi, Frieda, Frieda au bonnet vissé sur la tête, aux cheveux comme du foin, aux bras et aux jambes comme des allumettes.

J'étais une menace.

10

Il y avait un banc où j'aimais m'asseoir, juste au sommet de la colline. Il offrait une vue sur l'intégralité du zoo, ses différents secteurs, ses enclos. Mon esprit était du genre à chercher des motifs, et j'aimais poser mon regard sur ceux créés par les enclos. C'était un peu comme les transcriptions audio que je passais mon temps à examiner à l'Institut, à l'affût d'éléments tangibles qui me permettraient d'identifier ce que les bébés bonobos cherchaient à dire lorsqu'ils communiquaient. Des faits, des schémas récurrents, des chiffres… Voilà ce sur quoi il fallait s'appuyer pour comprendre. Je le croyais, du moins. Mais toutes les certitudes que j'avais pu nourrir à ce sujet semblaient m'avoir filé entre les doigts.

Il y avait peu d'animaux là-haut, dans cette partie reculée du zoo. Beaucoup de nos spécimens considérés comme « moins excitants » étaient parqués là-bas – les rares antilopes particulièrement fertiles, ou bien ceux qui avaient besoin d'isolement.

J'étais postée ici parce que l'oryx s'était enfui. L'oryx est une sorte d'ersatz de girafe : pas aussi grand, sans motifs majestueux, mais pourvu du même cou élancé et d'yeux aux cils allongés. L'oryx de Torbet, une femelle, se retrouvait délaissée, là-haut. Le zoo l'avait reçue comme don à un moment où tous les enclos convenables étaient pris et les autres en construction. Son espace extérieur se résumait à un carré d'herbe pelée, planté d'un unique arbre, brouté de toutes parts, avec un poteau solitaire auquel pendait un filet de foin.

L'antilope (négligée au point de n'avoir reçu aucun nom), qui était à la fois agressive et intelligente, s'était donc échappée. Elle y était parvenue en feignant soigneusement de ne pas avoir remarqué une partie détériorée de sa clôture, si bien que personne ne l'avait remarqué non plus. Le zoo comptait un nombre colossal d'infrastructures rafistolées, cassées, souvent pourries, uniquement sur pied grâce à la bonne volonté et aux talents de bricoleurs des soigneurs. Mais ils avaient sous-estimé l'aspiration de cette antilope à mener une vie meilleure et l'intelligence qu'elle déploierait pour y arriver.

Elle avait attendu patiemment, et, ce matin-là, avait détruit la clôture juste au moment où celle-ci arrivait à un stade de pourrissement suffisamment avancé pour tomber en un coup de sabot. La voie était complètement libre. Elle avait fui par les champs et les bois qui entouraient le zoo, s'empiffrant au passage des feuilles qui persistaient encore sur les branches. Elle avait joui de quelques heures de liberté avant que son absence ne soit découverte. Les soigneurs avaient reçu l'ordre via talkie-walkie de se regrouper, et nous étions partis à sa recherche pour y mettre un terme.

Après avoir remonté sa trace jusqu'à une clairière dans les bois, nous nous sommes approchés sans bruit et avons formé un cordon pour la reconduire doucement vers la plaine et son enclos. Le changement qui s'était opéré chez elle, maintenant qu'elle avait goûté à la liberté, était saisissant. Le soleil créait des barres d'or sur sa robe tandis qu'elle tendait sa longue langue vers les rameaux d'un arbre, ses sabots en appui sur le tronc. Il ne restait plus rien de sa balourdise d'ornithorynque maintenant qu'elle se trouvait en milieu naturel, quand bien même différent du sien.

Alors que nous avancions au milieu des arbres, le contentement de son regard s'est peu à peu évaporé, et son pas s'est transformé en un trot maladroit. Sa queue formait un point blanc flottant au milieu des broussailles. Prise de panique, elle rentrait dans les buissons et les troncs d'arbres, s'écartait d'un bond, laissant entrevoir le blanc brillant de son œil. Je sentais la pitié me gagner ; j'espérais qu'elle parvienne à briser le cordon, à semer la drôle de bande de garde-chiourme que nous formions. Mais, à considérer qu'elle y parvienne, où irait-elle ? Elle se trompait : elle n'avait nulle part ailleurs où aller.

Et puis, finalement, au sortir du bois, elle s'est élancée dans la plaine. Son galop était fabuleusement vivant. Son cou ondulait à chaque foulée. Gabriel s'est échappé du rang pour partir à sa poursuite. Sa casquette de base-ball s'est envolée lorsqu'il a accéléré sa course, les yeux rivés sur l'antilope. Elle était loin, et il paraissait impossible qu'il la rattrape, mais nous étions tous subjugués par la souplesse féline de ses mouvements. Ses mains aux doigts serrés fendaient l'air comme des lames, et ses pas étaient immenses. L'antilope, qui n'était pas faite pour l'endurance, a fini par ralentir et tenter le tout pour le tout en sautant dans un sens puis dans l'autre, comme un lapin.

Gabriel, à présent, se faisait aussi calculateur qu'un fauve. Au moment où l'oryx est passée près de lui, cherchant à faire demi-tour, il s'est jeté sur ses sabots. C'était un vol plané, brut et sauvage, un geste que je n'avais jamais observé chez aucun être humain.

Il a percuté sa cible. Ses mains se sont accrochées à ses boulets, sur les deux pattes arrière, puis l'ont brutalement fait tomber par terre avec un bruit sourd avant que Gabriel ne s'avance en rampant pour bien la maintenir au sol, jusqu'à s'asseoir lourdement sur ses épaules. Le cou sans élégance était plaqué sur toute sa longueur, l'oryx grognait, les yeux révulsés, l'écume à la bouche. Je me suis soudain retrouvée avec une corde entre les mains, à lui attacher les pattes comme je le pouvais. Ses sabots ciselés moulinaient dans le vide pour m'échapper, mais Gabriel, faisant basculer son poids, les a immobilisés pour me permettre de les ligoter. La corde me glissait des mains, le nœud était difficile à serrer. L'oryx n'était plus qu'un paquet de sabots à attacher et, sous le regard de Gabriel, ma détermination s'est intensifiée.

Cette scène illustrait bien ce qu'il m'avait dit, le jour de mon arrivée : la nature se composait de prédateurs et de proies. Sur le moment, je l'avais contredit, et avais réaffirmé par la suite mon opinion, mais cette vérité, à cet instant, était indéniablement là, sous mes yeux. La nature est force et vitesse et puissance, remplie d'élans vers la liberté qui n'aboutissent jamais. Et je sentais l'envie, sans trop savoir pourquoi, de me ranger du côté du plus fort. À quel sort aurais-je été vouée, sinon ? Ça ? Le ligotage terminé, j'ai gratifié l'oryx d'une tape sur le flanc et Gabriel l'a fait rouler sur le côté tout en serrant fermement la corde autour de son cou, les doigts crochetés à l'intérieur de ses naseaux. Cette prise, avais-je lu, vous transforme un taureau adulte en bon petit soldat.

Ensemble, nous avons aidé la bête à se relever et l'avons reconduite, contre son gré, jusqu'à son enclos. Les soigneurs, déjà à pied d'œuvre, clouaient des planches de remplacement sur la palissade et vérifiaient qu'il ne restait plus aucune partie branlante. L'antilope s'est retrouvée attachée à un poteau le temps qu'ils terminent. Ses yeux brillaient comme d'énormes gouttes d'eau. Son cou s'affaissait.

Instinctivement, je suis allée la caresser, mais elle s'est brusquement écartée, les yeux déjà révulsés de panique, tirant sur la corde.

— Laisse-la, m'a dit Gabriel, de loin. Elle pourrait s'étrangler. Quelle cruche. Elle, pas toi, a-t-il ajouté avec un sourire.

Alors que les travaux touchaient à leur fin, Gabriel a lancé : « Fiesta ! Au pavillon ! », et tous les soigneurs sont alors partis bruyamment, certains pour aller rejoindre leur famille. Les fêtes au pavillon avaient la réputation de durer jusqu'au bout de la nuit et étaient ouvertes à tout le monde. C'était la première fois que l'occasion se présentait de connaître les autres dans un cadre différent du travail. Il y aurait de l'alcool. Peut-être pourrais-je même m'amuser un peu.

En plus du couloir donnant sur les chambres individuelles et ma tourelle, le pavillon comportait un grand salon et une cuisine commune. Je me joignais rarement aux autres là-bas, préférant me préparer mes repas dans ma chambre sur ma petite plaque chauffante. Je comprenais à présent pourquoi Gabriel n'habitait pas avec son père dans le bâtiment principal. Leur relation était clairement dysfonctionnelle.

J'ai jeté ma salopette sale et affreuse dans un coin de ma chambre pour dégotter dans ma commode quelque chose de mettable. Le choix n'était pas bien large. J'avais une robe, que j'avais décidé d'emmener au moment où je bouclais ma valise comme elle ne prenait pas de place une fois pliée. Je la trouvais gaie. Il y avait des roses dessus, sur un fond crème. Cela faisait plus de deux ans que je ne l'avais pas portée. Je l'ai passée par l'encolure, en me remémorant ce sentiment plaisant qu'elle m'avait toujours procuré, celui de dire quelque chose sur moi sans même qu'il me soit nécessaire de parler. *Cette fille est quelqu'un de joyeux. Ce sera chouette de discuter avec elle.* De la poche est tombée une autre chose que je n'avais pas portée depuis longtemps non plus : du rouge à lèvres. Je l'ai ramassé et suis partie avec dans la salle de bains.

Le tube était chaud dans ma main. Voir ressurgir ce vestige de ma vie d'avant était un signe d'espoir. *Espoir.* Prononcer ce mot à voix haute a formé sur mes lèvres la courbe idéale pour bien appliquer le maquillage.

J'ai ensuite retiré mon bonnet de travail souillé et, après avoir constaté que la situation restait désespérée, question cheveux, j'ai retrouvé le joli bonnet bleu que j'avais acheté juste au cas où une occasion particulière se présenterait.

L'autre Frieda n'avait pas eu aussi fière allure depuis bien longtemps. La robe était charmante. Le bonnet encadrait mon visage comme un joli halo bleu. Le seul problème tenait à mes baskets, qui juraient un peu. Mais l'ensemble était gai, gai et chargé d'espoir. Après un hochement de tête à mon reflet, je suis partie rejoindre la fête.

Il y avait un piano fatigué dans un coin du salon, et sitôt la première personne arrivée, Morris est allé prendre place sur le tabouret délabré pour commencer à marteler une ballade rock qui, à ma grande surprise, s'est avérée tout à fait convenable pour danser. Sa tête ondulait comme une anémone au milieu du courant. Il ne souriait pas, ne parlait à personne. Je lui ai proposé un verre, mais il m'a ignorée.

Je me suis installée sur le canapé avec une bière fraîche, chassant à coups de gros clignements d'yeux mes fantasmes de noyade dans une ampoule de kétamine-Valium, là-haut dans le bureau de Leyland. Gabriel est arrivé avec un punch violacé concocté à partir de ce qu'il avait pu trouver dans les différentes chambres du pavillon, et l'a posé sur la table basse d'un air grandiloquent. Il m'a lancé un clin d'œil et s'est éclipsé sans me laisser le temps de répondre, même si je n'avais pas spécialement de réponse à donner. Il circulait de groupe en groupe, en riant, l'ordre naturel restauré – et par là même, son assurance.

Des chips sont apparues sur la petite table basse. Morris enchaînait les airs sans s'interrompre, glissant doucement vers du Abba, dont il agrémentait les refrains d'impros virtuoses. La musique, semblait-il, était le support à travers lequel s'exprimaient son sens de l'humour et sa douceur. Tout était joué de mémoire, ses doigts grêles comme des pattes d'araignée frappant tour à tour les touches ou se promenant sur toute la longueur du clavier.

Je suis allée me servir un grand verre de vodka-Fanta dans la cuisine. Quand je me suis faufilée dans le salon, les premières bouffées d'ivresse commençaient à se faire sentir, me donnant l'impression que mes douleurs musculaires s'évaporaient enfin. J'ai boulotté quelques chips, un peu mal à l'aise, debout près du canapé qui était à présent occupé. Morris, sans crier gare, a abandonné le piano, pris sa veste et quitté la fête. Un jeune dont je peinais à reconnaître le visage – secteur pingouins ? – a pianoté sur un iPad et déclenché une playlist de morceaux entraînants, inconnus au bataillon pour ma part, hurlés par deux énormes enceintes. J'avais sifflé mon grand verre de vodka-Fanta. Il m'en fallait un autre. La cuisine ressemblait maintenant à une fête entre adultes telle qu'imaginée par un enfant. Papiers d'emballage et bouteilles de sodas, chips, tranches de pain de mie entamées et de fromage bon marché sur chaque coin de table. Il y avait des canettes de bière, certaines vides et écrasées, d'autres, pleines mais tièdes, des bouteilles d'alcools forts et de vin doux, et puis les autres, déterrées du fond du placard, faute d'autre chose : Cointreau, Baileys, mélanges divers et variés.

Deuxième vodka, cette fois accompagnée d'un Coca éventé dans une bouteille d'un litre molle sans étiquette. Ma tête commençait à tourner. L'air était saturé de coups de canon à confettis et de cris de joie. Mes paupières papillotaient quand je fermais les yeux. Le jeune a relié l'iPad à une sorte de système d'éclairage et des flashs orange, bleus, rouges, ont illuminé le salon. Je n'ai remarqué qu'à cet instant la boule à facettes accrochée au milieu du plafond. Elle pendait là depuis tout ce temps, attendant son tour de briller de mille feux.

Quelqu'un avait poussé les meubles. Il y avait de plus en plus de gens, dont certains que je ne connaissais pas. Peut-être des employés du zoo, mais à d'autres postes, comme la boutique ou la cafétéria, ou peut-être que les soigneurs rameutaient des connaissances pendant ce genre de fêtes. Gabriel est sorti de sa chambre vêtu d'un jean et d'un tee-shirt, et s'est mis à danser avec Kizzy, la fille svelte du kiosque à friandises. J'ai siroté mon verre en m'efforçant de ne pas le regarder. En même temps, il n'y avait rien d'autre à regarder. Il n'y avait rien d'autre de beau à part lui dans la pièce.

Le bras de Gabriel enlaçait l'épaule de Kizzy, tandis que les siens se promenaient de haut en bas sur son dos pendant qu'ils discutaient en criant. C'était dans son visage à elle, chatoyant dans l'obscurité, que transparaissait l'incontestabilité de sa beauté, à lui. Le désir marquait ses traits. Gabriel pouvait en faire ce qu'il voulait.

Je me suis mise en retrait dans la pénombre, agrippée à mon verre. J'avais atrocement peur à présent. Les lumières s'abattaient sur ma robe par de grosses pulsations rouges qui me donnaient l'impression de me faire chaque fois tirer dessus, puis propulser à la seconde d'avant, comme si je remontais le temps. J'étais pétrifiée par l'envie de m'enfuir et celle de traverser le salon, faire tomber ma robe et me tenir nue devant lui. Maintenant que l'idée m'avait traversé l'esprit, j'avais peur de passer à l'acte, comme si je me trouvais au sommet d'un gratte-ciel, attirée par le vide. Je me suis parlé à moi-même, sur un ton dur. Celui d'un médecin, un médecin pouvant me fournir des cachets pour stopper les décharges électriques qui m'engourdissaient les lèvres, m'exorbitaient les yeux. J'implorais l'alcool, j'implorais mon médecin imaginaire, j'implorais Dieu lui-même de me propulser quelque part, n'importe où, où je me sentirais en sécurité, auprès de Charlie, auprès de Zaïre, peu importe, du moment qu'il y avait là-bas une paroi vitrée pour me séparer de cette chose qui menaçait de me submerger. Gabriel s'est penché pour embrasser Kizzy, et je me suis retournée en étouffant un cri.

Je me suis retrouvée face à un mur de CD, que j'ai voulu examiner avant de me rendre compte qu'il faisait trop sombre et que j'étais simplement en train de les fixer, bêtement. La soirée passait. Quelqu'un est arrivé et a versé dans mon verre du punch violacé. Que j'ai bu. Ensuite, il y a eu un frisson dans l'atmosphère, des rires, et j'ai vu Gabriel sortir de sa chambre, Kizzy pendue à son bras, en débardeur, les cheveux en bataille. Il portait son tee-shirt à elle, avec le logo *Playboy* sur le devant. Il était trop petit pour lui, si bien qu'on voyait le bas de son ventre. Les coutures des manches avaient craqué à cause de sa carrure. Le tee-shirt de Kizzy était foutu, mais, sur lui, il attirait quand même l'œil. À l'instar du vêtement, la fille elle-même semblait en lambeaux. Gabriel s'est désenchevêtré d'elle pour s'en aller dans la cuisine, seul.

Quittant le mur de CD, je me suis sentie migrer, avec ma robe joyeuse et mes lèvres pleines d'espoir, jusqu'à me retrouver juste sous son nez. J'étais moi-même surprise par mon incapacité à me contrôler ; je voyais venir le danger aussi clairement qu'un chevreuil dans le champ de mire d'un tigre, et pourtant, je me jetais droit dans sa gueule.

Gabriel inspectait le misérable choix de boissons qu'il restait. Ses mains passaient sur les étiquettes alors qu'il tentait de reprendre ses esprits.

— Vin de gingembre ? C'est quoi ces conneries ? Où est la vodka ?

J'ai posé ma main sur la sienne. Pendant la fraction de seconde qui s'est écoulée avant qu'il ne la retire d'un coup sec, j'ai senti sa chaleur, une connexion profonde.

Tenant sa main aussi loin de moi que possible, il m'a regardée de toute sa hauteur, comme s'il me voyait pour la première fois. Il s'est penché vers moi, si près que j'ai cru qu'il allait à nouveau m'embrasser. Mon menton s'est même légèrement tendu vers lui.

— C'est quoi ton problème, putain ? a-t-il marmonné, la voix empâtée.

Puis il s'est reculé, a regardé les gens qui s'étaient attroupés dans la cuisine entre-temps.

— Rien, ai-je dit. Je n'ai aucun problème.

Le silence autour de moi était lourd comme une pierre. Honteuse d'avoir si mal interprété la situation, je me sentais étourdie, vaporeuse. Comme si j'avais poussé la porte d'un lieu que je croyais être, admettons, une piscine, pour me retrouver devant une rivière où j'allais bientôt être poussée pour vérifier que je n'étais pas une sorcière. Plus étrange que tout, l'homme qui attachait des poids à mes chevilles et mes poignets était la plus belle créature que j'avais jamais vue.

Comme j'aurais aimé que Charlie soit là pour me remettre doucement sur le droit chemin, mais ce n'était pas le cas et ne le serait jamais. Comme j'aurais aimé me trouver étendue sur mes bottes de foin, près de Zaïre, mais cela n'arriverait jamais plus. Ce monde avait disparu. Personne, pas même moi, ne pourrait me tirer de ce qui était en train de se jouer à cet instant. Mes jambes me portaient toutes seules vers Gabriel. Mon propre corps me trahissait.

— Je voulais te dire, je suis désolée pour le changement d'affectation. Ce n'est pas moi qui ai demandé. Je...

L'énorme main de Gabriel s'est abattue sur ma tête pour m'arracher mon bonnet. Il l'a enfoncé sur la sienne. Puis a ouvert à la volée le premier placard, a dévissé le couvercle d'un pot de confiture et s'est tartiné le pourtour de la bouche de rouge.

— Je suis désolée pour le changement d'affectation ! a-t-il piaillé en m'imitant.

Un léger cri de surprise a parcouru le groupe qui nous regardait.

Mes mains ont tout de suite volé vers ma tête pour cacher mes cheveux. Les mots se sont échappés de ma bouche comme des rats : *arrête de me suivre, arrête de surgir partout où je vais, laisse-nous tranquilles, le tigre et moi.*

Je me suis vue récompensée par un coup entre les jambes extrêmement douloureux. Le poing de Gabriel m'a percutée avec une telle force qu'il m'a à moitié soulevée de terre, contre le plan de travail. J'ai hurlé de douleur.

— C'est ça que tu veux, hein ? m'a-t-il soufflé, la mâchoire serrée.

Ses yeux étaient un pétillement de bleu autour de deux ronds noirs. Horrifiée, j'ai cherché à comprendre, en vain. Le bonnet que j'aimais tant semblait proche de la rupture, tendu sur ses boucles noires. Je sentais l'odeur de la confiture, à quelques centimètres de ma bouche.

— Mais tu es quoi, toi, au juste ? a-t-il dit, plein de dégoût.

Je n'ai pas répondu. Je n'avais moi-même aucune réponse.

Il a retiré sa main. J'ai heurté le plan de travail avant de m'écrouler par terre. Les soigneurs me regardaient. Personne n'est venu m'aider. Gabriel a retiré mon bonnet, s'est essuyé la bouche avec et me l'a jeté. Puis il est retourné dans le salon en se frayant un chemin à travers les soigneurs. Je suis restée recroquevillée par terre, les mains sur la tête, essayant de ne pas toucher la zone douloureuse. Un gémissement sourd s'est échappé de mes lèvres.

— Mon Dieu ! Mais barrez-vous de là, espèce de zombies !

Leyland, à genoux près de moi. Une main noueuse se glissant doucement sous mon bras.

— Viens, suis-moi, Frieda.

— Non… non, ai-je marmonné.

Mais Leyland m'a asséné :

— Tu viens avec moi.

Le volume de la musique avait augmenté, la cuisine était vide. Je me suis relevée, j'ai ramassé mon bonnet collant, je l'ai remis. Déboussolée, je ne savais plus quoi faire, comment sortir d'ici. Leyland m'a escortée lentement dans le couloir. Derrière moi, la musique s'est estompée.

Il faisait noir dehors. J'ai éclaté en sanglots contre lui pendant qu'il m'aidait à descendre les marches en pierre du perron et me conduisait jusqu'à un tracteur garé.

— Je n'ai pas bu. Je suis de service ce soir, a-t-il gentiment bredouillé. J'avais prévu de dégager des planches laissées sur le chantier. Ou plutôt, pour être honnête, d'aller m'asseoir un peu sur la colline, là-haut. Gabriel...

Il a secoué la tête et ajouté :

— Faut-il aller au commissariat ?

— Au commissariat ? Non, tu rigoles.

J'étais morte de honte.

— Ce type est complètement taré.

— Je n'aurais pas dû...

Je n'étais pas sûre de bien savoir ce que je n'aurais pas dû faire, à part tout, tout depuis que cette putain d'histoire avait commencé, et en particulier céder à ces sentiments terrifiants.

— Rien ne se termine jamais bien avec lui, m'a dit Leyland. Allez. Debout. J'ai une Thermos de café là-dedans.

Le moteur s'est mis à vrombir et les vapeurs de diesel nous ont enveloppés. Nous avons remonté la colline jusqu'au stand de tir, où Leyland s'est arrêté.

À mesure que je buvais à petites gorgées son mauvais café sucré, mon esprit commençait à s'éclaircir.

Le silence ne nous gênait pas. Au bout d'un moment, Leyland a dit :

— Alors, il fait du bien, ce café ?

— Oui.

Puis il a repris :

— Tu sais que ce monstre a baisé ma femme ?

Je n'avais pas envie qu'il sache que Morris me l'avait déjà dit.

Il a sorti son téléphone et fait défiler des photos avant de sélectionner celle d'une jeune femme au sourire radieux.

— C'est elle... Gail, a-t-il déclaré en tournant l'écran vers moi. Elle est beaucoup plus jeune que moi. Second mariage. La deuxième a été la bonne.

— Elle a l'air très heureuse.

— Nous l'étions.

Il a agrandi le cliché avec ses doigts pour l'examiner.

— En même temps, elle couchait peut-être avec lui au moment où j'ai pris la photo.

Le regard rivé sur l'image, il n'a plus rien dit pendant un moment.

— Elle nie, bien sûr. Elle dit que ça a commencé après, a-t-il ajouté, puis il a levé les yeux vers moi, éclairé par le halo de son téléphone.

La détresse tirait les traits de son doux visage.

— Qu'est-ce que tu en penses ?

— Si je pense qu'elle voyait Gabriel au moment de la photo ?

— Oui.

Je lui ai pris le téléphone et j'ai observé attentivement l'écran.

— Je pense qu'elle a l'air trop heureuse pour ça. Tu as vu ce dont il est capable.

Le soulagement a irradié son visage. Et j'ai compris que ce que je prenais pour de la placidité était en fait un masque de tristesse.

— Ce mec est un monstre absolu, a-t-il répété.

Je lui ai rendu le téléphone, incapable de parler.

Leyland a poursuivi :

— Elle est restée avec moi uniquement parce qu'il l'a jetée. Elle avait fait ses valises, tu sais. Elle est allée au pavillon. Elle l'a supplié. Carrément, devant tout le monde. Elle l'a supplié pour qu'ils continuent à se voir. Qu'est-ce que je suis censé faire, franchement ?

Il s'est tourné vers moi.

— Sérieusement, c'est une vraie question, a-t-il dit. Qu'est-ce que je suis censé faire ?

— Je ne sais pas, Leyland.

Mon entrejambe me faisait encore mal. J'allais avoir un sacré bleu. Sous le manteau de la sidération naissait la flamme de la colère. J'ai posé la main sur le bras de Leyland.

— Ne le laisse pas s'approcher des tigres, ai-je dit. C'est la seule chose qui compte pour lui, de toute façon. Ça le rend fou d'être tenu à l'écart.

— Ah ça oui, hein ?

Il a souri avec une énergie nouvelle.

— Et le fait que tu aies pris sa place le fait doublement enrager. C'est à cause de ça qu'il t'a frappée tout à l'heure – enfin, tu l'avais compris. Empêcher ce connard d'approcher les tigres, c'est le seul plaisir qu'il me reste dans la vie. Ça me désole juste que tu te retrouves mêlée à cette histoire.

— Je crois que c'était inévitable, ai-je soupiré.

— Il plaît aux femmes, hein ? a répondu Leyland. C'est ça, le vrai problème.

Je me suis revue en train de me torturer l'esprit dans le noir.

— Tu sais, le jour de mon arrivée, il m'a dit qu'il n'y avait que deux choses dans la nature : les prédateurs et les proies. Que les deux s'imbriquaient. Le désir et la peur. Je pense qu'il y avait une mise en garde, en filigrane. Contre lui.

J'ai terminé la Thermos avant de conclure :

— C'est dingue, vraiment. Ta femme et moi, on en a oublié ce qu'on est.

Leyland est resté silencieux un moment, avant de prononcer doucement :

— Je ne veux pas que tu penses que ma brouille avec Gabriel est l'unique raison qui t'a amenée dans ce secteur. Tu es douée avec les tigres. Plus qu'il ne l'a jamais été.

Nous nous sommes regardés dans le noir. Leyland a continué :

— Tu sais… on aurait dû partir d'ici, Gail et moi. Repartir de zéro. Mais je ne peux pas les laisser – les tigres. C'est sûrement de ça que venait le problème, d'ailleurs… j'étais tout le temps fourré ici. Ce boulot, je ne connais que ça. C'est toute ma vie. Je suis pris au piège, d'une certaine manière.

— Je comprends ce dévouement.

J'allais lui parler de Zaïre et de l'Institut, mais je me suis ravisée. J'avais brusquement envie de marcher, d'être seule, de réfléchir. J'ai posé la main sur son bras.

— Je vais descendre ici, d'accord ? Merci. Ça va mieux. J'ai besoin de marcher, de prendre l'air.

— Tu es sûre ?

J'ai sauté par terre.

— À demain, Leyland.

Il a rallumé le moteur et le tracteur s'est éloigné.

Je voulais descendre voir les bonobos, mais j'ai finalement continué mon chemin, encore un peu titubante, vers l'enclos de la tigresse. Le ciel au-dessus de moi luisait sous les étoiles et la faucille parfaite d'une lune. Le gibbon a poussé un dernier hululement avant d'aller dormir. Et puis, soudain, je me suis retrouvée seule face à la vitre. J'ai balayé du regard l'enclos de la tigresse plongé dans la pénombre. Je voulais la voir, trop intriguée de savoir ce qui, chez cette créature, pouvait fasciner un homme au point de l'aimer davantage que sa femme, ou de rendre un autre homme fou à l'idée d'en être séparé.

Sa gueule, d'un coup, devant moi.

J'ai étouffé un cri.

Prenant une grande respiration, je n'ai pas cédé, et j'ai posé les doigts sur la vitre.

Ses yeux luisants se sont promenés sur moi, sans ciller. La lune se reflétait dans sa rétine, la faisait rougeoyer comme un feu, et dissimulait dans l'ombre la partie de sa gueule défigurée.

Nous nous sommes scrutées toutes les deux, comme si nous nous regardions dans un miroir. Voyait-elle que j'étais aussi, à ma manière, défigurée ?

Quand je pensais à Gabriel, j'avais peur.

Quand je regardais la tigresse, non.

Je n'arrivais pas à cerner l'état d'esprit dans lequel elle se trouvait, comme avec les bonobos. Elle avait un langage si particulier qu'il me semblait devoir tout réapprendre. Ce qui transpirait entre nous, quel que soit son nom, était complètement étranger à mes yeux.

J'avais l'esprit clair comme la glace à présent. En un clin d'œil, je me suis retrouvée devant la porte du bureau de Leyland, soulevant la pierre sous laquelle était cachée la clé. Je suis entrée. Je brûlais d'envie de me libérer de la douleur, de ressentir quelque chose de vrai, de me soustraire à mes propres faiblesses. La boîte de tranquillisants s'est retrouvée dans ma main à l'instant où j'ai pénétré dans la pièce à l'air empesé.

L'image de Luna m'est venue à l'esprit et j'ai pensé : *Quand ils te tuent, il n'y a pas de peur.*

J'ai reposé la boîte, et pris à la place le double des clés de l'enclos. Puis je me suis faufilée maladroitement par l'autre porte du bureau. Mais au lieu de ressentir de l'appréhension, j'ai été parcourue par un frisson de liberté.

Je suis entrée dans l'enclos, en veillant à ce que Luna puisse voir ma silhouette éclairée par la lune. La sienne était écrasée par les ombres, et il était impossible de dire si elle se préparait à bondir. La voix de Gabriel emplissait ma tête. Pas cette voix étrange, froide que j'avais entendue quelques heures plus tôt, mais cette voix du jour de mon arrivée, qui m'expliquait comment ne pas être une proie. Il est important d'entrer en contact avec un tigre en faisant du bruit : lui faire savoir que vous êtes là, vous signaler comme ami et non comme proie.

— Luna… *Luna*…, ai-je chantonné.

Elle allait et venait devant moi, terrible, sans jamais me quitter des yeux.

Mon cœur battait à tout rompre. J'ai obligé mon corps flageolant à demeurer immobile.

Gauche, droite, gauche, droite. Elle haletait légèrement. Dans la pénombre, chaque mouvement créait une cascade d'ombres qui semblaient la suivre comme une cape, ou comme des corbeaux.

À l'amorce de chaque respiration, un son différent, un grognement.

Une sensation de calme, curieusement, m'a envahie, comme une rivière proche de geler. La peur s'est évaporée, laissant un espace vide en moi ; et j'avais comme l'impression que la tigresse commençait à remplir cet espace. Les coussinets sous ses pattes résonnaient dans ma poitrine ; son odeur charnue semblait occuper chaque crevasse, chaque grotte de mon corps.

Un nuage passant devant la lune l'a coupée de ma vue. J'ai tendu les bras devant moi – juste à temps, parce qu'elle m'a sauté dessus, pressant ses grosses pattes avant sur mes épaules. J'ai titubé, mais je ne suis pas tombée.

Le ressenti n'avait rien à voir avec la démonstration de Gabriel. La peur qui m'avait envahie à ce moment-là était petite et insignifiante, un cri perçant mordillant le bord de cette…

… *grandeur*. Un coup de patte, un coup de griffe et j'étais morte – et Dieu sait si elle les avait rétractées ou non. Mais je me trouvais dans les bras d'une créature qui défiait les limites, qui par son consentement à se trouver proche de moi me bouleversait.

— Luna… Luna…, ai-je soufflé.

Même si mes jambes menaçaient de se dérober, nous nous imbriquions, elle et moi. Nos cœurs n'étaient qu'à quelques centimètres l'un de l'autre. La chaleur de son bas-ventre frémissait à travers ma robe. Ses moustaches me raclaient les joues comme du fil de fer, et son haleine avait quelque chose de curieusement doux.

En détournant le visage, j'ai vu l'éclat d'un croc. Sa mâchoire était ouverte, à quelques centimètres de ma joue.

Je n'avais jamais senti la mort d'aussi près, même dans les moments où je préparais mes seringues de morphine. Une douce chaleur m'enveloppait, plus forte encore que sous l'effet de la morphine. Avais-je envie de mourir ? Cette question n'avait même plus lieu d'être à présent. Mais cette étreinte, avec ce tunnel dont la seule issue était ses mâchoires, ne suscitait pas chez moi le moindre sentiment d'humiliation. Voilà ce que Gabriel n'avait pas saisi dans son analyse de la nature.

Son souffle était aussi brûlant qu'un cratère. Ses mâchoires, de plus en plus proches, s'agrandissaient, avalaient la lune et toutes les étoiles. Mon désir de vivre ressemblait à quelque chose de beau – un champ verdoyant, le souvenir que je gardais du visage de ma mère –, que je contemplais depuis l'obscurité de ce point d'observation. Je ne m'inquiétais pas de ne pas pouvoir l'atteindre. Alors que sa gueule plongeait vers moi, je ne ressentais que du calme.

Sa grosse langue noire m'a brossée de bas en haut.

J'ai laissé échapper un cri quand son contact m'a éraflé le cou. Elle me goûtait. Gabriel m'avait dit que les tigres utilisent leur langue, extrêmement rêche, pour ôter la chair des os.

Elle m'a goûtée, puis elle s'est arrêtée en humant l'air, comme un gourmet.

Le sang excite les tigres, c'est un signal qui leur dit que la pitance est arrivée. Même s'il ne suscite habituellement pas chez eux de déchaînement meurtrier, comme chez le requin, il n'en reste pas moins qu'une blessure sanglante fait courir un danger pour qui se trouve près d'un tigre. Pourquoi ne réagissait-elle pas ? Je me suis mise à trembler entre ses pattes avant, m'attendant à ce qu'elle plonge ses crocs dans la plaie.

Luna s'est dégagée de mes épaules avec un grognement. Elle m'a tourné autour un instant, puis s'est arrêtée et m'a observée.

Stupéfaite, je suis restée sans bouger. Du sang perlait de l'entaille qu'elle avait laissée dans mon cou.

La rosée avait trempé ma robe. Dans la lumière argentée, les motifs floraux ressemblaient à des trous.

À présent que le froid me pétrifiait, je remarquais chaque souffle qu'elle et moi projetions.

Mon sang ne semblait pas l'intéresser. Tout en grondant tout bas, elle s'est éloignée lentement vers l'intérieur de l'enclos. J'ai attendu, immobile, qu'elle disparaisse complètement. Abasourdie, la respiration courte, j'ai replacé mon bonnet sur ma tête et, prudemment, je suis sortie à reculons.

11

Une semaine plus tard, une lettre est arrivée. Je l'ai gardée sur moi toute la journée. Le soir venu, je n'ai pas réussi à trouver le sommeil. Seule dans ma chambre, j'ai fait défiler les contacts de mon téléphone jusqu'à tomber sur le seul qui comptait.

— Charlie ?

Des bruissements. Sa voix étouffée par le sommeil.

— Frieda ? Quelle heure est-il ?

— Oh. Je ne sais pas… 2 heures du matin ? Excuse-moi.

— Quelque chose ne va pas ?

Frottement de ses vêtements alors qu'il s'extirpait du lit.

— Attends.

Sa respiration est devenue plus rapide pendant qu'il descendait l'escalier avec prudence. Je l'imaginais encombré par des jouets d'enfants, et les murs couverts de photos de famille. Charlie m'avait dit un jour qu'il avait été bon coureur au lycée, avait participé à des compétitions d'athlétisme. Je voyais une étagère avec ses trophées de jeunesse auxquels s'étaient peut-être joints ceux de ses propres enfants. J'en avais la nausée, mais ces images étaient impossibles à chasser. Je n'avais jamais vu sa maison. Nous avions été collègues pendant des années, mais il ne m'avait jamais invitée chez lui. Je n'avais rencontré sa femme qu'une fois, lors d'une fête de Noël de l'Institut à laquelle elle n'avait clairement aucune envie de participer. Il avait deux enfants, une fille et un garçon, dont les visages souriants trônaient dans un cadre sur son bureau. J'avais honte de mon désir pour lui. Le cacher me donnait un mal fou. L'idée qu'il soulève ses enfants, les embrasse, dise *je t'aime* à sa femme, pouvait me pousser vers la morphine plus vite que n'importe quoi d'autre.

— Que se passe-t-il ?

Le bruit de son corps s'installant sur une chaise.

— Ils m'ont écrit, ai-je dit. Mon dossier. Ils l'ont clôturé.

— Oh non.

Un silence pendant qu'il réfléchissait sérieusement.

— Ça va aller ?

— Je n'arrive pas à dormir.

— Qu'est-ce qu'ils disent ?

Je lui ai lu la lettre, peinant à énumérer tout ce qui n'avait pas été trouvé : les témoins, les traces ADN, les suspects. Autant d'absences, alors que ce qui m'était arrivé ce soir-là était dans ma vie ce qu'il y avait de plus présent. Je me suis mise à pleurer. J'ai entendu au bout du fil les épaules de Charlie se raidir. Il s'est raclé la gorge.

— On s'y attendait un peu, en même temps. Ça fait tellement longtemps… mais c'est terrible.

— Tu n'espérais plus rien, toi ? ai-je protesté. Tu n'as jamais rien dit. Tu penses que je devrais contester la clôture du dossier ?

— Deux ans et demi, Frieda. Ils ont investigué autant qu'ils le pouvaient. Je ne suis pas sûr du motif que tu pourrais invoquer.

— Qu'ils ne l'ont pas arrêté ? Que ma vie est foutue ? Que j'ai un trou dans la tête et que je me retrouve à bosser dans un zoo ?

— Ta colère est parfaitement légitime. Ce n'était pas le résultat que nous espérions.

Il se tortillait sur sa chaise.

— Tu ne touches plus à la morphine ? a-t-il ajouté.

— Non. Je passe du temps dans l'enclos de la tigresse à la place.

Je voulais qu'il soit en colère pour moi. Ce sentiment irrationnel enflait comme des bulles folles autour d'un rocher dans un ruisseau.

— Elle m'a bondi dessus. M'a léchée. M'a arraché la peau du cou. Ça commence tout juste à cicatriser. Il paraît que quand un tigre est sur le point de te tuer, tu ne ressens pas de peur. C'est vrai. Je n'ai pas eu peur d'elle. Mais j'ai peur de Gabriel.

Mes coups de fil et les SMS enjoués que j'envoyais à Charlie pour lui raconter ma nouvelle vie s'étaient arrêtés du jour au lendemain, après la fête.

— Ignore-le.

J'ai entendu le même soupir qu'il poussait quand il s'apprêtait à considérer un dépôt de demande de financement. Il n'était pas en colère pour moi. Il se montrait raisonnable.

— Tu ne l'as pas vu, Charlie. Il…

Je devais trouver les mots justes. Comment expliquer ce qui s'était passé ? Si seulement Gabriel m'avait simplement frappée, comme il l'aurait fait avec un homme qui lui avait piqué sa place, Charlie aurait compris, n'aurait pas eu idée de rejeter la faute sur moi. Ce que Gabriel me disait, ces questions qui n'en étaient pas – *C'est ça que tu veux, pas vrai ? Mais tu es quoi, toi, au juste ?* –, comment aurait-il été possible de les placer dans une discussion avec Charlie ? Le simple fait de les énoncer aurait modifié la vision qu'il avait de moi. La vie que j'avais connue avec lui était une vie innocente, à laquelle je brûlais tout à coup de retourner.

— Charlie, je… je voudrais revenir.

Long silence au bout du fil. Puis :

— Oh, Frieda.

— Quoi ? Pourquoi est-ce que je ne pourrais pas ? Je suis clean. J'ai tenu bon. L'Institut me manque. *Tu…*

Je n'ai pas pu finir.

— Comment va Zaïre ? ai-je dit à la place.

— Oh, sa fille est enceinte. Elle doit accoucher dans deux ou trois mois.

— Sa fille, Nana ?

— Oui, Nana. Tu n'as pas oublié.

— Bien sûr que je n'ai pas oublié. Et je sais qu'elles ne m'ont pas oubliée non plus.

— Certainement pas. J'ai montré une photo à Zaïre, l'autre fois.

— Une photo de moi ?

— Oui, dans un but purement scientifique, bien sûr, a-t-il affirmé avec un petit rire. Zaïre t'a pointée du doigt, et elle a poussé une vocalise.

— Joyeuse ou triste ?

— Hmm. Intriguée, je dirais.

— Pourquoi tu ne me l'as pas dit ?

— Parce que ça t'aurait bouleversée, Frieda. Je n'aurais même pas dû t'en parler, sauf que... il est 2 heures du matin et que j'ai baissé ma garde.

— C'est toi qui m'as dit que je pouvais t'appeler à n'importe quelle heure. Que tu serais là pour moi.

— Et je le suis. Simplement... C'était une faute grave, Frieda. J'aurais beau plaider ta cause jour et nuit, je doute que tu puisses revenir après ce qui s'est passé.

— J'ai été remplacée ?

J'ai entendu un sourire naître sur ses lèvres.

— Tu es irremplaçable.

— Ça veut dire oui, donc.

— Non, bien sûr que non. Nous avons pris une étudiante en doctorat. Je ne sais même pas si elle va tenir. Elle n'est pas très bonne, pour être honnête.

Je me suis mordu la lèvre pour bloquer le désespoir qui menaçait de m'étouffer.

— Et toi ? lui ai-je dit. Comment ça va ?

— Ça va, merci... mais, Frieda, il est presque 2 heures et demie du matin. Rediscutons-en demain, tu veux ? Quand nous aurons dormi tous les deux.

— Charlie, j'ai besoin de te parler. Il faut que je te parle de ce qui s'est passé.

Long silence. Un bruit en fond. Une voix de femme.

— Charlie ?

— Frieda, je ne peux vraiment pas, là tout de suite. Je suis désolé. Parlons-en demain. J'arrive !

Ces derniers mots, lancés derrière son épaule, loin de moi.

— Non ! Si tu raccroches, je rappelle. Je n'arrêterai pas de rappeler !

— Pour l'amour du Ciel, Frieda.

Pourtant, il n'a pas raccroché. Je sentais le téléphone loin de son oreille, et son grand visage patient, fermé et appréhensif.

— Pourquoi tu ne m'as pas raccompagnée ce soir-là ? Je croyais que nous étions amis.

— Ce n'est pas juste.

Sa voix avait changé. Elle était devenue grave, soudain, ce qui m'effrayait.

— Qu'est-ce qui n'est pas juste ?

J'avais haussé le ton.

— Après toutes ces années ensemble, après tout ce que nous avons vécu, tu ne pouvais pas juste me faire ce gage d'amitié ? ai-je continué.

— Tu n'as jamais été intéressée par mon amitié.

— Comment ça ? Moi, je ne t'aurais jamais laissé tomber si tu avais eu besoin de moi.

Charlie réfléchissait avant de parler. J'avais toujours admiré cette manière qu'il avait – dans les commissions de financement et autres réunions interminables auxquelles il fallait néanmoins assister faute de quoi un universitaire a tôt fait de se retrouver sur le banc de touche, privé de fonds pour son département – de se pencher en arrière, les doigts joints, le menton posé dessus, parfois. Sans jamais se presser. Cette attitude donnait de l'importance à celui qui parlait. Mais je ne l'admirais plus du tout à présent. C'était une tactique dilatoire, une manière de me tirer les vers du nez. Je me suis mordu la lèvre jusqu'à ce qu'il réponde, pour m'empêcher d'en dire plus ou d'éclater en sanglots.

— Frieda, quand tu as débarqué à l'Institut avec ton étrangeté, ta fantaisie, il y a toutes ces années… je n'avais jamais rencontré une personne comme toi. Si intelligente, et surtout dingue des animaux, comme moi. Il y a eu un moment – des moments, en fait…

— Quoi ? Quels moments ?

— Si tu m'avais voulu, tu m'aurais eu. Ce qui est arrivé est le reflet de ce que tu souhaitais, toi.

— N'importe quoi, ai-je rétorqué sèchement. Comment voulais-tu que je devine ce qui allait arriver ?

— Ce que je veux dire, c'est que si nous ne sommes pas ensemble aujourd'hui, c'est parce que tu ne voulais pas d'une relation, celle qui m'aurait fait te raccompagner jusque chez toi.

J'étais comme un limier déchaîné par une odeur. Le désir d'atteindre la vérité était plus fort que tout.

— Attends, laisse-moi traduire, ai-je articulé.

Comme j'ai détesté ma voix, ce calme horrible.

— Tu n'as pas eu la décence de me raccompagner, parce que nous ne sortions pas ensemble ? Il pleuvait à verse, putain, il était minuit, plus de transports en commun…

— Tu aurais pu prendre un taxi, Frieda. J'aurais attendu avec toi. Tu me prends pour qui, pour sortir des choses pareilles ? Je ne crois pas que se coltiner des kilomètres de bus dans la direction opposée à chez moi, alors que tu aurais pu prendre un taxi, soit une quelconque preuve de décence – ou d'amitié, d'ailleurs. Je suis dévasté par ce qui t'est arrivé, j'y pense tous les jours, mais le fait que j'aie été là ou pas n'aurait rien changé à l'histoire. Mais que tu prennes un taxi, oui, merde ! Et j'aimerais bien savoir ce que tout ça révèle de…

À cet instant, Charlie a marqué une pause. Il vérifiait si la voie était libre. Il a baissé le ton.

— … de la vision que tu as de moi, de l'amitié. Pourquoi avoir exigé que je traverse la ville, loin de mes enfants, en bus et sous un temps de chien, jusque chez toi, alors que tu pouvais prendre un taxi ? Pourquoi tu as fait ça, Frieda ? Parce que je me suis interrogé après coup, je me suis demandé ce que je représentais réellement pour toi. Juste quelqu'un pour t'escorter, c'est ça ?

Ignorant sa question, j'ai rétorqué :

— On a formé une équipe pendant des années. Je n'avais aucune vie en dehors de toi et Zaïre. Tu savais… tu savais… tu as vécu pendant tout ce temps en sachant pertinemment… que je t'aime.

Les mots étaient sortis. Mes joues brûlaient de honte et de fureur.

Quelqu'un – Charlie lui-même, je crois – m'avait dit un jour qu'il ne fallait jamais poser de question à laquelle la réponse peut être non. C'était le directeur qui parlait, qui me livrait le secret de sa longévité, ce calcul des risques grâce auquel il raflait des financements, réussissait sa vie. Moi, j'étais sortie de ce monde de calculs, à présent. J'avais tout perdu.

Dans le silence planétaire qui s'était ouvert au téléphone, j'ai poursuivi :

— Est-ce que tu m'aimes ?

Il perdait pied. Les calculs fusaient dans sa tête. Je le sentais. Mais il pouvait raccrocher, j'aurais rappelé. Il pouvait m'ignorer, j'aurais pris le premier bus pour chez lui. J'aurais enfin vu ses enfants, les jouets dans l'escalier, les photos aux murs. J'aurais vu une bonne fois pour toutes que Charlie avait une famille, une vie, un avenir – tout ce que j'avais perdu. Nous aurions tous été confrontés à ce qui m'était arrivé. Le moment n'aurait pas pu plus mal tomber pour une déclaration, mais qu'importe ? Il n'y avait plus que la vérité, maintenant, qui comptait.

— Tu sais bien que oui, a-t-il marmonné.

— Mais alors, si tu m'aimes et que je t'aime, pourquoi est-ce que tout ça est arrivé ?

Le sang pétillait dans ma tête, une curieuse bouffée d'espoir que je n'avais jamais ressentie auparavant. Comme si cette déclaration pouvait nous faire remonter le temps. J'aurais donné n'importe quoi pour pouvoir remonter le temps.

— Frieda, c'est trop tard maintenant.

— Mais… si je t'aime et que tu m'aimes, ai-je répété vainement.

— Oui, a-t-il soufflé, avant de marquer un silence exaspéré. Mais les choses changent.

— Pourquoi tu n'as rien dit ? ai-je sangloté au téléphone. Pourquoi faut-il que ce soit à moi de parler ?

— Frieda, *Docteur Bloom*, a-t-il martelé d'une voix ferme, comme s'il parlait à un enfant. La vie n'est pas un conte de fées. Je ne suis pas un prince qui va te sauver de ta tour, putain. Je ne suis que… qu'un type assez ordinaire, un universitaire avec une femme et deux gosses. Nous aurions pu avoir notre chance tous les deux, c'est vrai, mais aucun de nous ne l'a saisie. J'en conclus que nous avons fait d'autres choix. Toi comme moi.

— Tu sais quoi, Charlie ? J'ai affronté beaucoup de choses ces deux dernières années. Mais je pense que celle-ci est peut-être la pire de toutes. Putain…

Les mots étaient des épines dans ma bouche. Je n'arrivais pas à croire que je mettais fin à cette vie, que je la laissais derrière moi.

— Frieda…

Pour la première fois depuis le début de notre relation, je lui ai raccroché au nez. J'ai jeté mon téléphone dans la pièce en regrettant de tout mon cœur que mon agresseur ne m'ait pas achevée.

La solitude m'enserrait la poitrine. Mon propre souffle paraissait curieusement chaud et enveloppant, comme venu de l'extérieur. La nuit caverneuse, étrange, me donnait l'impression qu'un tigre plongeait, gueule ouverte, vers ma gorge. Je suis restée allongée à l'intérieur, yeux ouverts, jusqu'à ce qu'elle se termine.

Quand le matin a fini par arriver, je me suis traînée dehors et suis partie d'un pas pressé, tête baissée, passant devant tout le monde pour me rendre aux réserves – puis ressortir faire ma tournée et combler par du travail le gouffre qui m'habitait.

Des nuages glacés aux relents doux-amers se sont échappés alors que j'ouvrais sèchement la porte de la chambre froide. Nous stockions la viande là-bas. Les cadavres écorchés se balançaient sur leurs crochets. Leurs gueules étaient ternes, leurs yeux vitreux, leurs corps tournaient lentement, révélant leur terrifiante concavité. J'en ai tiré un, violet, dans ma brouette, ayant depuis longtemps renoncé à porter des gants pour me protéger du sang séché, de la graisse coagulée, de la puanteur du mortuaire. Tout dans le secteur des félins semblait avoir trait à la mort. À la traque, à la prédation, à la mort.

Tout, sauf le fait que Luna soit restée à m'observer cette nuit-là, et ne m'ait pas attaquée. Je ne comprenais toujours pas comment j'avais pu m'en sortir indemne alors qu'un prédateur m'avait étreinte.

C'est à ce moment-là que Gabriel a débarqué dans l'allée à grands pas, avec un sourire énorme. Il s'est agenouillé sur le bitume en ouvrant les bras, puis un petit garçon a crié « Papa ! » en courant à sa rencontre. Gabriel l'a fait tournoyer avant de le poser sur son épaule comme s'il était aussi léger qu'une plume. Je me suis arrêtée net, médusée. Ce devait être Tiger. Une femme est apparue et a remis un sac de voyage à Gabriel. Sans doute son ex qui lui déposait leur fils pour une visite. Elle lui a adressé quelques mots pendant qu'il faisait tourner le petit garçon sur ses épaules. Comme il était étrange de le voir avec un enfant, en père.

La chair luisait dans la brouette qui roulait. Si j'avais pu, je me serais sauvée en courant, mais le cadavre que je poussais me ralentissait. L'enfant, petite créature prétentieusement ébouriffée, tout occupé à entortiller ses doigts avec fierté dans les cheveux de son père, ne m'a même pas regardée. Comme dans une scène au ralenti, la femme s'est tournée, intriguée par le spectacle d'une soigneuse tachée de sang poussant un animal mort sur la colline. Du coin de l'œil, j'ai aperçu une veste en jean et un joli chapeau brodé de fleurs. Des cheveux qui cascadaient dans son dos. Elle ne s'est pas arrêtée de parler ; j'ai perçu une voix douce, mais insistante.

Gabriel et elle ne se touchaient pas. Ils n'en avaient pas besoin. Leurs conversations, leurs disputes, leur intimité passées les enrobaient si parfaitement que je pouvais presque les distinguer, comme des étoles ou des cordes autour d'eux.

J'ai continué à gravir la colline. Mes muscles étaient raides, mais pas question de le montrer. Et pas question de laisser certaines pensées prendre le dessus, ou j'aurais été incapable de continuer. Tout ce que je possédais, c'était un travail. C'était tout ce que j'avais. J'étais la soigneuse de la tigresse. Peut-être n'éprouvais-je pas beaucoup d'empathie pour cet animal dont j'avais la charge, mais cela n'avait pas d'importance. Dans ma brouette se trouvait son petit déjeuner ; il m'incombait de le lui donner, et je comptais accomplir ce devoir. Car accomplir ce devoir, et endurer le dénuement et les difficultés que cette vie impliquait, me permettait de jouir d'une brève accalmie. Je faisais partie de quelque chose, j'appartenais à un tout. C'est cette idée, et cette idée seule, qui m'a aidée à dépasser la petite famille. Elle se dissolvait à présent. La femme a adressé un au revoir de la main au petit avant de s'éloigner.

Luna m'attendait à la vitre quand je suis arrivée. Elle avait une ouïe parfaite. Son œil unique, vif et grand ouvert, absorbait tout. En me voyant, sa gueule s'est plissée dans un feulement. J'avais du mal à concilier l'hostilité qui émanait d'elle avec le frémissement adorable de ses oreilles de nounours et, pour être honnête, la beauté absolue de sa tête. Au fil des semaines, depuis son arrivée, elle s'était joliment étoffée. Était-ce ainsi que les hommes raisonnaient devant les belles femmes insensibles à leurs avances ? Était-ce pour cette raison qu'ils les transformaient en princesses hautaines dans les contes ? Je ne parvenais pas à trouver dans leur comportement la moindre cohérence. La bienveillance d'un jour pouvait s'envoler le suivant.

J'ai fait basculer la carcasse dans la cellule prévue à cet effet. Après avoir fermé et verrouillé le côté où je me trouvais, j'ai ouvert la trappe pour que Luna puisse tirer la viande, oubliant bêtement de sécuriser la corde qui contrôlait l'ouverture. Une bombe orange et noir a détoné contre la porte. J'ai poussé un cri, mais par miracle je n'ai pas lâché la corde de la trappe, ce qui lui aurait coupé la queue. Le souffle court, je l'ai enroulée au crochet. Ses griffes, puis ses crocs, sont sortis à travers le grillage. Le vide de son œil m'a transpercée.

Puis Luna s'est tournée vers la carcasse, l'a traînée dehors et s'est mise à la dévorer comme si elle pouvait lui échapper. Oh, qu'elle avait faim. Elle la dévorait, la rongeait, et dans les bruits qu'elle émettait s'insinuait peu à peu, me semblait-il, un certain plaisir. Je l'ai regardée, incapable de me concentrer sur les tâches qu'il me restait à accomplir. Luna a levé les yeux de la cavité qu'elle avait percée dans la viande pour me regarder à son tour. Ses bajoues étaient couvertes de sang ; des fibres de chair pendaient de ses mâchoires, mais devant cette scène que d'ordinaire j'aurais trouvée monstrueuse, j'ai brusquement senti la faim gronder dans mon propre ventre, une crampe si terrible que je me serais pliée en deux.

Je n'ai pu faire autrement que de courir jusqu'au kiosque à friandises. Je me moquais que Gabriel ou quelqu'un d'autre me voie. J'étais comme sous emprise. J'ai tendu à Kizzy la monnaie que j'ai trouvée dans la poche de ma salopette.

— Quatre Mars, s'il te plaît, et..., ai-je hésité en vérifiant combien d'argent renfermait ma main, des chips au vinaigre. Trois paquets.

Sans un mot, elle a pris les sous et m'a donné les en-cas. Je les ai ramenés dans l'enclos où, après avoir verrouillé la porte de l'intérieur, je me suis adossée contre les barreaux pour être aussi proche que possible de Luna. J'ai enfourné les Mars, puis les chips. Le chocolat fondant dans ma bouche couplé au délicieux croustillant des chips salées m'a arraché un gémissement de plaisir. Cela faisait si longtemps que je ne m'étais pas abandonnée ainsi. La faim était devenue pour moi une chose à réprimer, à enterrer sous d'autres satisfactions comme la morphine. Luna grognait et gémissait tout en continuant de remplir de viande son corps maigre. Elle m'ignorait, et, faisant de même, nous avons chacune satisfait nos envies, sans retenue, pendant un moment.

Je me suis couchée par terre, ensuite. L'afflux qui montait vers ma tête devait provenir du sucre. J'avais les paupières lourdes comme celles d'un chat. Luna mangeait encore ; un tigre peut manger pendant des heures pour profiter au maximum d'un repas toujours susceptible d'être le dernier avant des jours. Roulant sur le côté, je l'ai regardée. Vue comme ça, à moitié rassasiée, elle n'avait plus l'air d'un monstre mais plutôt d'un chat surdimensionné.

La main sur les barreaux, je l'ai appelée. Ses oreilles ont frémi et, la gueule couverte de sang, elle a tourné son œil vers moi et s'est léché les babines.

— Qu'est-ce qu'il y a, Luna ? Qu'est-ce que tu veux ?

Rien dans son expression ne laissait à penser qu'elle se souvenait s'être tenue près de moi. Je ne retrouvais rien de sa douceur. À dire vrai, j'ai même commencé à douter de ce que j'avais vécu. Je n'étais pas retournée à l'intérieur de l'enclos depuis ce soir-là, bien qu'ayant passé de nombreuses heures à l'observer, à prendre des notes depuis l'extérieur, comme Leyland me l'avait demandé.

Elle a éternué, et, à mes oreilles, ce geste a résonné comme un rire. Me dire ce qu'elle voulait ? Se dévoiler ? Dans mes rêves. J'ai vu un corbeau, puis deux, tournoyer haut au-dessus d'elle, dans les arbres. Dans la nature, les corbeaux suivent souvent les tigres dans l'espoir d'un repas.

L'heure était venue de m'y remettre. Il y avait du nettoyage à effectuer. J'ai récupéré mes outils. Alors que je sortais de l'enclos, mon regard est tombé sur Gabriel, derrière la vitre, avec Tiger sur les épaules. La fourche m'est tombée des mains.

Gabriel montrait la tigresse à son fils en lui disant :

— Elle est née dans la nature. C'est un vrai animal sauvage. Papa s'occupe d'elle – et du roi, là-bas.

Tout son enthousiasme s'est envolé à l'instant où il m'a vue. J'ai lu dans son regard qu'il me mettait au défi de le contredire devant Tiger.

— C'est vrai, ai-je dit au petit garçon d'une voix râpeuse. Ton père est le soigneur des tigres.

J'ai jeté un coup d'œil à Gabriel, mais aucune reconnaissance ne se lisait dans ses yeux – ils me fixaient avec ressentiment.

Je n'avais que ça dans ma vie : ce rôle, tangible, dans ce petit zoo. J'aurais aimé pouvoir le dire à haute voix à ce petit garçon – *Je suis la soigneuse des tigres* –, le voir impressionné et ravi. Je leur ai adressé un signe de tête à tous les deux, puis je suis partie.

Je me dirigeais vers la chambre froide pour me réapprovisionner en carcasses quand quelqu'un a crié : « Les souris sont là ! », et dans une vague de murmures réticents, les soigneurs se sont rassemblés autour de la longue table de préparation en bois au centre de la cour des réserves. Le camion du laboratoire venait une fois par semaine. Les soigneurs ont déchargé plusieurs plateaux à bords hauts qu'ils ont empilés sur la table. Des mouvements furtifs se devinaient à l'intérieur des caisses en plastique posées dessus.

Gabriel est apparu en tenue de travail, sans enfant. C'était la première fois que je me retrouvais dans la cour des réserves au moment où les souris arrivaient. J'ai rejoint la table nerveusement. Avec une indifférence d'habitué, Gabriel a fait glisser les caisses de manière à les distribuer. J'ai reculé en découvrant les souris qui grouillaient et se débattaient désespérément pour grimper vers le bord. Sans cérémonie aucune, sans même interrompre leurs conversations, les soigneurs ont commencé à plonger la main dans la caisse la plus proche pour saisir une souris par la queue et la frapper, tête la première, contre l'arête de la table, avant de jeter le corps secoué de convulsions en tas, au centre. La cour résonnait du bruit des crânes contre le bois, et l'odeur de la peur et du sang se répandait le long de la table. Avec hésitation, j'ai plongé la main dans la caisse la plus proche et attrapé une souris. Elle se tortillait au bout de sa queue ; ma gorge s'est serrée d'horreur.

— Arrête de regarder et frappe, m'a dit Gabriel.

J'ai fermé les yeux et abaissé mon bras. Le bruit du coup n'a pas résonné, seulement l'exclamation des autres soigneurs. Quand j'ai rouvert les yeux, une queue pendait entre mes doigts. Elle s'était arrachée et la souris courait sous la table aveuglément, laissant sur les pavés des zigzags rougeâtres.

— Je prends ! a crié Gabriel, comme s'il allait tirer un coup franc.

Il a contourné la table alors que la souris, finissant par se ressaisir, tentait de fuir. Dans un mouvement qui m'a semblé durer une éternité, Gabriel s'est retourné vers moi.

— C'est moins cruel comme ça, m'a-t-il lancé avec un clin d'œil puis, déployant sa longue jambe de grue, il a écrasé la souris sous sa grosse botte de travail.

Tandis qu'il levait un bras victorieux sous les acclamations des collègues, je suis sortie aussi discrètement que possible par la porte en bâches en plastique et j'ai couru jusqu'aux toilettes du personnel où j'ai vomi. Un torrent brun de chocolat s'est déversé. Je m'étais habituée à beaucoup de choses. Les araignées, les serpents, les espaces mal éclairés, le sang. Mais pas à ça. Pas à cette cruauté sans fond qui semblait suivre Gabriel partout où il allait.

12

L'hiver était arrivé. Quand a résonné le hululement matinal du gibbon, je me suis réveillée face à une fenêtre blanche, devant un monde immaculé. Je me suis protégée du froid mordant qui flottait dans ma petite chambre en me recroquevillant dans la poche de chaleur, sous ma couette. En baissant les yeux vers les draps, j'ai remarqué une forme distincte, plus qu'une légère protubérance sur la surface plane du lit. J'avais pris du poids et du muscle pendant ces premiers mois.

Sur une grande expiration, j'ai sauté du lit. Les lattes du plancher blanc m'ont glacé les doigts de pied. Le givre dessinait le bord des carreaux, et l'enclos des capybaras ressemblait à un gros gâteau couvert de glaçage, la cabane totalement recouverte. Il n'y avait aucune trace ; tout semblait neuf. Je me suis dépêchée d'enfiler ma salopette, impatiente de sortir.

Ma brouette, ce matin-là, ne contenait que de la paille, une pelle et une fourche. Ce n'était pas jour de nourrissage, si bien que mon programme se résumait essentiellement à du nettoyage. Le travail était pourtant tout aussi laborieux : une botte de paille pèse autant qu'une carcasse de porc, et je ne disposais que d'une fourche et d'une pelle à l'ancienne, avec des manches en bois et des extrémités grossières en acier. Mes lourdes bottes craquaient derrière la brouette, et le froid à travers mes gants trop fins me brûlait la peau. Mais, pendant ces quelques instants au milieu de cette neige parfaite, intacte, où mon sang circulait avec fluidité dans ce nouveau corps musclé, tout allait pour le mieux.

Une fois sûre d'être seule, j'ai retiré mon bonnet pour me rafraîchir. Contre toute attente, j'ai senti une cascade. Mes cheveux avaient poussé et épaissi, mais pas, hélas, au point de recouvrir ma cicatrice. Ma déception a été noyée par un grand bruit provenant de l'enclos de Luna. J'ai remis mon bonnet et me suis précipitée devant la vitre. Jamais je ne l'avais vue (ni aucun félin, d'ailleurs) se comporter ainsi : elle sautait dans la neige, courait, bondissait comme une vache qu'on libère de l'étable après l'hiver, passant d'un bout à l'autre de l'enclos sans effort, dans un tourbillon de neige. Bien sûr, elle n'avait encore jamais connu de neige depuis son arrivée, et Dieu sait à quand remontait la dernière fois.

Je n'avais encore jamais vu Luna réellement heureuse. Elle hurlait en sautant, un cri plus proche de l'aboiement que du rugissement du fauve. La voir si exaltée par cet élément qui lui rappelait son milieu naturel était une chose fabuleuse.

Après l'avoir observée un moment, je me suis faufilée dans la zone de repos pour commencer mes tâches : glisser la fourche dans la litière et la tamiser avant de jeter les excréments dans la brouette ; soulever et mélanger la litière restante ; enlever la sciure sale ou mouillée en dessous ; casser un bloc de sciure en plantant ma fourche dedans ; rajouter de la matière pour obtenir une couche épaisse et moelleuse, faute de quoi la couche serait devenue atrocement froide sur le sol en béton, puis ajouter la paille. Avec un supplément sur les plateformes où Luna aimait s'étaler. J'accomplissais désormais tous ces gestes les yeux fermés.

Ses acrobaties terminées, Luna s'est campée au centre de l'enclos, haletante. Elle voulait clairement jouer, voulait de la compagnie, alors je me suis permis d'entrer dans son espace, après m'être assurée que ma radio était allumée et la porte verrouillée. La neige me grisait, et Luna était plus belle que jamais, dans son élément. L'or et le brun, si incongrus pour une créature des neiges, rompaient sa silhouette, et le blanc doux de son ventre l'unissait à la neige. Un véritable miracle.

— Luna, viens, viens par ici !

Ses oreilles ont frémi, et sa grosse tête s'est tournée vers moi avec un regard doré. Les bras grands ouverts, je me suis tenue immobile. Elle a bondi dans ma direction, couvrant la moitié de la distance en un seul saut, ses grandes pattes avant sur mes épaules, ses énormes mâchoires ouvertes au-dessus de ma tête. J'ai enroulé mes bras autour de son cou, comme elle l'aimait. Son épais pelage d'hiver ondulait sous mes doigts. Son souffle rance de carnivore m'a enveloppée et sa gueule s'est rapprochée de mon visage comme pour un baiser.

Doucement, mais fermement, elle m'a clouée au sol. La neige craquait sous mon dos, contraste glacial avec le manteau chaud de son bas-ventre. La sueur perlait sur mon front comme si mon corps cherchait à traduire son désarroi. Luna a enfoui dans mon cou sa joue moustachue. La gentille tigresse était de retour.

Était-ce… de la tendresse ? Des deux mains, j'ai caressé l'époustouflante gueule de Luna, promenant ma paume sur sa partie mutilée et aveugle. La neige et les arbres se reflétaient dans son énorme œil, et il m'a alors semblé y voir ses souvenirs d'autres paysages. Il n'y avait « personne à la maison », pas comme je l'entendais en tout cas, mais peut-être que c'était cette fausse croyance qui m'avait justement tenue loin d'elle tout ce temps. Son regard était comme le prolongement silencieux d'elle-même et me donnait l'impression de contempler un paysage sibérien. Il ne renfermait ni peur ni pitié, mais ses bords s'estompaient en une sorte de crépuscule qui, à cet instant, m'a rappelé Kia tournant le dos à la mort de sa fille, Dembe. Se détourner de la souffrance ; la tenir en marge de l'étendue immaculée qu'est la survie.

Alors que la sublime tigresse déplaçait ses pattes sur moi, une drôle de sensation m'a traversée – pas tout à fait une douleur, mais une gêne.

Et puis quelque chose de chaud – de mouillé – entre mes jambes.

J'ai alors compris que cette sensation dans mon ventre venait de ma force retrouvée, de ma santé florissante. Mes règles étaient revenues. Après deux ans à ne plus saigner tellement j'étais maigre, ma fertilité avait choisi ce moment précis pour se remanifester.

Luna a été parcourue d'un frisson. Elle s'est raidie. Je voulais me lever, étudier cette fonction que mon corps avait presque oubliée, et me nettoyer avant que quelqu'un me voie. La tigresse s'est déplacée, me comprimant la poitrine. Doucement, j'ai commencé à m'extirper d'en dessous d'elle. Mais, tel un chaton avec une souris piégée, l'avant de ses pattes s'est abattu de part et d'autre de mon corps pour me plaquer. Une douleur fulgurante m'a traversé le bras tandis qu'un cri se formait dans mes entrailles.

Pendant ce qui m'a paru une éternité, la gueule de Luna s'est ouverte, haletante, pour goûter l'air. Puis elle s'est redressée sur ses pattes, et nous avons toutes les deux vu les taches de sang traverser ma salopette.

— Luna ! ai-je lancé d'un ton enjoué, malgré mon bras, sûrement cassé, qui me torturait.

Je me suis redressée à mon tour en veillant à ne pas lui tourner le dos, à ne pas ressembler à une proie. Je savais au moins que mon sang ne l'intéressait pas beaucoup, puisque j'avais connu un précédent.

Mais Luna était devenue autre, à cet instant. Elle a enfoui son museau dans la neige rougie, puis entre mes jambes, flairant l'odeur du sang, et lorsque sa tête s'est relevée, quelque chose avait disparu, avait changé. Son œil s'était vidé, était devenu celui d'un prédateur. Horrifiée, j'ai vu que ses griffes étaient sorties. Puis tout son corps s'est tendu en grondant, pour me jauger. De ma main valide, j'ai cherché ma radio, l'ai fait glisser, tomber dans la neige. J'essayais de la récupérer quand…

Luna m'a bondi dessus. J'ai percuté le sol. J'avais de la neige plein la bouche et les cheveux. Ses griffes énormes m'ont perforé comme un pneu, chacune faisant gicler de petits jets de sang. Sa mâchoire s'est ouverte au-dessus de ma gorge. Ses crocs gigantesques ont fondu sur moi. Derrière le noir éblouissant de sa gueule, le ciel était blanc. Pourquoi mon sang lui faisait-il soudain cet effet ? Allait-elle me tuer ? Pourtant, je l'aimais. Et elle m'aimait aussi.

Noir complet. Fureur bouillonnante de Luna. Corbeaux. Puis *Gabriel*, me traînant dans la neige.

— Bouge ! m'a-t-il hurlé à la figure.

Luna se débattait par terre, secouant la fourche que Gabriel avait plantée dans son flanc, jusqu'au manche. Il avait dû viser du côté de son œil aveugle. En un éclair, j'ai ramassé ma radio et crié dedans pendant que Gabriel reculait devant le tigre, les bras écartés pour me protéger.

Jamais je n'avais vu une telle rage chez aucune créature. Pas même chez l'homme qui m'avait agressée ; la violence de Gabriel était palpable, pragmatique. Luna, quant à elle, était redevenue la bête sauvage qu'elle était réellement. Mes jambes trempées de sang flageolaient, mon bras pendait mollement. Dans un rugissement glaçant, Luna s'est élancée sur Gabriel qui se tenait devant moi pour lui barrer le passage. (Pourquoi voulait-elle à ce point m'attaquer ? Je n'y comprenais rien.) Gabriel est tombé sur le dos, la gueule de Luna grande ouverte au-dessus de sa gorge. Son bras s'est tendu, en vain, pour attraper la fourche, la tirer, l'enfoncer, peu importe. Je l'ai arrachée, laissant une plaie sanguinolente, et l'ai collée dans sa main avant de reculer vers la porte.

— Vite ! a crié Gabriel, alors qu'il maintenait les mâchoires de Luna à quelques millimètres de son visage grâce à la fourche.

Sentant que je partais, Luna a levé la tête, terrible, et feulé sur moi. Ce son restera gravé dans ma mémoire à jamais.

J'ai ouvert le loquet, couru les quelques mètres qui me séparaient du bureau de Leyland. Hors d'haleine, étourdie, j'ai fixé pendant d'interminables fractions de seconde la carabine posée contre le mur, puis le fusil hypodermique.

La tuer avec la carabine ? Ma main s'est dirigée vers elle, mais a dévié au dernier moment et saisi le fusil. Lui tirer des balles ne l'aurait pas tuée sur le coup, j'en avais la certitude. Je n'aurais pas été capable d'équilibrer suffisamment l'arme pour bien viser, et la blesser l'aurait rendue encore plus déchaînée.

Luna. Luna n'était coupable de rien. Je ne comprenais pas pourquoi elle s'était retournée contre moi – mais quelle que soit la raison, elle n'était coupable de rien.

Gabriel. Sous la terreur, la mauvaise image que j'avais de lui était devenue aussi lisse qu'une fine couche de glace, éclatante au soleil.

Ma décision prise, j'ai coincé le fusil hypodermique sous mon bras cassé en gémissant de douleur. Puis j'ai ouvert la boîte de fléchettes, attrapé la kétamine-Valium, chargé le fusil et déguerpi.

Cris. Bruits de moteurs.

Le canon posé sur le garde-corps du balcon, j'ai visé. Une douleur indescriptible ondulait dans mon bras. Dans le viseur télescopique, le flanc de Luna ruisselait de sang.

— Donne !

Leyland a tendu la main vers le canon.

— Laisse, Leyland ! C'est à moi de le faire !

Je l'ai repoussé de mon bras valide.

— Frieda – c'est un ordre !

— Je suis sérieuse, putain ! Pousse-toi !

J'ai pointé rapidement le fusil sur lui. Leyland a reculé, le visage brillant de sueur.

— Ne foire pas ! m'a-t-il hurlé.

Luna savait ce que je tenais. Elle a retroussé les babines et rugi. S'il existe sur Terre une vision, une seule, capable de pétrifier une bête de terreur, c'est bien celle-là. Les oreilles plaquées, montrant crocs et gencives, Luna m'a dardée d'un regard empli de tant de haine animale qu'il aurait été impossible de le décoder, de le comprendre, de l'expliquer.

Bien que léger, le fusil vacillait sur mon bras cassé. La sueur me piquait les yeux. Luna me fixait. Comment avais-je pu croire que je comptais pour elle ? Je l'ignorais. Je portais en moi quelque chose qui nous avait transformées en ennemies. Déchaînée par la douleur dans son flanc, par la menace que je représentais désormais pour elle, la tigresse a bondi, droit sur moi. J'ai tiré sans même savoir si je l'atteindrais, criant tandis que les corbeaux tournoyaient dans le ciel au-dessus de nous. Tout avait changé. Tout était sauvage. Je n'étais moi-même plus qu'une bête brisée, ensanglantée.

La voix de Leyland :

— Elle est tombée ! On y va !

Bruit des bottes des soigneurs, noyés par le tintement de la douleur, par toute la concentration que je rassemblais pour ne pas m'évanouir, pour ne pas quitter le champ de bataille et tout ce que j'aimais.

PARTIE II

TOMAS

13

Tomas avait les cheveux teints dans un châtain plutôt convaincant et portait une moustache qui lui plaisait. Sur ses côtes ondulait un tatouage de sirène qui s'étendait jusqu'à son dos, et une chaîne ornée d'une dent de tigre – héritage de son grand-père – pendait toujours à son cou. Sur le mur de sa cabane était épinglée une photo de Liz Hurley déchirée dans un magazine en compagnie de Hugh Grant, souriant. Tomas avait déjà songé à découper cet imbécile, mais cela aurait gâché l'image – il aurait fallu déchirer le bras, car ils se tenaient par la main. De toute façon, la présence de Hugh Grant ne retirait rien au plaisir que Tomas, ainsi que ses compagnons de cabane, prenaient à contempler la robe de Liz Hurley depuis toutes ces années.

Un écart entre ses dents de devant se révélait lorsqu'il souriait, et ce sourire était toujours maintenu un peu trop longtemps, ce qui ne manquait pas d'étonner vu la vie qu'il avait menée. Il n'avait jamais quitté la zone de la taïga où il vivait depuis des années, sauf une fois, récemment, quand une équipe de chercheurs américains qui travaillait sur les tigres les avait emmenés, lui et son père, à Khabarovsk. Vêtu de son unique costume-cravate, il s'était retrouvé avec de la nourriture dans la moustache et avait peiné à tenir la conversation au restaurant. À dire vrai, n'étant jamais sorti de chez lui, il lui paraissait étrange de raconter à table l'histoire de la *banya* qu'il avait construite de ses propres mains ou son sevrage de la vodka, qu'il avait totalement arrêtée depuis cinq ans alors que tous ses compagnons buvaient et qu'il était le seul abstinent.

De toute façon, les Américains ne voulaient discuter que d'une chose : Poutine et sa folie. Cette conversation l'énervait au plus haut point. Elle l'aurait presque rendu violent, car Poutine était fort, et les étrangers ne comprenaient pas l'importance de la force. La Russie, brûlait-il de dire, ou que son père dise, est le plus grand pays sur Terre. Ici, dans ce restaurant bruyant, devant cette nourriture géorgienne – il avait plissé les yeux en regardant le menu, n'ayant jamais goûté à la cuisine géorgienne –, sept fuseaux horaires le séparaient de Moscou. *Une immensité pareille a besoin d'un leader fort pour tenir les rênes.* Tandis que les mots se bousculaient, bloqués dans sa gorge, Tomas avait fixé d'un regard assassin son père qui hochait inoffensivement la tête et qui, lorsque lui était demandé un commentaire (ce qui ne se produisit pas souvent), se contentait de débiter des absurdités sur l'espoir qu'un effort conjoint pour la sauvegarde des tigres marque un tournant dans les relations Est-Ouest.

Ivan, le père de Tomas, directeur de la réserve, faisait preuve d'une diplomatie que Tomas ne pouvait tout simplement pas comprendre. Il savait que son père aimait sa patrie autant que lui, mais celui-ci semblait capable – non, contraint – de nuancer son propos. Ce phénomène, à sa manière, se révélait aussi fascinant à observer qu'un tigre lui-même : voir comment il utilisait le silence et exhalait un mystère que Tomas ne possédait pas, et n'avait même pas envie de posséder, pour demeurer à la lisière de la conversation et étouffer le conflit.

Tomas brûlait d'interrompre leur causerie pour mettre les choses bien au clair : Poutine avait sauvé le tigre de Sibérie de l'extinction. Il avait envie de tapoter du doigt le front de la jeune Américaine aux yeux de bébé qui secouait la tête à l'évocation de Poutine, pour lui faire entrer ceci dans le crâne : *Vous êtes des chercheurs, des écologistes – il n'y aurait* plus *de réserves,* plus *de tigres sans lui.* Parmi les dirigeants russes, seul Poutine avait pris au sérieux les réserves, imposé des sanctions pour tout abattage de tigres, apposé son nom au bas des programmes de conservation des fauves, y compris des programmes internationaux.

En outre, le nationalisme de Poutine, son protectionnisme – dont se moquaient ces gens – avaient sauvé le Far East russe et ses tigres de l'enfer du libre marché infligé à la région par la perestroïka. Dans les années 1990, les contrôles aux frontières russes s'étaient assouplis. Le commerce, ouvert. Dans la petite péninsule de l'extrême orient russe cernée par des puissances étrangères, alors que le commerce illégal du bois et d'organes de tigre prospérait, tous les profits disparaissaient en Chine, en Corée, au Japon. Les tigres se voyaient massacrés, pour et par les Chinois, presque jusqu'à l'extinction. Poutine avait mis fin à tout cela. *Bouffe ça, connasse*, enragea-t-il intérieurement dans son costume qui le démangeait.

Connards d'Occidentaux. Tomas avait même ouvert la bouche pour parler, mais Ivan, souriant avec indulgence à la jeune femme – assez jeune pour être sa petite-fille – l'interrompit. Il avait passé la vodka à la fille, lui avait murmuré quelque compliment sur sa perspicacité, sur sa beauté aussi, entre le papa et le vieux dégoûtant. La jeune femme avait bu la vodka, oublié ce qu'elle voulait dire, et accepté les compliments et la main d'Ivan avec un désarroi amusé. Ses collègues, également jeunes et sérieux, furent charmés au point qu'Ivan put glisser quelques remarques sur le bon état de la réserve, la prospérité remarquable des tigres qui l'occupaient, et quel privilège de voir ces gens instruits d'Amérique témoins de son humble travail ! Tout cela sans un seul mot commun – Ivan ne parlait pas anglais et les Américains ne parlaient pas russe –, mais par le biais des délicates manœuvres de la jeune interprète de l'université. Techniquement bilingue, mais timide chronique, elle se fermait comme une huître, les joues en feu, face à un certain badinage. Ivan les manipulait tous, et c'était précisément ce qui, même au crépuscule de sa vie, lui donnait une chance d'accomplir quelque chose de grand dans la nouvelle Russie.

Grâce à Poutine, quiconque rassemblait la somme nécessaire pouvait créer une réserve. Partout, la taïga avait été découpée en parcelles que chaque propriétaire pouvait exploiter comme bon lui semblait : vendre des permis pour l'exploitation du bois ou la chasse, une entreprise rentable, mais seulement à très court terme ou, comme Ivan, décider sur un éclair de génie de faire des affaires en sauvant des tigres. Ce projet s'alignait avec le propre désir de Poutine de s'incarner en Président Tigre, d'être vu comme le sauveur du symbole de la Russie.

Si Tomas avait pu boire, se donner un peu de courage et montrer ne serait-ce qu'un aperçu de l'homme qu'il était vraiment, voilà ce qu'il aurait asséné à ces étrangers arrogants : que le génie russe consistait à s'adapter à la réalité, quand bien même cette réalité pouvait sembler folle, et lorsque la réalité changeait – puisqu'elle finissait inévitablement par changer, et même parfois par devenir l'exact opposé –, s'y fondre comme s'il en avait toujours été ainsi. Les Russes sont forts. Savent s'adapter. Voilà pourquoi la Russie est le plus grand pays sur Terre, et pourquoi le plus grand prédateur du monde y a survécu.

Autrefois – mais, bien sûr, mieux valait passer le sujet sous silence dans la Russie actuelle – le tigre, dont on vendait fourrure et organes, principalement au marché chinois, n'était perçu que comme une manne financière. Durant la perestroïka, dans un pays pillé où avaient disparu les emplois d'État, le Far East était devenu une terre abandonnée, si bien que les hommes se tournaient vers la forêt, la Mère Taïga, d'où ils tiraient leur nourriture et leurs revenus. La taïga était un retour dans le passé : une terre pionnière où les habitants avaient ravivé des savoir-faire séculaires, retournant à une existence préindustrielle alors même qu'ils évoluaient au milieu des ruines de la gigantesque industrie étatique. Braconnage et exploitation forestière illégale se pratiquaient alors sans relâche, seuls moyens de subsistance pour ces Russes de la forêt. Ce furent des temps terribles, où le communisme n'existait plus, où toute fraternité avait disparu.

Ils n'avaient jamais braconné eux-mêmes, mais certaines fois où Tomas et Ivan avaient aidé à charger un camion de grumes, ils avaient aperçu une carcasse de tigre cachée à l'intérieur, entre deux troncs. Et même si, à présent, toutes ces années plus tard, Tomas se gardait bien d'en dire le moindre mot, il se pardonnait cette erreur de jeunesse. Il n'avait rien à gagner à refuser à l'époque, ni à regretter aujourd'hui. Car il s'agissait alors de survie, et tous les moyens étaient bons. Tomas savait que les tigres le comprenaient. Ils étaient engagés dans la même lutte.

Et, de toute façon, la forêt était illimitée, cela ne faisait aucun doute. Ils pouvaient exploiter le bois aussi longtemps que nécessaire, attraper ce qu'ils voulaient, tout repousserait, et quand la Russie finirait par recouvrer ses esprits, comme elle était vouée à le faire – ce qui se produisit en effet, une fois Poutine devenu président – tout irait bien. On aurait dit qu'Ivan avait enduré toutes ces années de vaches maigres pour mieux accueillir l'opportunité qui se présenta finalement. Il économisait chaque kopeck, ce qui, couplé à sa pension, lui avait permis le moment venu d'acheter sa réserve pour un bail d'au moins vingt-cinq ans, et d'accomplir un projet grandiose plutôt que de passer sa vie à trimer.

Tomas se trouvait au moins du bon côté de la barrière, à présent. Il le devait à son père, qui avait su négocier la transition de la perestroïka à cette nouvelle ère. Ivan n'était pas un chasseur ; pour cela, il avait besoin de Tomas. Ivan était un rêveur, un charmeur, un marchand. Il préparait Tomas à reprendre le flambeau en prévision du moment, qui ne tarderait plus, où il ne pourrait plus diriger la réserve. Mais quand leurs regards se croisèrent à cette table, Tomas lut dans les yeux de son père sa déception de ne le savoir pourvu d'aucune de ces compétences modernes qui, autant que le pistage et la chasse, se révélaient indispensables. Arrêter la vodka avait déjà été une épreuve et lui avait demandé un effort colossal. Il ne savait pas comment franchir ce nouveau cap, rallier cette trahison passive au nom de la bonne cause.

Il y avait autre chose que ces foutus Américains comprenaient très bien mais n'appliquaient jamais. Le Président, c'est la famille. Et seule la famille a le droit de se moquer. Même s'il y a un fond de vérité dans ce qu'il dit, un étranger ne peut pas rire de votre dirigeant. Des guerres peuvent éclater pour moins que ça. Non que les Russes ne blaguent pas entre eux. Dans sa cabane, Tomas commençait habituellement la journée par une blague – et son répertoire était grand. Mais il avait le droit. C'était la famille.

Cette soirée, cette rare expérience dans le monde du dehors, resta gravée dans sa mémoire comme une longue agonie qui forgea en lui la certitude que plus jamais il ne quitterait son territoire. Le monde, le vrai, l'exaspérait, et Tomas ne pouvait tout bonnement plus se permettre de perdre son sang-froid. Sans la vodka pour l'engourdir, la colère lui faisait mal, aussi mal qu'un coup dans le ventre. Il fallait la réserver pour les occasions qui le méritaient vraiment. Cette soirée n'avait été qu'un long et douloureux appel à la tentation. Même au bout de cinq ans, il restait difficile de résister. Certes, Tomas gagnait plus souvent aux cartes en étant sobre, mais les hommes ne lui faisaient plus confiance comme avant, et il passait désormais un temps non négligeable à jouer les médiateurs quand une rixe éclatait.

C'était là-dessus qu'il différait de son père : il aimait la forêt, la considérait comme sa maison. La forêt n'a pas à défendre sa cause, à mentir. La forêt ne demande rien d'autre que du respect. Et le tsar de la forêt s'appelle le tigre.

Ce fut l'hiver le plus rude que Tomas avait jamais connu. Le métal se brisait comme du verre. Un jour où il suivait dans la forêt une énième piste infructueuse, passant en revue des pièges à zibeline vides, un bouleau avait explosé en une pluie assassine de glace et de bois. Il fallait que la température descende en dessous des – 35 °C, pendant plusieurs jours, pour qu'un tel phénomène se produise, de sorte que l'eau de l'arbre en se dilatant ne puisse plus rester contenue dans le tronc. Heureusement, l'explosion avait eu lieu à une certaine distance, à sa gauche, et seuls des débris de neige et de bois l'avaient atteint, comme si l'arbre lui avait craché dessus. Mais la détonation avait effrayé tous les animaux dans un rayon de 500 mètres aussi sûrement qu'un coup de feu, réduisant à néant ses chances déjà maigres de capturer un cerf.

Les hommes du camp formaient un assemblage hétéroclite d'anciens chasseurs et bûcherons, de jeunes opportunistes, de célibataires vieillissants qui n'avaient jamais connu d'autre compagnie, et de mineurs ayant œuvré au temps du communisme, à l'époque où l'exploitation minière constituait une occupation lucrative, où le pillage des ressources était organisé par l'État et où prévalait l'emploi pour tous. Certains, comme Petrov, vivaient ici depuis aussi longtemps que Tomas, voire plus. Bien qu'ayant survécu aux différentes périodes du camp – base de bûcherons, refuge de chasseurs, et réserve, à présent –, même eux grommelaient que cet hiver pourrait bien mettre un terme au grand rêve du patron, car ils crèveraient tous de faim.

La *banya* était le sauna, le cœur social du camp, et le seul endroit où il faisait toujours chaud. Tomas l'avait construit d'après les plans dessinés par son père ; il faisait sa fierté, sa joie. C'était le bâtiment le plus solide et le mieux construit de tous. Il comportait trois pièces : un vestiaire attenant au poêle, où pendaient les branches de bouleau ; la salle de lavage, pourvue de bassins et d'un réservoir chauffé à blanc par le poêle ; et le sauna lui-même, avec ses bancs en bois bien lisse. Chacun avait été méticuleusement sculpté par Tomas à partir d'une demi-bûche et disposé autour de la partie ouverte du poêle, sur lequel les hommes jetaient de la bière pour créer une brume enivrante pendant que, assis tous ensemble, ils éliminaient dans leur sueur le froid mortifiant et toutes les douleurs de la journée.

— Allez, à toi, Tomas, dit Petrov, dont la bedaine se déversait comme de la purée de pois chiches d'une louche.

— Va te faire. J'ai eu une sale journée.

— Quel casse-couilles, répondit Petrov. Je me demande ce que cette fille – Marta, c'est ça ? –, je me demande bien ce qu'elle te trouvait.

Erik éclata de rire et jeta de l'eau sur les braises. Un nuage de vapeur siffla au-dessus d'eux. Les femmes étaient pour eux un objet de fascination sans fin.

— C'était quoi le problème avec elle, déjà ? demanda Petrov.

— Elle n'était pas faite pour moi, maugréa Tomas.

Comme s'il n'avait pas entendu, Petrov renchérit :

— Quand même, elle était blonde. Et tu l'avais à tes pieds, mon gars.

— Vraie blonde ? demanda Erik.

D'un regard, Tomas l'avertit de se taire.

— Vous vous souvenez comment le patron l'imitait ? continua Petrov.

Il rabattit ses cheveux sur le côté de la même manière qu'Ivan, plus jeune, puis lâcha d'une voix lourdaude, en agitant la main comme un excentrique :

— Des gardiens ! Nous sommes des gardiens ! Chaque scarabée est précieux !

— Tu parles de mon père, je te signale, répliqua sèchement Tomas.

Mais la vérité était que les imitations qu'Ivan livrait de Marta resteraient à jamais gravées dans les annales.

— Quand même, poursuivit Petrov. Je n'arrive pas à comprendre pourquoi tu as choisi cette décharge plutôt qu'elle. Moi, je me serais barré sur-le-champ. C'est vrai, quoi…, ajouta-t-il en braquant sur Tomas un regard grave, il faut faire quoi pour t'avoir ? Tu n'es même pas un beau parti.

Il secoua la tête avec un soupir exaspéré. Petrov était une plaie pour Tomas. Un cafard énorme, pénible, impossible à éradiquer.

Riant encore, Erik pointa la salle voisine.

— Allez, Tomas. On attend.

À contrecœur, Tomas, la plante de pied brûlante, sautilla pour aller récupérer un fagot de branches de bouleau. Les deux hommes se tournèrent et, méthodiquement, Tomas les fouetta avec les branches, pas assez fort pour les faire saigner, mais suffisamment quand même pour laisser des marques sur leur peau et leur arracher des exclamations et des gémissements. La sueur qui ruisselait dans son dos donnait l'illusion que la sirène de son tatouage était sortie de l'eau. Depuis le temps, Tomas savait très exactement comment amplifier la chaleur du sauna et raviver la peau de ces hommes fatigués, qui par ailleurs n'avait pas été touchée depuis des années et ne le serait pas jusqu'à leur mort.

Cela n'avait aucune importance, entre des camarades d'aussi longue date, et pour qui les femmes ne se résumaient plus qu'à un lointain et douloureux souvenir, si ce contact provoquait une manifestation de désir, et si un homme soulageait ce désir, rapidement, de sa propre main. Et cela ne signifiait rien non plus, ne témoignait d'aucune faiblesse, pourvu que tout soit toujours passé sous silence, si un camarade tendait la main et terminait le travail à sa place. Ces hommes ne connaissaient rien d'autre que l'autonomie, l'indépendance ; ils exécraient la fragilité.

Certaines fois – souvent quand la journée avait été particulièrement dure et qu'il y avait beaucoup à évacuer – la séance à la *banya* se terminait par un retentissant « Tous dans la neige ! » de Petrov. Ce soir-là en était une et, alors que Tomas se fouettait les épaules à contrecœur dans la salle de lavage, les autres se précipitèrent dehors, passant en une seconde de la rôtisserie au gel pour se jeter dans la neige brûlante, hurlant comme les bêtes de la forêt, étourdis par les sensations, le souffle de leur corps momentanément coupé dans sa marche implacable vers le néant. Tomas se rinça à l'eau fraîche. Il aurait donné n'importe quoi pour un verre, car voilà qu'il repensait au passé, à Marta, la femme qui lui avait été si dévouée, autrefois, et dont il avait refusé le dévouement – non, Tomas l'avait pulvérisé, l'avait écrasé sans laisser le moindre espoir –, et pour quoi ? Quand survenaient de telles soirées, où les cris ivres des hommes résonnaient dans la forêt, il savait qu'il avait gâché sa vie.

14

— Tomas !

La voix de son père résonna dans la neige jusqu'à la cabane où Tomas était réveillé depuis longtemps. Erik et Petrov dormaient encore, gros ravioli sous sa couverture marron dans son lit étroit pour l'un, monticule anguleux d'arêtes et de sillons pour l'autre, semblable à une coulée de boue sur un tas de bâtons. Leurs pets et ronflements saturaient l'air confiné.

Tomas préparait le café. Depuis qu'il avait arrêté de boire, son esprit était affreusement clair le matin. Il détestait cette sensation, écrasante et impitoyable, pareille à l'anticyclone sibérien. Pendant la nuit, le gel avait décoré les fenêtres de motifs d'une fascinante complexité. Plus la nuit était froide, plus l'art était grand. Il dirigea sa lampe de poche sur le carreau noir. Il se souvenait, enfant, de la vénération qu'il vouait au Père Frimas, de ces nuits glaciales passées à veiller pour le surprendre. Son père, en se moquant, lui avait expliqué la science, appris le mot *fractal*. Tomas était resté sceptique. Une partie de lui l'était peut-être toujours. Après tout, une telle régularité, une telle finesse, une telle invention ne pouvaient pas sortir de nulle part.

— Tomas ! Réveille-toi !

Ivan ouvrit à la volée la porte intérieure de la cabane, charriant de gros morceaux de glace. Ses yeux étaient écarquillés, ses cheveux couverts de flocons.

— Que se passe-t-il ? demanda Tomas en se détournant de la fenêtre.

— Viens voir l'e-mail !

— Quel e-mail ?

— Le ministre de la Protection des ressources naturelles ! Le général Oussouri ! Celui qui pêche avec Poutine ! Tomas, il faut que tu reprennes les rênes avant que je meure. C'est primordial ! Son bureau m'a envoyé un e-mail pour dire qu'il vient ! Ils ont entendu parler de moi et de ma réserve !

Réveillés par le vacarme, Erik et Petrov s'étaient stationnés, encore somnolents, dans l'encadrement de la porte.

— Quand ça ? demanda Petrov.

Le calcul du travail supplémentaire que demanderait cette visite se lut sur ses traits fatigués.

Ivan l'ignora.

— Viens dans ma cabane, Tomas. Je dois te montrer le message. Ensuite, il faudra compter tous les tigres. La Comtesse… tu dois aller dans la forêt et poser les pièges photo pour que nous ayons des images d'elle à montrer au ministre.

Tomas termina sa cigarette d'une énorme aspiration crépitante et, dans le nuage de sa propre fumée, récupéra son chapeau, son manteau, et suivit son père dehors. Ivan parlait toujours, ses mots hachés par la porte intérieure, puis la porte intermédiaire, et enfin la lourde porte extérieure, avant de se retrouver étouffés, une fois dehors. Son excitation se fondit dans la nuit tandis qu'Erik et Petrov, haussant les épaules, mettaient la bouilloire sur le feu.

Entrer dans la cabane de son père donnait toujours à Tomas le sentiment de redevenir petit garçon. La flore et la faune occupaient chaque recoin : les posters écaillés de tigres côtoyaient des collections de scarabées, de papillons, de fleurs sous cadre. Il en était ainsi depuis toujours – cet espace était la réplique parfaite du bureau que son père avait aménagé dans leur maison à Khabarovsk, toutes ces années auparavant. À l'époque, ses collections comprenaient plutôt des coupures de magazines et de journaux ; des ukulélés, à un moment. Son père, marmonnant tout seul, était à présent penché devant le vieil ordinateur portable. Personne ne réalisait jamais de sauvegarde, la machine tombait souvent en panne, et son disque dur renfermait chaque photo, depuis la première, prise de la forêt et des tigres, chaque vidéo capturée par les pièges photo, chaque rapport de repérages de traces, de tanières, d'excréments, avec les mesures. C'était aussi le seul ordinateur du camp. Une connexion très rudimentaire permettait d'envoyer et de recevoir des e-mails plus ou moins régulièrement. Tomas sentit poindre l'angoisse rien qu'en le regardant. Derrière Ivan se dressait son poster préféré, aussi grand qu'un portrait de Lénine ou de Mao : celui d'un vieil homme aux cheveux longs et à la barbe argentée, dont les mains ouvertes, comme dans une prière nourricière, protégeaient un plant de ginseng.

Des gardiens ! Nous sommes des gardiens ! aimait à dire Ivan. *Des hommes d'affaires aussi. Mais surtout des gardiens.* Il fredonnait tout seul en attendant que l'ordinateur se connecte.

— C'est la chance de notre vie, Tomas. Le Général ! Ici ! Regarde ! Tu vois ce passage, là ? demanda-t-il en pointant un doigt tremblant sur l'e-mail. Il veut voir comment fonctionne ma gestion de la forêt ! Il veut tout savoir sur nos tigres, et regarde encore !

Ses cheveux se dressèrent pratiquement sur sa tête.

— Il fera un *rapport au Président.*

La date à laquelle cette visite légendaire aurait lieu – si elle avait lieu – n'était pas spécifiée. Mais cela n'entama pas l'excitation d'Ivan.

— Il faut tout comptabiliser. Et la Comtesse… il nous faut des images. Nous devons être sûrs qu'elle se trouve dans les parages.

Il s'était remis à tripoter le clavier pendant qu'il parlait. L'ordinateur se mit à souffler. Le ventilateur n'arrêtait pas de se casser, comme si maintenir à bonne température toutes ces données si précieuses était un trop lourd fardeau. La dernière fois qu'il était tombé en panne, le disque dur avait tellement surchauffé que de nombreuses photos avaient été perdues, mais Tomas était parvenu à ressouder le ventilateur. Il s'agissait de la seule partie démontable de la machine – et donc la seule sur laquelle il pouvait intervenir. Il avait supplié son père d'acheter un nouvel ordinateur portable, sans succès.

Ivan montra une nouvelle fois l'écran où repassait la vidéo prise par l'un de ses pièges photo. Ils étaient installés là où des traces ou des carcasses avaient été trouvées, dans l'espoir de capturer des images des tigres. La minutie avec laquelle les appareils avaient été placés, leur réglage, la durée pendant laquelle ils avaient été laissés avaient abouti à ce que certaines photos d'Ivan se retrouvent publiées dans un magazine national. Il se murmurait que Poutine lui-même les avait visionnées. Une bonne photo d'un tigre de l'Amour sauvage était un gage immédiat de publicité. Et de la publicité était précisément ce qu'il leur fallait : les yeux du monde entier braqués sur ce coin perdu de la taïga, les secrets de son seigneur révélés. Voilà qui attirerait l'attention des chercheurs ; de là, l'argent serait à portée de main. Telle était la grande ambition d'Ivan, qu'il portait avec charisme, imagination, et sans une once de sens pratique.

— Regarde un peu !

Ivan tourna l'ordinateur pour permettre à Tomas de voir la vidéo. Ils l'avaient déjà regardée de nombreuses fois, mais l'appréciaient toujours autant : une énorme tigresse qu'ils avaient baptisée « la Comtesse », jouant avec ses petits. Elle les attrapait par la peau du cou et les jetait sur le côté. Les bébés se tortillaient sur le dos dans la neige avant de revenir maladroitement vers elle pour qu'elle recommence. Ivan mit la vidéo sur pause, comme il le faisait toujours, cherchant à identifier des marques distinctives sur les petits pour pouvoir les nommer. Mais ils étaient trop jeunes et trop rapides. La vidéo datait d'un an, d'un hiver plus clément où baies, glands et noix avaient permis aux sangliers et aux cerfs de demeurer dans la région. Tomas n'était même pas sûr que la tigresse ait encore ses deux petits. Il était si difficile de les garder en vie dans ces conditions. Il était si difficile de se maintenir soi-même en vie.

— Qu'est-ce qu'elle est belle, soupira Ivan, et les deux hommes contemplèrent la Comtesse qui jouait avec ses petits et les léchait.

Ces images étaient rares, extraordinaires. La Comtesse allait les rendre célèbres, Ivan en était certain. Cela faisait un moment qu'on ne l'avait pas aperçue. Ivan angoissait quand un tigre de sa réserve n'avait pas été vu depuis un certain temps.

Son doigt survolait le flanc brillant de la bête.

— Si c'était une femme, je plaquerais tout et je la suivrais n'importe où.

— Si c'était une femme, tu passerais ton temps au lit avec elle, répondit Tomas.

— Pas faux.

Ivan hocha la tête avec nostalgie.

L'effet produit par ces images ne s'estompait jamais. Voilà longtemps, Tomas avait croisé le chemin de soldats déserteurs, perdus. L'un d'eux lui avait raconté avoir un jour été en poste dans une base sous-marine, comme garde, et bien que les ayant vu chaque jour se couler sous l'eau, chaque passage de sous-marin le frappait toujours. On ne s'y habitue jamais – l'absence de lumière, la sinistre menace –, lui avait confié le soldat. Il en allait de même avec les tigres, mais c'était leur beauté qui était frappante.

— Bien, voyons ton itinéraire, déclara Ivan en se dirigeant vers l'énorme carte à grande échelle affichée au mur.

Il se frotta le menton. La carte montrait la réserve en rouge, bordée des deux côtés par des parcelles de terre également achetées pour un bail de vingt-cinq ans. À l'ouest, la zone servait à l'exploitation forestière, à l'est, à la chasse au gibier. La réserve d'Ivan reliait ces zones à la vaste forêt primaire qui s'étalait au-delà, en vert, et ne comportait pratiquement aucun repère. Au fil des ans, les tigres de la forêt primaire, ayant compris qu'ils se trouvaient à l'abri du déboisement et de la chasse humaine qui les privait de leur gibier dans la zone d'Ivan, y avaient peu à peu étendu leur territoire.

Tomas allait par conséquent devoir s'aventurer en dehors de la réserve pour installer ses pièges photo dans la taïga vierge où la Comtesse, présumaient-ils, était allée. Il faudrait passer plusieurs nuits dans la forêt. Ivan exigeait des images, toujours plus d'images. Pour les envoyer à d'autres éminences du gouvernement, afin qu'elles découvrent l'importance de son action.

Il interrompit sa description du plan pour réexpliquer à son fils l'importance capitale de cet e-mail. Si le Général appréciait ce qu'il voyait et – il se retrouva si ému de prononcer ces mots qu'ils sortirent dans un glapissement – *faisait un rapport au Président*, cela entraînerait sans doute, sous une forme ou une autre, un soutien de l'État. Financement direct, voyages à Moscou, à l'étranger, rencontre avec Poutine…

Mais tandis qu'Ivan lui exposait ses espoirs à plus long terme, rajoutant des attributions à la liste de Tomas, ce dernier remarqua qu'il ne semblait pas se rendre compte que tout reposait en fait sur le savoir-faire de son fils. Chaque fois que Tomas lui faisait remarquer qu'il vaudrait mieux emprunter un itinéraire plutôt qu'un autre, que la météo actuelle donnerait sûrement telles ou telles conditions dans un jour ou deux, Ivan se fâchait d'être interrompu. Le ton montait progressivement, comme cela arrivait si souvent entre le père et le fils, et Tomas savait que ses camarades, dehors, les écoutaient. Ils se demandaient si Tomas et Ivan viendraient prendre le petit déjeuner, s'ils devaient les laisser tranquilles ou, comme deux enfants face à une dispute de leurs parents, intervenir pour qu'ils changent de sujet.

En réalité, Tomas n'était pas mécontent à l'idée de sortir du camp. Il en avait assez des hommes, de la monotonie quotidienne. Une fois l'itinéraire fixé, il quitta Ivan sur un signe de tête, empaqueta ses affaires, attrapa son fusil et partit. Il lui faudrait rouler trois heures pour atteindre le dernier point d'accès sur le chemin de bûcheronnage, puis deux jours de marche dans la forêt qui ne comportait pas de sentier.

À l'instant où il se retrouva seul, Ivan répondit à l'e-mail avec frénésie, poussant à ses limites la connexion à faible débit pour envoyer au bureau du Général ses photos de la Comtesse et de ses petits.

Il ne reçut aucune réponse, évidemment. Mais l'e-mail existait bel et bien – il était là, dans sa boîte de réception – et Ivan mettrait tout en œuvre pour être prêt quand viendrait la visite du Général.

La forêt d'hiver craque, mais ne soupire pas. Les soupirs sont pour les bâtiments des villes qui résistent aux vents captifs, urbains. Là, les arbres portent le temps comme un fardeau. Il s'agit d'une besogne, et non d'un combat.

De la neige tomba d'une branche au moment où Tomas claquait la portière du pick-up et la verrouillait avant d'entamer son périple. Il tendit l'oreille, tâchant de déterminer si la chute avait été déclenchée par un cerf ou un oiseau, ou si le poids était simplement devenu trop grand. Chaque bruit de la forêt constituait un indice vital, mais à cette distance, il ne pouvait être sûr de rien.

Il s'étonna de découvrir, juste devant lui, des traces d'ours partant vers la forêt. Curieux ; un ours qui n'hibernait pas. Les empreintes étaient légèrement craquelées autour de l'ovale du talon, là où le soleil avait un peu fait fondre la neige avant qu'elle ne regèle. Tomas en déduisit que l'ours avait coupé le sentier qui menait à la forêt environ deux jours plus tôt. Il ajusta son sac, regarda le soleil pour savoir combien de temps il lui restait avant de devoir installer son camp, puis décida de les suivre tant qu'elles allaient dans sa propre direction. La bête avait probablement trouvé le meilleur itinéraire.

Rapidement, des traces de tigre apparurent à côté de celles de l'ours – dans l'espace, mais pas dans le temps. Chaque empreinte était nette, parfaite : quatre points sur un soleil levant. Le tigre était tombé sur les traces de l'ours et avait décidé, comme Tomas, de les suivre. Chaque empreinte était précédée d'une traînée semblable à la queue d'une comète, le tigre effleurant juste la neige de sa patte avant de prendre appui. Cette vision lui rappela ses leçons d'écriture à l'école élémentaire, et les fioritures ridicules et inutiles qu'ils devaient dessiner devant et derrière chaque lettre et qui, selon lui, n'ajoutaient aucun sens aux mots. Mais l'écriture du tigre… cette écriture-là en disait long sur ce que Tomas devait savoir de la bête, sa nonchalance, son allure lente, dévorante. Il s'agenouilla pour mesurer la patte. Le résultat confirma ce qu'il avait deviné au premier coup d'œil : l'empreinte mesurait exactement 10 centimètres, la patte de la Comtesse. Cependant, il n'y avait pas de traces de petits. Il fuma une cigarette le temps d'y réfléchir. Partir à la poursuite d'un tigre aurait été inconscient ; si la Comtesse s'apercevait qu'elle était suivie, il y avait fort à parier qu'elle fasse demi-tour et choisisse une proie plus facile qu'un ours : Tomas. Elle devait être en chasse et avoir laissé ses petits quelque part, dans une tanière. Ce paramètre la rendait encore plus dangereuse à pister. Elle avait faim, et des bouches à nourrir. Elle ferait le nécessaire pour donner à manger à ses petits, détruisant tout ce qui se dresserait sur son chemin.

La suivre était certes de la folie, mais la Comtesse était précisément la raison qui l'avait amené ici. Il devait trouver une zone qui lui permettrait de placer le piège photo et obtenir les images dont Ivan avait besoin. La voix de son père l'incitait à continuer. Ivan n'aurait jamais hésité entre la « photo du siècle » et sa sécurité. Enfin, la sécurité des autres. Mais sur ce point au moins, Tomas et son père se rejoignaient. C'était une découverte incroyable, une aventure inédite dans un décor de forêt enneigée. Un tigre et un ours, tous deux affamés, tous deux aux abois. Tomas voulait être celui qui l'avait découvert et le raconterait. Il prendrait des photos et des notes et analyserait chaque indice au fur et à mesure que la neige dévoilait ce qui s'achèverait en un sanglant dénouement.

Les traces continuaient d'avancer en s'entrecroisant. Tomas scrutait les arbres, à la recherche d'empreintes récentes de cerf ou de sanglier, mais rien. Outre la famine hivernale qui épuisait le gibier, un tigre vidait la zone de tous les animaux, qui sentaient sa présence.

L'ours les menait progressivement en amont, serpentant au pied des montagnes de Sikhote-Alin. Tomas n'avait aucune idée de sa destination ; la bête aurait dû se trouver dans un trou à dormir, roulée en boule, depuis longtemps. Probablement qu'elle n'avait pas réussi à se constituer assez de réserves de graisse, ce qui la condamnait à arpenter la forêt stérile qui ne lui offrirait que des prises toujours plus maigres. Sentant peut-être le tigre sur sa piste, elle semblait ne jamais se reposer. Le tigre, sans se hâter pour autant, laissait paraître une certaine impatience dans sa longue foulée qui ne faiblissait jamais. Tomas savait qu'un tigre de Sibérie pouvait parcourir de longues distances au petit trot, sans modifier son rythme, progressant pendant des heures dans la neige profonde.

Les pistes juxtaposées franchissaient des ruisseaux, contournaient des zones boisées impénétrables où l'ours avait gratté le sol sous un arbre dans l'espoir d'un gland égaré, ou marqué un tronc. La Comtesse s'arrêtait elle aussi à chacun de ces endroits, ses quatre pattes rassemblées tandis qu'elle flairait des informations ou recouvrait la marque de l'ours de la sienne. Tomas se reposait dans ces mêmes endroits. Il prenait des mesures, esquissait la position des empreintes, notant les conditions météorologiques et s'aidant de sa boussole pour déterminer l'emplacement. Il avait apporté du cerf séché qu'il mâchonnait et faisait passer avec de la neige. De cette manière, le périple s'accomplissait à trois, ensemble : ours, tigre, homme.

À la lisière de la forêt domestiquée se trouvait un lieu de bivouac que de nombreux trappeurs et chasseurs avaient fréquenté au fil des décennies. Alors que la lumière commençait à décliner, Tomas quitta la piste et bifurqua dans sa direction. En chemin, il eut la chance de rencontrer une gélinotte des bois, ce gros volatile dodu qui décollait du sol comme un feu d'artifice et semblait presque faire exprès de planer pendant qu'on ajustait le viseur juste en dessous de lui. Le bruit de la détonation alerterait tout tigre de sa présence, mais le jeu en valait la chandelle. La température chutait déjà, et cette prise lui assurerait une nuit relativement confortable.

Le bivouac était au départ un abri provisoire composé de troncs, de branches tressées et de broussailles. À force d'ajouts et d'améliorations, il ressemblait presque désormais à une cabane. Il était assez grand pour qu'un homme puisse s'asseoir et s'allonger, et ne demandait que quelques réparations sur les murs latéraux. Le dernier occupant, comme le voulait l'usage dans la forêt, avait laissé du bois, des allumettes et des broussailles, ce qui permit bientôt à Tomas d'obtenir un feu juste devant l'entrée.

Le feu brûlait proprement ; la chaleur se répandait dans l'abri. Des coléoptères et des mouches en hibernation dans les lichens dont les murs fissurés étaient remplis, troublés par cette chaleur soudaine, crurent l'hiver terminé et se mirent à bourdonner autour du visage de Tomas. Le toit craquait sous son épaisse couche de neige. Les constructions devenaient vieilles en hiver : échines courbées, articulations fragiles, disjointes, cassées. Le bois parlait au bois. Toujours la forêt parlait, les arbres vivants aux morts. Et la cabane prenait part à cette conversation laborieuse ; elle craquait sans soupirer.

Tomas fit rôtir la gélinotte, prenant soin de se débarrasser de toutes les parties inutilisées. Il incinéra les plumes et le gésier pour ne pas laisser de traces de sang à l'extérieur du cabanon. Il s'était écarté des traces, mais ne voulait prendre aucun risque susceptible d'attirer le tigre ou l'ours jusqu'à lui.

Il réfléchissait à la journée du lendemain. Au-delà du bivouac s'étendait la forêt primaire, peuplée de chênes et de cèdres. L'histoire de l'ours et du tigre se jouerait au milieu de ces arbres ancestraux. Quelle bataille verrait-on quand ces deux titans de la forêt s'affronteraient !

Tout seul ici, il se trouvait à la merci des tigres. Mieux valait ne pas trop se détendre. Mais il était épuisé ; il sortit sa peau de cerf de son sac, s'enveloppa dedans, tisonna le feu et s'endormit rapidement.

15

Comment avait-il pu manquer ces curieuses empreintes hier soir, là, juste devant l'entrée ? Il s'agenouilla dans le crépuscule glacial. Chasseur émérite, il ne laissait pourtant rien passer. Peut-être que l'âge commençait à le rattraper. Il se réveillait souvent engourdi par le froid et devait attendre des heures pour s'en libérer. Son esprit n'était plus aussi affûté qu'autrefois. Et puis, il s'était retrouvé tellement absorbé par sa poursuite de l'ours et de la tigresse qu'il en avait oublié de prêter attention au reste, comme il le faisait toujours pourtant.

Les traces dataient du même moment que celles de la Comtesse ; la neige avait estompé leurs contours, et le soleil avait continué de les brouiller. Mais cette vision ne laissait aucune place au doute : ces empreintes étaient humaines, pas animales. Tomas, stupéfait, fit le tour de la cabane pour vérifier s'il y en avait d'autres.

Des bottes. C'était des traces de bottes, plus petites que celles d'un homme, des traces complètes, sans la fente d'un cerf ou l'espace entre le coussinet et les orteils. Un ensemble de formes régulières assez espacées dans la neige : une créature au pas assuré. Il pensa *créature*, car *femme* semblait trop précis. Quelle femme pouvait vivre ici ? Seule ? Il y avait une coupure, un endroit où les empreintes se rejoignaient, l'une légèrement en retrait de l'autre, le bout du pied plus enfoncé, une moitié d'empreinte, comme si *elle* – l'image d'une femme, encore, mais cela paraissait impossible – avait observé quelque chose au loin dans les arbres.

Comme avec tous les animaux qu'il pistait, il savait évaluer un gabarit à partir de son empreinte : sa taille approximative, ses proportions. Les traces n'étaient pas très nettes, mais une certitude grandissait : *elle* – la femme – était un peu plus petite que lui, et svelte – ses pas ne s'enfonçaient pas aussi profondément dans la neige que certains cerfs qui passaient par là. L'homme vieillissant que devenait Tomas, à 41 ans, se sentit soudain seul face à de telles pensées. Il n'avait pas connu les caresses d'une femme depuis de nombreuses années, n'avait pas été père, n'avait pas côtoyé le monde en dehors de cette forêt. Ainsi se surprit-il à scruter la neige à la recherche d'autres d'indices sur elle : un cheveu, peut-être ; une empreinte de main, toute chose qui rendrait cette femme conforme à l'image qui s'était déjà fermement emparée de son esprit. Comme des photos jetées en l'air, Tomas se retrouvait à présent envahi de visions d'elle se tournant vers lui avec un sourire complice, les joues rosies par le froid.

Il installa un piège photo en cadrant la zone, y compris la cabane, au cas où la femme s'y arrêterait une prochaine fois. Son père aurait été furieux de le voir gaspiller un piège pour des bêtises pareilles. En même temps, il n'était pas obligé de le savoir.

Quel autre choix avait-il, à présent, que de revoir son plan et suivre ses traces au lieu de la Comtesse et de l'ours ? Comment aurait-il pu tomber sur une femme en pleine forêt et ne pas tenter de la trouver ? Il se prépara rapidement et se mit en route, suivant les empreintes, mais celles-ci rejoignirent bientôt le chemin de l'ours et de la tigresse. À un moment donné, il trouva des taches de sang. Il s'arrêta pour les examiner, cherchant à savoir si elle était blessée. La témérité qu'elle déployait à pister ce tigre lui faisait battre le cœur. Peut-être avait-elle faim, comme tous ceux engagés dans ce périple épuisant. L'image d'elle, affamée et blessée, quelque part devant, le poussa à continuer. Ils étaient quatre désormais, chacun sur sa propre trajectoire temporelle, mais liés par la neige, inextricablement.

Peu après, les arbres s'ouvrirent sur une série de ruisseaux gelés. Les grosses bourrasques qui secouaient régulièrement la forêt avaient fait tomber de la neige fraîche à cet endroit précis, effaçant toutes les traces. Tomas jura, puis erra le long des rives à la recherche de points de passage, mais toutes les traces avaient disparu, comme si elles n'avaient jamais existé. Après plus d'une heure de ratissage, il jeta l'éponge et, furieux, s'affala contre un tronc pour réfléchir à la suite.

Au moins, la Comtesse était en vie et chassait. La priorité, à présent, était de savoir dans quelle direction l'ours progressait. L'ours menait la procession, et si Tomas parvenait à identifier sa destination, ou ne serait-ce que sa direction, il trouverait les trois. L'ours lui fournirait la Comtesse – et la femme. Il passa en revue tout ce qu'il savait. Depuis le début, l'ours ne cessait de grimper vers les montagnes, par la forêt vierge. Ces zones extrêmement reculées, difficiles d'accès, offraient probablement le plus de chances de trouver le gibier qui se faisait rare. De toute évidence, l'ours s'affaiblissait ; Tomas le voyait à ses hésitations fréquentes dans la neige. Il le soupçonnait aussi de ne pas avoir compris qu'il était poursuivi. La faim devait le rendre fou, aveuglé par ses besoins immédiats. Sa capacité à évaluer les risques avait disparu, de même que son instinct qui aurait dû lui dire qu'obtenir un repas nourrissant dans un tel état de faiblesse relevait presque de l'impossible. Peut-être était-ce le seul mérite de la famine : elle étouffait le doute. L'irrationnel, dans des situations extrêmes, pouvait se révéler chose utile. Une croyance quasi surnaturelle envahissait l'animal affamé, un refus d'envisager l'échec. Là résidait souvent sa seule chance de survie, dans l'échappatoire qu'il créait finalement par la seule force de sa volonté.

Ses réflexions terminées, Tomas regarda sa boussole et le soleil pour s'orienter et calculer le temps qui lui restait avant de manquer de lumière. Même sans traces, il continuerait toujours dans la même direction, vers les montagnes. Il ne s'était jamais enfoncé aussi loin et ne savait pas ce qui l'attendait, mais il devinait, à la répartition des différentes essences d'arbres, que le paysage changeait. Il se donnait un jour pour poursuivre dans ce sens, espérant retrouver la piste.

Il pouvait se tromper, bien sûr. Et ce fut pour cette raison qu'avant de partir il voulut revoir une dernière fois les empreintes de la femme. Il retourna rapidement sur ses pas, jusqu'aux petites traces de bottes. Elles étaient toujours là, invraisemblables et pourtant bien réelles. Il s'agenouilla dans la neige, ôta ses gants et posa sa main à côté. L'empreinte était à peine plus grande que l'empan. Un instant, il imagina la botte qui l'avait imprimée, la cheville fine à l'intérieur, la jambe s'élevant vers le pas suivant.

Le chasseur promena son doigt sur le pourtour de la marque. Il la reconnaîtrait immédiatement s'il la revoyait. La solitude était une chose terrible – qui vous tourmentait l'esprit, vous faisait croire que d'autres choix auraient été plus avisés. Elle rendait un homme idiot, lui donnait l'espoir soudain qu'il était possible de défaire le passé et qu'il pouvait trouver de la chaleur dans le contour estompé d'une empreinte. Les sens éveillés par cette image, Tomas se remit en route.

Il suivait son avancée grâce au soleil qui tranchait parfaitement dans le ciel et à sa boussole qu'il sortait lors de ses pauses régulières. La cadence lente de ses jambes dans la neige l'épuisait. Il fallait constamment les lever pour franchir des branches tombées, se faufiler entre des troncs si serrés que son manteau s'y accrochait et menaçait de se déchirer. Cependant, la progression restait plus rapide qu'en été, où les feuilles formaient une masse impénétrable. Il ne quittait jamais le sol des yeux, guettant la réapparition des traces.

— Merde !

Il se jeta tête la première dans la neige. La branche s'abattit juste après en le frappant si fort à la tempe que, l'espace d'un instant, un puissant vertige lui donna l'impression de sentir vaciller l'air blanc.

Il se redressa à genoux, se tâta le crâne. Pas de sang. Agrippant son fusil, il regarda la forêt silencieuse autour de lui. Il avait marché droit sur un piège à zibeline, si habilement camouflé qu'il ne l'avait pas vu. À présent qu'il observait attentivement la zone, les alentours se révélaient semés de pièges similaires, un véritable coupe-gorge pour l'« or russe », comme on les appelait. Qui avait pu faire ça ?

Un piège à zibeline se présentait comme un fol échafaudage de branches écorcées, par endroits aussi large qu'un portail et pourtant si bien dissimulé qu'on ne le voyait presque pas. Les animaux de la forêt remarquent même les changements les plus infimes dans leur environnement – ce qui les protège, la plupart du temps, des pièges et des collets de mauvaise facture.

Tomas en avait construit quelques-uns dans les environs du camp, mais voilà deux hivers qu'il ne capturait pratiquement rien. Les zibelines disparaissaient. À force de languir, ses pièges avaient pourri.

Mais pas ceux-là. Ces pièges, peut-être six dans toute cette parcelle de forêt, paraissaient propres, en bon état. Ils étaient conçus de telle sorte que la zibeline devait grimper et passer sa tête entre deux grosses branches pour attraper un appât suspendu. La branche supérieure lui tombait alors dessus et écrasait l'animal en lui brisant la colonne vertébrale sans abîmer la fourrure.

Tomas se pencha pour examiner celui sur lequel il avait foncé bêtement. Il remit en place la branche qu'il avait délogée, admirant l'équilibre dans lequel on l'avait installée. Cette branche comportait un petit loquet métallique, qu'il réarma. D'ordinaire, le mécanisme d'un tel dispositif se composait de chevilles en bois afin de demeurer invisible sur la branche, mais dans le cas où le chasseur parvenait à le camoufler et le maintenir en bon état, un loquet métallique s'avérait plus fiable et plus durable. Ce loquet avait été soigneusement renforcé par du fil de fer, et frotté avec de la terre pour se fondre dans le décor. Du grand art. Tomas était lui-même très fier de son propre travail de métallurgie sur les pièges du camp. Le métal permettait une forme d'artisanat. Les objets les plus ordinaires pouvaient être rendus parfaits. La forme fusionnait avec la fonction sous le fer à souder, et le travail de Tomas était admiré par ses camarades, même si les efforts qu'il déployait étaient souvent moqués. Ce loquet, cependant, apparaissait encore meilleur que les siens. Il vit qu'il avait été cassé à un moment donné : on l'avait retiré, la rouille avait été enlevée à la cassure, les pièces refondues, puis sablées jusqu'à ce que le raccord ne soit visible que de l'œil d'un maître. Plus étonnants encore étaient les petits trous réalisés autour du raccord et le fil de fer fin introduit à l'intérieur, pour le renforcer, tels des points de suture. Ces points avaient ensuite eux aussi été fondus et sablés. La cassure, auparavant un point faible, était devenue la partie la plus solide du loquet. Cette complexité était la preuve d'une fine intelligence.

Tomas recula pour admirer l'ensemble. Les branches écorcées étaient soigneusement enduites de boue et de feuilles qui leur donnaient une couleur verdâtre. Cette technique permettait au bois de s'assombrir et de durcir, et d'éloigner pourriture et insectes. Les branches se déformaient souvent en vieillissant. Il fallait prévenir leur chute, et ce travail avait été exécuté avec un soin tout particulier. Tomas remarqua un léger contraste là où la branche avait été limée pour la redresser et, à l'extrémité d'une autre branche, le plus beau travail jamais réalisé avec des chevilles : du bois pourri avait été retiré de l'extrémité, mais au lieu de remplacer la branche tout entière, la partie abîmée avait été soigneusement réparée et les raccords si bien camouflés avec de la terre qu'ils en étaient invisibles.

Les autres pièges se révélèrent du même acabit. Presque invisibles pour l'œil néophyte, ils rendaient la zone mortelle pour les zibelines. Toutefois, Tomas ne trouva aucun appât – ils devaient servir à remplir les ventres humains, la nourriture étant particulièrement difficile à dénicher dans les environs.

La neige tombée récemment sur cette parcelle avait effacé toute trace. Mais, en explorant la clairière, Tomas tomba sur un piège abrité par un immense pin avec, autour, un petit chapelet d'empreintes de bottes désordonnées. *Les siennes.*

L'envie de siffler un verre embrasa ses nerfs, comme si le piège à zibeline s'était soudain refermé sur ses doigts. Il avait failli emporter de la vodka, utile dans la forêt comme antiseptique d'urgence et pour allumer les feux, mais il avait résisté. Seul, dans un tel environnement, il savait que la tentation le rongerait, grossissant en lui comme une tempête de neige, et qu'il aurait fini par descendre la bouteille comme s'il n'avait jamais arrêté.

Le traquait-elle ? Tomas l'avait pourtant laissée derrière lui, reprenant sa destination initiale, mais voilà qu'elle se rappelait à lui – avec de nouvelles preuves de sa présence, cette fois. Il ne s'agissait plus de traces éphémères dans la neige, mais de celles d'une chasseuse habile, et visiblement décidée à attirer son attention.

Mais alors qu'il levait les yeux des empreintes, la femme lui apparut soudain, aussi ingénieuse et téméraire qu'il l'avait imaginée. Elle exhalait une force viscérale, ardente comme une hallucination sous vodka, si vive qu'il se retrouva comme aimanté. Penchée sur son minutieux ouvrage, elle ressemblait à une image de ces films hachés qu'il visionnait par satellite. Sa solitude, son intelligence le touchaient en plein cœur. Son souffle s'échappait de ses lèvres. Il ne distinguait pas son visage. Elle avait un dos têtu. Il était déjà amoureux.

Tout se déroula devant lui. Son destin voulait qu'il la sauve de cette dure vie qu'elle menait dans la forêt. Il l'emmènerait chez lui, au camp. L'aimerait. Ils auraient des enfants. Seraient heureux. Il ferait les choses bien.

Cet élan lui détraquait le cerveau. Qui était-ce ? Une sorte de fantôme ? Une fée ? Poussant un grognement, il s'élança, la main tendue. Il n'était plus un ivrogne, et comprenait à présent ce que cela impliquait : il ne pouvait plus échapper à la réalité, quand bien même désirait-il de tout cœur se laisser tomber à genoux dans la neige et la regarder s'affairer sur son ouvrage jusqu'à tant que le sommeil l'emporte. Sa main traversa son corps, tomba sur le vieux tronc creusé du pin et la femme disparut, s'évanouit dans ses empreintes. Appuyé contre l'arbre, Tomas sanglota, sanglota avec l'abandon d'un homme qui se sait seul.

Alors que la vision s'évanouissait, le souvenir de l'autre femme qu'il avait connue voilà longtemps, grâce à ses empreintes, lui revint. Qu'était ce mirage, sinon une manifestation de ce qu'il avait perdu ? Envoyée pour le tourmenter, le détourner de sa route.

Hiver après hiver, Marta accomplissait le chemin jusqu'à la porte de sa cabane.

L'ébauche de sa silhouette à l'horizon, de plus en plus réelle à mesure qu'elle se rapprochait.

Ses empreintes de bottes, parfois entremêlées aux siennes, parfois seules, les premières de la journée.

Avec un rugissement, Tomas envoya un coup de pied dans la neige, puis s'essuya les yeux de son gant givré. Comme la forêt était cruelle. Cruelle envers un ours affamé, à qui elle laissait croire qu'il pouvait triompher des circonstances. Cruelle envers lui, qu'elle leurrait avec ces petites empreintes, avec le fantasme d'une seconde chance. Il se détourna pour reprendre son ascension vers les montagnes.

Mais il ne put s'en empêcher, juste une dernière fois. Il s'agenouilla et passa doucement son doigt sur le contour d'une trace de botte. Puis il porta son doigt à ses lèvres. Le contact le brûla. Il était un chasseur corps et âme, et les chasseurs savent que les traces sont synonymes d'espoir. Qu'elles recèlent tout l'enjeu d'une traque. Peuvent tout faire basculer.

16

Le dévouement de Marta se traduisait par la marche de 15 kilomètres qu'elle accomplissait, été comme hiver, sous la chaleur suffocante ou dans la neige amassée, du village au camp pour lui apporter cigarettes et vodka.

Elle avait un gros visage, un visage de fille lambda. Il était plus facile de voir les choses ainsi, comme s'il ne l'avait pas tant aimé, ce visage, comme s'il était commun, un visage qu'on peut facilement oublier. Comme s'il n'avait pas été le seul qui ait jamais compté.

Quand, à l'époque, il revenait de la chasse ou de l'exploitation forestière, il la trouvait avec les hommes à jouer aux cartes ou terminant une blague qui les faisait pouffer dans leur vodka. Son propre rire était franc et rauque, comme de la glace qui se brise dans l'eau chaude.

Marta n'était pas une vraie blonde, mais une blonde colorée qui s'assumait. Elle avait les racines foncées, car cela coûtait trop cher de se teindre les cheveux régulièrement. Et puis, les cheveux peuvent tomber, disait-elle à Tomas. Cela faisait partie des choses qu'il ne comprenait pas chez elle et qu'il pleura plus tard d'avoir perdu :

Marta lui disait tout. Des mots pleins de bonne humeur jaillissaient d'elle, même lorsqu'il les ignorait, même lorsqu'il était un mur où ricochaient ses sentiments. Elle ne pouvait pas s'en empêcher. Elle continuait à lui faire part de ces détails, à égrener des commentaires joyeux comme des points de couture colorés sur les bords effilochés d'un vieux manteau.

Elle admirait Marilyn Monroe, peut-être parce qu'elle l'avait un jour entendu dire, en passant, qu'elle lui plaisait. Depuis son village, elle cherchait à recréer son look. Elle se voulait sexy, mais le message qu'elle communiquait était *aime-moi* – et bien qu'il ne lui ait jamais dit, Tomas trouvait cela encore plus touchant. Elle passait un temps considérable à s'apprêter, disparaissait dans sa cabane à son retour pour mettre de l'ordre dans ses cheveux et sculpter ses épais sourcils bruns. Le camp ne possédait pas de miroir, si bien qu'elle devait apporter le sien.

Lorsqu'il rentrait, Marta faisait disparaître toute trace de fatigue de sa longue marche sous son maquillage, grâce auquel se révélait ce puissant mélange d'artifice et de ferveur qui la caractérisait. Tomas ne lui avait jamais dit non plus combien il aimait ce moment, l'éclat de rire venu de la cuisine qu'il entendait invariablement, puis son visage qui s'illuminait à sa vue. *S'illuminait.*

Il poursuivit sa marche à travers la forêt vierge. Les pièges à zibeline s'effaçaient peu à peu de ses pensées. Ce souvenir de Marta venant à sa rencontre devait être écarté de sa route, comme un rocher qui bouche la vue.

Ses yeux ne cessaient de balayer la neige. C'était un travail épuisant, qui ne tolérait aucun moment d'inattention. Un homme pouvait devenir aveugle sous le regard blanc de la terre, ou commencer à entendre des bruits qui n'existaient pas. Submergé, il pouvait manquer les indices qui s'offraient à lui.

Le souffle de Tomas le suivait comme un compagnon fantôme, devant lui, à côté. Ses jambes glissaient silencieusement dans la neige. Sur une terre où les tigres peuvent surgir sans crier gare, où la nourriture devient miracle, l'intuition d'un chasseur est sa plus grande intelligence. Dans la forêt, l'intuition est science. Comme l'ours et son aplomb d'affamé, la conviction de Tomas que les traces existaient jouait un rôle aussi important pour leur découverte que ses sens aiguisés.

Une autre heure s'était écoulée quand il fut enfin récompensé par une explosion d'empreintes au pied d'un arbre. Poussant un juron, il se frotta les yeux pour s'assurer qu'il ne rêvait pas. Mais elles ne ressemblaient pas à ce à quoi il s'attendait. Devant lui ne s'étalaient que les traces de la Comtesse, accompagnée d'un – un seul – tigreau. Après avoir vérifié qu'il n'y avait ni ours ni femme, Tomas les observa attentivement, tentant de reconstituer l'histoire.

Les traces suivaient la même direction que la veille, mais semblaient plus récentes. Tomas remarqua que le petit marchait dans le sillage de sa mère pour faciliter sa progression. Il chercha aux alentours une seconde série de traces miniatures, sans succès. La Comtesse avait apparemment perdu un tigreau.

Ivan voulait des images de la Comtesse, des images et rien d'autre, mais la mort possible d'un bébé – du moins pour l'instant – paraissait plus importante. Était-il tombé dans un piège ? Ou simplement mort de faim ? Une fois encore, Tomas décida de changer de chemin. Il allait suivre les traces à rebours, partir dans la direction opposée. Et remonter le temps, remonter l'histoire de la Comtesse et ses tigreaux. Il prit des photos, des notes sur la localisation et des mesures, et entama son voyage dans le temps.

Il arriva dans une zone où les mélèzes laissaient place à des saules dont les branches ombrageaient un nouveau ruisseau gelé. Il s'arrêta. Devant lui se trouvait ce qu'on appelait une « aire de repos », et celle-ci en était l'illustration parfaite.

Le tigre, comme tout félin, se repose fréquemment et s'allonge dans la neige. S'il demeure assez longtemps, la neige fond autour de son corps. Une fois l'animal parti, la neige gèle, créant ainsi un moulage impressionnant de la bête. En l'occurrence, l'empreinte de la Comtesse offrait un niveau de détail stupéfiant : des pattes parfaites, la marque des cuisses, la découpe du museau, et même le balancier de la queue. Elle s'était reposée là, près du ruisseau, avec son unique petit. Peut-être l'avait-elle allaité. Ils avaient remué la neige, puis le tigreau, lui aussi, s'était reposé, créant un autre moulage, ombre de sa mère.

Tomas sortit un piège photo de son sac et le fixa à un tronc. Les tigres ne reviendraient sans doute pas de sitôt, mais on ne savait jamais, et il existait forcément une raison qui les avait retenus ici. Puis il se remit en route, déterminé.

Ce cheminement vers le passé, au cœur de la forêt, le ramenait inévitablement au souvenir de Marta. La voir émerger des arbres, avec constance, au fil des années, avait peu à peu creusé une place dans la vie de Tomas, une place qu'elle avait fini par combler, comme une rivière s'érode pour mieux se remodeler plus loin grâce à ses alluvions.

Longtemps après leur rupture, Tomas se surprenait encore à guetter des signes de son arrivée à la fenêtre. Le souvenir de l'horizon aveuglant d'os et de plumes résonnait dans le creux, désormais vide, logé en lui. Aucun mot ne pouvait décrire cette douleur. Il avait tant bu pour la noyer.

Les traces de la Comtesse montraient une démarche ferme, efficace, résolue. Son unique petit peinait à la suivre. D'ordinaire, la mère doit laisser ses tigreaux, qui la handicapent pour chasser. Seuls pendant de longues périodes, les petits se retrouvent vulnérables, surtout s'ils s'éloignent de la tanière.

Quand une mère capture une prise, elle traîne la proie jusqu'à un endroit sûr, puis revient chercher ses tigreaux. Tomas, semblait-il, était déjà tombé sur ce passage de l'histoire. La Comtesse avait attrapé une proie – l'ours, sûrement – et l'avait mise à l'abri. Tomas était arrivé alors que mère et petit rebroussaient chemin vers le site où la proie était cachée.

Il aperçut un peu plus loin un nuage désordonné de traces de tigreau. Et parmi elles, des points semblables à des baies éclatées ; il ne se rendit compte qu'en se rapprochant qu'il s'agissait en fait de sang. Inquiet, il examina les empreintes et nota dans son carnet que les deux petits étaient alors encore présents. L'un d'eux avait laissé du sang à chacun de ses pas. Or, il n'avait décelé aucune trace de sang dans les empreintes que la Comtesse avec laissées avec son deuxième tigreau. Cela voulait donc dire que le blessé était resté quelque part. Que lui était-il arrivé ? Avait-il été victime d'un piège ?

Tout le périmètre était jalonné de grattages et de marques. Où était donc passé le tigreau ? Pouvait-il encore se trouver dans les parages ? Tomas s'arrêta au centre de la zone, toussant dans l'air glacial. Le soleil, à travers la cime des arbres, le dardait de son regard impitoyable. Alors même que tout était terminé, il se sentait pris au milieu du tourbillon. Les empreintes sanglantes finissaient par se séparer des autres traces.

Il les suivit, bien que terrifié, à présent. Il savait, le sentait au plus profond de ses entrailles, que son périple ne l'avait pas conduit dans ce coin reculé de la forêt par hasard. Qu'allait lui être montrée une chose contre laquelle il croyait s'être prémuni. Le souffle court, il continua de suivre les traces écarlates. La magie de la forêt l'avait conduit ici ; la Comtesse elle-même l'avait poussé sur le chemin du temps. Il s'arrêta d'un coup, haletant, alors qu'apparaissait sous ses yeux, comme une couche de glace qui se brise, l'image de ce qu'il avait fait faire à Marta voilà si longtemps…

Et aussi, le corps d'un bébé tigre dans la neige. Raidi par le gel, les babines étirées en un rictus, car un tigre même petit, même dans la mort, ne cède jamais.

17

Tomas s'agenouilla près du tigreau et passa les doigts sur ses côtes saillantes. Même petit, le corps renfermait toute la splendeur du mâle adulte qu'il ne deviendrait jamais. Les pattes disproportionnées, conçues pour le maintenir au-dessus de la neige lorsqu'il arpentait son vaste territoire, étaient déjà là, bien que miniatures ; les crocs, blancs et parfaits, se dévoilaient sous les babines retroussées. Son potentiel se devinait même à travers ses muscles épuisés. C'était un petit tsar, dont la noblesse et le mystère transparaissaient dans la résistance qu'il avait déployée jusqu'à son dernier souffle.

En soulevant la patte blessée, Tomas découvrit un trou à vif, léché, qui commençait à se gangréner. L'œuvre d'un piège, que la Comtesse avait réussi à briser ? Il palpa le corps du tigreau, cherchant d'autres blessures. Celle à la patte semblait l'avoir ralenti et, finalement, empêché de résister aux jours, puis aux semaines, de famine. C'était cela qui l'avait tué.

Les portées comptaient souvent trois, voire quatre petits, mais dans un environnement aussi rude, la probabilité était faible que tous atteignent l'âge adulte. La

Comtesse était-elle restée auprès de lui jusqu'à ce qu'il meure ? Ou, regardant son autre petit, avait-elle dû choisir et laissé celui-ci périr seul dans le froid ?

Tomas caressa la crinière du tigreau et lui ferma les yeux. Il fit l'inventaire de tous les chasseurs qu'il connaissait – qui donc aurait pu poser un piège pareil, dans un coin si reculé ? Peut-être n'était-il pas destiné à un tigre, mais que le petit s'y était fait prendre parce que inexpérimenté, imprudent, et probablement seul quand l'accident était arrivé. Par ailleurs, le piège avait sûrement été posé à des kilomètres de là, l'obligeant à lutter pendant des semaines avec sa patte lacérée. Une seule chose était sûre : le tigreau avait péri au terme d'une longue agonie.

Dépité, Tomas le photographia, prit des mesures, installa un piège photo. Il ne pouvait pas emporter la dépouille, car la tigresse suivrait très certainement le corps s'il était déplacé. Il lui faudrait revenir plus tard.

Quand, à son retour, Tomas ferait part au camp de cette mort et de l'hypothèse selon laquelle le tigreau avait été piégé, une enquête s'imposerait. C'était la raison pour laquelle Ivan montrait une réticence aussi farouche à consigner ce genre de mauvaises nouvelles. Cette zone isolée de la taïga serait envahie, des interrogatoires menés auprès de chaque chasseur dans un rayon de 100 kilomètres. Désormais, tuer ou blesser un tigre entraînait de lourdes sanctions. Les enquêtes engendreraient méfiance et animosité, et risqueraient de provoquer un durcissement de la réglementation.

Ce n'était pas le genre d'images que voulait voir le Général, assurément.

Ivan serait furieux en découvrant les photos. Pourquoi, tonnerait-il, pourquoi Tomas n'avait-il pas simplement pisté la Comtesse, comme demandé ? Pourquoi remonter le temps, pourquoi avoir voulu découvrir à tout prix le triste dénouement de cette histoire pourtant banale dans la vie sauvage ? Les tigreaux mouraient fréquemment, insisterait Ivan, et spéculer sur la cause de ce décès n'était qu'une perte de temps.

Bonnes nouvelles. Images. Comtesse. Les objectifs étaient clairs s'ils voulaient faire prospérer la réserve.

Mais Tomas ne pouvait pas partir. Pas tout de suite. Il sortit sa hache et se mit à chercher un endroit où enterrer le tigreau. Il ne supportait pas l'idée de l'abandonner là, au grand jour, comme si de rien n'était ; de surcroît, la dépouille serait dépecée à l'instant où il tournerait le dos. Tout en fouillant les environs, il alluma une cigarette et se joua dans sa tête ce que son père allait répondre, le plan qu'il déploierait pour gérer la situation.

Les dangers étaient nombreux dans la taïga, mais Tomas savait depuis longtemps comment les maîtriser. La crainte de décevoir son père, en revanche, était une chose qu'il n'avait jamais surmontée. Depuis toujours, père et fils vivaient comme séparés par des kilomètres de plaine gelée, une distance qui ne s'était annulée qu'à l'occasion des coups que Tomas recevait de son père, petit, puis plus tard à travers son désir de lui plaire, un désir qui avait crû en Tomas tel un organe vestigial, et par le biais duquel la froideur du père s'était transmuée en adoration du fils.

S'il y avait d'un côté la peur de le décevoir, de l'autre existait l'ivresse de le satisfaire. Quand Ivan était content, son visage s'illuminait d'un sourire radieux ; il avait un rire onctueux, comme la sève épaisse des érables. Bien des fois, le pardon avait été accordé au petit garçon, et même à l'homme, après lui avoir arraché ce rire – et avec, la savoureuse approbation, que Tomas s'étalait partout sur les mains, sur les joues. Le défi de lui plaire le poussait à aimer son père avec un zèle vorace, tel un rat de laboratoire qui, encore et toujours, réagit quand le chercheur appuie sur le bouton, même pour recevoir une décharge.

La politique désastreuse de la perestroïka dans le Far East avait mis fin à la carrière d'Ivan comme technicien dans la mine d'or près de Khabarovsk, et coupé court à toute possibilité pour Tomas de travailler comme soudeur ou métallurgiste. Après des mois de chômage pendant lesquels Ivan avait clairement fait comprendre à Tomas qu'il était un fardeau pour ses finances, ce dernier eut une idée : partir dans les territoires non contrôlés de la taïga. Il avait entendu dire que la survie y était possible, moyennant un minimum de ressources. Ses prédispositions manuelles seraient un grand atout.

Au bout du compte, la taïga était devenue leur planche de salut à tous les deux.

À l'époque où Tomas avait débarqué au camp, jeune étranger rompu de fatigue émergeant des arbres sous une chaleur surréaliste, les hommes avaient levé les yeux de la viande qu'ils faisaient griller sous une bâche de fortune. Suivant de loin son arrivée, ils avaient songé à le dépouiller et le tuer, là, sur-le-champ, lui avait plus tard raconté Petrov, puis ils s'étaient regardés – un regard que Tomas avait remarqué –, et avaient décidé de le laisser approcher et parler d'abord.

— Tu avais une bonne tête, avait déclaré Petrov en s'esclaffant. On s'est dit que tu pourrais d'abord nous servir et qu'*ensuite* on te ferait la peau !

Les étrangers se faisaient si rares dans le coin que l'effet de surprise qu'il avait suscité lui avait sauvé la vie.

Il se présenta comme un habile métallurgiste et, en échange de nourriture, leur proposa de réparer n'importe laquelle de leurs machines qui en aurait besoin. Peut-être avait-il hérité d'un peu du bagout d'Ivan, car ils acceptèrent le marché et Tomas effectua plusieurs réparations, concevant même en quelques jours un poste de radio qui fut branché dans la cuisine des hommes. L'antenne captait des stations de musique de Moscou et, sous certaines conditions météo, la ligue anglaise de football. Ce succès lui valut une célébrité instantanée dans le camp et pérennisa sa position. Les hommes se rassemblaient autour de la radio pour écouter les matchs. C'était d'ailleurs cette même radio, agrémentée de quelques améliorations, qu'ils possédaient encore à ce jour, complétée par une antenne satellite capricieuse qui leur offrait des films de guerre et les informations télévisées russes.

Au fil des mois suivants, les hommes lui transmirent le reste des bases : chasser, pêcher, cueillir dans la forêt. Il devint le cuisinier du camp, mijotant un ragoût de sanglier de plus en plus acceptable qui n'était pas sans lui rappeler les souvenirs à demi-formés qu'il avait gardés de celui de sa mère, avant qu'elle ne meure lorsqu'il avait 10 ans. Les hommes survivaient de la chasse et de l'exploitation forestière et, les bonnes années, de la vente de peaux de zibeline. De temps à autre, il profitait de ce qu'ils livraient du bois au port de Khabarovsk pour envoyer une lettre à Ivan, et leur rappelait de s'arrêter en ville pour y récupérer la réponse à celle qu'il avait envoyée des mois plus tôt.

Ce fut l'une de ces lettres qui, deux ans plus tard, convainquit Ivan de venir au camp. *Je leur ai dit que tu connaissais bien la science,* lui écrivit Tomas, *et que tu étais doué avec les chiffres comme avec les lettres.* Les hommes croyaient que ces compétences leur faisaient défaut alors que ce dont ils avaient réellement besoin, c'était d'un chef – et Ivan allait combler ce manque.

Avec fierté, Tomas alla chercher son père. Il emprunta l'un des camions qui se rendaient à Khabarovsk, se fit couper les cheveux, s'acheta de nouveaux vêtements. Ils ne s'étaient pas vus depuis deux ans, mais Tomas ressentit ce frisson familier à la vue du grand homme charismatique à la toison argentée. Ivan demeura raide et impassible tout au long du trajet cahoteux, et lorsque, arrivé au camp, il descendit du véhicule à la rencontre des hommes et s'avança d'un pas assuré, prononçant des salutations simples, offrant de la vodka et des cigarettes de la ville, il semblait déjà aux commandes.

Ivan conçut la *banya* et Tomas la construisit. D'office, le père s'était posé en chef des opérations. Mais même en recourant à des moyens de pression, ils peinèrent à obtenir deux camions de bois. Les grumes étaient destinées à partir par camion jusqu'à Khabarovsk, d'où elles étaient expédiées vers la Chine via l'Amour. Ivan parvint à négocier avec le représentant chinois du port, qui leur accorda un troisième camion. Il s'assura que les grumes soient livrées en temps et en heure, et au bon endroit. Et quand, quelques mois plus tard, le patron de l'exploitation forestière fut tué dans un accident de troncs d'arbres, Ivan s'imposa comme son successeur naturel.

Tomas gratta la neige et alluma un feu, juste pour ameublir légèrement le sol. Ensuite il creusa un trou avec sa hache et y déposa le tigreau avant de le recouvrir de terre, puis de neige. Il détestait le fait de devoir l'abandonner, tout seul dans la terre gelée. Il lui fut presque insupportable de se détourner de cette créature sauvage dont la vie n'avait fait que commencer.

Une autre image s'imposait dans ses pensées. Comme deux rivières convergentes, le passé se mêlait au présent.

C'était une autre saison – le début de l'été. Depuis la fenêtre de sa cabane, son père observait les pinsons sur la mangeoire. Ivan installait des mangeoires à oiseaux partout dans le camp. Amoureux des oiseaux, il pouvait les observer pendant des heures. Son regard restait souvent posé sur eux, même lorsque Tomas lui parlait.

C'était un souvenir précis, centré sur un moment bien particulier. Tomas venait tout juste d'annoncer à Ivan que Marta était enceinte. Qu'il songeait à l'épouser et à retourner en ville. Le père de Marta avait un emploi à Khabarovsk. Sur un chantier. Les Chinois construisaient un casino. Il était d'accord pour le recommander.

Ivan écoutait son discours sans quitter des yeux les pinsons. Il avait même hoché la tête, se rappelait Tomas. Sa main, dans sa poche, faisait tinter des clés.

Et donc, il comptait partir, avait continué Tomas.

Commencer une nouvelle vie. Avec Marta. Et le bébé.

Mais tout à coup son père s'était détourné des pinsons. C'était ce moment, cette rupture avec la fenêtre, avec les pinsons, dont Tomas se souvenait le plus clairement. Le temps que ce geste avait pris. Et la métamorphose de son père, cette métamorphose qui s'était révélée au ralenti. Comme si quelqu'un l'avait transformé en statue, et fait pivoter cette statue vers lui. Et quand, enfin, son père s'était retrouvé face à lui, le regard qu'avait découvert Tomas lui avait coupé le souffle.

Ne t'y avise même pas, disait ce regard. *Ne t'avise même pas d'y penser.*

Il s'était soudain revu, enfant, debout devant son père, attendant une correction. Dans le regard d'Ivan passait toujours une lueur de regret lorsqu'il sortait la baguette du fourreau, mais ces sentiments ne devenaient accessibles qu'une fois les coups distribués. N'était-ce pas ce qui rend docile tout enfant battu ? L'espoir que survienne l'amour, après la peur et la douleur ?

Seulement quelques minutes avant, Marta et lui avaient rêvé ensemble de leur avenir à Khabarovsk. Marta avait timidement posé la main de Tomas sur son ventre. Elle avait dit – il ne se souvenait que de ces mots –, elle avait dit : *Notre enfant.*

Les clés avaient tinté. Ivan s'était retourné vers la fenêtre.

Je t'aime, papa, avait dit Tomas.

Ivan avait acquiescé.

Marta l'attendait dans la cuisine de la cabane principale. Une nouvelle vie s'ouvrait. Toutes ces heures, tous ces efforts avaient fini par payer : elle avait eu Tomas, et maintenant un bébé, et un petit appartement quelque part à Khabarovsk. Elle ne comprit pas, quand il entra dans la cuisine, que tout avait changé. Elle l'accueillit avec un sourire immense, enjoué.

Il avait dit : *Il y a trop de travail ici.*

Il avait dit : *Ce n'est pas le bon moment.*

Marta avait répondu : *Mais, notre bébé.*

Il avait dit : *Prends tes dispositions.*

Aucun maquillage n'aurait pu cacher son effarement. C'était une onde de choc surgie du plus profond de son être. *Je ne comprends pas,* avait-elle dit.

À ce stade, Tomas essaya de refermer ce souvenir, mais il n'y parvenait pas.

Elle s'était penchée sur la table et l'avait giflé. Puis elle s'était rassise, incapable d'aller jusqu'au bout de l'affront en claquant la porte de la cabane. Sidérée, elle avait fondu en larmes.

Je suis désolé, avait-il dit. Puis il avait sorti deux verres à vodka et les avait remplis.

Ce fut la fin chaotique de leur histoire. Marta avait vomi tant le choc était grand. Puis elle s'était enfuie vers les arbres. Elle ne pouvait pas rentrer chez elle et dire à ses parents qu'elle était enceinte mais ne se marierait pas. Ils l'obligeraient à avorter ou la mettraient à la porte.

Tomas s'était levé en chancelant pour la rattraper. Il ignorait ce qu'il allait lui dire. Ses cheveux blonds colorés volant au vent alors qu'elle courait, son visage caché. Il voulait s'expliquer, avait besoin qu'elle comprenne qu'il ne pouvait pas quitter son père. Il trébucha sur la table, se releva, sortit de la cabane, sonné, mais fut intercepté par Ivan. *Rentre, Tomas,* avait dit son père. *Laisse-moi m'en occuper.*

Personne ne sut ce qu'il lui dit, mais Ivan persuada Marta d'accepter son aide. Il la conduisit au village des Oudégués, où les femmes indigènes connaissaient les plantes qui provoquaient les fausses couches. Le fœtus serait enterré dans la forêt. Personne ne le saurait jamais.

Ivan, compatissant, lui expliqua que Tomas était un homme de la taïga, qu'elle serait mieux avec un citadin qui pourrait lui donner ce qu'elle voulait. Il la déposa un peu à l'écart du village pour qu'elle achève le voyage seule, en lui glissant une poignée de billets dans la main.

À son retour, Ivan arborait un sourire quasi divin. Il étreignit son fils. La tête de Tomas tomba contre le torse de son père, son cœur battant contre sa joue. Tomas pleura peut-être – non, il était certain d'avoir pleuré – et son père le serra tout du long.

Quelques années plus tard, en 2000, lorsque Poutine arriva au pouvoir, Ivan se trouvait au bon endroit, au bon moment. Plus soudés que jamais, père et fils virent s'ouvrir les portes du succès. Et même si Tomas guettait encore chaque matin la silhouette de Marta à la lisière de la forêt, même s'il ne savait que faire de son nom persistant sur sa langue alors qu'il n'y avait plus lieu de le prononcer, même si coulait en lui un vide qu'il ne pouvait identifier, pas une fois il ne remit en cause sa décision. De quel droit l'aurait-il fait ? Vu ce qu'ils avaient accompli par la suite.

Pourtant, à cet instant, le vertige qu'il ressentit en comprenant tout ce qu'il avait perdu le percuta comme un étranger dans le blizzard.

Tomas ne revit jamais Marta. Il entendit dire qu'elle avait fini par épouser un homme qui l'avait emmenée en ville ; peut-être avait-elle eu d'autres enfants. Peut-être riait-elle souvent et avait-elle oublié la forêt, cette chose impitoyable capable de tuer la plus magnifique des créatures par un jour splendide dans la plus grande indifférence. Ivan était cruel, mais il n'avait pas tort : Tomas *était* un homme de la forêt. La taïga lui avait donné une vie. Et ne le laisserait pas en mener une autre.

Il trouva une pierre qu'il déposa sur la tombe du tigreau. Comme le monticule était petit… Il prit une photo. Il nota l'emplacement dans son carnet, proche d'un immense cèdre, et par rapport à la trajectoire du soleil.

18

Tomas repartit sur les traces de la Comtesse, peinant à avancer dans la neige. Le temps était venu de découvrir où la mère et le bébé restant se rendaient. Une tempête se préparait, le ciel devenait bas et le sol semé des plaques de neige craquelées. Les traces disparaissaient sous ses yeux. En quelques instants, les grandes queues de comète s'estompaient.

Il toussa des morceaux de neige. L'épuisement tétanisait ses muscles. Cette traque était devenue mission impossible. La neige de plus en plus profonde augmentait sa pesanteur, ralentissait ses mouvements au point qu'il se sentait dangereusement aspiré par le blanc. Le blizzard rendait toute analyse vaine et le priverait aussi bientôt de la visibilité nécessaire pour trouver un abri. Il lui fallait du soleil, qui avait disparu, ou des étoiles, s'il voulait passer la nuit. Ou il se retrouverait piégé dans ce no man's land mortel, sans aucun espoir de survie. Tout ça n'était que de l'inconscience, le genre d'inconscience que Tomas détestait pourtant et avait justement évitée jusqu'à présent. Il s'obligea à continuer, imaginant des traces là où il n'y en avait plus, s'enfonçant dans cette forêt vierge où il n'avait jamais été.

Sous les branches d'un if immense, il s'arrêta le temps de reprendre son souffle, complètement désorienté. Fallait-il tirer avec le fusil ? Le coup allait effrayer les tigres – ou signaler sa présence à toutes les bêtes des alentours.

Il arma son fusil, les yeux plissés au milieu du blanc omniprésent. La neige, tombant par couches étouffantes, faisait taire l'histoire, l'espoir, la réflexion elle-même. Il n'y avait qu'une chose à faire quand se levait une tempête pareille : trouver refuge et attendre qu'elle passe. Mais Tomas avait manqué cette occasion, celle qui s'était présentée lorsque, à la découverte du petit, la raison aurait dû l'obliger à rebrousser chemin et retourner jusqu'au bivouac. Il se retrouvait à présent suspendu hors du temps lui-même, piégé à l'intérieur de ce livre qui tournait sur lui une nouvelle page blanche.

Chacune de ses inspirations attirait la neige duveteuse dans sa bouche. La langue gelée, il fouilla dans ses poches, sortit une cigarette, puis actionna son vieux briquet, presque vide depuis déjà bien longtemps, mais la petite flamme ne pouvait lutter contre le vent glacial. Il se recroquevilla pour la protéger, mais elle tremblota et disparut.

Il levait les yeux de désespoir, épuisé, quand il aperçut (il l'aurait juré, *juré*) une lueur orangée. Le souffle coupé, il se réarma de son fusil. Mais l'orange ne disparut pas ; c'était un rayonnement, derrière les arbres. Une rafale de vent dégagea un instant le ciel, et il vit, il en était certain, un tourbillon de noir, ténu, semblable à des corbeaux lointains.

Un feu.

Un feu dans la forêt.

Jetant sa cigarette trempée, il remonta dans sa direction. On aurait dit qu'un tigre s'était liquéfié dans l'atmosphère. Comment un feu aurait-il pu partir au beau milieu du givre et du blizzard ?

Il se fraya un chemin à travers les jeunes arbres nus dressés comme des lances, les jambes couvertes de neige, se débattant au milieu d'une mer gelée pour atteindre une terre de feu.

Il l'entendait, à présent – l'appétit vorace des flammes, le vent hurlant, les plaintes déchirantes des troncs. L'air était noir. La chaleur dressait sur la neige sa gueule grimaçante.

Un cerf passa près de lui en criant, suivi d'autres créatures fuyant l'incendie – une ribambelle de sangliers, le roux fugace d'autres cerfs. D'où provenaient ces animaux ? Les flammes léchaient les troncs de plus en plus haut, s'emparant maintenant de la cime, d'abord une, puis une autre, ignorant la neige dont le blanc, en un claquement de doigts, se volatilisait en crépitant. Des colonnes de fumée montaient vers le ciel.

Un rideau de feu ondulait sur la pente. Tomas s'arrêta à la limite au-delà de laquelle la chaleur devenait insupportable, et regarda à travers ses mains. Comment était-ce possible ? Derrière le miroitement des flammes se dressait une cabane ! Plantée au milieu d'une large clairière, elle avait été épargnée. Mais il suffisait que le vent change de direction pour qu'elle se retrouve engloutie.

Tomas ôta son bonnet de laine et l'imbiba de neige avant de repartir en se couvrant le visage avec. Il devait trouver un passage à travers les flammes pour atteindre la cabane. La ligne que formait le brasier semblait intentionnelle, comme si les bouleaux avaient été délibérément incendiés, semblables à des balises allumées les unes après les autres, chaque fois que les flammes sautaient de cime en cime. Le seul moyen était d'approcher par l'arrière.

Il contourna l'incendie, passant à travers des fourrés, sans jamais cesser de penser à l'occupant de la cabane – la femme ? Il émergea au milieu d'un nuage de fumée et hurla :

— Il y a quelqu'un ? Vite ! Sortez !

Il déchira un trou dans son bonnet qu'il trempa dans la neige avant de l'enfiler à nouveau, en l'abaissant sur son visage. Puis il s'approcha à reculons de la cabane, son fusil pointé devant lui, balayant les alentours en cas d'attaque. L'arrière de la bâtisse ne possédait pas d'ouverture. Il tambourina au mur avec son arme en hurlant à nouveau :

— Il y a quelqu'un ?

Ce fut alors qu'il découvrit, en regardant à l'avant de la cabane, que la neige à cet endroit était noire de sang et de cendre. Au milieu d'une flaque luisante gisait la Comtesse, comme tombée après un grand bond. Tomas la reconnut immédiatement grâce aux heures d'images qu'il avait visionnées. Il abaissa son fusil, stupéfait de se retrouver si proche d'elle, profondément troublé de voir cette immense créature – dont il connaissait le caractère, dont il avait suivi les traces, dont il pouvait réciter par cœur les mensurations – juste devant lui. Elle ne formait plus qu'un énorme amas ensanglanté, son pelage somptueux terni par la cendre.

Le corps de la Comtesse l'enveloppait si bien que la forme humaine était à peine visible, en dessous. Seule une jambe dépassait, avec une botte au bout. Tomas sut à l'instant qu'il s'agissait de la propriétaire de ces empreintes, marquées dans sa mémoire au fer rouge.

La Comtesse avait été abattue en plein saut. Sa grosse tête était à moitié arrachée. Du sang s'écoulait d'une seconde blessure, mais le scénario était clair : le tireur lui avait explosé la cervelle.

Comment était-ce possible ? Où était l'arme, et comment la tigresse avait-elle pu tuer la femme après s'être pris une balle en pleine tête ?

Sa peau le brûlait. Tomas leva les yeux juste au moment où disparaissait dans la forêt une silhouette, vive comme une gerbe d'étincelles – un tigreau. Le doute l'aurait assailli sans les broussailles qui, plusieurs secondes après, continuèrent à osciller.

— Lâche ton arme ! haleta une voix derrière lui.

Il entendit un fusil se charger.

— Lâche-la ! Ou je te tue !

Tomas jeta son fusil sur le côté et se retourna lentement.

Il leva les mains en toussant. La personne s'avança.

À son grand étonnement, il s'agissait d'une fillette. Elle avait beau mesurer presque la même taille que lui, son visage couvert de cendre recelait la douceur de l'enfance ; elle ne pouvait avoir plus de 10 ans. Et tandis qu'elle le tenait en joue avec une froideur glaçante, Tomas comprit qu'elle était à l'origine de ce plan – au moins une partie, si ce n'était le tout –, et qu'elle n'hésiterait pas un instant à l'abattre.

19

— Il faut repeindre tout ça, déclara Ivan en pointant le doigt sur les cabanes les plus proches et la *banya*.

Incapable de dormir, Ivan était sorti à l'aube dans le froid mordant sur le sentier du camp qui, en le considérant avec les yeux d'un potentiel visiteur, l'avait laissé horrifié. Rien ne correspondait aux critères attendus d'un général. La peinture écaillée, décolorée par l'intensité des UV, avait été rafistolée avec du goudron ou le premier matériau venu, quand elle n'était pas laissée à nu. Les toits de tôle ondulée étaient rouillés et gondolés par endroits à cause du poids de la neige. Ce camp ne ressemblait en rien à une réserve que Poutine aurait envie de financer et il fallait y remédier, immédiatement.

— Quelle couleur ? demanda Petrov d'une voix morne.

— On n'a que du noir, fit remarquer Erik.

— Tomas a pris le Hilux, chef. Si on doit aller à Khabarovsk pour la peinture, ce sera avec le van pourri de Petrov, ce qui veut dire deux jours d'absence.

Ivan n'écoutait pas. Il faisait les cent pas devant la cabane principale en se frottant le menton.

— Et les chiottes. Vous voulez que le Général chie là-dedans ?

— Où ça, alors ?

— Il faut lui construire des chiottes. Des vraies. Avec des murs peints. Et un vrai trou.

Petrov leva les sourcils.

— Le sol est gelé, chef.

Ivan se tourna vers lui avec rage.

— Qu'est-ce que j'en ai à foutre ? Allume un feu, fais fondre le sol. Quand le Général sera là, je veux qu'il puisse chier dans un vrai trou !

Les hommes, sans mot dire, se jetèrent un regard en coin.

Ivan fit le tour de la cabane avant de revenir se camper devant eux.

— Et autre chose : personne ne pisse plus sur les murs jusqu'à ce qu'il soit parti. La neige jaune, fini. Il y a 20 pas à faire jusqu'à la forêt, donc si les chiottes sont vraiment trop loin pour vous, allez là-bas ou pissez-vous dessus, mais on n'est pas des sauvages, putain !

Là-dessus, il disparut dans sa cabane pour consulter sa boîte mail.

Sur un soupir, Petrov prit en charge la répartition des tâches.

— Erik, toi et moi : peinture. Le reste : les chiottes du Général.

— Où est-ce qu'il les voudrait, à ton avis ? demanda Erik.

Petrov réfléchit.

— Près de sa cabane. Ma main à couper que le chef lui laissera son lit quand il viendra et qu'on devra s'entasser chez nous avec lui.

— De toute façon, mieux vaut ne pas lui demander, répondit Erik. Vu son humeur du jour.

Les hommes se divisèrent et s'éloignèrent pour se mettre au travail.

Que cet ordinateur était lent, s'exaspéra Ivan. Consulter plusieurs fois par jour sa boîte de réception était un supplice. Jamais il n'avait autant espéré le retour de Tomas. Peut-être pourrait-il améliorer la connexion. Et gérer les préparatifs. Chaque jour, Ivan passait de plus en plus de temps à vérifier s'il n'avait pas reçu de réponse et à guetter l'horizon, à la recherche de son fils. Les deux se faisaient péniblement attendre.

Non qu'Ivan s'inquiétait. Pas du tout, non, même si la mission aurait dû prendre quatre jours maximum, et que Tomas était maintenant parti depuis sept, et qu'il faisait chaque nuit au moins – 30 °C. Il était agacé, en revanche, agacé de sentir peser si fort l'absence de son fils. Comme par hasard, la parabole avait choisi ce moment pour faire des siennes, et les hommes devenaient intenables s'ils n'avaient rien à écouter. Ivan continuait de reporter sur la carte les dernières traces et carcasses trouvées avec l'aide de Petrov, mais Petrov était si maladroit que son stylo glissait lorsqu'il réalisait les marques (comment pouvait-on faire glisser son stylo en traçant une ligne droite avec une *règle* ?), et Petrov respirait trop fort lorsqu'il était concentré, peut-être un début d'emphysème, et il trouvait tout le temps des excuses pour sortir fumer. Grosso modo, son seul mérite se résumait à rater avec une efficacité redoutable toutes les tâches pour lesquelles il remplaçait Tomas, au point de donner à Ivan l'envie de hurler.

Personne ne suggéra d'envoyer une équipe de recherche. Personne ne se plaignit de la mauvaise réception. Erik commença à débuter certaines de ses phrases par des *Quand Tomas sera de retour*, ou bien *Laissons ça à Tomas*. Car il se passait des choses dans la forêt – à dire vrai, il s'agissait même de la seule certitude que l'on pouvait avoir : il se passerait quelque chose –, et dans une vie qui n'incluait pas de couverture réseau, toute notion de prévision, de ponctualité, toute notion de temps lui-même devenait nécessairement ductile.

De toutes les manières, personne ne dirait quoi que ce soit tant qu'Ivan n'aurait rien dit, et Ivan avait décidé qu'il attendrait deux semaines avant de s'alarmer – là, il frappa du poing la table où se trouvait l'ordinateur alors que la connexion moulinait désespérément, « Oh, ALLEZ ! ». Mais, à cet instant, la connexion s'interrompit complètement. Ivan, abasourdi, regarda l'écran figé. Son inquiétude pour Tomas était soudainement montée d'un cran. Il enverrait une équipe dans deux jours s'il n'était pas réapparu. Cela laisserait le temps aux hommes de se rendre à Khabarovsk pour la peinture, construire les nouvelles chiottes et commencer, ne serait-ce qu'un peu, la décoration.

Il existait, pour qui voulait y réfléchir (Ivan ne le voulait pas), une liste communément admise de dangers susceptibles de toucher le chasseur solitaire en hiver dans la forêt. Ces dangers étaient : une blessure, se perdre, le froid, les tigres. Sans doute aurait-il fallu les énoncer dans l'ordre inverse, mais Ivan n'aimait pas penser aux attaques de tigres. Une attaque de tigre était une tragédie à bien des égards, pas seulement à cause de la perte, multiple, qu'aurait engendrée la disparition de son fils unique.

Il n'entrevoyait cependant aucune raison qu'un tigre attaque son fils, à part le fait que cet hiver soit le plus rude depuis bien longtemps. Les cerfs et les sangliers avaient déserté la lisière de la forêt. Tomas avait dû s'enfoncer dans les zones reculées où la Comtesse chassait.

Ivan regarda par la fenêtre, là où Erik et les autres allumaient un feu pour faire fondre le sol et creuser leur trou. Les cristaux de givre qui recouvraient les carreaux de nouveaux motifs chaque matin commençaient à s'effriter légèrement, créant un cadre dentelé autour de la scène. Les hommes qui, comme toujours, avaient surmonté leur réticence, riaient en travaillant. Une idée surgit dans l'esprit d'Ivan. Il enfila son manteau et sortit.

— Pensez bien à les construire dans cette direction.

Il pointa son doigt.

— Je veux que le Général puisse voir la mangeoire.

Les hommes acquiescèrent.

Le soir venu, Erik était de corvée de cuisine. Ce fut un quatrième jour consécutif de soupe de l'armée – la *balanda*, sa spécialité, qui cette fois contenait à n'en pas douter de l'écureuil – qui poussa finalement Petrov, affamé et fatigué de leur long aller-retour à Khabarovsk, à lâcher :

— Chef, où est Tomas ?

Ivan mangeait sa soupe par petites cuillerées, grimaçant malgré lui alors que les filaments gras du rongeur glissaient dans sa gorge.

— Je pensais organiser une mission de sauvetage, annonça-t-il. Demain matin. Tu en seras, Petrov ?

— Bien sûr.

— L'idée sera de se diriger vers la forêt primaire, en suivant la route de Tomas. De cette manière, vous le rattraperez rapidement. Certains devront rester ici pour préparer la venue du Général. Il pourrait arriver à tout moment. Nous verrons tout cela demain.

En ce matin du dixième jour d'absence de Tomas, Ivan, levant les yeux des cristaux de givre qu'il photographiait sur le carreau, incapable de se concentrer sur autre chose, découvrit que les hommes avaient terminé les toilettes du Général. C'était un triomphe : vastes, robustes, peintes en jaune, avec un toit en tôle ondulée flambant neuf.

Ça sentait le bois coupé. La poignée de la porte, en céramique, semblait empruntée à un ustensile de cuisine, et une petite lucarne donnait sur la mangeoire pour oiseaux. Ivan ouvrit la porte. Un banc raboté avec un trou aux parois lisses l'accueillit, et, mieux encore, en dessous, un trou dont on ne voyait même pas le fond. Un rouleau de papier toilette avait été placé dans l'un des distributeurs qu'il avait inventés – une demi-bouteille en plastique, et le papier passait par le goulot. Ivan fut ému du soin apporté à ces latrines. Il doutait que le Général ait déjà joui de pareilles conditions, même au Kremlin. Et quand il serait parti, Ivan ne se priverait pas pour en jouir lui-même.

Secouant la tête à l'idée que ces hommes le surprendraient décidément toujours, qu'ils étaient de vrais camarades, il reprit le chemin de sa cabane, mais fut arrêté par des phares éblouissants qui perçaient l'aube naissante.

C'était le Hilux, cahotant sur la piste en provenance de la forêt. Ivan le regarda fixement, puis partit d'un pas chancelant dans sa direction, les yeux plissés dans la pénombre.

Car il avait cru entrevoir, à côté de Tomas, à la place du passager… une fille.

Et à l'arrière, une sorte de caisse ou de boîte, recouverte d'une bâche.

Mais au lieu d'accourir vers son fils, il resta campé là, bien visible. Ivan était furieux. Et à la fois tellement soulagé que s'il avait été un autre homme, dans un autre pays, il en aurait pleuré.

Cette piste constituait la seule route qui reliait le camp, et c'était par ce chemin que tout le monde avait toujours débarqué : Marta, voilà toutes ces années ; Ivan lui-même. L'un des rares motifs d'exaltation dans cette vie isolée était de voir arriver des étrangers ou des êtres chers, ou bien d'arriver soi-même, voyageur émergeant de la forêt.

Le pick-up débarqua dans la cour. Tomas en sortit d'un bond. Il était couvert de saleté et de suie, de mouchetures de sang, et autour de sa moustache avait poussé une barbe de plusieurs jours. Sans adresser le moindre mot ni regard à son père ou aux hommes, il contourna le véhicule et ouvrit brusquement la portière pour aider à descendre ce qui se révéla être – de toute évidence, vu la jeunesse de son visage et son corps dépourvu de formes – une enfant.

Tomas cherchait à l'épauler, mais elle se tenait le plus loin possible de lui.

— Je vous présente Zina, annonça-t-il.

Zina observait tout autour d'elle. Le blanc de ses yeux était visible, mais dedans ne se reflétait aucune peur tandis que son regard examinait fébrilement les environs. Sa lèvre supérieure retroussée lui donnait l'air de montrer les crocs. Les hommes s'avancèrent, fascinés, sans trop savoir comment réagir face à cette créature qui clairement était une enfant, mais de si grande taille et si effrontée qu'elle les mettait mal à l'aise. Comme Tomas, elle aussi était tachée de sang, et chaque pli de sa peau, de ses vêtements, chacun de ses cheveux était incrusté de saleté et de cendre.

Ivan se racla la gorge.

— Que fait-elle ici, Tomas ?

— Je l'ai trouvée dans la forêt. Elle vit là-bas. Elle n'a pas voulu me dire depuis quand.

Ivan s'avança, sonda le visage de la fille.

— Comment s'appelle ton père ?

Pas de réponse.

— Ta mère ?

Un mouvement sous la bâche. Ivan fit volte-face.

— Qu'est-ce que c'est que ce bordel ? s'écria-t-il en contournant le pick-up pour tirer sur la bâche, avant d'appeler Erik et Petrov à l'aide.

De l'intérieur de la caisse provenait un bruit de grattage, puis un rugissement secoua le pick-up. Tomas sentit son cuir chevelu picoter et la peur monter le long de sa colonne vertébrale. Un rugissement de tigre, aussi proche, peut paralyser un être vivant de terreur. Celui-là n'était qu'un tigreau, mais si fougueux que les hommes reculèrent tous d'un pas – tous, sauf Ivan, qui refit le tour du Hilux.

— Un tigre ? Un tigre, putain ?

Il fixa son fils.

— Un bébé, précisa ce dernier.

La fatigue l'engloutissait peu à peu, d'abord les jambes, et maintenant la gorge qui se serrait sous son étreinte vaseuse.

— On a besoin du chenil. Petrov, fais sortir les chiens.

— Mais qu'est-ce que tu as fait, Tomas ?

Tomas secoua la tête.

— Je t'expliquerai. Il faut d'abord sortir la petite tigresse. Elle est blessée à la patte. Petrov !

S'animant tout à coup, Petrov s'en alla évacuer le chenil avec Erik. Les chiens jappaient, grattaient le grillage, déjà terrifiés. Sitôt le portail ouvert, ils s'enfuirent dans la forêt et, une fois à bonne distance, firent résonner des aboiements hystériques. Petrov se hâta de retirer la paille qui servait de litière pour la remplacer par de l'écorce de bouleau séchée et du bois mort.

Pendant ce temps, les autres soulevèrent prudemment la caisse et la portèrent, non sans crainte, dans l'enclos. Des grondements et des feulements retentissaient à l'intérieur. Petrov coupa les cordes et recula d'un bond en claquant le portail en fer du chenil. La jeune tigresse jaillit, couvrant en quelques sauts la petite surface de l'enclos, sa patte blessée en l'air, offrant un contraste splendide sur le cadre en bois terne et le grillage d'acier. Déjà, ses muscles se dessinaient sous son pelage. Même en boitant, à peine quelques foulées lui suffirent pour faire le tour de l'enclos.

Erik et Petrov inspectèrent rapidement l'espace. Les chiens ne risquaient pas de s'en échapper, mais une jeune tigresse vigoureuse, si. Tomas leur indiqua plusieurs endroits nécessitant d'être renforcés, et les hommes se mirent au travail avec des clous et un fer à souder. La tâche fut menée à bien efficacement, sans discussion. Dans la forêt, les hommes savaient prioriser l'action – les explications venaient après. Pourtant, tout au long de leur travail, Erik et Petrov ne purent se retenir de jeter des regards impressionnés au chenil. Jamais ils ne s'étaient tenus aussi près d'un tigre, un vrai. Comment était-il concevable, cinq minutes après avoir été tirés du lit, de se retrouver à devoir enfermer une telle bête dans un enclos ?

Voyant ce que tramaient les hommes, la jeune tigresse, même affaiblie, même après avoir voyagé sans bouger pendant trois jours, redoubla de fureur. Montrant les crocs, elle feula, aussi menaçante qu'un tigre adulte.

Ivan regardait la scène, abasourdi, voulant à tout prix la faire taire, craignant que les rugissements ne s'entendent jusqu'à l'exploitation forestière qui se trouvait à quelques kilomètres de là.

À l'instar du tigre, la fillette balayait les environs du regard à la recherche d'une voie de sortie. Elle cligna lentement des yeux tandis qu'elle identifiait les différents bâtiments, les espaces entre eux. Son regard se posa tour à tour sur les hommes eux-mêmes, et elle fronça les sourcils, comme submergée par leur nombre. Mais juste au moment où elle semblait sur le point de s'élancer vers les arbres, Tomas lui saisit le bras.

— Allez, on a déjà parlé de ça, dit-il. Personne ne va te faire de mal.

Tomas offrit une image à faire froid dans le dos lorsqu'il la traîna à moitié dans la vapeur de la cuisine avant de la forcer à s'asseoir sur une chaise. Depuis la porte, Ivan les observait. Tomas fit frire des œufs à la hâte pendant que Zina, affolée, tétanisée, examinait la pièce de ses grands yeux ambrés.

— Tomas, que s'est-il passé ? demanda Ivan.

— La Comtesse a tué la mère de la petite. Je suis arrivé trop tard.

— Et la Comtesse… la Comtesse est morte ? demanda Ivan, même s'il connaissait déjà la réponse.

Tomas acquiesça.

— J'y crois pas !

Ivan frappa du poing sur l'encadrement de la porte. La fille sursauta, mais Tomas la rassit d'un geste doux.

— Et l'autre tigreau ? demanda Ivan.

Tomas déposa les œufs dans une assiette creuse, coupa quelques morceaux de pain.

— Mort.

— Mon Dieu. Une femme et deux tigres, morts ? Plus un bébé capturé ? Et le Général qui peut débarquer à tout moment ! se lamenta-t-il en suivant du regard le dos de son fils. On est foutus.

— Du calme, papa. La petite vient de perdre sa mère.

Ivan était incapable de voir autre chose que son fils et le désastre annoncé.

— C'est sa mère qui a tiré sur la Comtesse. Pour se défendre. Elle a réussi son coup, mais c'était trop tard pour elle. L'autre tigreau, un mâle, est mort de faim. J'ai ramené la survivante et la petite. Que voulais-tu que je fasse d'autre ?

Le cerveau d'Ivan ne parvint pas à digérer cette information. Il se tourna vers l'enfant, qui le toisa d'un regard vide d'expression.

— Où est ton père ?

Zina resta muette.

Erik et Petrov s'étaient entassés dans l'entrée de la pièce, observant la scène. Ivan les chassa.

— Les corps, Tomas. Où sont-ils ?

— Brûlés.

Il déposa l'assiette d'œufs et le pain devant la fille, qui la regarda sans le moindre appétit.

— Il faut que tu manges, dit-il.

Zina le fixa.

— Non.

— Mais tu es qui, toi ? s'emporta soudain Ivan.

Zina se recroquevilla sur sa chaise.

— Arrête, papa ! s'écria Tomas. Tu ne vois pas qu'elle a peur ?

Ivan s'écarta de la table à reculons et sortit en claquant la porte.

— Ne fais pas attention à lui, Zina. Il s'inquiète pour le tigre et pour toi. Mange tes œufs. S'il te plaît.

À contrecœur, l'enfant tira l'assiette vers elle et avala les œufs en une bouchée.

Puis elle demanda :

— Quand allez-vous me renvoyer dans la forêt ?

Buvant son café amer à petites gorgées, Tomas répondit :

— Je doute fort que tu retournes dans la forêt.

20

Quelques heures plus tard, Tomas sortit en trombe de la cabane en criant le nom de Zina. Pourquoi donc était-elle partie ? Elle semblait avoir capitulé, lui avait même adressé un petit sourire lorsqu'il lui avait montré le tiroir qu'il avait vidé pour elle. Elle avait dit qu'elle était fatiguée, alors Tomas l'avait laissée dans sa cabane pour dormir. Quel idiot. Lorsqu'il était revenu vérifier si tout allait bien, le lit était vide.

Il s'empara de son fusil et partit explorer les alentours, cherchant le passage qu'elle avait emprunté pour entrer dans la forêt. Mais la petite semblait être restée dans le périmètre du camp, si bien qu'il ne pouvait identifier aucune trace à suivre.

— Non… Non…

De la panique à l'état pur s'exhalait de ses lèvres alors qu'il courait du nord au sud comme un chien, cherchant son point d'entrée dans la forêt, l'épaule battue par son fusil. Jamais il n'avait autant souhaité trouver une trace de toute sa vie.

Jusqu'où avait-elle pu aller ? Il devenait de plus en plus difficile de discerner quoi que ce soit dans la lumière hivernale qui déjà s'estompait. Il chercha sans relâche, pratiquement à quatre pattes. Hors de question. Hors de question de la laisser filer.

Et puis, enfin, une courte suite d'empreintes bifurquant abruptement dans la forêt. Les traces zigzaguaient autour des arbres, sautaient comme les pas d'un tigre par-dessus les troncs et les branches tombés pour brouiller la piste. La lumière était si faible que Tomas devait constamment s'arrêter pour vérifier qu'il la suivait toujours, perdant de précieuses secondes. Autour de lui, l'air tremblotait ; le jour soufflait ses derniers instants de vie. Jamais Zina ne passerait la nuit sans abri. Lui non plus, d'ailleurs. Dans la précipitation, il était sorti sans manteau, sans gants ni bonnet, et le froid à présent attaquait ses doigts, ses oreilles, le blanc de ses yeux.

— Zina !

Le nom résonna à travers les arbres, fêlé de désespoir, toute colère envolée. Il savait que sa voix la ferait fuir de plus belle, mais il ne pouvait s'en empêcher. Car il venait tout juste de s'habituer à prononcer ce nom ; à avoir ce mot dans sa vie. Il ne voyait rien d'autre à faire que le hurler, en espérant qu'elle comprendrait, et s'arrêterait.

Les traces disparurent.

— Zina ! Je ne te ferai rien, c'est promis ! cria-t-il, impuissant.

Le problème était que Zina connaissait mieux la taïga que lui. Qu'elle était une chasseresse, meilleure que n'importe lequel d'entre eux. Un esprit de la forêt, plus maligne, plus agile. Peut-être, tel un tigre, l'observait-elle en ce moment précis, grotesque, perdu. Son seul atout résidait dans sa détermination à la trouver, dans son refus obstiné de l'échec.

Il s'efforça de penser comme elle – car c'est finalement ainsi que le bon chasseur, homme ou tigre, parvient à capturer sa proie. Dans quelle direction se porterait-elle ? Il l'imaginait, les lianes de ses cheveux emmêlés se balançant autour de son visage oblong, ses bras musclés tendus pour écarter les broussailles de son chemin. Son regard ambré transperçant la pénombre.

Elle n'aurait qu'une seule idée : s'éloigner le plus possible.

Survivre à la nuit, trouver de la nourriture : ces préoccupations viendraient après. Tel un cerf sika en fuite – ou n'importe quel autre animal enragé de terreur et de chagrin –, son unique but serait de semer le danger immédiat. Alors seulement s'arrêterait-elle, haletante, et comprendrait-elle qu'elle se trouvait seule, sans nourriture, sans abri, dans les profondeurs de la nuit.

Aussitôt, Tomas sut qu'il devait oublier les traces. Il ne l'attraperait jamais s'il tentait de suivre cette valse d'empreintes, qui n'était faite que pour le retarder.

Cette décision le calma, et il se remit en route d'un pas déterminé. Non loin de là, le bois se densifiait et les arbres comptaient de nombreux nids d'ours : nul doute qu'elle allait entrer dans la partie sauvage de la forêt – il la voyait déjà, grimpant dans l'un des grands chênes ou tilleuls pour se recroqueviller sur une branche, invisible comme un ours. Elle le laisserait s'épuiser à chercher au mauvais endroit, pendant qu'engourdie par le froid, elle sombrerait en pensant à sa mère, triturant la griffe de lynx de son collier, sa seule source de réconfort.

La lune luisait derrière les arbres. Tomas dressa l'oreille. Rien. Il continua d'avancer, tout en sachant que s'il faisait fausse route, tout était perdu. Il poursuivit sans aucun indice pour le guider, hormis son intuition et sa certitude d'avoir compris comment fonctionnait l'esprit de cette enfant. Elle devait être morte de peur. Et de solitude.

Devant lui, une branche craqua. Il se figea, puis leva le fusil alors qu'une ombre filait à travers les arbres.

— Zina !

Il se lança dans une course éreintante, frôlant les arbres de si près qu'il s'y cognait, s'y griffait. Il n'était pas sûr qu'il s'agissait d'elle, mais s'il se trompait, s'il s'agissait d'un tigre, il serait prêt à l'affronter. Mais il espérait trouver Zina et continua, les tempes battantes.

L'ombre brusquement s'écroula, apparut brièvement derrière les broussailles, puis changea de cap. Elle se dirigeait vers la rivière gelée, prenant le risque de se montrer à découvert.

C'est le choix qu'une créature de la forêt aurait fait. Pour celui qui court vite, cela vaut la peine de redevenir visible le temps de profiter d'un accès dégagé.

— C'est ça, Zina ! se souffla-t-il à lui-même.

Lorsqu'elle posa le pied sur la glace, Tomas put confirmer que c'était bien elle, grande ombre élancée sur une toile de fond étincelante.

Un manteau de neige recouvrait la surface gelée, ce qui donnait de l'adhérence à ses pas. Il était derrière elle à présent, gagnait du terrain.

— Zina ! haleta-t-il, mais elle l'ignora, refusant d'interrompre sa course maladroite.

La glace craquait sous leurs pieds.

Il n'était plus qu'à quelques mètres derrière lorsqu'elle se retourna pour le regarder, son visage pareil à un masque de terreur.

— Non ! hurla-t-elle en zigzaguant pour lui échapper.

Instinctivement, Tomas jeta son fusil sur le côté, puis bondit sur elle dans une grande enjambée suivie d'un saut dont il ne se serait même pas cru capable, qui le projeta de tout son poids sur la glace. Sans trop savoir comment, ses mains trouvèrent les chevilles de la fillette et les saisirent fermement.

Zina s'effondra dans un mélange de cris et de pleurs.

— Non, non, non !

Il grimpa sur elle et la cloua au sol.

— Zina, par pitié, tout va bien. Je ne te ferai pas de mal.

— Laisse-moi partir !

Elle se débattait, lançait des coups de pied. Elle était vigoureuse comme un serpent.

Tomas vit ses larmes ruisseler sur son visage tandis qu'il lui immobilisait les bras.

— Je ne peux pas, Zina. Je ne peux pas te laisser partir.

— Maman ! Je veux ma maman !

Un long gémissement s'échappa d'elle, suivi de sanglots qu'elle laissa éclater sur le sol gelé, son grand visage pâle déformé.

— Je sais, je sais.

Il se laissa tomber sur la poitrine de l'enfant, dont le cœur battait la chamade.

— Que me veux-tu ? demanda-t-elle.

La réponse de Tomas, presque impossible à prononcer, ondula au fond de ses entrailles. De peur de l'écraser, il se releva et l'attira contre lui dans l'espoir de la réchauffer un peu.

— Tu n'es qu'une enfant, lui dit-il. Et tu es à moi.

21

Ivan attendait, figé, que le navigateur charge ses e-mails quand, soudain, il sembla se vider de tout son souffle, d'un coup.

— La semaine prochaine ! murmura-t-il en pointant l'écran du doigt.

Le Général resterait deux nuits. Il désirait pister des tigres et discuter du projet, afin de pouvoir *rédiger son rapport*.

Les joues habituellement rouges d'Ivan devinrent blêmes.

— Comment va-t-on faire ?

— Je vais appeler le Foyer, déclara Tomas. Ils prendront le tigreau.

À deux heures de route, sur le versant d'une colline, se trouvait une clairière permettant la réception d'un faible signal – suffisant pour envoyer un SMS ou passer un appel téléphonique haché. La réserve ne possédait qu'un seul téléphone portable, rangé dans un tiroir, un téléphone à clapet depuis longtemps relégué à une utilisation marginale. C'était ainsi que les appels étaient passés, et donc passés uniquement en cas d'urgence absolue.

— Mais comment faire ? se désespéra Ivan. Ils demanderont ce que ce bébé fabrique là. Et où est sa mère ! Et ainsi de suite. Ramène-le là où tu l'as trouvé et relâche-le dans la nature.

— Je n'arrive pas à croire que tu proposes une chose pareille.

Ivan se frotta les yeux.

— Tomas, tu nous as mis dans une merde noire. Je t'envoie chercher des images. Des images ! Et tu me fais ça ? Alors que nous attendions la visite du Général ? Cette réserve, c'est tout ce que j'ai. Si on nous arrête, si on nous coupe les subventions, il n'y a pas que les tigres qui en subiront les conséquences – nous aussi. Nous tous.

Il frémit, toujours sous le coup du choc.

— La seule explication que j'ai à tout ça, c'est que tu l'as fait exprès. Pour me détruire.

La rage que Tomas avait si souvent ressentie toutes ces années où il buvait commença à enfler dans ses entrailles.

— *Je* nous ai mis dans une merde noire ? C'est uniquement grâce à moi si tu es là, dans cette réserve, le cul posé derrière ton bureau comme une sale tique géante qui passe son temps à me pomper le sang. Tu n'as d'estime que pour toi-même.

Il n'avait jamais parlé à son père de cette façon. Pour une fois, il ne cherchait pas à lui plaire. Voilà donc à quoi ressemblait la haine, se dit-il.

— Tomas, déclara son père avec un calme glacial qui, en temps normal, aurait freiné son fils sur-le-champ. Tu dois apprendre à voir à long terme. Nous avons 20 tigres qui vivent dans cette réserve. Enfin nous avions, jusqu'à cette catastrophe. Je ne peux pas permettre que ce… ce rebondissement, cette femme à la con, morte dans la forêt, qui t'a clairement distrait dans ta mission… je ne peux pas permettre que tout ça compromette tout ce que j'ai toujours cherché à faire. Si je m'en vais, une exploitation forestière s'installera à ma place. Tu sais que j'ai raison. Alors ramène le bébé dans la forêt, relâche-le ou abats-le.

— Et la gamine ? Je l'abats aussi ?

Ivan leva les yeux au ciel.

— Je ne sais pas quoi faire d'elle. Mais une chose est sûre : elle ne restera pas ici.

Tomas se pencha sur le bureau, les poings serrés.

— Tu te trompes, siffla-t-il. Je vois très clair dans ton jeu. Tu as cherché à profiter de moi.

Il tendit le bras et saisit son père par les cheveux, en les tordant au point de le faire grimacer. Devenus aussi frêles que des fils d'araignée avec l'âge, des mèches de cheveux s'envolèrent pour retomber sur la manche de Tomas.

— J'étais bête, je n'étais qu'un ivrogne à l'époque, souffla-t-il à la figure de son père. Je t'ai laissé me manipuler. J'aurais pu avoir une femme, fonder une famille, mais tu m'as privé de cette vie. Pour que je n'aie plus que *toi*, pendant toutes ces années.

— De quoi tu parles, enfin ? s'écria Ivan.

— Ce jour où tu t'es tourné vers moi, devant la fenêtre, au milieu de tes posters et de tes vitrines de scarabées à la con, tu m'as foutu une trouille bleue, comme depuis toujours. J'étais amoureux de Marta.

Je le voulais, ce bébé. Mais au lieu de ça, je l'ai fait avorter. Je te hais, putain.

— Calme-toi, Tomas. Tu regrettes peut-être ta décision, mais le fait est que c'est toi qui l'as prise. C'est ce qui fait un homme, bon sang ! Assumer ses décisions ! Au lieu de rejeter la faute sur ton père, comme un minable. Si tu avais vraiment voulu une femme, un enfant, un appartement à Khabarovsk, tu les aurais eus. Mon seul tort, Tomas, c'est de te connaître. D'être ton père et de te connaître par cœur. Tu aimes la taïga. Tu n'as jamais voulu partir. Et tu te sers de moi comme excuse.

Tomas hurla de colère.

— Je devrais te tuer, cracha-t-il en agrippant de plus belle les cheveux de son père. Il n'y a que comme ça que je me débarrasserai de toi.

Une bête, quelle qu'elle soit, n'est jamais aussi dangereuse que lorsqu'elle n'a rien à perdre. Puisant dans ses dernières ressources, Ivan souffla :

— Tomas... je t'en prie. Je suis désolé. Ce n'était pas mon intention. Je comprends que je t'aie blessé, à l'époque – mais ce n'était pas mon intention. Tout ça, c'est du passé. Il faut penser au présent. Regarde ce que nous avons créé ! Nous sommes à deux doigts du succès.

Les larmes lui montèrent aux yeux.

— À deux doigts de récolter les fruits de tout ce travail. Le Général, Tomas. Par pitié.

Tomas se pencha plus près.

— Il est hors de question que j'abatte ce tigre, et la gamine reste ici. Je vais appeler le Foyer. Nous allons faire les choses comme il faut. Moi, du moins. Essaie un peu de te mettre en travers de mon chemin, et j'envoie un e-mail au Général pour lui dire moi-même le gros salopard de menteur que tu es.

Ivan en resta bouche bée. Il se contenta de hocher la tête, trop choqué pour parler. Il s'écarta au moment où Tomas le lâcha, tout en se frottant la tête. Puis, tout en fixant son fils d'un regard prudent, il dit :

— Tout bien réfléchi… oui. Bien sûr. Mieux vaut suivre les protocoles. Une réserve digne de ce nom doit suivre les protocoles, établir un certain standard. C'est justement ce que j'ai amorcé, avec les chiottes du Général !

Il sourit timidement avant de reprendre :

— Qu'est-ce que tu dirais de ça : en tant que directeur de la réserve, je m'occupe du Foyer. C'est moi qui les appellerai. Pas d'e-mails, pour l'instant. Rien d'écrit.

Il regarda Tomas d'un air réprobateur.

— Je pourrais essayer de tourner la situation à notre avantage, poursuivit-il. Je ne sais pas encore comment, mais… laisse-moi gérer cette histoire de tigre avec eux, à ma façon, et la gamine reste ici, avec nous. C'est d'accord ? Nous la ferons passer pour une cousine éloignée. Entendu ?

Voyant que Tomas ne disait rien, Ivan asséna :

— Est-ce que c'est d'accord, Tomas ?

Et il lui tendit la main.

L'adrénaline retombant, Tomas se sentit soudain vidé. Ses inquiétudes pour Zina le rattrapèrent brusquement. Elle s'était évanouie à leur retour et devait être surveillée de près. Il l'avait installée dans son lit et avait posté Erik et Petrov pour la garder en sécurité.

Sans vodka pour l'alimenter, sa rage se transformait en tristesse, en détresse. Il serra brièvement la main de son père et quitta la pièce.

Zina dormait profondément lorsqu'il arriva dans la cabane. Ses cheveux emmêlés s'étalaient autour d'elle. Il se pencha pour examiner son visage dans la pénombre. Elle semblait légèrement fiévreuse – mais quoi d'étonnant, après tout ce qu'elle avait traversé. Sa respiration, cependant, était paisible. Reculant pour observer la scène, Tomas se félicita tout bas de ne pas avoir arraché Hugh Grant du poster accroché au-dessus du lit. Les deux acteurs y paraissaient gentils et heureux, un peu comme des parents.

La chambre avait besoin d'un autre élément de décoration. Il s'en alla jusqu'à un tiroir d'où il sortit, caché sous ses pulls, le miroir de Marta. Il souffla sur la surface et la frotta avec sa manche. Le visage qu'il entrevit dedans ne fut pas pour lui déplaire. Il avait un but désormais. C'était le visage d'un homme qui allait tout arranger. Il posa le miroir sur la commode près du lit. La cabane semblait maintenant plus convenable pour une petite fille. En sortant, Tomas glissa à Erik et Petrov :

— Pas touche au poster. Et interdiction de... de mater.

— On est censés dormir où, dans ce cas ? demandèrent-ils.

— Chez mon père. Je vous aiderai à vous installer. Moi je dormirai là, dans la cuisine.

Dehors, le moteur du pick-up s'alluma. Le faisceau des phares balaya l'intérieur de la cabane tandis qu'Ivan faisait marche arrière et s'éloignait dans la forêt.

— Ne vous inquiétez pas pour lui. Allez, suivez-moi, dit-il, et il conduisit les hommes à la cabane principale, où ils préparèrent les lits en plaisantant.

Ivan parcourut les deux heures de route cahoteuse jusqu'à la clairière couverte par le signal. Une fois là-bas, il coupa le moteur et appela son contact qui connaissait un homme à Vladivostok, qui lui-même connaissait un trafiquant d'animaux exotiques. Pour un tigre, ce dernier viendrait sans tarder et ne poserait aucune question.

22

La camionnette du trafiquant apparut sur la route du camp peu avant 3 heures du matin. Ivan, comme les deux nuits précédentes, avait veillé et attendu, nourrissant l'impossible espoir qu'un tigre puisse être évacué en passant inaperçu. L'homme qui sortit du van ressemblait à s'y méprendre au vieillard du poster d'Ivan, jusque dans ses grandes mains gracieuses et son dos légèrement voûté. Il avait l'expression triste, la barbe argentée, et les mouvements prudents d'un homme habitué à la clandestinité. Une auréole de cheveux épars luisait autour de son crâne. Une fois dehors, il serra la main d'Ivan, se présentant comme Oleg, puis indiqua son assistante, une femme à la forte carrure affublée d'une cagoule, qu'il désigna comme Nelly.

— Mon épouse, ajouta Oleg avec fierté.

La jeune tigresse tournait dans le chenil comme elle le faisait jour et nuit, sans jamais s'arrêter ou presque. Oleg dirigea sa torche sur son corps sinueux, puis s'adressa à voix basse à Nelly. Cette dernière lui répondit par de rapides murmures – seules ses lèvres maquillées étaient visibles à travers le trou de sa cagoule. Oleg hocha la tête, retourna au camion, puis récupéra à l'arrière un fusil hypodermique. Il vissa une fiole de produit dans le canon et, aidé par Nelly qui tenait la torche, suivit le mouvement de la tigresse à travers la lunette. Puis, comme si de rien n'était, il lui tira une fléchette dans le flanc. Dans un hurlement indigné, la jeune tigresse bondit. Un grand feulement s'éleva et la bête se jeta contre la grille avant de faire plusieurs fois le tour du chenil, enragée, pour finalement s'effondrer en chancelant.

Ivan se mordit la lèvre. Il regarda autour de lui pour vérifier si des lumières s'étaient allumées.

Oleg et Nelly agirent avec une efficacité de bouchers. Avec un manche à balai, Oleg commença par tisonner la tigresse à travers le grillage afin de s'assurer qu'elle était endormie, puis, accompagné de Nelly, il se hâta d'entrer dans le chenil pour ligoter les pattes de l'animal. Nelly alla chercher une civière dans la camionnette, puis ils transportèrent la tigresse qui débordait du brancard, marchant cahin-caha, offrant un spectacle presque comique. À l'arrière du véhicule se trouvait une grande caisse. Oleg abaissa le hayon, puis mari et femme traînèrent la bête somnolente dans la caisse. L'opération fut bouclée en moins de vingt minutes, et tout du long, Oleg demeura imperturbable. De la boîte à gant, à l'avant de l'habitacle, il sortit un paquet qu'il remit à Ivan. L'enveloppe craquait comme du givre. Nelly, qui avait achevé de vérifier la caisse et fixé une bâche pour la cacher, se tenait assise sur le siège passager, impassible.

— Non ! cria soudain Zina en accourant vers eux, plus pâle que jamais sous le clair de lune.

La camionnette démarra en trombe, puis s'éloigna sur la piste. Oleg, habitué à ce genre de séparation tragique, se tenait toujours prêt à déguerpir.

Tomas arriva derrière la fillette en enfilant son manteau.

— Que se passe-t-il ?

Il vit son père glisser l'enveloppe dans sa veste et la lui arracha. C'était une liasse de roubles.

Zina se précipita vers le chenil qu'elle fouilla, vainement, avant de laisser retentir ses lamentations dans la nuit. Tomas planta son regard sur son père.

— Qu'as-tu fait ? murmura-t-il.

Cela remontait à six semaines. Ivan se frayait à présent un chemin dans l'obscurité, à bord de la camionnette de Petrov. Le véhicule couinait, tremblait comme un chien qu'on traîne de force. Le Hilux avait disparu, de même que son fils et la gamine. Les congères de tout un hiver se dressaient de chaque côté de la route ; bientôt, quand le printemps arriverait, elles fondraient en torrents. Ivan se rendait dans la clairière. Il faisait le voyage toutes les nuits ou presque maintenant que Tomas et Zina étaient partis et qu'il ne trouvait plus du tout le sommeil.

Plusieurs fois, dans des scènes si terribles qu'Ivan refusait de les rejouer dans sa tête, Tomas avait exigé le numéro de son contact pour retrouver le trafiquant. Ivan le lui avait donné, sachant bien sûr que cette information ne l'avancerait guère. Ivan lui-même ignorait qui était vraiment cet homme, et la transaction s'était déroulée via plusieurs intermédiaires. La petite ne s'arrêtait plus de pleurer. Ivan en était dépité. Il ne savait que faire de ce chagrin, ne comprenait pas sa véhémence. Sa détresse l'irritait tout autant qu'elle le rendait impuissant.

Quand les barres de signal finirent par apparaître sur l'écran du téléphone, Ivan stoppa la camionnette. Il appela son fils, comme presque chaque jour. Personne ne décrochait jamais. Il laissait parfois des messages. « *J'ai fait du mieux que je pouvais* », disait-il. Ou « *Je n'avais pas de mauvaises intentions* ». Ou bien « *Rappelle-moi, fiston. Laisse-moi un message, je l'écouterai ce soir, quand je reviendrai* ». Il envoyait des SMS. *Comment va Zina ? Dis-lui qu'elle est ici chez elle.* Il n'y avait jamais de réponse, mais Ivan, en éternel optimiste, revenait toujours plein d'espoir dans la clairière. Que cette rupture puisse être définitive lui paraissait inconcevable.

Comment Tomas ne pouvait-il pas comprendre la raison pour laquelle il avait agi de la sorte ? Le Général. La réserve.

Une semaine plus tard, le Général était arrivé, comme prévu. Il avait trouvé le camp bien tenu et organisé, et avait paru enchanté par ses latrines privées. Ivan l'avait inondé de vieilles images de la Comtesse et celles, plus récentes, d'autres tigres – capturées grâce aux pièges photo. Erik, qu'il avait envoyé inspecter les pièges les plus proches, était revenu avec des photos impressionnantes d'autres animaux : une famille de sangliers, le groin à ras de terre, un sika femelle solitaire se dressant sous le clair de lune, ses yeux brillant comme des perles.

Le Général s'émerveillait de tout ce qu'il voyait et avait demandé à partir en expédition avec Petrov. Petrov avait rapporté qu'il avait pris des notes sur tout ce qu'on lui avait montré. Le soir venu, à leur retour, le

Général avait apprécié les histoires de tigres d'Ivan et, buvant sans modération, s'était montré délicieusement prolixe au sujet des sorties de Poutine.

— Et son chien japonais à la con, là, avait-il raconté. Il faut qu'il monte avec nous dans le bateau quand nous pêchons ! Il est énorme maintenant, mais il ne veut le confier à personne alors qu'il mord tout le monde et qu'il vole le poisson ! Je lui ai dit : « Monsieur le Président, ce n'est pas bon pour votre image que le monde vous voie ainsi. Imaginez : le père de la Russie avec son impressionnant torse, remontant un brochet de 2 mètres avec un putain de chien qui se lèche les couilles en arrière-plan ! »

Le Général riait à en pleurer.

— Et il me dit : « Constantin, nous sommes frères, nous sommes camarades, mais traite encore une fois mon Yume de putain de chien et je te tue. »

Le souvenir de cette menace avait rendu le Général tellement hilare que cela lui avait déclenché une quinte de toux. Ivan avait rempli de nouveau son verre en riant avec lui.

— Le Président a un sens de l'humour extraordinaire, disait le Général.

— Ça se voit, avait répondu Ivan, avant d'ajouter : Sur les photos.

Puis, changeant de sujet, il avait poursuivi :

— La pêche dans l'Amour est exceptionnelle. Je connais aussi d'autres endroits, plus confidentiels. Esturgeon, brochet, nous avons tout. Je vous y emmènerai, la prochaine fois. Et si le Président désire se joindre à nous…

Le Général était déjà passé à autre chose. Il se remémorait à voix haute d'autres parties de pêche, si bien que la conversation dériva sur les plus grands poissons que les deux hommes avaient attrapés, et, ensuite, sur un élan que le Général avait tué.

Ce fut une soirée réussie, et le Général ne devina rien du trou béant qui rongeait Ivan depuis que Tomas était parti, deux jours plus tôt, emportant avec lui l'enfant, le pick-up, l'enveloppe d'argent et le numéro du trafiquant.

Ses tentatives d'appel terminées, il fut temps de rentrer. Ivan fit demi-tour là où la piste s'élargissait et repartit vers le camp sous les vrombissements de la camionnette de Petrov.

Les phares transperçaient l'obscurité. Le vieux châssis bringuebalait.

Puis une paire d'yeux, comme deux flammes. Il coupa le moteur, ne laissant que les phares allumés.

Là, au milieu de la piste, à 20 mètres à peine, deux tigres s'accouplaient.

Alors qu'Ivan avait passé sa vie à inventorier les tigres de sa réserve, jamais il n'en avait vu en dehors d'une cage ou des images de ses pièges.

Et pas un être humain sur Terre n'avait été témoin d'une scène pareille.

Ivan n'avait pas apporté son appareil photo. Aucune preuve ne témoignerait de ce qu'il avait vu. Il observa attentivement les tigres, cherchant à les identifier. Il ne connaissait pas le mâle, presque adulte. La femelle, en revanche, avait sur le front la bande noire caractéristique de Lady, la sœur de la Comtesse – qui, à présent que la Comtesse n'était plus, pourrait bien voir son sort s'améliorer.

Qu'ils ne se soient pas enfuis tenait du miracle, même si, comme Ivan le savait, ou croyait le savoir, les tigres étaient maîtres de la forêt. Cette piste, et toutes les autres, leur appartenait, et si l'envie leur prenait de s'accoupler en plein milieu, tout le monde attendrait. Le mâle mordit le haut de l'échine de la femelle. La tigresse griffa la neige et poussa un cri. Ce fut un bruit glaçant, un bruit de conte de fées, qui cloua Ivan sur son siège.

Une révélation soudaine monta de ses entrailles jusqu'à ses yeux désormais larmoyants : cette scène était la chose la plus majestueuse à laquelle il ait jamais assistée, hormis le jour de la naissance de son fils où, dans un mélange d'effroi et de fascination, il avait vu une vie nouvelle se libérer de la chair et pousser son cri vers le ciel.

La femelle tourna lentement la tête, presque comme un automate, et fixa les faisceaux de la camionnette. Sa gueule caverneuse s'ouvrit dans un rugissement. Il voyait le noir de sa gorge, pareille à un tunnel reliant des temps ancestraux. Il aurait presque senti la brûlure de son souffle. Derrière le rugissement résonnèrent les cris d'animaux en fuite, craignant pour leur vie.

Ivan éteignit les phares et resta, tremblant, assis sur son siège. Puis les tigres se séparèrent et disparurent en bondissant, capes de ténèbres piquées d'étoiles.

Le cœur d'Ivan battait à tout rompre. La sueur perlait sur ses paumes. Il avait soudain pris la mesure de son insignifiance, de sa propre faiblesse, et se sentait désolé. Tellement désolé.

Il avait volé à Tomas ses chances de vivre une meilleure vie ; l'avait retenu, toutes ces années. Alors qu'à la première seconde où Ivan avait posé les yeux sur cette masse ensanglantée, Tomas lui était apparu comme la plus belle des créatures. Certes, il ne pouvait pas dire qu'il n'avait pas cherché à le maintenir en bas, et près de lui ; mais il le regrettait à présent. Car, en fin de compte, raisonner ainsi était chose vaine : la force supérieure de la nature ne nous poussait que dans une direction, l'avenir.

Il jeta le téléphone sur le siège passager. Le sentimentalisme d'un vieil homme n'avait pas sa place ici. La camionnette fonça jusqu'au camp, bravant les ornières. Sitôt rentré, il se mettrait à pied d'œuvre pour faire de sa réserve un fleuron en matière de conservation des tigres en Russie – et son fils en deviendrait le directeur. L'heure était venue de se retirer. De contempler de loin le don de son fils pour tout ce qui touchait à la forêt, son amour sans limite pour la vie qu'elle recelait. Tomas était la seule personne sur Terre à pouvoir comprendre la scène dont Ivan venait d'être témoin, la seule qui désirerait l'entendre, la raconter à son tour, la seule à connaître et aimer les tigres autant qu'Ivan. L'heure était venue pour lui de prendre la relève et d'ouvrir à la réserve les portes de l'avenir.

PARTIE III

EDIT

23

La première fois qu'Edit vit un tigre, ce fut un tigre mourant. Edit avait déjà vu l'agonie et la mort, et même le cadavre de sa propre mère, furtivement, avant que soit rabattu le linceul. Une vie dans un village isolé du monde moderne impliquait d'être régulièrement témoin de souffrances et de morts lentes, celles des animaux piégés ou abattus pour être mangés comme celles des hommes blessés ou malades, trop loin de tout pour accéder aux soins médicaux. Mais tout ceci ne l'aida en rien à supporter la vue d'un tigre sauvage capturé, ligoté, ballotté comme des rondins de bois à l'arrière du camion qui débarqua dans le village ce jour-là.

C'était comme si toutes les histoires des Oudégués – les chansons et prières de son enfance qu'elle connaissait par cœur, la voix même de sa mère – avaient pris corps et que ce corps allait être massacré sous ses yeux. Elle ne fut pas la seule à se détourner en gémissant quand le camion s'arrêta en crissant dans la neige et que les chiens sautèrent de la banquette arrière comme s'il y avait le feu. Même un tigre à moitié mort rend un chien fou de terreur. Les mains sur le visage, Edit se retint de vomir. Les rayures du pelage de l'animal luisaient de sang. C'était une jeune tigresse. Edit ne comprenait pas pourquoi les nuages ne s'écartaient pas dans le ciel pour laisser jaillir un éclair qui les foudroierait tous.

Son père sauta du camion, flanqué de Dmitry et Valery, deux chasseurs russes. Dmitry lui asséna une tape dans le dos en lui passant une bouteille de vodka. Le père d'Edit était un pisteur bien connu, le meilleur, et les hommes l'avaient sollicité pour les aider à débusquer cette bête qui rôdait trop près du village la nuit et avait, disait-on, emporté un chien. Et les villageois, assurément, seraient les prochains. Voilà ce que Dmitry avait dit. La capturer était la seule solution. La fourrure ne tarderait pas à se retrouver dans la demeure d'un membre fortuné du Parti, et les os – ainsi que le pénis, eût-il été mâle –, en Chine.

Resté un peu en retrait, Valery cherchait Edit du regard, l'air inquiet. Il s'était laissé dépasser par les événements, et savait que ce spectacle allait réduire drastiquement ses chances de la séduire. Valery était jeune et nouveau dans la région, ayant, comme beaucoup, abandonné son poste à la frontière que personne ne soutenait, et fui aussi loin qu'il le pouvait. Dans les années 1990, il était encore possible de se perdre dans le Far East. La région grouillait de soldats déserteurs, mais aussi de mineurs ou ouvriers au chômage, et d'opportunistes attirés par ce qu'on racontait des tigres – il suffisait d'en tuer un seul pour faire de vous un homme riche. Valery, vu sa situation, ne pouvait quant à lui retourner nulle part. Alors autant rester, s'était-il dit, et trouver un moyen pour subsister dans la forêt. Sa connaissance du gibier lui rendrait sans doute la vie un peu plus facile – ça, et les filles du village oudégué.

Il admirait Edit, avec sa masse de cheveux brun-noir et ses pommettes qui luisaient comme de l'érable poli. Elle avait des sourcils épais, qui se touchaient presque au milieu, et lui rappelait un peu sa mère – une femme de fermier sèche et nerveuse. Il avait eu envie de la toucher dès la première fois où il l'avait vue. Il passait son temps à la regarder lorsqu'il venait au village pour boire et faire du troc, cherchant à lui communiquer combien il la désirait. N'était-ce pas ainsi que l'on faisait ? N'était-ce pas ainsi que les hommes disaient aux filles qu'elles leur plaisaient ?

Parfois, alors qu'il la fixait, Valery s'oubliait et ses yeux dérivaient vers son corps simplement couvert d'un habit en feutre grossièrement brodé à l'encolure. Edit lui rendait son regard en fronçant les sourcils, perplexe, ce qui mettait à mal sa croyance que les filles de village étaient naturellement chaleureuses. Il tentait alors de lui parler, se raclant d'abord la gorge lorsqu'elle passait, avant d'émettre un commentaire sur la neige et la présence de gibier. Il espérait ainsi l'accrocher. Il s'approchait d'elle avec prudence, en parlant doucement, en continu, comme pour l'envoûter. Contrairement à la majorité des Russes qui peuplait désormais ce coin perdu du pays, Valery avait réussi à achever sa scolarité. Il pouvait se vanter d'être un homme du monde, venant d'aussi loin que la mer Noire. Il éludait en revanche cette histoire de désertion ; il était un mercenaire, plutôt, un mercenaire tombé amoureux de la forêt.

C'était Dmitry qui, finalement, était venu lui faire remarquer qu'il s'y prenait mal et qu'en vérité les filles ici étaient faciles. Ce n'étaient que des villageoises. Et mieux valait ne pas traîner, s'il ne voulait pas qu'un autre la prenne à sa place.

— Et puis, ces indigènes sont belles jusqu'à 25 ans, mais après… leur instinct animal prend le dessus. Elles s'enlaidissent et deviennent plus pragmatiques : si tu ne fais pas gaffe, elles te passeront la corde au cou !

Dmitry était un ancien ouvrier de la brasserie industrielle d'une ville ravagée, située plus au sud sur la côte. Chômeur de longue date, il était obsédé par la chasse au roi tigre, dont l'énorme fourrure et les parties du corps, disait-il, feraient de lui l'homme le plus riche de l'extrême orient russe. Il s'était attaché au jeune Valery et l'avait pris sous son aile ; en retour, Valery bénéficiait de ses conseils. Lorsqu'ils buvaient au village, le regard vitreux de Dmitry se teintait d'un mélange de tristesse et de dureté lorsqu'il lui murmurait : « Reste avec moi, gamin. Cette forêt grouille de tigres. Quand nous aurons attrapé le plus gros, tu auras tellement de fric que toutes les filles du village te supplieront de les tringler. »

Le soleil d'hiver faisait luire les crocs ensanglantés dans la gueule béante de la tigresse. Des cordes lui enserraient le cou. C'était ainsi qu'ils chassaient les tigres, à l'époque : d'abord, un bon pisteur qui remontait ses traces, puis les chiens envoyés en amont, et finalement le tigre qui, fuyant les chasseurs, tombait droit dans la zone où pièges et collets avaient été posés, et qui se retrouvait arrêté par le nœud coulant emprisonnant sa patte ou son cou, ou par des mâchoires d'acier sur sa cuisse. Quelques années plus tard, le piège à fusil était apparu : déclenchées par un fil, les balles criblaient le corps du tigre de gros trous. Puis les chasseurs le rattrapaient, aidés par le pisteur, mais le travail alors était loin d'être terminé – car il n'existait rien de plus dangereux qu'un tigre acculé ; la force de la bête se décuplait, et jamais elle ne cédait. Certains tigres pouvaient absorber plus de balles que les chasseurs n'en avaient, de sorte qu'il fallait recourir aux nœuds coulants, deux hommes placés de chaque côté de la bête pour l'étrangler pendant qu'ils la frappaient avec les crosses de leur fusil et la poignardaient avec leurs couteaux.

Avec une effroyable tendresse, Dmitry et Valery redressèrent délicatement la tigresse sur ses pattes pour la conduire, chancelante, vers le centre du village. Valery avançait, pétri de honte. Il n'avait pas envisagé que sa première chasse fructueuse se terminerait ainsi. Il savait la vénération que les Oudégués, ou du moins ce qu'il en restait, vouaient encore au tigre. Il n'était même pas nécessaire de connaître leurs traditions pour comprendre l'horreur qui figeait leurs visages. Et Edit – Edit ! Alors qu'elle se tenait mains sur la bouche, yeux écarquillés, son regard se posa sur lui. Que fallait-il y lire ? De la haine ? Du mépris ?

Valery avait imaginé – pour autant qu'il y avait réfléchi – qu'en se présentant avec un tigre mort, un tigre redouté, et avec la promesse de partager les bénéfices à venir, les villageois (*Edit*, autrement dit) leur seraient reconnaissants. Peut-être seraient-ils même impressionnés. C'était Dmitry qui avait dévié du plan initial, en voulant humilier la bête. Pendant tout le chemin du retour, dans le camion, ce dernier avait râlé, entre deux gorgées de vodka, que la tigresse était toute petite, qu'elle ne vaudrait rien, que toute cette traque n'avait été qu'une vaste perte de temps quand on considérait qu'il faudrait partager les bénéfices en trois.

— Je veux ce roi tigre, putain ! martelait-il en frappant du poing le tableau de bord.

Pour Dmitry, l'intérêt de cette prise résidait désormais dans le spectacle qu'il allait offrir aux villageois. Il avait éradiqué la menace, accompli une bonne action. Mortifié, Valery continua son chemin tête baissée dans l'attente que s'achève la démonstration de force de son camarade.

La tigresse grogna, les babines retroussées sur ses dents ensanglantées. Tout le village était maintenant sorti, en silence, pour voir. Dmitry, qui était assez populaire parmi eux, leur fournissant entre autres des cigarettes de contrebande, s'écria :

— On l'a eue ! Nous avons eu cette tigresse qui vous terrorisait. Nous vous protégeons, vous et votre village !

La tête entre les mains, le père d'Edit se fondit dans la foule. Edit s'apprêtait à le suivre, mais fut retenue par cette explosion qui se déroulait, là sous ses yeux, entre le monde spirituel et le monde animal. C'était le premier tigre qu'elle voyait en chair et en os, mais elle savait que les tigres ne vivaient pas que dans les rêves et les légendes : comme les ours, ils cohabitaient auprès des humains dans la forêt, où leurs traces s'observaient couramment. Les tigres n'étaient plus ouvertement considérés comme sacrés depuis que le chamanisme avait officiellement été banni en Russie, mais dans les veines de tout le monde coulait la conviction que tuer un tigre était une hérésie. Le simple fait d'en *voir* un apportait déjà le mauvais œil. Ce n'était que du temps du grand-père d'Edit, le dernier chaman, qu'ils avaient cessé de déposer des offrandes au Seigneur de la forêt. Ce rituel était resté gravé en elle comme un fragment de rêve : un tas de feuilles pour le bûcher, et dessus la cuisse d'un cerf ou une gélinotte des bois.

Les anciennes du village se cachaient les yeux et détournaient la tête, car la vue d'un dieu de la forêt ainsi rabaissé était, bien qu'elles ne pussent le dire tout haut, une damnation. Qui donc avait informé les Russes de la disparition du chien ? Edit espérait que la culpabilité leur rongeait le cœur tandis que cette majestueuse créature des fables de ses ancêtres, inscrites dans les tréfonds de son propre cœur, accomplissait sa triste parade vers le centre du village.

Tout le monde connaissait la fin de l'histoire – la bête serait poussée à bout, jusqu'à la folie. La tigresse grognait, toisant la foule, semblant chercher celui qui l'avait trahie, le père d'Edit. Puis son regard se planta sur elle. Peut-être était-ce ce moment qui changea le cours de sa vie, la transforma, car comme son père le lui dit, plus jamais il ne la reconnut ensuite.

Il n'y aurait pas de précieux organes génitaux à vendre, car les parties génitales d'une tigresse n'intéressaient personne. Les Chinois voulaient des tigres mâles, et des tigres sauvages (les tigres d'élevage ne valaient presque rien non plus) dont la virilité amplifierait la leur. La peau se vendrait bien, quoique plus petite que celle d'un mâle. Cette tigresse était jeune, inexpérimentée, une prise relativement facile pour des hommes avec des chiens, des fusils, et un pisteur tel que le père d'Edit. Celle-ci se demandait si les chasseurs avaient bien attrapé le tigre qui avait pris le chien, ou simplement le premier qu'ils avaient réussi à tuer.

Alors que, seulement quelques jours plus tôt, Valery cherchait à communiquer comme il le pouvait par ses regards, c'était elle à présent qui, incrédule, ne le lâchait plus des yeux. Toute possibilité de rapprochement était partie en fumée à cause de cet acte que Valery, son Valery, avait commis. Qu'il ait pu y participer dépassait l'entendement. Il était russe, certes, et les Russes, par nature, étaient des destructeurs, des conquérants, mais lui semblait différent.

Quand la tigresse finit par mourir – et cela prit du temps, car elle absorbait les coups de Dmitry et, refusant de succomber, dut être abattue –, Edit s'enfuit dans la petite cabane où elle vivait avec son père. Elle le trouva en train de boire à côté du poêle, avec près de lui le tambour de chaman que lui avait transmis son propre père. Normalement, ce tambour n'aurait pas dû se trouver là. Toutes les reliques avaient été remises au musée. Mais le pisteur était un homme paisible et trop utile à la communauté, si bien que tout le monde avait fermé les yeux et fait mine d'ignorer qu'il possédait chez lui l'outil le plus puissant du chaman. Sur la fine peau de cerf qui recouvrait le tambour était peint un tigre semblable à un serpent. Le tambour incarne la frontière entre monde spirituel et animal, dont le chaman est le messager. Son père pleurait, mais Edit n'aurait su dire pourquoi : le tigre, la perte de son père ou la terrible trahison qu'il avait perpétrée. Elle ramassa en silence la vodka et se recroquevilla à ses pieds, la tête posée sur ses genoux. La main de son père se souleva, comme elle le faisait toujours, et tout en lui caressant les cheveux, il lui dit :

— Crains la forêt, Edit. C'est un endroit dangereux, désormais.

Sa fille ne répondit pas, mais elle pensa tout bas – sans savoir d'où lui venait cette pensée, sans même en comprendre véritablement le sens – *Je ne souffrirai jamais comme ça.*

À partir de ce jour, le silence de la forêt devint un objet de questionnement mystérieux et sans fond. Tous les tigres les guettaient, à présent – le village ne parlait que de cela. Ils se vengeraient. Un tel crime ne pouvait demeurer impuni. Restait à savoir sous quelle forme se manifesterait la revanche, sur qui et quand elle s'abattrait. Sans plus de chaman à consulter à ce sujet, les villageois furent laissés à leurs ragots et leurs inquiétudes privées.

Quelques jours plus tard, par un début d'après-midi, Edit rentrait chez elle, seule, de la lisière de la forêt où l'on pouvait encore trouver les dernières baies d'automne. Les femmes les transformaient en une confiture médicinale amère que les Russes aimaient mélanger à leur thé. Elle marchait au centre de la piste de l'exploitation forestière quand, embrasant la lumière du jour, un tigre apparut.

Un tigre qui doit se rendre quelque part emprunte toujours l'accès le plus facile. Les tigres, habités par la certitude inébranlable qu'ils règnent en maîtres sur la forêt, laissaient souvent des traces au beau milieu des chemins. L'animal lui-même, cependant, n'était que très rarement aperçu.

La surprise fut telle que son panier lui échappa des mains. Elle recula jusqu'aux arbres, tête baissée. La bête était réellement gigantesque. Elle n'avait vu d'autre tigre qu'une fois dans sa vie, mais elle sut avec horreur, instantanément, qu'il s'agissait du mâle, le roi. La vengeance frappait déjà le village.

Elle murmura une prière, vieux souvenir de son enfance, pour demander l'apaisement au dieu de la forêt et le supplier de faire que le tigre passe sa route et se tienne éloigné du village.

Elle ouvrit un œil, juste un minuscule interstice. Les omoplates du roi roulaient comme les roues d'un camion. Il avançait sans se presser et, malgré sa taille, presque silencieusement. Son souffle chaud s'échappait de sa gueule alors qu'il passait à la hauteur de sa piètre cachette. C'était la plus grande créature qu'Edit avait jamais vue, dans sa vie comme dans ses rêves.

La jeune femme était partie sans arme, car elle se trouvait proche du village, et lorsque les villageois allaient cueillir des baies ou même inspecter les pièges les plus proches, ils n'en voyaient pas l'intérêt. Humains et tigres veillaient toujours à s'éviter mutuellement. Les villageois se tenaient constamment sur leurs gardes dans l'éventualité d'une rencontre, mais la forêt était leur maison, et quoi de plus normal que de laisser son fusil lorsqu'on se promène chez soi ?

Sa respiration vrombit dans sa gorge. Elle pinça ses lèvres tremblantes pour étouffer le cri de la peur. Elle savait qu'évidemment le tigre était parfaitement conscient de sa présence et de ses vaines tentatives de se cacher, car un tigre détecte toujours ces choses-là.

Elle leva les mains et les mit devant son visage – dernier refuge des terrifiés – pour se créer l'illusion d'être en sécurité. Elle attendit que le tigre bondisse sur elle, en murmurant « *Non, non, non* », comme une supplique désespérée. Le silence de la forêt bourdonnait dans ses oreilles, et lorsqu'elle laissa finalement retomber ses mains et osa un coup d'œil dans la lumière aveuglante, la piste était dégagée. Le tigre, comme s'il n'avait jamais été là, s'était volatilisé.

Son panier gisait dans la neige, là où elle l'avait laissé tomber, les baies comme des blessures éparpillées sur le blanc. Edit regarda de tous les côtés, se gifla pour s'assurer qu'elle était toujours vivante. Avait-elle réellement vu le roi ? Elle s'avança sur la piste en courant. Les traces étaient là. Grandes comme la main d'un homme, elles bifurquaient vers la forêt.

Mais, avant de dévier, les traces montraient que le roi tigre s'était arrêté, les quatre pattes immobiles, pour regarder du côté où Edit se trouvait recroquevillée.

Il l'avait vue et l'avait épargnée.

Mais où était-il allé ?

Abandonnant son panier, elle détala en direction du village, vers son père. Elle ne lui dirait rien, cependant, car si les gens venaient à apprendre que le tigre se trouvait dans les parages, qui sait ce qui pouvait arriver ?

Tandis qu'elle courait, le cœur battant, elle se demanda pourquoi le roi tigre était apparu de la sorte, puis reparti, en l'épargnant elle, mais aussi le village.

Tout se passait comme s'il avait cherché à lui envoyer un message, comme si Edit avait conclu un pacte, mais dont elle ignorait la teneur.

Depuis la mort de la tigresse, elle avait évité Valery. Comme elle regrettait de ne pouvoir le chasser de sa vie ! Valery la répugnait à tous points de vue. Elle savait que lorsqu'un Russe jette son dévolu sur quelque chose, mieux vaut la lui donner, car il l'obtiendra de toute façon, et par des biais bien moins plaisants. Et pourtant, Edit lui avait tourné le dos chaque fois qu'il s'était approché.

Mais Valery continuerait à se torturer l'esprit tant qu'il ne lui aurait pas exposé sa version des faits. Après avoir vainement tenté de lui parler en public, il avait décidé d'attendre qu'elle se trouve seule, à l'aube, le matin même où elle avait aperçu le roi. Il l'avait attrapée alors qu'elle chaussait ses skis pour aller pêcher sur la rivière gelée.

— Lâche-moi ! s'était-elle écriée en se dégageant.

Valery était sec plutôt que maigre, et il aimait l'idée que la tête d'Edit épouse parfaitement le creux osseux de son torse. Toutefois, la perspective que cela se produise un jour semblait sérieusement s'éloigner. Son visage se déformait tant les mots peinaient à sortir, tout son charme habituel volatilisé.

Et tandis qu'elle se penchait pour attacher les brides en cuir de ses skis, il explosa finalement, gesticulant comme un pantin désarticulé.

— J'avais besoin d'argent ! C'est pour ça que j'ai aidé à tuer le tigre. Il me fallait de l'argent, pour pouvoir t'épouser. Je suis désolé de ce qui s'est passé. Il me fallait de l'argent pour pouvoir t'épouser.

Edit ne répondit rien, concentrée sur ses brides conçues pour un pied d'homme et par conséquent trop lâches pour elle. Seul le bout du pied était attaché aux skis, afin qu'ils puissent glisser correctement et que le talon bouge librement, mais à trop bouger, le skieur risquait de se tordre la cheville en pleine forêt.

Valery avait tué une chose qu'elle vénérait, là, sous ses yeux. Avait forcé son propre père à être le complice de ce meurtre. Comment pouvait-il seulement penser qu'une histoire était encore possible entre eux ? Elle lui tourna le dos et s'élança sur ses skis. Dans ses mouvements se lisait sa détermination, et son sac à dos faisait bloc, ne laissant dépasser que la soie de ses cheveux.

Valery enrageait d'être ainsi réduit au silence. Il fallait qu'Edit entende ses explications. Qu'elle y réfléchisse posément. Ce n'était pas comme s'il avait planifié ce massacre. Ce n'était pas comme s'il le ferait à nouveau. Ce n'était pas comme si la malveillance l'animait. Et puis, en fin de compte (il aurait gardé ces mots pour lui, mais tout de même), ce n'était pas non plus comme si la Terre s'était arrêtée de tourner. Les villageois étaient passés à autre chose, eux. Ils continuaient d'acheter les cigarettes de contrebande de Dmitry. Pas plus tard que la veille, une autre fille du village avait fait les yeux doux à Valery. La vie continuait. Les tigres n'avaient pas tous disparu.

Il avait profité de l'absence d'Edit pour aller trouver son père. Il lui avait réitéré ses excuses, s'était à nouveau défendu et lui avait offert une somme d'argent.

Trois heures plus tard, quand Edit était revenue de la pêche, trois beaux poissons dans son sac, son père avait maladroitement plaidé la cause de Valery. Edit savait que la culpabilité, chez les hommes, était un sentiment éphémère qui finissait par se muer en colère, et qu'il fallait savoir saisir cette occasion où l'homme se trouve sincèrement pétri de remords, où il serait prêt à tout pour se racheter. À tout, sauf la laisser tranquille, bien sûr – elle devait tirer un trait sur cette éventualité.

— Il faut penser à l'avenir, lui dit son père. Nous ne pouvons pas changer ce qui est arrivé. Mais nous pouvons être sûrs que Valery ne recommencera jamais. Je lui ai parlé et, je te l'assure en tant que père, Valery est sincère.

Il s'abstint de préciser qu'il avait accepté l'argent de la vente du tigre massacré. Les vérités d'antan étaient devenues des mensonges. Ce qui était mensonge était désormais vérité. Ainsi allait la vie en Russie, le pays où ils vivaient, à présent. Il s'abstint aussi de lui dire que sa seule préoccupation était de la protéger par tous les moyens possibles, parce qu'il l'aimait de tout son cœur, et que ce mariage avec un Russe rongé par le remords constituait le meilleur avenir qu'il pouvait entrevoir pour elle.

Edit quitta la cabane dans un élan de fureur, jetant les poissons sur la table. Elle attrapa au passage un panier pour retourner dans les bois. C'était alors que le roi tigre lui était apparu, à elle et elle seule, majestueux sur la piste de l'exploitation forestière, comme si cette piste lui avait été déroulée, et, reculant dans les arbres, elle avait laissé tomber son panier.

Lorsqu'elle entra en se jetant subitement dans les bras de son père, elle sut qu'il comprendrait. Et que son enfance au village était terminée. Le tigre était venu, avait décidé de ne pas la tuer. Prenant sa main dans la sienne, son père lui dit :

— Alors, ma fille, as-tu compris ? Tu es destinée à devenir la femme de cet homme. Il a travaillé dur pour toi. Tu pourrais trouver bien pire. Et, tant que tu ne l'auras pas épousé, notre village gardera le cœur brisé, et le malheur continuera de s'abattre sur toi, sur nous tous.

Il n'était plus possible de repousser Valery. Le bonheur de ce dernier fut immense quand il apprit qu'il l'avait convaincue. Le père d'Edit fut heureux. Les villageois aussi. Personne ne parlait plus de la tigresse. Les choses allaient de l'avant. Et si parfois Edit, en regardant son mari, avait peur, sans savoir pourquoi, elle n'y prêtait pas vraiment d'importance. Tout le monde savait que la vie était difficile et dangereuse, qu'une femme avait besoin d'un protecteur, que même une tigresse n'était pas en sécurité dans ce monde.

24

Après cinq ans de mariage, Edit s'étonna de voir tout ce qu'il était possible de pardonner. Cette réflexion avait éclos dans son esprit alors qu'elle se trouvait assise près du poêle, un soir, à repriser des pantoufles à la faible lueur de l'ampoule électrique. Les Russes avaient installé un générateur et réélectrifié le village, donnant aux nuits d'hiver – du moins la plupart, lorsqu'il ne tombait pas en panne – une tout autre teinte, bien plus individualiste. D'autres possibilités s'offraient désormais que de se rassembler et boire la vodka que les villageois distillaient. La lumière avait disséminé les gens, réuni les familles, chacune dans son coin, et, au sein de chaque famille, permis au chanceux qui se trouvait le plus proche de l'ampoule de jouir d'une solitude plus grande encore.

Cet espace, bien qu'implicitement, appartenait chez eux à Edit. Si Valery s'y trouvait et que cette dernière s'approchait avec un livre ou un ouvrage de couture, Valery comprenait et se levait. Il le faisait discrètement, de sorte qu'Edit n'avait jamais l'impression de le chasser. Ce genre de petite attention lui permettait, en contrepartie, de lui pardonner un nombre considérable de défauts. Mais conjugué aux atouts que le temps avait fait émerger – ramener du gibier, savoir le saler et le rôtir ; être capable de se retrouver seul sans se saouler ; la regarder, dans un rayon de soleil, avec un sourire devant lequel le cœur d'Edit s'emballait –, il lui semblait parfois, lors de ces soirées d'hiver paisibles, qu'il n'existait rien ou presque qui ne puisse lui être pardonné.

Mais une autre chose faisait perdurer cette proximité.

Depuis le début, ils se confiaient leurs secrets.

Étant tous les deux jeunes, ils n'en avaient pas beaucoup. À dire vrai, Edit soupçonnait Valery d'en avoir inventé.

Les secrets d'Edit étaient surtout des pensées. Comme celles sur la difficulté à pardonner ; la contrariété d'être mariée à un Russe ; son désir d'autre chose, de plus grand. Ce dernier point s'était avéré un terrain propice aux confidences des deux côtés. Près du poêle, sur le sol en terre battue où ils passaient le plus clair de leur temps en ces premières années, Valery lui demanda de lui en dire davantage sur ce désir de grandeur. Elle lui raconta ainsi une histoire qui lui était arrivée quelques années plus tôt, alors qu'elle devait avoir 14 ans, à une époque où le village avait acquis un nouveau poney pour aider l'ancien dans ses travaux de trait, un poney à la robe alezane luisante, au dos large, avec une crinière dressée en crête, tout plein de fougue et d'énergie exubérante. Les enfants jouaient tous avec lui, trottaient sur son dos autour du village, à cru, avec le licol. Se sentir hors du sol, portée par une autre créature, lui procurait un sentiment libérateur, mais Edit en voulait plus. Un soir, elle sortit le poney de son enclos et le mena prudemment dans la forêt, puis monta sur son dos et le fit s'élancer sur la piste de l'exploitation forestière. La lune était haute et pleine, le chemin brillamment éclairé, et le poney s'en ébrouait de joie. Il trottait, au départ, obligeant Edit à s'accrocher à sa crinière ; mais alors qu'elle l'enserrait de ses jambes fluettes de jeune fille, il se lança au galop.

Et tandis que son corps absorbait le tempo du galop, que cette cadence s'accélérait, tandis que la chaleur de son encolure se transmettait à elle, qui ne faisait plus qu'un avec lui, son excitation – qu'elle n'avait jusqu'alors ressentie qu'en pensée, lorsqu'elle s'imaginait devenir une bête sauvage, enivrée de liberté –, cette excitation se mua en autre chose de logé dans son corps, une pelote de sensations irradiant son ventre, se diffusant dans son entrejambe, puis jusqu'à son cœur, ses poumons. Son visage luisait de sueur et ses jambes tremblaient à force d'étreindre l'animal aussi fort, mais aussi à cause de cette onde qui la traversait tout entière, comme un tigre à l'intérieur d'elle, une explosion d'une couleur indescriptible, un flou de bien-être, montant comme une vague pour jaillir par sa bouche ouverte.

En cet instant débridé – là, sa main s'était posée sur le bras de Valery, car elle voulait qu'il entende, voulait qu'il sache –, son corps s'était ouvert au bonheur. Et une phrase avait surgi de ses lèvres alors qu'elle se laissait retomber, pantelante, sur le cou du poney : *Je suis capable de tout.* Elle l'avait fait ralentir jusqu'à l'arrêt, stupéfaite de ce qui s'était passé. Elle était ressortie aussi souvent que possible avec le poney, après.

— C'était la liberté, avait-elle dit à Valery. Je n'en avais jamais assez.

Le visage anguleux de Valery s'était ouvert de surprise et ses dents, bien que fatiguées par la cigarette et une vie de mal manger, s'étaient révélées sous un sourire radieux. Puis il avait pouffé, ce qui avait fait pouffer Edit à son tour, et lui avait raconté la fois où, jeune garçon, il avait surpris un paysan ivre qui racontait en riant qu'il n'avait connu de plus grande extase dans la vie que le plaisir solitaire avec un melon chauffé sous le soleil des champs. Alors, dans la région du Sud-Ouest où il vivait à l'époque, Valery était allé voler en pleine nuit un melon dans un champ et, après avoir creusé un trou dans l'écorce, avait enfoncé son sexe dedans.

— Et tu sais quoi ? avait-il dit à Edit.

Il s'était retourné vers elle et Edit avait su, de toute évidence, qu'il n'avait jamais confié cette histoire à personne, comme il en était de même pour elle.

— C'était vrai !

Car jamais son corps d'adolescent pubère n'avait connu de plus délicieuse expérience.

Lorsqu'ils n'étaient pas installés par terre à se livrer des confidences, Edit s'évadait d'une autre façon. Valery avait ravivé son intérêt pour la lecture grâce au seul livre qu'il possédait, rapporté de sa région natale, un livre qu'il aimait parce qu'il venait de chez lui. Il portait une dédicace de sa mère. Edit le lisait souvent sous leur unique ampoule : *Contes populaires russes*. Des histoires magiques, bien que terriblement fades comparées aux comptines et aux légendes oudéguées.

Edit avait appris à lire petite ; savoir lire était une manière de devenir Russe, une manière de – quoi ? s'intégrer à la masse du prolétariat ? Même si les filles indigènes ne pouvaient guère espérer se hisser bien haut, pendant que leurs parents travaillaient dans les carrières et les mines, un professeur russe à l'air hagard avait pris l'habitude de venir au village. Il parlait aux enfants de la grandeur de la Russie, de leur chance de grandir dans cette époque moderne. Apprendre le russe, abandonner leur culture orale au profit de celle, bien ordonnée, du papier, s'inscrivait dans ce progrès.

Leur avenir, de toute évidence, se trouvait aussi dans les carrières et dans les mines, ou bien sous une ampoule électrique, à repriser, mais le professeur russe persistait. Il y avait une bibliothèque avec quelques livres déchirés, surtout des essais et des livres d'histoire de la Russie. Mais, en fin de compte, même la promesse de cet avenir s'envola en fumée lorsque l'URSS s'effondra et que toute l'industrie périclita, et que le professeur à l'air hagard, effrayé, partit.

À cette époque, Edit ne connaissait plus que le russe, et quelques rares mots oudégués des chants qu'ils chantaient encore lorsqu'ils se réunissaient autour du feu. Son père, épuisé par son travail à la carrière, était trop fatigué pour lutter contre la disparition de sa langue. Il parlait à peine, et dans un russe semé de mots indigènes, seul témoignage de sa résistance. Les livres avaient moisi dans la bibliothèque délabrée ; peu à peu, tout le monde oublia comment lire. Lire était accepter le russe comme langue unique ; ne pas lire était une manière silencieuse d'affirmer sa liberté.

Mais le livre de Valery… ce livre avait redonné à Edit le goût de la lecture. Ce livre était un cadeau de l'amour.

Malgré toutes ces heures d'intimité qu'ils passaient par terre, près du poêle, Edit ne tombait pas enceinte. Cela n'était pas vraiment un problème pour elle, mais pour eux, oui. Il leur arrivait d'en parler, là, sur le sol ; Edit lui avait même dit un jour : « Je ne veux pas d'enfants. »

Mais, gênés par cette anomalie, ils redoublèrent d'efforts pour y remédier.

Elle déclara :

— Je connais une tribu de l'autre côté des montagnes… Nous devrions peut-être les rejoindre.

Je veux être libre.

Mais ses confidences semblaient désormais lui déplaire, au point que Valery, bien souvent, ne répondait plus.

Une épouse qui n'engendrait pas d'enfant engendrait en revanche des commérages. Edit était sûrement stérile, à moins – et ces mots n'étaient prononcés que dans des messes basses entre femmes – qu'elle n'eût profité des services de la vieille qui vivait à l'orée du village, connue pour aider les jeunes Russes non mariées en difficulté.

Par un crépuscule d'été, Edit se trouvait devant sa cabane, battant un tapis, ses cheveux humides de sueur auréolés de mouches quand, levant les yeux, elle avait aperçu une femme, une Russe, qui traversait le village d'un pas lent, longeant le bord de la piste principale, la tête baissée sous un large chapeau duquel dépassaient des cheveux blonds décolorés. Elle avait des bras forts, mouchetés de boue. Surprise par le bruit du battage, l'étrangère avait levé la tête. Leurs regards s'étaient croisés, femme oudéguée et femme russe, l'une sans enfant, l'autre – Edit en avait la certitude, à la direction qu'elle prenait – bientôt dépossédée du sien. Les yeux de la

Russe portaient des ombres bleuâtres sous leurs centres bruns. Ses lèvres pincées formaient une ligne hargneuse. La fille s'était arrêtée et avait penché la tête en direction du bout du village en interrogeant Edit du regard. Edit avait acquiescé et repris son battage. Elle avait souvent vu des Russes accomplir ce voyage, mais les filles seules, et à pied, étaient rares. Les yeux de tout le village suivirent la lente progression de l'étrangère à travers la poussière et les mouches. Le lendemain, ou peut-être le jour d'après, selon le temps que l'action des plantes prendrait, se déroulerait un exode discret dans la forêt pour enterrer la créature expulsée – ou pour la brûler, en hiver. Edit s'était demandé si les femmes gardaient quelque chose en souvenir du bébé. Une feuille de l'arbre sous lequel il était enterré ou un morceau d'écorce du bûcher. Elle ne pouvait le deviner, car elle-même n'avait jamais été enceinte et ne connaissait pas ce genre d'amour, et la mystérieuse femme aux cernes bleutés quant à elle ne révélait rien.

Elle semblait si seule dans son pèlerinage. Edit avait hésité à courir après elle, à lui prendre la main, lui offrir à boire ou un peu de ragoût. Mais alors qu'un avortement n'avait rien d'illégal pour les Russes (le problème tenait en réalité à la pénurie de médecins – et pas uniquement pour les avortements), les villageois ne voyaient pas la question de cet œil-là. Une ombre planait déjà sur Edit ; être vue en compagnie d'une femme en route pour avorter aurait confirmé l'idée que quelque chose de mauvais, et sûrement contagieux, l'habitait.

Elle aperçut la femme quelques jours plus tard sur le chemin du retour, seule, le pas lourd, le visage vide d'expression. Les femmes avortaient pour être libres, n'est-ce pas ? Mais celle-là ne correspondait pas à l'image de la liberté que se faisait Edit. Néanmoins, sans enfant, Edit n'était pas libre non plus. Le poids de ce qu'on attendait d'elle – exigeait, même –, de son corps, occupait la cavité où le bébé aurait dû se former. Suivant du regard le dos de la femme, ses épaules étroites et voûtées, elle se demanda si la possibilité même d'être libre existait pour les femmes, indépendamment de la question de devenir mère ou non. Pour atteindre la liberté, encore fallait-il la voir. Comme s'il était presque nécessaire de déjà la connaître un peu pour pouvoir y parvenir. Mais Edit, comme tout un chacun, n'était pas capable d'imaginer autre chose qu'une vie qui existait déjà, confondant rites de passage et actes de liberté.

Valery et elle parlaient encore, installés à même le sol. Souvent, Valery imaginait le jour où il l'emmènerait chez lui, au kolkhoze, loin d'ici. Lorsqu'elle se plaignait de l'ennui, au lieu de s'offusquer, il sortait ses *Contes populaires russes* et l'invitait à les relire. Et il lui parlait de sa mère, sa mère qui lui manquait, et de sa frustration de n'avoir jamais pu savoir si elle se portait bien.

Mais tous ses efforts ne suffisaient plus à la satisfaire. Car sa terre ancestrale, bien qu'elle s'y trouvât encore, lui manquait trop. Ce fut cette vérité, dure et dévastatrice, qui à force de grandir entre eux finit, ce soir-là près du poêle, par lui faire tomber des mains son ouvrage au moment où la différence entre le pardon et l'amour lui sauta brusquement aux yeux. Toutes les figures de son enfance vivaient encore autour d'elle ; elle pouvait aller rendre visite à l'arbre qu'elle adorait, petite fille ; les animaux qui lui étaient familiers arpentaient toujours la forêt. Et pourtant, toutes ces choses qu'elle chérissait lui apparaissaient comme des fragments d'un bol de chaman brisé, impossible à réparer. En regardant Valery, elle comprit qu'il était celui qui avait brisé ce bol, brisé la personne qu'elle était, juste en étant celui qu'il était. L'aimer serait à jamais impossible.

Edit vivait dans le deuil muet de tout ce qu'on leur avait enlevé – à eux tous. Elle voyait ce deuil dans le visage des anciennes, peinant avec leur russe ; chez les hommes usés par des décennies de travail acharné, perdus à présent qu'ils se retrouvaient désœuvrés. Et, partout, les visages étaient russes, désormais – même ceux des petits enfants, leurs traits indigènes effacés, la forêt lentement gommée de leur être. Valery était un homme bon. Elle lui pardonnait tout. Mais cet instant – et ses yeux, soudain, se remplirent de larmes qu'elle cacha, tête baissée – marquait la fin de leur histoire, peu importe combien de temps ils resteraient mariés.

Valery leva les yeux du poêle. La lumière du feu dansait sur son visage. Il parlait rarement le premier : d'ordinaire, Edit le surprenait à la regarder d'un air pensif, et se réveillaient alors chez elle l'envie de parler et l'insatisfaction constante. Elle lui cherchait querelle. Elle n'en était pas fière, et les femmes du village lui lançaient des mises en garde : Valery était un bon mari, qui subvenait à tous ses besoins, en dépit des circonstances, et qui ne passait pas son temps à boire. Le perdre aurait été une erreur.

Croiser son regard fit redoubler sa fureur. Tout se passait comme s'ils sortaient d'une longue discussion, mais une discussion dont elle n'avait rien saisi. Jetant son ouvrage à travers la cabane, elle s'écria :

— Qu'est-ce que tu regardes ? Est-ce donc impossible d'être seule une seconde ?

Valery fronça les sourcils, puis rougit devant cette injustice. Il savait très bien que son regard – une habitude dont il n'avait jamais pu se défaire, avec Edit – tenait lieu de conversation, mais une conversation qui ne laissait aucun droit de réponse à sa femme. Tant de choses jaillissaient de ses yeux. Et Edit savait les lire, mais ne put répondre autrement, à cet instant, que par ce geste malheureux. Valery se reprochait déjà la dispute qui allait avoir lieu, mais comme de juste, rien ne transparut sur son visage hormis son indignation.

— Je ne te regardais pas !

— Tu me regardes tout le temps ! Toi et ton air de chien battu.

Et ainsi, la dispute se déploya devant eux, et même si tous deux avaient le cœur brisé, cela n'empêcha rien. Ces disputes s'intégrèrent à leur vie, comme leurs confidences d'autrefois, qu'ils avaient cessé de se raconter.

L'évasion, son rêve de toujours, tourbillonnait en elle comme l'esprit chamanique d'un tigre qu'il était proscrit de conjurer. Edit n'en fit plus jamais mention, ni par terre avec Valery, ni ailleurs, et petit à petit, telle une histoire que personne ne lit plus dans un livre russe moisi, ce rêve cessa d'avoir une vie.

25

Cinq autres années passèrent. Il paraissait presque impossible à Edit que le temps puisse s'écouler ainsi, comme dans une fable.

Il existait chez les Oudégués un vieux conte. C'était l'histoire d'une petite fille, Elga, dont la mère était morte, et dont le père la traitait comme un fils, lui fabriquant une lance, un traîneau, des figurines de chiens et de rennes. Il lui confectionnait des vêtements de chasse et lui disait qu'un jour elle aussi chasserait dans la forêt. Mais le père se remaria et sa nouvelle épouse, jalouse d'Elga, fit tout ce qui était en son pouvoir pour la détruire. Quand le père fut tué par un tigre dans la forêt, la marâtre s'acharna de plus belle, accablant Elga de corvées réservées aux femmes.

Edit se souvenait de cette histoire que sa mère lui racontait dans son enfance. Et de tout ce temps qui s'écoulait dans l'histoire, seulement exprimé par cette simple expression – *les années passèrent*. La petite Elga, soumise à des tâches inhumaines, versait d'innombrables larmes face à ces traitements si cruels, et vécut dans la peur au fil des ans. Quelle sagesse renfermaient ces vieilles histoires ! Mais les Russes, eux, ne les estimaient guère, les considéraient comme légères, chimériques. Comme Edit aurait aimé avoir compris qu'elles lui disaient la nature véritable du temps, ce temps cruel, qui *passe*, et sous lequel l'intolérable finit par devenir ordinaire, comme si le temps était un visage toujours penché sur elle, dont la laideur et la cruauté ne faisaient que s'accentuer avec les ans.

Toujours pas d'enfant, cependant. Et pas plus d'amour pour son mari qu'auparavant. Au milieu de leur nid de tolérance et de bons sentiments, elle avait espéré que l'amour parvienne à grandir, malgré l'anxiété terrible que générait leur situation. Mais Edit savait désormais, alors qu'elle coupait les broussailles pour le feu et bourrait la masse bruissante dans son sac, que l'amour d'une femme pour son mari était comme une étincelle jaillissant du silex : il venait ou ne venait pas. Et se retrouver liée à un homme qu'elle n'aimait pas, sans enfant, sans rien à montrer, sans rien pour donner un sens à ce lien, lui procurait un sentiment intolérable. Voilà qu'enfin cette notion émergeait – et pourtant les années avaient passé, et Edit se trouvait là, à couper paisiblement les broussailles.

Valery, à la manière d'un homme qui n'est pas aimé par sa femme et qui finit par le savoir, bien que les mots ne soient jamais prononcés, s'était lui aussi ajusté à la situation. Il ne cherchait plus l'approbation ou l'affection d'Edit. Et il ne se sentait plus obligé de résister à la vodka présente dans tout le village. Valery pouvait compter comme l'une de ses modestes réussites le fait d'avoir compris que la boisson était un frein à tout dans la vie et qu'il fallait, comme Edit le faisait, en général, y résister. Mais à quoi bon, maintenant ? Dmitry avait depuis longtemps disparu dans la forêt avec ses pièges et ses certitudes. Cet endroit brisait les rêves comme il brisait l'amour.

Valery était un homme intelligent, et bien que l'amour d'Edit fût perdu, il savait en revanche comment retenir son attention. Il se mit à faire planer une incertitude sur leur quotidien, créant pour sa femme toutes les conditions d'une vigilance absolue. Avec le soir arrivait une bouteille de vodka, ainsi qu'un verre, un seul, que Valery plaçait sur la table. Ils prenaient alors place et, devant cette bouteille et ce verre, sans mot dire, mangeaient. Edit voulait savoir pourquoi Valery les posait là, mais se rendit compte, à sa propre surprise, qu'elle avait peur de poser la question. Cette appréhension était similaire à celle qu'elle avait connue toutes ces années auparavant, à l'époque de leur mariage : l'instant de crainte à l'hypothèse de ce que son mari pourrait lui faire. Une épouse doit se détourner de ce genre de pensée. Car penser ainsi peut attirer le danger.

Valery le savait, bien sûr. La manipulation est le dernier refuge des non-aimés. Il croisait le regard d'Edit, et Edit voyait l'homme encore jeune qu'elle avait épousé. Encore vaillant. Encore maître de lui, et digne d'amour. Mais, lorsque son visage se fermait, ce même regard proclamait – car il utilisait toujours le regard comme principal mode de communication – *Combien de temps encore vais-je résister ?*

Et le jour où je céderai, puisque je finirai forcément par céder, alors ce sera ta faute. Parce que tu ne m'as pas aimé, et que tu ne m'as pas laissé le choix.

Une drôle d'anxiété commença à la pourchasser, un peu comme l'aurait fait l'amour ; cette anxiété engendra d'ailleurs des actes comparables à des élans de passion. Edit finit par perdre son sang-froid. Elle versa la vodka dans la neige. Elle dit à Valery qu'elle ne voulait plus voir de bouteille chez eux, mais Valery répondit : « Mais, Edit, cette cabane est la mienne », et elle sut qu'elle était vaincue. La vodka et le verre solitaire devinrent sur la table deux compagnons permanents.

Finalement, le jour de sa fête, alors qu'il songeait à sa ville natale avec mélancolie, Valery regarda sa femme avec le sourire le plus triste et le plus méchant qui soit, et prit son premier verre.

Cette première nuit, la colère envahit Edit – comme elle ne l'avait peut-être pas envahie depuis l'erreur de Valery avec Dmitry et la tigresse, toutes ces années auparavant. Elle était tombée dans le piège, exactement comme l'avait prévu Valery, et elle jeta la bouteille, criant qu'il savait bien que sa mère était morte ainsi, qu'elle ne resterait pas les bras croisés, sous son propre toit, à regarder son mari se détruire à petit feu. Valery, malade d'avoir enchaîné trop vite les verres, tituba dans la pièce exiguë et se laissa tomber sur le lit où il vomit, mais pas avant de lui avoir asséné de fermer sa gueule, ou elle le regretterait.

À présent que la ligne avait été franchie, la question n'était plus de savoir *si*, mais *quand* il prendrait le prochain verre. Puis elle devint : *Au bout de combien s'arrêterait-il ?* La colère d'Edit commença à geler. Avec le temps, elle se figea en un glacier d'angoisse et de peur à l'intérieur duquel d'autres sentiments moururent, n'existant plus qu'à l'état de traces, comme des fossiles. Et cependant, elle continuait de ramasser des branches pour le feu, de réparer les pantoufles, d'aller pêcher sous la glace et de cueillir des baies, tout en regardant, avec une sorte d'ahurissement, les années passer, même si la vie était intolérable.

Dans l'histoire d'Elga, le père donne à la petite fille une lance. Ayant échoué à l'épuiser à mort, la marâtre vole la lance et, poursuivant Elga sous le clair de lune, la lui jette dessus. La lance prend vie et, se retournant contre la marâtre, lui transperce l'œil gauche pour ressortir par le droit, et lui déchire le visage pour la transformer en chouette. Elga, accompagnée de son dernier chien, la figurine de bois que lui avait sculptée son père et qui s'est animée, Elga s'éloigne vers la lune, le long du chemin baigné par sa lumière.

Cette histoire occupait de plus en plus ses pensées. La leçon sur le temps était une chose, mais cette notion de fuite que celle-ci lui faisait miroiter et le pouvoir salvateur de la lance en recelaient une autre, assurément.

Son père se mordit la lèvre quand elle lui en fit part. Il se versa un verre et, tout en le serrant, lui dit que, vraiment, elle devait essayer d'y mettre du sien, même si, sans enfant, il ne voyait pas comment elle pourrait dompter les mauvais penchants d'un homme. Edit lui fit remarquer qu'il ne lui avait jamais offert de jouets pour lui apprendre la chasse quand elle était enfant et lui demanda pourquoi, mais il la regarda avec un tel découragement qu'elle n'insista pas. Peut-être que, le temps passant, les choses s'éclairciraient.

Mais qu'il doive passer ou non, le temps passa quand même.

Finalement, Edit se plia au souhait le plus cher de Valery, pensant que l'amour qu'elle ne lui portait pas pourrait être oublié par eux deux si elle buvait avec lui. Et elle ne désirait rien de plus que l'oubli.

Cela tomba à la Sainte-Edit, cette fois. Pour marquer l'occasion, Valery prépara un ragoût et plaça sur la table un second verre.

— À ta santé, chère Edit, lança-t-il, et il trinqua.

Et Edit, poussant un soupir, lui tendit son verre qu'il remplit, et elle avala ce qui n'était peut-être que la troisième vodka de sa vie. Le breuvage insipide et brûlant lécha le glacier de ses sentiments. Elle en prit un autre, puis un autre. Valery se mit à chanter, elle rit, et ils migrèrent vers le sol, près du poêle, et tout du long différents souvenirs lui revinrent, des souvenirs de l'époque où elle pensait qu'elle l'aimait. Elle l'avait voulu, en fin de compte, et maintenant que la vodka avait réchauffé sa peur, le voulait à nouveau. Et tandis que Valery embrassait sa femme par terre et que celle-ci lui rendait ses baisers, tout se passa comme si un minuscule jouet sculpté prenait vie au fond d'elle, comme dans une fable.

Au matin, Valery se réveilla le premier. Il se versa son premier verre du jour et s'installa à table. Alors qu'il regardait sa femme endormie, il sut qu'il l'avait perdue pour toujours. Il pouvait la combattre, il pouvait l'effrayer, mais elle était partie et seule une chose se produirait désormais : les années allaient passer. Le temps était une montagne qui avait surgi au moment où il ne regardait pas, et sa femme, une petite silhouette sur le versant, au loin. Il se servit un autre verre, parce que son destin lui était enfin apparu clairement – oh, il avait attendu bien trop longtemps pour le connaître. D'une manière ou d'une autre, Edit arriverait à descendre cette pente traîtresse. Elle lui dirait qu'elle allait chercher quelque chose, qu'elle serait de retour bientôt ; elle lui dirait – et avait essayé de dire, en fait, pendant des années – *Veux-tu m'accompagner ?* Mais non. Et là, il secoua la tête, les yeux embués, tout en la regardant, elle et ses cheveux emmêlés, sa belle bouche entrouverte –, il avait préféré attendre ici, sur la corniche enneigée, dans le froid assommant, et la regarder s'éloigner vers la lune, le long du chemin baigné par sa lumière.

26

Juste avant que la petite fille d'Edit ne pleure, sa bouche se tordait en formant un U inversé parfait. Ce qui rendait cette vision plus déchirante encore, c'était qu'elle était drôle. D'où tenait-elle cette manie ? Edit n'aurait su le dire, car elle-même n'avait jamais pleuré durant toutes ses années dans la forêt. Rien là-bas ne méritait de pleurer. Il n'y avait pas le temps et, de toute façon, les larmes ne survenaient-elles pas uniquement quand le moment présent, percutant le passé, vous blessait ? Elle et Zina n'avaient pas de passé. Avec les connaissances des Oudégués que lui avait transmises son père et les chansons qu'Edit inventait pour retracer leurs aventures, elles construisaient leur propre histoire. Leur vie n'était qu'une somme de moments présents, qu'elles dépassaient encore et toujours. Le chagrin, comme l'extase, ne vous faisait rien perdre ni rien gagner. C'était du moins ainsi qu'Edit le voyait.

Mais le visage de Zina était devenu un ciel blanc zébré par une faille, ses lèvres pressées jusqu'à en perdre leur couleur, ses grands yeux ambrés rougissant tels deux soleils étrangers. Elle regarda sa mère d'un air mauvais, tandis que les coins de sa bouche entamaient leur descente. Un jour qu'elle se trouvait seule devant le reflet d'une mare, Edit avait elle-même essayé, mais la grimace avait été entravée par d'autres mouvements de ses muscles faciaux, par les plis de sa peau, par son manque de coordination, si bien qu'elle n'avait trouvé le résultat ni comique, ni rien du tout.

Elle s'agenouilla à quatre pattes.

— Tu te souviens de ce que fait la maman tigre ?

Zina acquiesça. Ses boucles, par endroits, s'étaient enroulées en lianes.

— Quoi ? demanda Edit.

— Grrrrr, fit Zina sans conviction, brandissant ses mains en petites griffes potelées.

— C'est ça ! Grrr. La maman tigre fait « Grrrr » et s'en va chasser de quoi dîner.

Zina savait comment le jeu se terminait. Un frémissement passa sur le U inversé ; une larme déborda et roula sur sa joue.

— Grrr, souffla la petite.

— Mais pour attraper le dîner, la maman tigre ne doit pas du tout faire de bruit, ou le cochon l'entendra.

À pas exagérés, Edit tourna autour de l'enfant. De la bouche de Zina sortait un souffle tremblotant, et ses yeux qui suivaient sa mère semblaient encore plus immenses lorsqu'ils luisaient de larmes.

— Alors, la maman tigre sort, mais elle doit sortir seule. Elle met à l'abri son petit, son préféré, reprit Edit, tout en faisant un gros câlin à sa fille – elle la souleva de terre et la posa sur le matelas –, elle s'en va, vite, vite attraper le cochon.

Mais la petite fille, à présent inconsolable, sanglotait dans les bras de sa mère. Peu importait le jeu qu'Edit inventait, Zina sombrait dans le désespoir à l'idée de se retrouver sans elle. Elle devait veiller à ne pas toucher au poêle, ne pas sortir, ne pas toucher aux couteaux. Elle devait s'occuper seule, pendant des heures et des heures.

Edit se souvenait d'une nuit, lorsqu'elle était elle-même petite fille, à peine plus âgée que Zina, où des bruits terribles avaient secoué l'autre côté du village. Elle avait accouru vers ses parents, qui dormaient au fond de la cabane, mais n'avait trouvé que son père assis au bord du *k'ang*. Il l'avait prise dans ses bras en lui disant que le chaman, son grand-père, tentait de guérir la maladie de sa maman. Cela devait se faire de nuit, car il fallait rester discret, et il ne devait pas être dérangé. C'était un bruit terrible – masculin ou féminin, impossible à dire : des sanglots et des hurlements de douleur, aussi profonds que le rugissement des tigres qu'ils entendaient parfois la nuit. Elle ne se rappelait pas ce qui s'était passé ensuite, hormis qu'elle était restée avec son père. Il l'avait laissée se blottir contre lui, et elle s'était finalement endormie, malgré la peur.

Edit ne revit sa mère qu'une seule fois, furtivement – un corps affaissé, comme endormi, avant qu'il ne soit emporté dans la forêt pour qu'on l'enterre. Mais le souvenir qu'elle gardait de cette époque était de ne pas avoir été seule. Son père avait pris une place plus grande, était devenu plus fort, et son odeur chaude de cuir lui procurait une source infinie de réconfort.

Laisser sa fille ainsi, alors qu'elle-même n'avait jamais été laissée seule, la dévastait, et chaque fois qu'elle y était obligée – car Zina était devenue trop grande pour être portée, mais restait trop petite pour aider – cette scène se produisait. Et chaque fois Edit se demandait combien d'années encore cela perdurerait, et comment les tigresses pouvaient laisser leurs petits sans crainte. Mais il y avait aussi ce risque terrible, si ce problème ne trouvait de solution, si Zina ne se résolvait pas à rester seule ou si Edit ne parvenait plus à supporter la situation, que la vie qu'elles avaient tenté de se construire échoue. Toute cette entreprise n'était que pure folie, de toute façon – depuis quand une femme seule avec un enfant pouvait-elle survivre dans la forêt ?

Alors que Zina hurlait en s'accrochant à elle, Edit, désespérée, chercha de quoi la rassurer un peu. Elle détacha la griffe de lynx qu'elle portait autour de son cou et que son père lui avait donnée lorsqu'elle avait quitté le village. Pour la protéger, et se souvenir de lui. Puis elle se rassit et plaça la griffe dans la main de sa fille. Elle était brune et brillante comme une noix.

— Écoute, c'est une griffe magique, dit Edit. Garde-la sur toi ; elle me ramènera toujours à la maison. Tant que tu l'auras, je serai attirée par elle. Mon père me l'a donnée quand nous sommes parties.

Zina s'illumina. Quel enfant ne se rassure pas à l'évocation de la magie ?

— Si tu serres fort la griffe et que tu fermes les yeux, tu me verras moi, et tout ce que je fais, là derrière tes paupières. Veux-tu que je te l'attache autour du cou ? Ou es-tu assez grande pour la garder dans ta main ?

— Dans ma main ! chuchota Zina.

Puis elle sembla réfléchir et se dirigea vers son petit lit où reposait la peluche que sa mère lui avait fabriquée. C'était un jouet tout doux, en fourrure de zibeline, avec des yeux faits d'os et une longue queue duveteuse. Son bourrage de plantes était censé en faire une créature spirituelle, et son nom était Kimunka. Il accompagnait Zina depuis toujours.

— Kimunka va la garder !

Zina passa le collier autour de la tête du jouet, puis, après avoir embrassé rapidement sa mère, grimpa dans le lit et commença à se parler à elle-même. Elle était impatiente qu'Edit s'en aille pour pouvoir profiter de son trésor magique.

Ce jour marqua un tournant, car, lorsque Edit revint ce soir-là, une biche sur l'épaule, elle trouva la petite profondément endormie, la griffe fermement serrée dans son poing. Edit la réveilla, et fut accueillie par l'un de ses étranges sourires immenses.

— Je t'ai vue dans la forêt, lui dit-elle. Je t'ai regardée toute la journée. Tu es montée dans les nuages et tu as joué avec les oiseaux.

— C'est vrai, répondit Edit. C'est bien ce que j'ai fait. Et nous avons de quoi dîner, maintenant. Allez, viens m'aider.

Elle remit la griffe autour de son propre cou afin de la garder en lieu sûr jusqu'à la prochaine fois, et tira l'un des deux couteaux de sa ceinture. Tous les chasseurs oudégués portaient ces couteaux : un grand pour la chasse et un petit à lame courbe, utilisé pour tous les travaux délicats. À l'aide de ce dernier, elle coupa la petite queue de la biche et la donna à sa fille.

— Essaie de l'écorcher. Laisse toujours la lame vers l'extérieur, comme ça… et concentre-toi. Je te fabriquerai un autre jouet magique quand tu auras retiré la peau.

Quelle merveille que de regarder cette petite fille de 3 ans, qui le matin même pleurait encore sans retenue, accroupie devant le poêle, manipulant le couteau de ses petits doigts dans une concentration absolue ! Quelque chose avait changé, avait mué. Zina n'était plus un bébé. Mais une petite tigresse.

Edit s'attela à la préparation du gibier avec une redoutable efficacité. Rien ne devait être gaspillé. Elle recueillit le sang dans un bol et, à grands gestes de couteau, découpa la carcasse dans la neige. Certaines parties des intestins pouvaient être utilisées ; ce qui ne l'était pas était enterré. Le corps encore tiède exhalait sa chaleur dans l'air glacé. Elle nettoya l'intérieur avec de la neige. C'était un travail sanglant, horrible, qu'Edit ne supportait qu'en bloquant tous ses sens et en se focalisant sur sa besogne. Puis elle dépouilla la bête ; toutes deux avaient besoin de nouvelles pantoufles et Zina, qui avait grandi de plusieurs centimètres en quelques semaines à peine, d'un nouveau manteau. La journée du lendemain serait consacrée à ces tâches, qui n'étaient possibles que lorsqu'elles disposaient de provisions.

La carcasse dépecée, Edit enterra les morceaux dans un trou qu'elle avait creusé l'été précédent, à présent rempli de glace. La viande resterait congelée aussi longtemps que nécessaire – bien qu'elles en viendraient à bout en une semaine, si elle ne chassait rien d'autre. Elle rapporta une cuisse dans la cabane et se mit à l'œuvre devant le poêle, en commençant par préparer des galettes avec le sang recueilli, avant de mettre la viande à rôtir directement sur le feu. Puis elle sala quelques rubans de gras qu'elle suspendit pour les sécher. C'était un travail long, exigeant. Quand elle baissa les yeux vers sa fille, elle la découvrit avec un sourire victorieux, brandissant entre ses mains un morceau de peau à moitié déchiqueté.

À l'époque où elle était partie, voilà si longtemps, son bébé attaché sur son torse, son sac dans son dos, elle non plus ne possédait rien d'autre comme moteur que cette griffe de lynx et son imagination débordante. Elle se souvenait de chaque détail, évidemment. Certains, trop douloureux, ne demeuraient qu'à l'état de flou dans sa mémoire. Comme le visage de son père, au clair de lune, tandis qu'ils marchaient jusqu'à la première falaise, comme ils nommaient le mur de roches acérées qui marquait la fin des terres de la réserve oudéguée.

Le souvenir de son visage était flou à présent, après presque trois ans, mais l'émotion dans sa voix était restée en elle, marquée au fer rouge.

Son père lui avait remis la griffe de lynx.

— Elle appartenait à ton grand-père, lui avait-il dit. Elle te protégera.

Il avait embrassé la joue minuscule de Zina et posé la main sur le visage d'Edit.

— Ne m'oublie pas, ma fille. Quand tu arriveras dans l'autre tribu, j'espère que tu leur parleras de nous.

— Bien sûr, papa.

— Et, qui sait ? Peut-être que si nous continuons à les réclamer, le gouvernement finira par nous rendre nos terres. Et tu pourras alors rentrer.

— Je ne reviendrai jamais chez Valery, avait-elle répondu.

— Mais si nous récupérons nos terres, Valery et les autres Russes pourront dire ce qu'ils veulent, ils ne seront plus chez eux !

C'était cette idée, celle de partir avec son enfant pour rallier une tribu qui avait échappé à la collectivisation des terres, de l'autre côté des montagnes, et repartir de zéro, qui avait décidé son père à l'aider. Ce but les avait unis, là où le désespoir d'Edit face à l'alcoolisme de Valery n'avait pas suffi. Edit voulait fuir son mariage ; son père voulait empêcher le peuple oudégué de mourir. Quel que soit le degré d'alcoolisme de Valery, il ne l'aurait jamais aidée à partir simplement pour disparaître dans la forêt avec son bébé – surtout pas. Mais lorsque Edit, petit à petit, s'était mise à instiller l'idée de devenir le réceptacle de toutes les connaissances des chamanes réduites au silence dans leur village, de s'en faire la messagère pour les semer, telle une graine, sous de meilleures latitudes et perpétuer ainsi la tradition, son père commença à envisager son projet. Il accepta lentement de croire que, plutôt que de courir un danger à voyager seule avec son bébé, ce périple serait comme un retour chez eux. Elle et son enfant préserveraient la culture oudéguée, saccagée. Edit, elle aussi, croyait à cette échappatoire – n'était-ce pas précisément cette idée qu'elle avait mûrie pendant toutes ces années de mariage ? Une fuite ainsi orchestrée lui paraissait chose possible : une fuite qui, en réalité, cachait un retour dans sa maison véritable.

Ils ne s'appesantirent pas sur les dangers, pourtant bien réels, qui la guetteraient dans la forêt. Si les Chinois ou les Russes, par exemple, l'attrapaient – elle serait au mieux rapatriée et punie ; au pire, kidnappée comme esclave et violée, et son enfant enlevée. Il y avait aussi les tigres, et les tiques qui provoquaient des encéphalites, les ours et, dans les mois à venir, le froid meurtrier. Mais au lieu d'y penser, son père, pendant les six mois qui menèrent à cette marche sous le clair de lune, se consacra à lui enseigner tout ce qu'il savait.

Ils se retrouvaient en secret, quand Valery s'absentait ou dormait. Et toute une facette de son père qu'Edit ignorait s'était révélée ; il avait arrêté de boire, et les marques de son visage s'étaient adoucies, comme du papier lissé par une main. Il lui montra comment utiliser les couteaux, comment fabriquer et décocher des flèches, comment préparer des décoctions à base de plantes médicinales. Il l'emmena tirer, au fusil comme à l'arc, et la fit s'exercer jusqu'à ce que son corps souffre. Il lui révéla où trouver une source chaude, et où poussait le ginseng. Elle devrait, insista-t-il, apporter en offrande des racines de ginseng à la tribu. Et, tout du long, il lui fit répéter les chants des chamans, et grava dans sa mémoire les lois de la forêt telles que les Oudégués les connaissaient depuis toujours. La première étant que le tigre est *Amba* : l'esprit de la forêt.

Un soir, elle lui dit :

— Je suis comme Elga. Tu m'as sauvée, et libérée.

— Tu n'es pas libre, répondit-il. Tu as une mission à mener. C'est une grande responsabilité.

Mais il la serra de sa vieille main parcheminée.

La veille au soir, il l'aida à remplir son sac de tout ce dont elle aurait besoin pour le voyage. D'après lui, trois mois lui seraient nécessaires pour traverser les montagnes. Il enroula autour de son corps une ceinture remplie de balles, presque toutes celles qu'il possédait, et y glissa une petite fiole de poison dans lequel tremper ses têtes de flèche, un poison capable de faire tomber un sanglier. Le sac contenait des peaux, de la vodka, des casseroles, une outre, des aiguilles, des plantes médicinales, une hache, une scie, de la viande et du poisson séchés, du sel, du thé.

Ni l'un ni l'autre n'avaient tout à fait saisi, alors qu'ils se disaient au revoir pour la dernière fois, qu'une toute nouvelle personne était née. Et que cette personne nouvelle était capable de prendre des décisions par elle-même, pour elle et pour sa fille. Qu'elles soient morales ou pratiques, c'était à elle qu'incomberaient toutes les décisions. Son père l'avait vue comme une mule, transportant en lieu sûr leur culture en voie d'extinction, alors qu'il avait en réalité engendré une femme parfaitement indépendante. Qui deviendrait son propre peuple.

Le jour se leva sous une aube cristalline et un froid brûlant. Edit passa la matinée à rapiécer, tandis que Zina tentait de coudre. Au lieu de pleurer lorsqu'elle se piqua, la petite observa le sang perler avec la plus grande attention. Edit lui fabriqua une petite sœur pour Kimunka. Puis elles s'emmitouflèrent et partirent vers les hauteurs, à la source chaude. C'était la source secrète du père d'Edit, un puits de chaleur et de sel connu seulement des Oudégués et des animaux. Les Russes ne l'avaient jamais découverte, enfermée qu'elle était dans une zone à la végétation si dense que presque aucune lumière, même à travers le feuillage clairsemé de l'hiver, n'atteignait le sol de la forêt. Edit elle-même ne l'avait trouvée qu'après plusieurs saisons, par hasard.

Zina – une enfant différente de la veille – ne traînait pas des pieds ni ne jouait. Elle marchait d'un pas ferme mais prudent dans le sillage de sa mère, laissant seulement retentir une chansonnette de temps en temps, lorsque l'envie devenait irrépressible. Après tout, elles avaient bien mangé et bien dormi, savaient qu'elles auraient de quoi dîner le soir venu et que bientôt elles auraient chaud grâce à la source.

La source jaillissait au pied d'un rocher et s'écoulait en un torrent fumant de rouge et de brun. Une légère odeur de soufre flottait dans l'air. La vapeur gelée tapissait de ses cristaux les troncs et les jeunes pousses des alentours. Là où la source devenait ruisseau, le rivage était semé d'empreintes de nombreux animaux. Edit observait sa fille, curieuse de voir si, après avoir récolté le sel, Zina serait capable de rester tranquille, de la regarder tirer, d'attendre qu'elle lui donne à boire.

Elles raclèrent le sel terreux et le versèrent dans des poches en écorce de bouleau. De retour chez elles, Edit le mélangerait avec de la neige pour le nettoyer, puis le déposerait sur le poêle pour le sécher. Cramponnée comme un ours à une branche, Zina se balançait au-dessus du ruisseau, souriant de plaisir alors que la vapeur lui trempait le visage et faisait dégouliner sa toque de fourrure.

Edit alluma un feu pour y faire rôtir le gibier de la veille. Frottée au sel, la viande était un véritable délice. Tandis qu'elle regardait sa fille jouer, elle se demanda pourquoi, finalement, elles n'avaient jamais entrepris ce voyage par-delà les montagnes. Arrivées jusque dans les profondeurs broussailleuses de la forêt, elles avaient découvert une petite cabane délabrée, abandonnée depuis des décennies. L'abri était idéal pour se reposer après des semaines de marche et de bivouac avec un bébé.

À ce moment-là, l'hiver approchait ; voyager dans la neige avec son enfant deviendrait impossible. Edit avait remis le poêle en état. Elle avait coupé et empilé du bois, s'était perfectionnée à la chasse. La petite grandissait prodigieusement ; elle faisait déjà ses premiers pas.

Sans même en avoir vraiment l'intention, Edit avait créé une maison. En outre, une crainte avait germé en elle, au sujet de la tribu de l'autre côté de la montagne.

N'allait-on pas exiger d'elle qu'elle épouse un homme de la tribu ?

Accepteraient-ils son enfant ?

Ne risquait-elle pas de retrouver la même vie qu'avant – ou pire, car les Russes n'étaient pas si terribles, à dire vrai ?

Et qu'en serait-il maintenant qu'elle n'avait plus son père pour la protéger ?

La perspective d'un périple harassant dans les montagnes pour se retrouver à la merci d'inconnus lui paraissait de moins en moins enviable. Et puis, la constante nécessité de chasser et de subvenir à leurs besoins la détournait de ses objectifs. Un hiver avait laissé place à un autre et, à présent, cette petite fille qui jouait au-dessus de la source chaude ne connaissait rien d'autre du monde.

Suspendue à sa branche, Zina jouait au cochon pendu dans la vapeur, caquetant comme un corbeau. Kimunka gigotait entre ses mains, sa queue projetée dans tous les sens.

— Veux-tu de la viande, Zina ?

Mais la petite, trop absorbée par son jeu, ne répondit pas. Edit lui mit quelques morceaux de côté et se remit à la regarder.

Pas un instant, lorsqu'elle avait planifié sa fuite, il n'avait été question d'abandonner son bébé. Valery vivait dans une réalité trop lointaine pour s'en occuper. Mais plutôt que de la dissuader de mener à bout son projet, la chose bruyante et remuante qu'était Zina lui avait insufflé une énergie nouvelle.

En toute vérité, le bébé avait en revanche compromis tout le reste de l'entreprise. Elle avait considérablement ralenti Edit dans sa progression, et été une source constante d'inquiétude et de désagrément. Mais c'était elle qui l'avait retenue ici, dans cette partie de la forêt reculée et féconde. Elle qui l'avait empêchée d'achever le voyage jusqu'à la tribu.

Edit sentit une vague de chaleur lui emplir le cœur – une vague de gratitude. Zina avait réduit son projet à néant mais, ce faisant, avait ouvert la voie à une nouvelle vie.

Elle s'adossa à un tronc et ferma les yeux. La chaleur du feu et de la source la rendait somnolente. Le soleil d'hiver était sur elle comme une douce caresse.

Nourriture, sommeil, repos. C'était un moment de bonheur, de ceux que seule la taïga pouvait offrir. Elle savait qu'il fallait en profiter, le savourer, car, bientôt, une épreuve surviendrait. Car tout n'était qu'épreuves dans la forêt.

27

Le premier défi consistait à éviter de déclencher les aboiements des chiens. Il suffisait qu'ils donnent l'alarme pour que tout s'effondre d'un coup, pas seulement les cinq jours qu'il leur avait fallu pour atteindre le camp, mais aussi les cinq années où elles avaient survécu dans la forêt. Edit et Zina s'accroupirent au milieu des épaisses broussailles et réfléchirent à un plan. Le ciel était si noir qu'Edit ne distinguait même pas sa fille à côté d'elle. C'était une nuit couverte, sans lune. Leurs vêtements leur collaient à la peau.

Les insectes, tels des atomes hostiles, les piquaient, leur suçaient le sang. Les ondulations de l'air jouaient la musique étrange et immuable de la nuit. Zina grattait les boutons écarlates qui avaient éclos sur ses joues, dont un juste à l'intérieur de l'oreille. Les boursouflures, énormes, la tourmentaient jour et nuit. Edit, elle, semblait immunisée contre ces réactions disproportionnées. Elle aussi était couverte de piqûres et de plaies, mais sans ressentir aussi fort les démangeaisons.

Quelques heures plus tôt, dans la chaleur épaisse de l'après-midi, Edit et Zina avaient effectué un repérage autour du camp, ventre à terre, pour évaluer les bâtiments, tenter de deviner où se trouvaient munitions, carburant et autres produits de première nécessité. Elles étaient venues voler. Elles avaient épuisé toutes leurs munitions, même si Edit les récupérait soigneusement sur chaque animal qu'elle parvenait à tuer. Tout le poison pour les flèches était parti, et, aussi habile qu'Edit fût, les nourrir toutes les deux de ce qu'elle parvenait à prendre avec un simple arc et des flèches devenait irréaliste. Elle avait résisté à la tentation aussi longtemps que possible, craignant une mauvaise influence sur Zina, et ignorant si la petite pourrait accomplir le trajet. Mais finalement elle n'avait pas eu le choix.

Leur tour de reconnaissance terminé, elles s'étaient tapies dans un coin ombragé, disposant d'une bonne vue, pour attendre la tombée de la nuit. En guise de camouflage, elles avaient enduit leur visage et leurs bras de boue. Un pic-vert se mit à marteler un arbre à côté. Un énorme geai bondit sur une branche juste au-dessus de leurs têtes, avant d'entonner un chant aussi bruyant que des cataractes.

Les cris des hommes retentissaient dans la chaleur. Edit était médusée. Voilà cinq ans qu'elle n'avait pas entendu une voix d'homme.

Zina en était bouche bée. Elle n'avait jamais vu d'autre forme humaine que celle de sa mère et la sienne. Qui plus est, il s'agissait d'hommes, qui jusqu'à présent n'existaient que dans son imagination.

— Ils sont mon papa ? chuchota-t-elle.

Edit posa son doigt sur les lèvres de Zina.

— Non. Souviens-toi : pas un bruit. Il ne faut pas qu'ils nous voient. Ou ils nous tueront.

Edit détestait faire peur à sa fille, mais elle devait couper court à toute discussion. Derrière le doigt, les yeux de la petite s'écarquillèrent.

— Pour nous, les hommes sont aussi dangereux que les tigres, dit Edit.

Bronzes de cèdre, torse nu, les hommes vaquaient à leurs occupations dans le camp, coupant du bois, remuant le ragoût qui mijotait sur le poêle extérieur, s'installant sous un abri de fortune pour fumer et jouer aux cartes au son des notes métalliques du transistor. Il y en avait de tous âges, certains corps à la peau lâche et brûlée, d'autres au ventre tendu comme des tambours. La chaleur les rendait somnolents. Zina, elle aussi, commençait à sombrer. Sa ferveur s'émoussait faute de pouvoir parler ou courir vers les hommes pour les faire entrer dans son monde. Ses paupières devinrent lourdes, et elle s'écroula peu à peu contre le bras de sa mère.

Elle gesticulait dans son sommeil comme un chat qui lance des coups de patte en rêvant. Sirotant de l'eau tiède de son sac, Edit continua d'observer le camp.

Une camionnette vrombit et disparut dans un éclair noir. Les chiens s'étiraient dans le chenil ou erraient dans le camp sur les pas de leur maître.

Près du chenil se dressait une construction chancelante, semblable à une tour de guet délabrée. Elle comportait trois murs, avec au centre une porte battante arrachée de ses gonds. Un homme de son âge environ s'approcha, traînant derrière lui un gros bidon d'eau. Il grimpa sur une échelle, puis hissa le bidon pour le poser au sommet de la bâtisse. Sa peau luisait de sueur, et lorsqu'il se tourna pour orienter correctement le bidon, un tatouage de sirène qui s'étirait de ses côtes à son dos rayonna au soleil.

L'homme descendit de l'échelle et se débarrassa de ses sandales. Puis il retira son short et entra dans la cabine. Edit mâchonnait le pied sucré d'un brin d'herbe. Sa mâchoire ralentit jusqu'à s'arrêter. La porte branlante se referma derrière lui, mais pas complètement, si bien qu'elle distinguait une partie de son corps, sa tête et ses mollets. Tendant la main, il ouvrit une vanne et l'eau s'écoula du réservoir par un tuyau, dévalant son cou et jaillissant aux coins de ses yeux, comme sur un personnage de bande dessinée. Il dirigea l'eau fraîche sur ses cheveux, puis leva une main pour frotter délicatement son cuir chevelu.

Le regard d'Edit se posa sur sa gorge exposée, où sa pomme d'Adam saillait alors qu'il buvait. Ses mouvements étaient avides, comme si sa peau elle-même étanchait sa soif.

Il se tourna, de sorte que la partie visible de son corps englobait à présent une épaule, une cuisse, et la courbe d'une fesse. L'eau s'écoulait sur lui comme d'une cascade.

Un scarabée rampa sur son poignet. Elle le chassa, faisant voler sa carapace irisée lisse comme un ongle. Edit aurait donné n'importe quoi pour prendre place sous ce torrent d'eau, se rafraîchir, être propre. Derrière l'ombre de ses mains, elle continua d'observer les fragments du corps de l'homme.

Le souvenir jaillit comme une source de terre : Valery, la prenant à même le sol, dans la cabane. Les images de leurs ébats lui revenaient dans tous leurs détails, électriques. Comme une nuée d'insectes dévoreurs, elles furent accompagnées par une montée de désir. Elle avait aimé ce qu'ils faisaient. Même les maladresses des premiers temps. Valery la désirait constamment à l'époque, et malgré ses gestes parfois malhabiles, se sentir ainsi désirée était pour elle excitant. Il se retrouvait chaque fois déconcerté par la complexité de ses vêtements, qui semblaient conçus exprès pour le contrarier ; le voyant batailler, en pleurant presque de frustration, Edit finissait elle-même par les enlever. C'était ainsi que leur vie conjugale avait commencé, par cette soif que Valery avait d'elle, inextinguible.

Et puis, un autre désir physique, le sien, était apparu.

Valery l'avait reçu à bras ouverts.

Edit se retrouvait à attendre avec impatience que Valery rentre le soir, et ne lui laissait même pas le temps de passer la porte de la cabane pour l'embrasser à pleine bouche. Elle le réveillait la nuit, incapable de dormir. Elle surgissait dans le hangar à bois, l'interrompant dans son travail pour lui prendre timidement la main et la glisser sous sa robe.

Valery avait accueilli ce rebondissement inattendu avec une sorte d'émerveillement. Et quand, un jour, un cap fut franchi et que leurs ébats à même le sol se mirent à métamorphoser sa jeune épouse en un animal magique gémissant, s'arquant, son plaisir se mua en extase, en un tel vertige qu'il croyait pouvoir en mourir. Et quand, un jour, un autre cap fut franchi et qu'ils connurent tous les deux le frisson de cette métamorphose, chacun témoin de l'autre, Edit le vécut comme une forme d'évasion, à la fois parfaite et exaltante.

Là, depuis les broussailles, le souvenir de ces délices lui procura un tout autre effet, semblable à celui d'une vieille lame de couteau. Cela faisait mal, mais elle ne pouvait s'empêcher de le remuer en elle, encore et encore.

Elle aimait le regarder, lorsqu'il se levait le matin, se promener nu dans la cabane, avec le même naturel que cet homme qu'elle observait à présent. Mais cet homme ignorait qu'Edit l'épiait, tandis que la décontraction de Valery venait de ce qu'il *savait* qu'elle était là.

Souvent, elle le rappelait, par terre ou au lit.

Il se retournait avec un sourire.

Au bord des larmes, Edit réprima un soupir. Elle se couvrit la bouche, baissa les yeux vers Zina. Toujours endormie.

Réminiscence de cette soif de désir. *Ces années-là – j'aimais ce que nous faisions,* aurait-elle voulu dire à Valery.

Dommage que cela n'ait pas suffi.

L'homme vida le réservoir et sortit de la cabine. Il s'ébroua comme un ours, puis renfila son short. Il était agréable à regarder, comme auraient pu l'être un cheval à la robe moirée ou des bûches parfaitement entassées. Elle n'aurait pas refusé de le contempler plus longtemps.

Mais se serait-elle vue, quelque part, par terre avec lui ? Une fois de retour à la cabane, ses fantasmes pencheraient-ils dans ce sens ?

Elle ignorait comment démêler le désir du souvenir. Quand deux personnes avaient connu ensemble l'extase, et que cette extase s'était transformée en chagrin, ne s'agissait-il pas d'une sorte de tour d'alchimie, mais à l'envers ? Ce qui fut jadis de l'or ne restait-il pas à jamais du plomb ?

— Penses-tu être assez grande ? Penses-tu être assez grande, ma fille, pour venir avec moi et rester aussi silencieuse qu'un poisson ?

Zina acquiesça.

— Bien, répondit Edit. Nous allons marcher jusqu'à cette remise, là, où tous les fusils sont rangés. Je suis sûre que nous trouverons des munitions. Tu as ton sac ?

Zina sourit de toutes ses dents. Cette aventure commençait à devenir excitante.

— Ensuite, nous irons voir si nous pouvons siphonner un peu de carburant sur la camionnette. Et ramener ce que nous trouverons d'autre. Mais il ne faut pas rester longtemps. Quelques minutes, maximum. Et les chiens ne doivent surtout pas aboyer. Alors reste bien derrière moi. Accroche-toi à mon sac.

Zina s'exécuta et elles contournèrent le camp par l'arrière pour émerger de l'autre côté.

Le générateur pompait bruyamment, et la fenêtre de la cuisine était illuminée. Les hommes s'étaient abrités des insectes. Leurs silhouettes se brouillaient derrière les carreaux embués. Edit avait emmené une longue branche sèche. Elle s'approcha de la camionnette, dévissa le bouchon du réservoir et trempa la branche dedans pendant quelques secondes pour l'imbiber. Puis elle s'approcha du poêle qui brûlait dehors, là où les hommes avaient cuisiné, et enflamma la branche sur les braises. Elle se figea quand la flamme jaillit au bout.

Dans la remise qu'Edit avait repérée plus tôt, elles passèrent en revue les étagères au-dessus des fusils.

Sel. Allumettes. Vodka. Bâche en plastique. Clous. Piquets. Fil. Corde. Marteau. Pinces. Couteau. Lanière de cuir. Morceau de tuyau. Bocaux. Ruban adhésif. Un véritable trésor. Une telle abondance régnait qu'Edit en eut l'eau à la bouche, elle qui pendant si longtemps avait dû faire avec le peu qu'elle avait apporté du village oudégué, à adapter ses outils à la forêt. Elle cala sa torche dans un interstice sur le mur et se hâta d'empiler autant de munitions que possible dans son sac. Puis elle disposa les boîtes restantes sur le devant de l'étagère, de manière que personne ne s'aperçoive, à première vue, de rien. Elle s'occupa ensuite du reste. Prise d'une frénésie, elle saisit tout ce qu'elle put, comme un corbeau picorant la proie d'un tigre, jusqu'à ce que son sac ne ferme plus. Juste au moment où elle tirait sur le cordon, un éclat attira son œil. Un petit carreau de verre sale, de la taille d'un visage, était caché dans un coin. Une vitre ! Pour la cabane ! Folle de joie, elle enveloppa le verre dans un chiffon qu'elle fixa soigneusement au sommet du sac avec du ruban adhésif.

Pour finir : elle emmena le tuyau jusqu'à la camionnette, enfonça une extrémité dans le réservoir et plaça l'autre dans sa bouche pour aspirer le carburant, qu'elle recracha lorsqu'il remontait trop haut. Elle en remplit sa vieille bouteille. Elle n'avait pas complètement vidangé le réservoir, personne ne le remarquerait, mais une bouteille de gazole se révélerait forcément plus que précieuse, un jour. Elle l'attacha au sac (avec du fil de fer et du cuir ! un jeu d'enfant), récupéra la torche et se retourna vers Zina.

La petite n'était pas là. Edit fit volte-face, brandissant la torche. Elle ne pouvait pas l'appeler, ni passer devant les fenêtres pour la chercher. La panique lui serra la poitrine.

— Zina ! chuchota-t-elle.

Sa voix fut noyée par le générateur.

Edit contourna la cabane. Épiant à la fenêtre éclairée, dressée sur la pointe des pieds sur un billot où l'on coupait le bois, se tenait Zina.

Peu importe qu'ils soient aussi dangereux que des tigres, Zina avait goûté à la vue des humains. Elle était désormais un chien de chasse qui a mangé le gibier, un tigre qui connaît la chair humaine. Rien d'autre ne la satisferait.

Edit prit sur elle pour ne pas laisser éclater sa terreur et sa colère. Elle s'approcha de sa fille, posa une main sur son épaule. Le visage qui se tourna vers elle, baigné par le halo de la cabane, était radieux.

— Ils rient, souffla-t-elle. Ce sont des grands, comme moi.

— Nous devons partir, Zina. Nous avons volé ces hommes et s'ils nous trouvent, ils seront en colère. Ne fais pas de bruit, et suis-moi.

Son sourire se fana. À contrecœur, Zina descendit de la souche. Sa mère lui remit son sac sur le dos, rempli des objets les moins lourds. Puis elles reprirent leur chemin, éclairées par la torche. Son extrémité n'était plus qu'une braise rougeoyante à présent, d'où s'envolait un petit panache de fumée, mais cela leur suffit pour se guider dans la forêt.

Zina se retourna vers le camp, dont les lumières n'étaient plus que des points à l'horizon.

— Je veux rester, déclara-t-elle.

— C'est trop dangereux. C'est chez nous, avec Kimunka – tu t'en souviens ? – que nous sommes en sécurité.

— Pourrons-nous revenir bientôt ?

— Quand tout ce que nous avons pris sera épuisé, peut-être que nous reviendrons.

Zina poussa un soupir, semblant soudain bien plus âgée, puis elle prit la main de sa mère. Edit l'emmena loin des hommes et des habitations, loin du souvenir lancinant de ce moment de sa vie où elle-même avait été liée à l'un de ces hommes, où elle-même avait connu une telle vie. Ces choses-là, sa petite fille ne les connaîtrait jamais. Ce fut une pensée énorme, un choc. La passion entre les hommes et les femmes était un danger. Elle dévorait tout, chaque sentiment, chaque organe, déboussolait même le temps. On aurait dit la liberté, mais ce n'était qu'un mirage, une tromperie. Et Edit voulait, de tout son cœur, protéger sa fille. Elle voulait mieux, pour Zina, que l'amour.

28

Le froid piquait les joues d'Edit, bourdonnait jusque dans ses poumons. Leurs jambes projetaient la neige alors qu'elles approchaient du ruisseau gelé. Cinq ans s'étaient écoulés depuis l'expédition au camp. Âgée de 10 ans, Zina dépassait déjà sa mère de quatre mains. Elle avait le port fier, et ses sens étaient constamment en éveil. Sa sagacité animale déchirait le cœur de sa mère. Zina portait maintenant son propre sac, avec une hache et sa canne à pêche pour prendre les poissons sous la glace, une canne pourvue d'un manche en arête de poisson qu'elle avait sculpté elle-même. La ligne, faite de nerfs, avait un tendu parfait, et plusieurs hameçons de rechange complétaient l'attirail.

Dieu qu'elles avaient faim. Edit voyait la faim comme un animal grognant dans son ventre. Parfois, cet animal était petit, comme un lynx ; mais ces derniers temps, il s'agissait plutôt d'un ours ou d'un tigre enragé. La seule manière de supporter la faim consistait à se recroqueviller autour pour la dompter et l'endormir. Il n'y avait rien d'autre à faire, car sa faim était si grande qu'elle n'était même plus lucide. Le rugissement résonnait jusque dans le bout de ses doigts. Mais le pire, ce qu'elle ne supportait réellement pas, était de voir la faim sur le visage de sa fille. Mieux que personne, Zina savait pourtant dissimuler la souffrance. Mais elle ne pouvait la cacher entièrement, car elle n'était encore qu'une enfant, et la carapace d'écorce derrière laquelle sa mère se réfugiait ne s'était pas encore développée. Elle ne pleurait pas, ne se plaignait pas. Mais son visage oblong était devenu pâle, ses pommettes creusées, et ses lèvres fendues à force de les mordre.

Cette année était la troisième où les pins n'avaient pas donné de pignons. Les années de fructification – où tous les arbres, d'une curieuse façon, se passaient le message de produire à profusion – ne survenaient que tous les trois ou quatre ans. Cela voulait dire que, ces années-là, le sol était inondé de graines : glands, pignons et autres, que les troupeaux clairsemés de biches et de sangliers ne pourraient pas consommer en totalité. De cette manière, quelques semis survivaient. Ce cycle de famine et d'abondance fonctionnait pour les arbres, mais les deux années qui précédaient la fructification de masse, lorsque les pignons de pin et les glands étaient les plus rares, ces années-là étaient terribles pour tous. De surcroît, l'hiver n'avait jamais été aussi rude et aussi froid.

Cependant, la faim n'avait pas arrêté la croissance de Zina. Edit s'alarmait de voir la taille que prenait son enfant, qui semblait se remplir tel un jeune arbre formant ses cernes. On aurait dit qu'elle avait sauté un maillon de la chaîne de l'évolution et quitté les humains pour se rapprocher des carnivores de la forêt. Les tigres et les ours devaient être énormes pour conserver un rapport entre surface et volume le plus bas possible et, de cette façon, augmenter leurs chances de résister au froid. Comme eux, Zina était énorme, mais furtive. On ne pouvait s'empêcher d'éprouver de l'admiration à sa vue. Elle était beaucoup plus à sa place que sa mère ici.

— Il est là, maman !

La petite fille pointa du doigt un mélèze criblé de dizaines de trous de la taille d'un doigt. C'était là que le plus gros coléoptère de Russie, une variété de longicornes, pondait ses œufs. Des œufs sans doute à présent devenus larves.

Mère et fille contournèrent le tronc pour évaluer la difficulté de l'abattage et la direction de sa chute. Abattre un arbre entier s'avérait beaucoup plus facile depuis que Zina était devenue aussi forte.

Edit sortit sa hache de son sac et frappa un peu au-dessus du pied. Zina se joignit à elle, et bientôt s'installa le rythme des coups alternés sur le tronc. Le bruit des haches se répercutait dans le froid tant qu'il n'était pas arrêté par une barrière de branches enneigées.

Zina donna un puissant coup de pied au tronc, qui entama sa chute lente et regrettée. Elles se bouchèrent les oreilles quand survint l'arrachement du bois et le choc tout-puissant de l'arbre mort, dont les ramilles hérissées ressemblaient à un chaman auréolé de ses bijoux. Il charria dans sa chute les branches de ses voisins, bouleaux, cèdres et chênes, qui toutes se brisèrent et tombèrent dans une explosion de neige.

La forêt était si dense qu'un arbre abattu ne pouvait tomber complètement à plat. Mais Edit avait suffisamment bien calculé sa trajectoire pour que les trous se retrouvent à portée de main. Chacune d'un côté de la scie qu'Edit avait soigneusement affûtée la veille, elles découpaient à présent des tronçons. Grâce à leur expérience, le travail progressa rapidement. La partie inférieure tomba au sol, tandis que le sommet de l'arbre fut violemment catapulté vers le haut. Même mort, un arbre regorge encore d'énergie.

Les tronçons détaillés, Edit les fendit à la hache, révélant les trous. Zina était experte pour aller fouiller dans les creux et débusquer les grosses larves blanches qu'elle jetait dans leur petite poche en écorce de bouleau. Chaque larve ferait un appât. Elle en préleva 10 pendant que sa mère fendait le bois restant et l'empilait au pied de l'arbre. Elles le récupéreraient en revenant, pour le poêle ; le bois, même mort, brûlait toujours.

Ce travail terminé, et ayant encore la matinée devant elles, elles reprirent le chemin de la rivière. Leur tête se tournait constamment, à l'affût d'empreintes dans la neige ou d'oiseaux dans les branches, dans le ciel. L'orientation des empreintes, la façon dont les branches étaient cassées ou pliées, en disait souvent long sur les créatures passées récemment et la direction empruntée. Edit s'arrêta et se mit à genoux. Elle devait être sûre qu'elle n'était pas victime d'une hallucination. Car cela pouvait arriver : l'oxygène glacial de la forêt, conjugué à la faim, pouvait brouiller l'esprit, susciter l'espoir là où il était dangereux d'espérer, là où la survie demandait de garder toute sa patience et ses sens en alerte malgré le vide du corps.

Des traces de wapiti, trop vieilles. Les branches étaient cassées à la hauteur de l'épaule de la bête. Sa présence était confirmée par l'écorce d'un arbrisseau à proximité, mâchée. Les biches, en hiver, se rabattaient sur le cambium, la couche sucrée sous l'écorce, facilement accessible sur les jeunes arbres. L'excitation d'Edit s'estompa lentement. Les traces se resserraient alors que le wapiti s'était arrêté pour écouter, puis disparaissaient lorsqu'il avait bondi dans une autre direction. Quelque chose l'avait effrayé. Elles arrivaient avec des jours de retard, avaient rejoint une histoire achevée déjà depuis longtemps.

Edit se tourna vers Zina en secouant la tête, et elles se remirent en marche. Mère et fille étaient comme les deux moitiés d'une bête de la forêt, toujours calées sur le même rythme. Leurs regards se complétaient et se nourrissaient mutuellement. Edit aurait été bien incapable de dater le moment où le changement était survenu, mais sa fille était devenue une chasseuse particulièrement douée.

— Attends !

Zina montra des traces de tigre qui partaient vers les montagnes. Edit s'agenouilla pour les évaluer de plus près. Il y avait trois paires. Une mère et ses petits. Les traces de la mère étaient profondes, mais leurs contours légers. Le groupe devait être passé par là trois jours plus tôt. Le soleil avait fait fondre les bords et les températures nocturnes les avaient refait geler. On aurait dit que chaque jour laissait une nouvelle copie de l'empreinte, chaque fois toujours un peu plus floue.

Edit savait qu'il s'agissait de la grande tigresse, celle qui rôdait dans la région depuis quelques années. Elle avait deux petits. Dont un avait laissé du sang dans ses traces.

D'instinct, Edit tendit la main vers Zina, et toutes deux restèrent immobiles, prenant la mesure de leur découverte. Un tigre devait être évité à tout prix. Surtout une mère avec des petits. Même si les traces n'étaient pas fraîches, cela ne voulait pas dire que la tigresse se trouvait loin. Faire demi-tour pour les surprendre par-derrière aurait été un jeu d'enfant. Si elle décidait qu'elles étaient une menace – car il ne faisait presque aucun doute qu'elle avait détecté leur présence –, Edit et Zina couraient un grand danger. Toutes les créatures qui peuplaient la forêt mouraient de faim. Et si son petit était blessé, la tigresse serait encore plus énervée. Edit fit signe à sa fille de se presser, pour mettre autant de distance que possible entre elles et les traces. La rivière était encore assez loin.

Se déplacer dans une neige aussi profonde était épuisant sans skis, même si leurs pantalons de feutre les protégeaient et que leurs bottes en peau de cerf possédaient une semelle plate pour répartir le mieux possible le poids. Mais, finalement, les arbres s'ouvrirent sur une large étendue de rivière gelée.

Ses clapotements étaient étouffés par une couche de glace épaisse de plusieurs empans. Pour réaliser le trou, Edit cassa la glace à la hache, puis gratta avec son couteau pour créer une ouverture large d'environ une main. Zina accrocha une larve grouillante à l'hameçon et s'accroupit près du trou pendant qu'Edit s'en allait percer quelques trous de plus, se déplaçant sur la glace avec précaution, car les poissons entendent tout. Les poissons de la forêt étaient rusés. Tout dans la forêt avait l'esprit aussi vif que le froid lui-même.

Zina était à présent couchée à plat ventre sur la glace, sur une vieille peau de cerf, l'œil collé au trou, à seulement quelques millimètres du bord, agitant doucement la canne à côté de sa joue. C'était sa méthode : son visage bloquait la lumière du ciel, ce qui lui permettait de communiquer directement avec les poissons. Dans ce sas de glace, entre ciel et eau, Zina aimait chuchoter. Le tableau était étrange, et Zina se refroidissait à rester ainsi, mais la technique avait fait ses preuves là où d'autres avaient échoué. De temps en temps, elle élargissait de nouveau le trou avec son couteau tant la glace était rapide à se reformer, comme dans un processus de cicatrisation.

Edit regardait sa fille avec fierté. Bientôt, l'élève dépasserait le maître. Edit s'en émerveillait, même si cette vie ne pouvait pas durer toujours. Car comment pourraient-elles continuer ainsi quand Zina deviendrait une femme et qu'Edit vieillirait ?

En même temps, où auraient-elles pu aller ?

Comme plusieurs fois par jour, elle chassa cette pensée. Elle enfila une larve sur son propre hameçon, le glissa habilement dans un trou, puis fit bouger tout doucement la canne avant de la laisser tremper. Le froid ici était plus rude encore que dans la forêt, où l'air était retenu dans les branches, les ramilles et les feuilles. Là, au ras de la glace, il rongeait les bottes et les pantalons pourtant épais. Edit remua les orteils tout en s'efforçant de garder son corps le plus immobile possible pour ne pas faire peur aux poissons.

Ce fut alors qu'elle se retrouva saisie d'une impression étrange. De *chaleur*. Il lui fallut quelques instants pour le comprendre, tant cette sensation lui parut incongrue. Elle naissait dans sa poitrine – non, *sur* sa poitrine –, sur la peau recouverte par les couches de feutre et de fourrure, et se répandait dans son cou et son visage, progressant comme de la lave qui lui aurait fait fumer les joues.

De la sueur se mit à ruisseler partout sur son corps, et une brusque envie la prit, celle d'arracher son manteau, de le jeter au loin pour étouffer cette flamme qui la possédait tout à coup. Transpirer par ces températures était dangereux ; le feutre et la fourrure respiraient plutôt bien, mais la peau moite refroidissait rapidement et, en gelant, abaissait dangereusement la température corporelle.

Edit ouvrit son manteau d'un coup, remonta ses couches de vêtements et s'allongea à plat ventre sur la glace. L'espace d'un instant, elle craignit que ce feu ne fasse fondre la rivière elle-même. Le soulagement était exquis : la rencontre de la glace et du feu par le truchement de sa peau. Elle était la membrane entre deux mondes, dont la réunion lui brouillait l'esprit. Et puis l'extase disparut, et Edit s'aperçut qu'elle tremblait de tout son corps.

— Maman !

Zina levait le bras en l'air. Un tout petit poisson frétillait au bout de l'hameçon. Le grand visage de Zina se fendit en un sourire radieux. Edit sentit les larmes lui monter aux yeux, puis ruisseler en gelant lentement sur ses joues.

Edit se releva, rabaissa ses vêtements et se précipita vers sa fille. Elle acheva rapidement le poisson à l'aide d'une pierre et l'enveloppa dans un morceau d'écorce de bouleau. Il serait loin de faire leur repas, mais l'espoir était revenu, au moins.

— Vois si tu arrives à en prendre d'autres, et nous les mangerons sur place. Je vais allumer le feu ; continue à surveiller les cannes.

— Ça va, maman ?

Edit n'avait pas fermé son manteau, et ses mots étaient sortis hachés tant elle grelottait.

— Oui, j'ai eu froid, c'est tout. Ça ira mieux quand le feu brûlera.

Elle s'affaira au ramassage des brindilles, puis arracha un morceau de l'écorce fine d'un bouleau qu'elle posa par-dessus. Il n'y avait pas mieux que l'écorce de bouleau pour faire partir un feu. En cas d'urgence, une solution consistait à mettre le feu à l'arbre tout entier, qui s'enflammait telle une fusée éclairante. Edit sortit ses pierres à feu soigneusement enveloppées dans son sac, puis les frotta jusqu'à ce qu'une étincelle embrase l'écorce, puis le reste. Bientôt, un feu crépita sur le rivage. Edit vida le poisson et le coupa en morceaux qu'elle embrocha sur des brindilles, prêts à griller sur les flammes.

Quelques minutes plus tard, Zina attrapa un autre poisson. Elle le remonta avec précaution jusqu'à l'ouverture, mais un poisson, une fois pris, pouvait déployer une force inouïe, bien plus importante que ne le suggérerait sa taille. Le sortir du trou devenait une sorte de longue négociation entre lui et le pêcheur, conçue pour épuiser le poisson. Car le tirer de force n'aurait rien donné d'autre qu'une ligne cassée et un hameçon de perdu, parti avec la prise. Zina était très patiente ; dix minutes plus tard, une longue forme plate frétillait sur la glace. La proie bondit en l'air, espérant vainement pouvoir retourner dans l'eau, comiquement poursuivie par la mère et la fille, jusqu'à ce que Zina jette dessus sa peau de cerf et, en riant, s'assoie sur les bords pour l'emprisonner.

Edit glissa une main en dessous, l'attrapa par les ouïes. Quelques minutes plus tard, le poisson, vidé, grillait avec les autres brochettes. Zina réussit à en attraper encore quelques-uns avant de renoncer, transie par le froid qui, tel un scarabée, semblait vouloir déposer ses œufs en elles pour les dévorer de l'intérieur. Edit salivait rien qu'en embrochant la chair qu'elle faisait rapidement griller sur le feu. Elles engloutirent toutes les deux leur repas en riant. L'énergie revint rapidement. Zina, contente d'elle, souriait.

— Veux-tu que j'essaie d'en prendre d'autres ? demanda-t-elle.

— Il fait trop froid, répondit Edit. Essayons plutôt d'attraper un oiseau sur le chemin du retour.

Alors qu'elles ramassaient leurs affaires, Edit repensa à ce qui venait d'arriver. *Que s'était-il passé ?* Elle se sentait à nouveau bien, à nouveau elle-même. S'était remise au diapason sur la température réelle. Cette manière dont le feu avait pris possession d'elle, contre toute réalité physique, la rendait inquiète. Survivre dans la forêt impliquait de ne faire qu'un avec elle, d'être en harmonie avec tout ce qui s'y passait. De savoir se camoufler, car le camouflage était aussi nécessaire à la vie que l'eau, ici.

Qu'arrivera-t-il quand je serai vieille ? La question ne cessait de la tarauder.

Bien sûr, Edit repensait souvent au village, et rêvait parfois, tenaillée par une solitude viscérale, de revoir son père. Quand l'hiver était rude comme maintenant, elle fantasmait, s'imaginant se faire servir de la nourriture que quelqu'un d'autre aurait attrapée. Elle s'imaginait d'autres gens – bien que cette époque remontait à si loin qu'elle craignait maintenant avoir peur des gens. Ils représentaient un danger, pour elle et pour Zina.

— C'est vrai, lâcha-t-elle à voix haute, en secouant la tête. Il doit être mort, maintenant.

Zina se retourna d'un air interrogateur.

— Tu pensais à mon père.

— Non, je pensais à *mon* père.

— Pourquoi les avons-nous abandonnés ? Mon père et le tien ?

— Oh, Zina, c'est trop difficile de parler et de marcher dans la neige en même temps.

— Moi, je ne trouve pas !

Là-dessus, Zina tira sur une branche au-dessus de sa mère et partit en courant, hilare, alors que la neige se déversait sur la tête d'Edit.

La neige, glissant sous son col, la fit frissonner. Furieuse, Edit se tortilla pour tenter de la balayer de ses vêtements.

— Zina ! cria-t-elle, hors d'elle.

— Allez ! Parle-moi de mon père, et de ton père à toi. Quand rentrerons-nous au village ?

Zina gambadait sans se soucier du poids de la neige, du passé, ou du futur.

Edit se sentit remuée jusque dans les tréfonds de son être, comme une motte de terre qu'on retourne, soudain exposée aux éléments.

— Ce n'est pas le moment !

— Et pourquoi ? Nous avons tout le temps ! Nous n'avons que ça, du temps !

Zina ouvrit les bras en croix, se mit à tournoyer, puis se laissa tomber comme une étoile dans la neige. Elle n'était pourtant pas encline à ce genre d'enfantillages. Edit la regarda, désemparée.

— Nous ne retournerons pas là-bas.

Fixant les arbres, Zina agita les bras et les jambes dans la neige.

— Et pourquoi ? demanda-t-elle, le visage tourné vers le ciel pur et cruel.

— Parce que… parce que…

Edit ne trouvait pas les mots. Elle s'appuya contre le tronc d'un frêne, pressa les doigts sur ses entrelacs noueux.

— Parce que je me suis *enfuie*, dit-elle.

— Comment ça, enfuie ?

Zina se redressa dans la neige.

— Ton père… ton père ne pouvait plus s'occuper de nous. Il buvait trop. Alors, mon père m'a transmis toutes ses connaissances, m'a donné tous les outils que nous possédons, et nous nous sommes enfuies. Nous serions des étrangères, là-bas, aujourd'hui. Mon père est mort et le tien aussi, j'en suis sûre. Nous ne serions pas les bienvenues.

Zina répondit :

— Mais je ne suis pas comme toi.

Le cœur d'Edit se serra d'agacement.

— Tu n'es pas comme lui non plus, rétorqua-t-elle.

— À qui je ressemble, dans ce cas ? s'écria Zina.

— Tu ressembles… à un esprit de la forêt.

— N'importe quoi ! Je suis humaine, quand même !

L'image de cette petite fille de 3 ans à la bouche partant vers le bas lui revint, et Edit vit que cette petite fille était toujours là, à l'intérieur de cette grande enfant.

— Tu es… plus qu'humaine, Zina. Tu surpasses tout ce que ton père et moi avons jamais fait.

Zina la regarda fixement.

Edit continua :

— C'est comme si tout ce qu'il y avait de meilleur, tout ce qu'il y avait de plus puissant dans la forêt – les tigres, les ours, la neige, le soleil – s'était incarné en toi, et que toutes ces choses t'avaient rendue plus grande que n'importe quel enfant, et plus forte que moi, malgré tes 10 ans. Tu es intelligente, tu connais la forêt mieux encore que les chasseurs des légendes oudéguées. La nuit quand je me réveille, parfois, et que je te regarde dormir, toute recroquevillée, j'ai l'impression que c'est une tigresse que je vois.

— Je ne suis pas une tigresse, répondit Zina d'un air pensif, en examinant ses mains.

— Zina, si nous retournons au village, ils ne verront pas comme tu es merveilleuse. Comme tu es exceptionnelle…

La voix d'Edit se fêla. Elle se mordit la lèvre.

— Et si mon père était vivant ? Si je lui manquais ? Et si… Et s'il passait son temps à me chercher dans la forêt, tous les jours, en criant mon nom, depuis toutes ces années ?

— Il ne ferait pas ça, Zina.

Zina se mit à trembler.

— Mais *qu'est-ce que tu en sais ?* s'écria-t-elle. Peut-être qu'il me cherche. Tu dis toujours que les hommes sont aussi dangereux que les tigres, mais ils sont humains, pas vrai ? Moi, je rêve d'eux depuis que nous sommes allées dans le camp. Tu crois que j'ai oublié parce que tu n'en parles pas, mais non. Je ne pense pas qu'ils soient dangereux. Pourquoi ne pouvons-nous pas y retourner ?

La question resta en suspens. Zina se leva d'un bond.

— Moi, je crois que tu voudrais me garder ici dans la forêt pour avoir quelqu'un qui s'occupe de toi quand tu seras vieille, et qu'en fait tu t'en fiches de moi.

Elle partit en courant.

Edit la regarda. Elle pataugea dans la neige pour la rejoindre, mais n'était pas aussi rapide qu'une enfant furieuse.

— Zina ! Attends !

Elle finit pourtant par la rattraper et lui saisit le bras pour l'arrêter.

— Zina, tu es trop jeune pour comprendre, mais je vais quand même te le dire : ton papa est mort. Et s'il n'est pas mort physiquement, son âme l'est. Il buvait tellement que la vodka a détruit son âme. Il ne te cherche pas, parce qu'il n'en est pas capable. Il ne vaut plus rien, Zina, certainement pas plus que toi. C'est difficile à entendre, oui. Tu es quelqu'un d'exceptionnel, pas lui. Pas moi. Au camp, ils te feront du mal. Peut-être pas le premier jour ou la première année, mais ils finiront par te faire du mal. Ce serait comme… comme mettre une robe sur une tigresse et dire : « Regardez, voilà une petite fille tout à fait normale ! »

Edit vit avec horreur l'enfant, toujours là dans le regard de sa fille, présente, se détourner. Elle vit ce mouvement se produire, un voile sombre tomber sur les yeux de sa fille. Et d'un coup toute leur douceur, semblable à celle d'un bébé, disparut, remplacée par un vide. Malgré leurs différences, Edit et Zina avaient toujours été unies par un lien indéfectible, étaient le reflet l'une de l'autre. Mais le miroir s'était brisé.

Zina cligna des yeux, pareille à un ours tiré de son hibernation. Elle jurait autant ici qu'un personnage dans un mauvais conte oudégué.

— Zina, si j'ai accompli une chose dans ma vie, c'est de t'avoir amenée ici. Cette forêt, c'est chez toi. Ta place n'est pas auprès de ces hommes, dans ce camp, ni auprès des imbéciles du village. Je n'ai pas pu t'offrir une vie là-bas, mais, en revanche, je t'ai ramenée chez toi.

Zina se libéra et s'éloigna d'un pas décidé. Mais peu importait la douleur, peu importait la colère, il fallait quand même chasser et rentrer avant la nuit tombée. Malgré les ondes de fureur qui fourmillaient entre elles, mère et fille devaient continuer de faire équipe.

Edit lui emboîta le pas, absorbée dans ses pensées. C'était comme si, toutes ces années plus tôt, elle avait interrompu sa mère pendant que celle-ci lui racontait l'histoire d'Elga en lui disant : *Mais, Maman, Elga aurait pu aller chercher son père dans la forêt et le ramener à la vie ! Pourquoi ne l'a-t-elle pas fait ? L'histoire aurait été bien plus heureuse.* Certes, sauf que ce bonheur aurait été un coup de fusil tout juste bon à écarter la terrible vérité. Et jamais il ne fallait occulter la vérité. Elle aurait disparu, oui, mais seulement un moment, planant au-dessus d'elle, pour revenir un jour et l'attendre au tournant avec son regard froid et ambré.

De l'écorce d'un mélèze, juste devant, dépassait la corne noueuse d'un *chunga*, un champignon aux airs de tumeur cancéreuse. Edit se dressa sur la pointe des pieds et en trancha un bon morceau qu'elle rangea dans son sac. Il pourrait au moins servir à préparer du thé qui atténuerait leur faim, au cas où elles ne parviendraient pas à attraper de gibier.

La neige entre les arbres était semée de toutes sortes de traces : les pas légers des souris et des pinsons ; la foulée plus longue d'une belette. Il lui vint à l'esprit, alors qu'elles marchaient en silence, que dans la neige coexistaient les histoires de toutes les créatures de la forêt – au moins dans l'espace, si ce n'était dans le temps. La belette était passée beaucoup plus tard que les souris ; ses traces suivaient les leurs. Les souris avaient modifié l'histoire de la belette. Il tenait du miracle que tous ces voyages – qui étaient des histoires, mais aussi des mines d'informations – cohabitent les uns à côté des autres, chacun possédant sa propre trame, à lire séparément. Chacun traversait son propre monde, dans sa propre temporalité, tout en se reliant aux autres à certains moments de convergence. Les traces d'Edit et de Zina faisaient partie de ce vaste livre blanc, tout en formant une histoire, la leur, celle de la survie d'une mère et de sa fille. Et tous ces voyages, y compris celui-ci, demeureraient immortels jusqu'à ce que se tourne une nouvelle page de neige.

Les traces d'un lièvre, à présent, fraîches. Zina, sa tristesse oubliée, se mit immédiatement à genoux pour les examiner, puis – Edit se demanda la raison de ce geste – les renifler. Le lièvre s'était arrêté pour grignoter un bout de lichen sur un bouleau. L'empreinte était nette et profonde, à l'exception de ses bords à l'arrière, non pas recouverts par une nouvelle chute de neige, mais par les flocons que le lièvre avait projetés dans son bond. Il aurait suffi à Zina de les dégager délicatement pour qu'apparaisse en dessous l'empreinte, toute neuve. Il y avait fort à parier que le lièvre, l'ayant entendue venir, s'était enfui.

Edit sentit son ventre se serrer d'excitation. Oh, si seulement elle parvenait à le tuer, il y aurait à manger pour des jours et ce terrible moment serait oublié. Tout rentrerait dans l'ordre.

Les traces continuaient, plus loin, en amont, croisant d'autres traces – de nouvelles belettes, un hibou. Là-bas, une clairière était apparue à cause de la chute d'un arbre qui avait entraîné avec lui d'autres arbres. Le tronc, recouvert de neige, ressemblait à un énorme ver blanc sorti de terre. Les ramilles étaient tombées aussi et tous leurs trésors avec : baies, feuilles et insectes. Le lièvre se trouvait là, grignotant les feuilles.

Il avait une gueule noueuse, à l'air affûté, et arrivait presque aux hanches d'Edit. Sa fourrure avait la couleur d'un mélange de neige et d'écorce, et ses immenses oreilles reposaient sagement le long de son dos, comme deux poissons jumeaux.

Sans un bruit, Edit leva le fusil et s'agenouilla avec précaution. Seuls résonnèrent ses propres os, qui semblaient gémir, grincer.

Le fusil était bon, bien que vieux, et le temps d'une seconde magique, Edit tint l'animal en joue. Mais tout à coup – non ! Quelque chose dérapa. Était-ce son pied ? Sa concentration ? Sa vue ? Son corps s'effondra dans la neige avec un grand *pan !* et le lièvre détala.

Les larmes ne servaient à rien – elles vous vidaient de votre l'énergie, gelaient –, mais elles montèrent quand même. Edit se hâta de les essuyer de peur que Zina ne les voie et s'inquiète pour elle. Car il n'y avait rien à pleurer, dans la forêt. Elle se releva péniblement et elles reprirent leur chemin.

— Laisse-moi tirer la prochaine fois, dit Zina d'un ton ferme.

Edit ne vit aucun intérêt à discuter. Pas alors qu'elle venait de gâcher leur dernière chance de manger ce jour-là. L'échec la rendait faible. Ses épaules se voûtèrent, son corps lui pesait.

Elles ramassèrent leur scie et les tronçons qu'elles avaient découpés en passant devant l'arbre abattu plus tôt. Fatiguée, Edit vida le fusil devant la porte avant de le poser contre le mur du porche et d'aller allumer le feu. Zina examina l'arme, passa les doigts le long du canon, le souleva pour se faire une idée de son poids. Son regard acéré semblait absorber les moindres détails. Et tous ces détails l'animaient. Comment viser. Comment tirer.

C'était ainsi que se construisaient les enfants, réalisa Edit. C'était ainsi que fonctionnait une vie nouvelle : elle dévorait tout votre savoir, tout ce que vous aviez à donner, à transmettre. Puis continuait avec ce que vous ne pouviez pas donner, le prenant quand même, car la vie était ainsi faite. Et finalement les enfants attiraient tout à eux, comme si le temps lui-même n'était qu'un fruit ou la pluie, tombant dans leurs paumes ouvertes. Votre cœur était brisé, mais les voir vous dépasser vous rendait heureux, même s'ils vous laissaient là, à genoux dans la neige.

29

D'aussi loin qu'elle s'en souvenait, Edit n'avait jamais connu d'hiver où la neige était aussi abondamment tombée. Zina et elle se retrouvèrent emprisonnées dans la cabane pendant plus d'une semaine lorsque le ciel se referma et que la neige engloutit la terre, effaçant toute trace. Lorsque enfin le blizzard se dissipa, la neige arrivait à hauteur de la fenêtre et formait un mur devant la porte d'entrée. Elles disposaient d'une réserve suffisante de bois pour le poêle grâce à Edit, qui veillait à la découpe et au stockage tout au long de l'année. Mais elles n'avaient rien à manger et la pénurie, d'ordinaire résolue rapidement, était devenue un problème permanent.

Ce n'était pas tant pour elle qu'Edit trouvait la situation insupportable, mais plutôt pour sa fille. Zina était devenue terne et léthargique. Elle consacrait ces heures de vide à courir après les souris qui filaient dans la cabane avec une audace exaspérante, à leur tendre des pièges en semant des chemins de miettes, et lorsque ces derniers ne fonctionnaient pas, à les guetter, immobile, jusqu'à ce que l'une d'elles sorte, attirée par l'appât, pour l'écraser sous son grand pied. Elle avait ainsi réussi à en attraper une, mais une fois décollée de sa botte, la souris se révéla dans un tel état qu'elle n'aurait pu être mangée. Elles s'étaient contentées de la faire bouillir dans l'eau pour obtenir un brouet. L'écorce de bouleau tuait un peu l'appétit ; le *chunga* infusé aidait aussi à calmer les envies. Mais il apparaissait évident, au fil des jours, que la situation devenait désespérée.

Edit s'affaiblissait aussi, non seulement à cause du manque de nourriture, mais aussi de pertes de sang presque continues. Ses saignements menstruels, avec lesquels elle avait appris à vivre et qui n'avaient jamais constitué plus qu'une gêne, s'étaient arrêtés net ces dernières années, à son grand soulagement. Mais trois semaines plus tôt, ils étaient brusquement réapparus et, avec eux, des épisodes de douleur terrassante. Depuis lors, Edit n'avait cessé de saigner et ses méthodes habituelles ne suffisaient plus à pallier le problème. Elle commençait à avoir peur, ignorant ce que cela signifiait. Ainsi piégée, il lui était impossible de cacher à sa fille ce qui se passait, et il devenait de plus en plus difficile de la rassurer en lui disant qu'il ne s'agissait que d'une chose naturelle, qui passerait. Le sang traversait les protections qu'elle se fabriquait à partir d'écorce de bouleau et de cendres froides, et imbibait ses vêtements. Et son énergie semblait se vider avec lui, désormais. Comment son corps ne comprenait-il pas qu'il ne pouvait se permettre de perdre autant de sang ? Edit aurait donné n'importe quoi pour simplement pouvoir s'allonger et dormir. Mais elle passait son temps à faire les cent pas dans la cabane, à guetter le ciel, tout en se demandant comment elle les sauverait toutes les deux.

Le camp des hommes. L'éventualité de s'avouer vaincue et d'aller quémander la charité de ces étrangers était là depuis le début, tapie dans l'ombre, et représentait désormais leur dernier recours. Tout son corps s'y opposait, reculait comme face à la mort. Malgré la chaleur de la cabane, ses dents claquaient et la sueur perlait sur son front. Pour Edit, le camp signerait, d'une certaine manière, leur mort. Leur vie à deux, Zina et elle, s'éteindrait instantanément, leur relation altérée pour toujours. Elles se réduiraient tout à coup à une femme et à une enfant, à une unité vulnérable et non plus puissante.

D'un autre côté, Edit craignait plus que tout de mourir et que Zina se retrouve seule. Ou que Zina elle-même meure de faim à cause de son indécision. Elles n'y étaient pas retournées depuis cinq ans ; il n'était pas exclu que le camp ne soit même plus là. Deux ans plus tôt, Edit et Zina étaient tombées sur plusieurs abris abandonnés, plus loin dans les montagnes. On aurait dit un ancien campement de chasse chinois. À l'intérieur des abris en ruine, elles avaient trouvé des munitions, des outils, des couteaux, et même du riz. Les grains étaient infestés de charançons, mais, une fois lavés et séchés, ils leur avaient offert des jours et des jours de bombance. Elles s'étaient gavées de cette substance amidonnée à s'en faire éclater la panse. Et, finalement, ces découvertes leur avaient évité une nouvelle expédition au camp.

L'autre option était celle qu'Edit avait toujours adoptée quand elles s'étaient retrouvées en difficulté : sortir identifier les traces du jour imprimées dans le livre blanc et tenter de trouver quelque chose à manger, n'importe quoi. La forêt connaissait des périodes de creux et d'abondance. À elles de parvenir, par tous les moyens possibles, à traverser cette mauvaise passe. Elle regarda par la fenêtre le blanc si pur que l'on aurait pu se croire aveugle ou mort. Le silence sifflait dans ses oreilles.

Elle raviva le feu et s'accroupit à côté de Zina, drapée dans une couverture. Le visage de sa fille avait pris une coloration grisâtre, des cernes étaient apparus autour de ses yeux et ses lèvres s'étaient fendues. Son état ne lui aurait pas permis d'accomplir le voyage jusqu'au camp, pas maintenant. Il fallait avant toute chose trouver de la nourriture. Le temps viendrait ensuite de décider comment continuer à survivre.

Elle se força à sourire.

— Chérie, je veux que tu restes ici près du feu, que tu continues à boire le thé posé là, sur le poêle. Je vais sortir voir ce que je peux trouver à manger.

Elle retira la griffe de lynx de son cou et la remit à Zina, qui sourit et, comme elle le faisait toujours lorsque mère et fille se séparaient, la passa autour de Kimunka.

— Tu saignes encore, maman ?

— Ne t'inquiète pas pour ça. Je vais beaucoup mieux. Cela va bientôt s'arrêter.

— Laisse-moi venir avec toi, je pourrai t'aider.

— Non. Il faut que tu restes ici. Attrape des souris, repose-toi. Promets-le-moi. Promets-moi de bien rester ici, dans la cabane.

— Je te le promets.

— Je pense que la neige aura fait sortir les animaux.

Réflexion absurde, mais Edit devait paraître optimiste, y compris pour se donner du courage.

Les paupières de Zina se refermèrent. Elle était contente de dormir, de rester au chaud. Edit posa un baiser sur sa joue creusée, prête à s'en aller accomplir son devoir. Lorsqu'elle se leva, la cabane tangua. Elle s'appuya contre le mur et respira profondément jusqu'à ce que le vertige passe.

De ses doigts engourdis, elle abaissa son pantalon de feutre imbibé de sang pour changer sa protection. Elle jeta l'ancienne, souillée, dans le poêle pour l'incinérer. L'odeur du sang risquait d'alerter tous les animaux de la région, mais elle n'avait aucun moyen d'y remédier. Elle changea de sous-vêtements, mais tous ses pantalons propres étaient encore humides. Il fallait les laver tous les jours, à présent, en espérant qu'ils sèchent pendant la nuit, suspendus devant le poêle. Faute de mieux, elle se résigna à enfiler les collants en peau de cerf de Zina. Tous ces obstacles étaient épuisants.

Elle passa le fusil à son épaule, vérifia ses munitions, s'équipa de son sac et se fraya un chemin hors de la cabane. Même si leur dernière chance se jouait dans cette expédition, Edit devait impérativement faire comme si l'enjeu n'était pas aussi important. Au premier jeune bouleau qu'elle croisa, elle s'arrêta et découpa méticuleusement l'écorce pour atteindre la couche de cambium vert. Elle en arracha plusieurs bandes et les mastiqua, bénissant leur léger goût sucré.

Les congères rendaient sa progression particulièrement lente. Ses bottes n'étaient pas assez efficaces pour l'empêcher de s'enfoncer à chaque pas, parfois jusqu'aux cuisses. Elle scruta la neige à la recherche de traces, idéalement de sanglier ou de cerf, mais le manteau, trop neuf, ne déroulait qu'un vide immaculé.

Et puis : des corbeaux, tournoyant dans le ciel, vers le nord. Elle s'arrêta, haletante. Cela ne pouvait signifier qu'une chose : un tigre avait tué une proie.

Elle savait bien sûr, au plus profond d'elle-même, que jamais on ne se dirige vers un tigre. Qui dérange un tigre en pleine chasse cherche uniquement à mourir. Mais Edit avait changé de réalité. Une brûlure dans son ventre déclencha soudain un flux chaud et visqueux qui se répandit dans ses sous-vêtements, et elle sentit le sang se transformer en glace le long de ses jambes. Aussi froid que du métal.

Les pensées tournoyaient dans sa tête comme les corbeaux. Peut-être resterait-il quelque chose de la carcasse. Peut-être pourrait-elle même abattre un corbeau. Le visage de sa fille se forma dans son esprit. C'était aujourd'hui ou jamais. Elle n'avait pas le choix. Alors, pour la première fois de sa vie, elle tourna ses pas vers le plus grand danger de la forêt et se lança après lui.

Les traces de tigre jaillirent soudain devant elle, comme des traînées de météorites. Les traces se poursuivaient, s'enfonçant loin dans les arbres. Edit s'arrêta pour les étudier. Elles dataient de moins d'une journée. Elle reconnut immédiatement la grande tigresse. Elle se trouvait seule et devait, comme Edit, avoir laissé ses petits pour chasser. Ses déplacements étaient rapides. Sans doute se trouvait-elle sur une piste – mais laquelle ?

La réponse arriva quelques mètres plus loin, où les traces se mêlaient à celles d'un ours. Celles-ci étaient plus anciennes, mais pas de beaucoup – quelques heures tout au plus.

Un pic-vert martelait un tronc d'arbre. Les croassements commençaient à devenir audibles – les corbeaux devaient se trouver à 1 kilomètre de là. Edit scruta les ombres affûtées de la taïga. Un tigre y est invisible. Jamais on ne le voit, jusqu'à ce qu'il soit là, la gueule déjà ouverte sur votre gorge.

Elle n'avait jamais vu de tigre depuis toutes ces années où elle vivait dans la forêt, mais elle se comportait comme si cette rencontre pouvait survenir à tout moment. Pas avec crainte – se comporter en proie était une erreur fatale –, mais à la manière d'un autre prédateur qui ne souhaite pas gaspiller d'énergie dans une bataille potentiellement coûteuse. C'était ainsi que les ours et les tigres coexistaient dans la forêt : ils prenaient acte l'un de l'autre et s'évitaient autant que possible. Les tigres chassaient parfois les ours mais, vu les risques encourus, les deux préféraient en général y renoncer. Il y avait un respect mutuel. Pour qu'une telle poursuite se soit engagée en dépit de cette réticence naturelle, c'est qu'il devait y avoir du désespoir des deux côtés.

Les traces se poursuivaient sous les grands tapis de branches que les ours construisaient dans la cime des arbres en été. Ils les utilisaient comme plateforme pour atteindre les fruits et les baies. Certains faisaient deux fois la taille du lit qu'Edit et Zina occupaient dans la cabane. Ils offraient une parfaite illustration du travail de longue haleine qui caractérisait chaque chose dans la forêt. Devant Edit se dressait un énorme pin de Corée dont le tronc présentait un trou à environ

3 mètres du sol ; les ours choisissaient soit des sapins, assez tendres pour être rongés, soit des arbres déjà creux pour hiberner. Un ours y dormait peut-être. L'idée de trouver un moyen de grimper jusqu'au trou et de tirer dedans traversa l'esprit affamé d'Edit, mais le tronc était trop lisse, et elle n'aurait eu aucun moyen de faire sortir l'ours, si déjà elle parvenait à le tuer. Quel fantasme horrible, désespéré. Mais était-il pire que de tenter de voler la prise d'un tigre ? Elle poursuivit son chemin, le visage embué par son propre souffle.

Entendait-elle mieux les corbeaux ? Elle n'en était pas sûre, parasitée par les sifflements de sa propre respiration. Les traces du tigre se séparaient de celles de l'ours, qui bifurquaient vers l'ouest. Pour quelle raison la tigresse avait-elle pu agir ainsi ? Les empreintes commençaient à zigzaguer, et Edit se demanda si la tigresse n'était pas, elle aussi, fatiguée. La forêt tout entière avait faim et était fatiguée.

Les grognements reprirent dans son ventre. Elle s'arrêta pour se reposer contre un arbre, vit que le sang avait transpercé ses vêtements, laissant une traînée dans la neige. Elle la fixa avec horreur : le sang était un marqueur, et donc une faiblesse. N'importe quel animal pouvait désormais la pister. Mais, une fois encore, elle songea qu'elle n'avait pas d'autre choix, qu'elle devait continuer. Elle choisit de suivre la tigresse, certaine que la bête agissait selon une certaine logique. Elle comprit qu'elle avait pris la bonne décision lorsque, brusquement, un nuage de croassements frénétiques satura l'air.

Une clairière au milieu des arbres. Le ciel, tourbillon de corbeaux. Et là, sous un cèdre – un bain de sang. De la fourrure et du sang, partout, dans une neige cramoisie. Edit ramassa quelques touffes éparpillées çà et là. Un ours. Le sang n'avait pas encore gelé. C'est là qu'avait eu lieu la prise. Armant son fusil, elle scruta les alentours.

La neige était traversée par un sillon sanglant qui s'enfonçait parmi les arbres. La tigresse avait mangé et bu tout son soûl, puis avait cherché à traîner sa proie en lieu sûr, où elle pourrait surveiller les environs et protéger sa prise tout en continuant son festin. Le cœur battant, Edit se cramponna au fusil.

Elle avança prudemment, suivant le chemin tracé par la tigresse, s'efforçant de laisser le moins de traces possible de son passage dans l'environnement. Elle balayait la forêt du regard à chaque pas, regardait derrière son épaule. Un tigre semblait se cacher dans chaque recoin ; chaque amas de neige tombé d'une branche la faisait sursauter.

Elle remarqua des touffes de poils noirs accrochées aux broussailles qui sortaient de la neige. Un tigre peut traîner une proie plus lourde que son propre poids pendant de nombreux kilomètres. De nouveaux corbeaux signalèrent le point d'arrivée. Edit s'arrêta, arma son fusil et tira deux fois en l'air. Les corbeaux s'évaporèrent et le silence revint. Elle avança furtivement. Son ventre était noué. Jamais elle n'avait eu aussi peur de sa vie.

Sous un tronc d'arbre renversé gisait un cadavre d'ours, éventré. Il n'y avait aucune tigresse à l'horizon, mais il était clair, à en juger par la fraîcheur des empreintes et l'éclat du sang, qui était encore frais, que la carcasse était arrivée là récemment. Les tigres revenaient souvent voir leurs proies pendant des jours quand celles-ci, comme c'était le cas ici, s'avéraient trop grosses pour être dévorées d'un coup.

Où était passée la tigresse ? Quand les poils se dressent sur votre peau ; quand le plus infime craquement de brindille ou le bruissement de la neige semble provoqué par une force animale ; quand des ombres dansent à la périphérie de votre vision, des ombres qui, lorsque vous clignez des yeux, se métamorphosent en rayures, mieux vaut ne pas l'ignorer. Faire comme si de rien n'était serait commettre une grave bévue, à l'instar d'un brigand qui poursuit ses méfaits alors que tout indique qu'il est repéré.

À ses pieds se trouvait le cœur de l'ours. Large comme deux mains, intact, il paraissait avoir simplement roulé du cadavre. Comment était-il possible que la tigresse ne l'ait pas mangé ? C'était l'un des premiers organes qu'un tigre dévorait. Edit scruta les alentours. Pour avoir traîné l'ours jusqu'ici, la tigresse devait probablement être repartie chercher ses petits.

Edit glissa le cœur dans son sac. Il était encore tiède. Elle lança haut et fort :

— Pardon. Mais j'ai trop faim.

Sa voix se fracassa sur les troncs ; la neige dégringola d'une branche. Dans une atmosphère aussi pure, le son était puissant.

Elle se fraya un chemin vers la carcasse. C'était un ours plutôt maigre et galeux, qui, apparemment, ne s'était pas mis à hiberner. Mais un ours même décharné restait un repas copieux pour un tigre. Y compris pour une tigresse avec des petits. Elle pouvait bien partager un peu.

Edit sortit son couteau et s'agenouilla près de la carcasse. La chair fraîche enivrait ses sens. Elle ne put se retenir : elle en trancha un morceau et le plongea dans sa bouche. Il n'était pas tout à fait gelé et, dans la chaleur de sa bouche, redevint vivant. Le goût du sang la submergea. Elle ne pouvait en manger plus, il n'y avait pas le temps. Elle découpa une cuisse, dont elle sut habilement détacher l'articulation. Puis elle se lécha les mains, couvertes d'un sang épais, et enfonça la cuisse dans son sac.

Ne jamais se servir sur une proie de tigre.

Le tigre viendra chercher ce qui lui appartient.

Dans sa tête résonnaient les leçons des anciens.

Elle se souvenait du tigre, il y a si longtemps, qui l'avait vue dans la forêt et l'avait épargnée. Et voilà qu'elle volait l'un de ses descendants.

— Mais nous avons trop faim, souffla-t-elle.

Elle s'éloigna de la carcasse.

— Merci, lança-t-elle aux arbres, serrant son fusil.

La cuisse et le cœur les maintiendraient en vie pendant une semaine. Peut-être que le temps s'améliorerait d'ici là.

Son propre cœur battait comme un geai emprisonné dans un sac. Il ne faisait aucun doute que la tigresse l'entendait.

De la neige tomba sur sa droite. Elle fit volte-face, certaine d'avoir aperçu un éclair orange. Elle tira en l'air dans le silence du ciel. L'écho mourut dans le néant.

Edit était ivre de cette exaltation qui accompagne la transgression d'une loi. Ses doigts sur le fusil devinrent d'abord glissants, puis glacés par la sueur.

Une transpiration salée gelait sur ses lèvres. Peut-être que le fait de ne pas avoir été attaquée sur-le-champ traduisait une forme de pardon, de solidarité entre mères. Après tout, chacune fait ce qu'elle peut pour nourrir ses petits. Tous les sens en alerte, elle rebroussa chemin en direction de sa maison.

La nuit tombait quand elle atteignit la cabane. De la fumée s'échappait de la cheminée, et la lueur du poêle illuminait la petite fenêtre.

Elle déchargea les munitions restantes, posa le fusil dehors contre le mur et rentra.

Zina dormait – monticule sous les couvertures. Elle n'avait pas l'air d'avoir bougé de la journée, sauf pour alimenter le poêle. Une odeur d'urine émanait du pot sous le lit. Elle n'était même pas sortie pour ça. Edit vida rapidement le pot et retourna près du poêle où elle se réchauffa les mains et les pieds, ainsi que ses bottes trempées qu'elle avait retirées. Puis elle ôta son collant et le plongea directement dans la marmite sur le poêle. L'eau chaude s'empourpra aussitôt.

L'inquiétude érodait son soulagement. Elle se débarrassa de ses sous-vêtements trempés, les rajouta dans la marmite, puis garnit de cendres froides un morceau d'écorce de bouleau pour remplacer sa protection. Les vêtements lavés la veille étaient enfin secs. Enfiler des vêtements chauds et propres lui procura un sentiment délicieux.

— Maman est là, Zina. Nous avons de la viande.

Le visage pâle de sa fille s'arracha du sommeil, ses lèvres presque blanches s'entrouvrirent.

— Oh ! souffla-t-elle, et elle ouvrit les yeux.

Mère et fille se regardèrent, et Edit sut que cette prise était arrivée à point nommé.

Revigorée par sa victoire, elle sortit le cœur du sac et le coupa en tranches qu'elle fit rissoler sur le poêle. De la cuisse, elle coupa du gras et l'ajouta, puis enveloppa le reste dans de l'écorce de bouleau pour l'entreposer dans la neige, sous le porche.

En quelques minutes, l'odeur savoureuse de la viande cuite emplit la cabane. Zina trouva la force de s'asseoir, ses longs cheveux en bataille bouffant sur ses larges épaules. Pendant que la viande rissolait, Edit mélangea de l'eau chaude avec du *chunga* et de la confiture de baies pour préparer la décoction piquante qui semblait les fortifier.

Elles mastiquèrent le gibier au goût prononcé dans un abandon silencieux, le menton et les doigts ruisselants de jus. Edit sentait ses forces revenir, comme si ce sang regagné compensait celui perdu. Mère Taïga était ainsi – elle les avait sauvées de la mort toutes les deux.

Les joues de sa fille commençaient à retrouver des couleurs. Edit raconta son périple à Zina, bien qu'en minimisant la proximité de la tigresse. Le bon chasseur ne prenait que le nécessaire, et se retirait en disant merci.

— Tu l'as vue ? demanda sa fille.

— Non. Et tant mieux. Cela porte malheur de voir un tigre.

Edit s'abstint de lui parler de l'éclair orange, de la présence de la tigresse qu'elle avait ressentie dans chaque cellule de son corps.

Elle passa sous silence ce qu'elle avait fait. Elle avait chassé, voilà tout. Elle observa sa fille qui mâchait sa viande, qui l'examinait entre ses doigts comme un écureuil pourrait examiner une noix. Zina était d'un tempérament naturel, désinvolte, immense pour son âge et – quoi ? Elle était elle-même. *Elle*. Ni une petite fille ni une femme, mais une créature dotée d'un pouvoir mystérieux, étrange, rien qu'à elle. Personne au monde n'impressionnait autant Edit, personne hormis une créature à la beauté, à la prestance comparable : une tigresse.

Elle secoua la tête en souriant. Il y avait des choses qu'elle ne pouvait pas s'expliquer à elle-même – alors à une enfant de 10 ans… Elle dégusta son dernier morceau de viande tout en remarquant que la plus grande portion, qu'elle avait donnée à Zina, avait déjà disparu, et que sa fille se léchait les lèvres sans retenue comme un chat se pourlèche les babines.

Elle revit les anciennes du village, ces femmes chez qui une lente transformation semblait aussi s'être opérée au fil du temps – moyennant, à présent qu'elle y repensait, un long combat physique et spirituel. Elles avaient fini par y gagner un profond changement, à la fois en elles et dans leur place au sein du village.

Ces femmes aussi étaient devenues *elles-mêmes*. Libérées de la maternité et des attentes imposées aux plus jeunes, considérées comme sages. Elles distribuaient les préparations médicinales. Se voyaient consultées sur les questions importantes. Et plus encore, elles étaient considérablement plus libres, dans leur expression comme dans leurs actes.

Était-ce de cela qu'il s'agissait ? Edit était-elle en passe de se trouver, de devenir celle qu'elle avait toujours été au fond – une autre sorte de femme ?

La propre mère d'Edit était morte avant d'avoir pu expliquer ces choses à sa fille, et même avant d'avoir pu les connaître.

Bien sûr, ses saignements pouvaient tout aussi bien être le signe d'un changement positif que d'une maladie. Elle l'ignorait.

Elle se demandait, comme souvent lorsque l'éventualité d'une maladie surgissait, si la meilleure des solutions n'aurait pas été de rejoindre la ville, à plusieurs centaines de kilomètres. Mais comment auraient-elles survécu là-bas, sans amis, sans argent, et avec pour seul bagage un savoir-faire qui ne lui aurait jamais servi ? Qu'aurait récolté Zina ? Une chance de réussir, ou bien un long et inexorable plongeon vers leur point de départ, le village, où Edit aurait assisté à l'anéantissement de tous ses rêves pour sa fille ?

Les questions qui la hantaient revinrent tandis qu'elle débarrassait leurs bols. Et demain, et le jour suivant ? Valait-il mieux partir pour le camp ? Où donc Zina pourrait-elle le mieux faire vivre la créature magique qui s'était révélée en elle ?

Zina arrêta de se lécher les doigts.

— Quoi ? demanda-t-elle à sa mère.

— Tu veux aller au camp ? Le camp avec les hommes, tu t'en souviens ? Là où nous avons trouvé du matériel, il y a plusieurs années ?

— Tu disais qu'ils nous tueraient.

— Je voulais te protéger. Je sais que tu ne me crois pas, mais c'est vrai.

— Tu as dit que j'étais une enfant de la forêt, fit remarquer Zina en détournant ses grands yeux. Que les humains n'allaient pas m'aimer.

— Zina…

Edit tendit la main vers celle de sa fille.

— Mes saignements m'inquiètent, poursuivit-elle. J'ai peur de tomber malade, de ne plus pouvoir faire ce que j'ai fait aujourd'hui. Je ne peux pas voler un tigre une seconde fois.

Zina cligna des yeux.

— Mais je peux chasser, moi. Je peux nous protéger et nous nourrir.

— Mais, si nous allons au camp, peut-être que…

— Peut-être que quoi ?

— Que tu seras heureuse.

Zina leva les yeux au ciel.

— Ah oui, c'est vrai : avec un mari et tout plein de bébés.

L'une de ses incisives mordit sa lèvre inférieure comme une petite ponctuation. C'était presque un sourire.

— Si tu veux y aller, alors nous irons, affirma Edit. Il est temps que tu commences à prendre des décisions.

Zina se redressa et considéra sa mère. Puis elle dit :

— Pas encore. Ma maison est ici.

Et, voyant qu'une certaine tendresse se glissait dans leur conversation, elle saisit l'occasion.

— Mon père…, commença-t-elle.

Edit n'était plus avare d'informations désormais.

— Il s'appelait Valery.

— Tu… tu l'as aimé ? Valery.

Entendre le nom de Valery dans la bouche de son enfant lui fit un choc. On aurait presque dit un autre mot. Il avait jusqu'à présent recouvert pour Edit un ensemble de souvenirs encore vibrants de vie. Alors que pour Zina, c'était un mot sans souvenirs, qui signifiait simplement *père*.

Pourquoi ne lui avait-elle pas révélé son nom plus tôt ? Elle avait soudain l'impression d'avoir dérobé quelque chose à sa fille, ce qui la fit rougir de honte.

Zina faisait tourner le mot dans sa bouche d'un air pensif.

— Valery, chuchotait-elle. Valery.

Edit l'avait-elle aimé ? C'était une question à laquelle, bien sûr, il était impossible de répondre. Une question d'enfant désarmante. Car comment tout ce qu'elle avait vécu avec Valery, et sans lui, aurait-il pu être résumé en un seul mot ? C'était la méthode russe : n'utiliser qu'un mot pour forger le paradoxe, pour semer l'ambiguïté au cœur de tout. Il aurait plutôt fallu à Edit une fable oudéguée, tirée de sa propre histoire, capable d'exprimer deux mondes, à jamais séparés, s'attirant l'un l'autre. Un seul mot était une chose pauvre et barbare.

— Oui, je l'ai aimé, dit-elle d'une voix résolue, en regardant sa fille dans les yeux.

Edit mentait – quoiqu'elle n'en fût pas tout à fait sûre –, mais quelle importance ? Sa fille avait besoin de savoir que sa mère avait aimé son père. L'ombre d'un sourire commença à poindre sur les lèvres de Zina.

— Et nous te voulions plus que tout. Sais-tu que nous avons été mariés pendant dix ans avant que tu arrives ? Nous t'avons désirée, tout du long.

Le bord des yeux de Zina avait rougi. Elle courba sa belle tête brillante, sans rien dire. Tout ce dont elle l'avait privée pendant toutes ces années apparut alors à Edit, limpidement.

— Zina, est-ce que tu me pardonnes ? demanda-t-elle, le souffle court.

En réponse, Zina sortit son *khomus*, une petite guimbarde qu'Edit lui avait fabriquée à partir d'une lamelle de bouleau. Elle entama un air grave, dont toutes les deux connaissaient les paroles, et Edit se mit à chanter à travers ses larmes. À la douce lumière du feu, mère et fille entonnèrent les chants ancestraux. Elles n'avaient besoin de rien ni personne. Mère Taïga pourvoyait, et elles avaient, après toutes ces années, touché du doigt l'une des vérités essentielles de la forêt : survivre ici, ensemble, libres, était possible.

30

Était-ce un rêve ? La nuit prit une inspiration tremblotante, comme quand se préparait une tempête. Dans ces moments, chaque oiseau se taisait, les animaux fuyaient, anticipant le déchaînement à venir, l'air qui bientôt bouillirait sous la fureur des esprits, se déchirerait sous la glace.

Les poils se dressèrent sur les bras de Zina.

Un bruit, comme une croûte qui se brise.

Ses yeux s'ouvrirent d'un coup. Chaque muscle se tendit. Le monde avait inspiré, mais pas encore expiré. Tout se passait comme si la cabane s'était soudain vidée de tout son oxygène. Zina respirait comme un poisson sur l'hameçon. Affolée, elle chercha sa mère. Edit dormait profondément à côté du poêle, baignée par sa lueur.

L'avait-elle imaginée, cette ombre filant devant la fenêtre ?

Elle se glissa hors du lit et observa la neige immaculée, éclairée par la lune et les étoiles. Le bruit de son pouls semblait emplir la forêt.

Une chouette s'évanouit dans le noir.

Le ciel, manteau de joyaux. Un jour, ce manteau tomberait et un autre monde s'ouvrirait à elle. C'était ce que lui avait dit sa mère.

Mais l'inquiétude restait accrochée à elle avec ses petites serres, obstinément.

Elle retourna sous ses couvertures et le sommeil l'aspira tout entière.

Quelques heures plus tard, l'aube hivernale l'effleura de ses doigts glacés. Elle se réveilla en sursaut, toujours tenaillée par la même inquiétude, pareille à la faim ou à la soif. Sa mère dormait encore. Elles avaient chanté tard dans la nuit. Un vrai moment de bonheur.

Son regard se posa sur sa mère qui dormait à côté du poêle. Ses cheveux gris formaient une auréole broussailleuse. Son visage ressemblait à la lune quand l'air autour se craquelle, semblable à un disque luisant échoué sur la glace.

Comme il était étrange que tout paraisse comme d'ordinaire et en même temps complètement nouveau. Les lèvres de sa mère avaient la couleur d'une tunique en peau de daim lustrée. Quand sa mère l'embrassait, ce qui était maintenant rare, ses baisers étaient secs comme du papier, comme les coussinets d'un chien viverrin. Zina aimait ces baisers.

Edit avait la mine très pâle. De la sueur perlait à la racine de ses cheveux argentés. Zina portait tant de choses de sa mère en elle – cette prise de conscience lui fit oublier un instant son angoisse. Elle avait les pommettes de sa mère ; et il y avait dans ses cheveux rêches quelque chose de leur ancien éclat. Elle se demanda ce qu'elle tenait de son père – à moins que la forêt n'ait recouvert ses legs ? Ses mains, peut-être ; elle les regardait à présent sous la faible lumière. Des paumes larges, traversées de lignes, comme les pattes d'un grand carnivore. Des ongles épais, semblables à des griffes.

Le feu luisait, sa chaleur pareille à un fragment du soleil, là dans leur cabane, comme si ce feu était un bébé du soleil.

La respiration d'Edit s'accélérait comme si elle rêvait d'une course-poursuite. Zina espéra que sa mère était celle qui la poursuivait ; que dans ses rêves, elle incarnait la tigresse, capable de tout. Elles rêvaient souvent qu'elles mangeaient quand la nourriture venait à manquer, et se décrivaient en détail les viandes qui les faisaient saliver. Ces récits étaient une torture pour deux affamées, mais une torture moindre que de supporter les crampes d'estomac en silence. Zina espérait que, derrière les paupières agitées de sa mère, cette dernière plantait les dents dans de la chair chaude et ruisselante. Elle espérait qu'elles mangeraient la cuisse d'ours plus tard ce jour-là. Se reposer. Manger. Chanter.

Tout ce que sa mère avait dit sur son père la nuit précédente était resté gravé dans son esprit. Elle l'imaginait comme les hommes du camp, aux corps musclés et luisants, dont l'image lui était demeurée parfaitement claire, même après toutes ces années. Dans ses pensées, il se penchait sur sa mère pour l'embrasser, et s'éveillait alors en Zina une pointe de jalousie. De la jalousie envers elle, mais aussi envers lui.

Sa mère dégageait une légère odeur de sang. Sans doute s'agissait-il, ainsi que Zina l'avait appris, d'un phénomène naturel, qui s'arrêterait de lui-même.

On aurait dit que son âme était remontée à la surface de sa peau, et cette vision l'effraya, car sa mère, à cet instant, n'incarnait plus le refuge, le pilier tout-puissant qu'elle avait toujours été, mais seulement une femme fiévreuse endormie, qui saignait. Zina chassa cette pensée.

Elle se leva et se rendit à la fenêtre. Dans la lumière pâle, la neige était parfaite, comme de la peau laiteuse.

Zina coupa un morceau de *chunga* et le fit infuser quelques instants dans une tasse d'eau puisée dans le pot de neige fondue sur le poêle. Elle porta la tasse à ses lèvres.

Aussitôt, la tasse vola de ses doigts. L'eau bouillante lui éclaboussa la jambe, mais elle ne la sentit pas. Une nouvelle fois, elle se précipita à la fenêtre, n'imprimant que maintenant dans son esprit ce qui avait été juste sous ses yeux.

Un tigre.

Sa queue battant en tic-tac.

Couché à la lisière des arbres.

Qui attendait.

Zina laissa échapper un gémissement. Elle recula, le corps tétanisé de peur, manquant de trébucher tant elle tremblait.

— Maman, murmura-t-elle. *Maman*…

— Oui, bonjour ma…

— *Tigre.*

Zina pointa la fenêtre du doigt, puis se détourna et vomit violemment sur le lit. Les restes de la veille se répandirent sur la couverture.

Edit se leva. Sa main se posa sur son ventre.

— Reste en retrait, dit-elle, et elle accourut à la fenêtre.

Au cri que sa mère étouffa, Zina comprit qu'elle ne l'avait pas rêvé.

— C'est la tigresse, dit Edit. Nous avons vu ses traces, avec ses petits, tu t'en souviens ? Je me demande où sont les bébés.

Sa voix était tranchante et fermée comme un verrou.

— Elle est venue pour sa viande ?

Edit se frotta les yeux, comme dans l'espoir que l'image disparaisse.

— Oui, admit-elle.

Zina s'obligea à jeter un nouveau coup d'œil dehors.

On aurait dit que toute la lumière, toute l'obscurité de la forêt, toute sa magie, chaque scintillement d'or, de brun, de blanc, avaient été réunis, sculptés et portés à la vie, là sous leurs yeux. De la tête au bout de la queue, la tigresse était aussi large que leur cabane.

La bête bâilla. Ses crocs étaient comme des stalactites.

— Elle n'a pas l'air en colère, dit Zina avec espoir. Peut-être que si nous lui donnons la viande, elle s'en ira.

Edit se tourna vers sa fille.

— Reste en retrait. Bien en retrait.

— Tu fais quoi ?

— Le fusil est dehors. Je vais aller le chercher et le charger.

— Maman, il ne faut pas ouvrir la porte.

— Zina, cette tigresse ne partira pas d'ici tant qu'elle n'aura pas eu ce qu'elle voulait. Nous aurons le temps de mourir de faim si nous attendons. Non, elle…

Edit poussa un soupir tremblotant.

— Il faut que je m'en occupe, ajouta-t-elle.

Et sur une grande respiration, elle ouvrit la porte. La lumière glacée des premières lueurs s'engouffra dans la cabane, saupoudrant de flocons le sol en terre.

La tigresse fit pivoter sa gueule géante. Ses babines se retroussèrent dans un grand feulement. Une ondulation se répandit le long de ses côtes, comme si la bête se préparait à se lever. Son énorme queue se balança comme un serpent. Edit se faufila d'un pas habile le long du bâtiment, jusqu'au petit porche, et récupéra le fusil.

Elle retourna à l'intérieur en un éclair, claqua la porte derrière elle et verrouilla le loquet. Puis elle s'assit lourdement sur le lit. Ses mains tremblaient sur le fusil.

Zina n'avait jamais vu de tigre, mais jamais elle ne l'aurait imaginé aussi gros, même dans ses cauchemars. Qu'un tigre puisse se trouver là devant leur cabane, à les attendre, lui semblait impossible. Elle savait, bien sûr, par sa mère, qu'un tigre n'oubliait jamais un tort qui lui avait été fait. Mais ce tigre-là semblait tout droit sorti d'un rêve ou d'une histoire. Il était au-delà du réel, était une conjuration, pareil aux images de son père qu'elle faisait naître derrière ses paupières, la nuit.

Edit saisit le bras de sa fille.

— Un tigre n'est pas un animal comme les autres, Zina. Tu le sais, n'est-ce pas ? Nous, les Oudégués, savons que le tigre est l'esprit de la forêt, et je lui ai volé quelque chose. C'est moi qu'elle veut, et c'est à moi d'en répondre. Je pensais… Je pensais qu'elle me pardonnerait peut-être. Nous avions si faim. Je pensais qu'elle accepterait de partager.

Zina était terrifiée, mais pas par la même créature que sa mère.

— Maman, nous pouvons nous défendre contre un animal, pas vrai ? Mais pas contre un dieu.

Edit posa l'un de ses baisers chauds sur la joue de sa fille.

— Il n'y a qu'un seul fusil. *Reste* à l'intérieur. Promets-le-moi.

Zina sourit.

— Je te le promets.

Edit en avait rompu, des promesses. Elle avait fait la promesse de rester mariée à Valery, le père de Zina, et ne l'avait pas tenue. Elle avait promis de trouver l'autre tribu, mais avait changé d'avis. Comme pour ses pommettes, comme pour ses cheveux, Zina décréta qu'elle avait hérité de sa mère sa manière de ne considérer les promesses que comme des engagements à réévaluer. Un basculement terrible allait bientôt bouleverser leur petite unité, et il était clair pour Zina que les promesses d'une enfant à sa mère ne l'engageaient pas en toutes circonstances.

Edit semblait encore plus mince et plus fragile que la veille. En enfilant les collants en peau de cerf propres qu'elle avait lavés et fait sécher, elle trébucha et manqua de tomber. Zina lui saisit le bras.

— Ça va aller, je me suis penchée trop vite, c'est tout, dit-elle. Viens là, ma belle, attache-moi ma ceinture.

L'enfant lui attacha la ceinture de munitions. Pendant que sa mère remplissait les poches de balles, Zina se rendit à la fenêtre pour vérifier où se trouvait le tigre.

— Elle n'est plus là ! s'écria-t-elle.

— Quoi ?

La tigresse avait disparu. La neige était dérangée à l'endroit où elle s'était couchée, mais de la bête elle-même, plus de trace.

— Je la sens toujours, pas toi ? demanda Edit.

Ses yeux étaient écarquillés.

Zina acquiesça, les poils de sa nuque et de ses bras dressés, à nouveau. La nausée lui tordait le ventre.

Edit remplit le chargeur et ajouta d'un ton autoritaire :

— Tu seras en sécurité tant que tu resteras là. Je vais utiliser la cabane comme appât et l'attendre dehors. Je lui tirerai dessus dès qu'elle approchera. Je serai juste là, dehors. Surtout, ne bouge pas, d'accord ?

Elle s'obligea à lui adresser un sourire, auquel Zina répondit de manière tout aussi forcée. Puis la porte se referma. Sidérée, Zina resta postée près de la fenêtre.

Tout dans cette belle journée lumineuse qui s'annonçait semblait pourtant crier : *Aucun tigre à l'horizon ! Aucun danger en vue !*

Plaquée contre le mur, Edit se glissa jusqu'à l'angle de la cabane. Elle scruta la lisière de la forêt. Puis passa de l'autre côté et jeta un nouveau coup d'œil. Rien, pas même des traces. Le silence pesait comme une cloche sur la clairière et son cœur résonnait à l'intérieur. Elle aurait pu mourir de terreur.

Les minutes s'étiraient. Il lui faudrait rentrer se réchauffer sous peu. Peut-être que la tigresse était finalement retournée auprès de ses petits. Mais l'inquiétude persistait, de plus en plus forte, pénétrant jusqu'à la moelle de la mère et de la fille.

Une certitude gagnait Zina : si le combat virait au face-à-face entre elles deux, la tigresse gagnerait, grâce à son endurance et à sa nature d'une impitoyable patience. Edit et Zina ne pouvaient pas attendre les bras croisés, éternellement. Ce fut alors que l'idée jaillit.

Elle attrapa le tas de broussailles prévues pour le feu et l'attacha à la branche qu'elles utilisaient comme tisonnier. Elle se servit d'une bougie pour prélever une flamme sur le poêle et allumer le bout de la torche. Puis elle s'empara de la bouteille de carburant qu'elles avaient à peine touchée en cinq ans, et ouvrit la porte de la cabane pour s'élancer dans la neige.

— Zina ! Qu'est-ce que tu fais ? s'écria Edit.

— Du feu ! hurla Zina. Tous les animaux ont peur du feu, même les tigres !

— Zina, non ! Tu avais promis !

Edit regarda, impuissante, sa fille traverser la neige immaculée vers la lisière de la forêt, son flambeau au-dessus de la tête. Le plan initial d'Edit avait été de contourner la cabane, d'observer les signes, attendre la réapparition de la tigresse, qui surviendrait, forcément. Mais, à présent que son enfant se trouvait dehors dans la neige, toutes ces idées tombaient à l'eau ; le plus urgent était de la couvrir grâce à son fusil. La terreur explosa dans ses veines lorsqu'elle comprit que Zina s'approchait de l'endroit où la tigresse s'était couchée pour poser son flambeau sur le pied d'un bouleau. Les flammes jaillirent le long de l'écorce comme des écureuils en fuite. Sa fille passa au suivant – une giclée de carburant, la torche flamboyante, puis le feu dansa sur le tronc, s'emparant de ses branches nues, des vestiges morts d'un nid d'ours. Un craquement assourdissant envahit l'atmosphère, noyant tout autre son, et la fumée commença à tourbillonner sur la neige.

Zina haletait d'excitation. Un mur de feu – oui, un mur de feu chasserait *Amba*, l'esprit de la forêt. Ce temps précieux leur permettrait de réfléchir. Elle continua à courir, trébuchant dans la neige profonde, les poumons brûlants. Bientôt, toute la rangée d'arbres autour de la clairière s'embrasait.

Sa mère promenait le fusil de gauche à droite, désespérément, à l'affût de tout signe de la tigresse, les yeux plissés de la concentration du chasseur, le long du canon. De la même manière que Zina avait rompu sa promesse, Edit laissait tomber son plan. Elle aurait tout fait pour protéger sa fille ; rien d'autre n'importait plus.

Pour mieux voir, elle fit un pas en avant, s'écartant du mur de la cabane.

Elle s'écarta du mur de la cabane.

Les rugissements des flammes dans les branches éclipsaient tous les sons, et éclipsèrent aussi le geste décisif de la tigresse.

La bouche de Zina s'ouvrit si grand qu'elle se fendit. Peut-être sous l'effet d'un gémissement, d'un cri, ou bien d'un esprit – un vrai – soudain surgi de ses entrailles. Ses lèvres remuèrent, tentant de modeler un son autour de ce cri.

Car la tigresse avait sauté sur le toit.

Zina lança vainement son flambeau vers la cabane. Les craquements du feu derrière elle résonnaient dans sa boîte crânienne comme des éclats d'obus.

Elle se traîna vers sa mère dans la neige effroyable et vorace. Son visage était un masque de peur.

Edit comprit ce qui se passait, se retournant juste au moment où la tigresse bondissait avec la plus grande légèreté, comme hors du monde physique, imperméable au temps et à la gravité.

Le corps de Zina, enlisé dans une congère, peinait autant que son esprit. Sa mère tira, réarma, tira, réarma, tira, réarma…

le corps de la tigresse réverbéra l'écho tandis qu'elle traversait le soleil, toutes griffes dehors

le sang jaillissant de sa tête, comme d'une source chaude

et tire, et réarme, *clic, clic, clic*

Edit, petite comme un enfant sous un grand nuage

le fusil abandonné dans la neige, le fusil vide

Edit levant les deux mains pour se protéger le visage…

— Maman ! hurla Zina, rampant vers elle, tel un nouveau-né remontant le grand ventre de la Terre jusqu'au sein qui la sauverait.

Mais désormais, il n'y avait plus qu'une tigresse, qui rugissait et grattait la neige, avec un grand trou dans la tête, du sang partout sur les mâchoires.

Et de la fumée qui s'élevait autour d'elles.

À travers la brume brûlante, Zina aperçut un autre tigre, un petit, contourner la cabane et s'arrêter, pétrifié, le regard rivé sur sa mère.

PARTIE IV

TIGRESSES

31

Si l'on avait pu suivre à rebours les traces de la Comtesse dans sa traque de l'ours, remonter à la perte de son petit, remonter à sa propre mort, rembobiner le fil des couches de neige et des saisons, tout cela aurait mené à ce début sans nom, dans une grotte sur les hauteurs, par une nuit claire du début de l'été.

Nous étions quelques mois avant que les images de la Comtesse et ses petits, celles qu'Ivan et Tomas aimaient tant visionner, ne soient capturées. La Comtesse se reposait à l'entrée de la grotte qu'elle avait choisie pour donner naissance à ses tigreaux. Loin de tous les pièges photo. Pas âme qui vive aux alentours ; la tigresse était hors de portée de toute trame narrative humaine.

Quelque chose passa dans l'obscurité fraîche. Sans un bruit, mais la Comtesse sentit un frôlement sur sa joue. Sa gueule, au repos, était une immense parabole, qui même à plusieurs mètres détectait les changements de pression dans l'atmosphère.

Ce changement ressemblait à une traînée de bulles, *pop, pop, pop*, sur le côté droit de sa gueule. Ses yeux s'ouvrirent d'un coup. L'obscurité n'était pas totale ; le ciel était piqué d'un si grand nombre d'étoiles que l'œil humain pouvait croire qu'il s'apprêtait à se déchirer, révélant l'indescriptible brillance du firmament.

La quantité de points lumineux était telle que le moindre mouvement devenait détectable. Mais seulement le mouvement – le reste lui échappait. Le reste lui importait peu, en fait. À quoi bon voir les couleurs, la rondeur d'un œil ? Si la créature respirait, non loin, la Comtesse la voyait. Oserait-elle se lécher les babines, lever le museau, idem.

Elle orienta son oreille droite vers ce changement ambiant. Elle entendit, à une dizaine de longueurs, une respiration. Pas la respiration d'un animal : celle de l'atmosphère quand se pose une créature.

Oiseau. Oiseau qui se pose.

La tête suivit l'oreille, et chaque sens était à présent tourné vers l'avant. Elle ouvrit la bouche et l'air aspiré passa par le clapet à l'arrière de sa gorge, qui lui permettait de goûter et de sentir en même temps. Mais la perturbation ne résultait pas de quelque chose d'assez gros, d'assez proche, ni d'assez essentiel pour alerter son odorat – moins sensible que celui d'un chien, davantage destiné à communiquer avec les siens qu'à l'aider pour la chasse.

À part sa respiration délicate, qui absorbait l'air froid, aucun mouvement n'agitait son corps. La Comtesse dormait, la tête dans l'entrée de la grotte. Dans son ventre, les petits bougeaient, comme si elle portait une volée d'oiseaux. Parfois, la sensation ressemblait à de la faim. Parfois, elle était la faim, leur faim qui se transmettait à elle, qui devenait sienne. Mais, à cet instant, une vive douleur accompagna leur mouvement.

Les informations arrivèrent en rafale.

Explosion dans l'herbe.

Étoiles sur une serre tendue.

Un œil, rond et brillant comme le sien. Une chouette. La tigresse observa la chouette, mais la chouette ne vit pas la tigresse. Elle se tenait si immobile qu'on ne pouvait la détecter. La chouette était, de toute façon, concentrée sur une souris qu'elle avait maintenant attrapée, sans même un couinement ; l'exécution fut instantanée.

Boule d'obscurité, un lambeau noir qui pend.

Puis plus rien. La nuit perlée, de retour. Les oreilles de la Comtesse pivotèrent, indépendamment l'une de l'autre, balayèrent la zone à la recherche de sons. Ses troisièmes paupières glissèrent sur ses yeux et sa langue sortit pour goûter à nouveau l'air.

À cet instant, on aurait dit un serpent monstrueux. L'observateur humain comprendrait immédiatement pourquoi sur le tambour des chamans oudégués est peinte une créature mi-tigre mi-serpent. Les Oudégués comprennent que tout dans la nature n'est qu'incarnation mutuelle. Posée là, observant les alentours de son calme mortel, la Comtesse était la parfaite illustration de cette magie concrète.

Cela faisait une semaine qu'elle n'avait pas mangé. Aux premières lueurs, il lui faudrait attraper quelque chose. Elle était affamée. Sa dernière proie, un sanglier de bonne taille, la tigresse l'avait traînée jusqu'à cette grotte et s'en était gavée pendant des jours. Il lui en fallait plus à présent. *Encore*.

Le territoire devait aussi être vérifié, marqué une nouvelle fois. La vie de la Comtesse n'était que ratissage constant de sa zone, marquage et griffades, autant de rappels de sa suprématie qu'elle apposait sur les arbres. La naissance imminente de ses petits allait entraver l'accomplissement de ces tâches vitales.

Cette tigresse était une bête énorme et belle, dont l'énormité et la beauté étaient maintenues par un repos judicieux. En été, lorsque la nourriture abondait et la température s'élevait, que l'air humide reposait en grands nuages brumeux, elle pouvait dormir quinze heures d'affilée, maintenant le contact avec toutes les fréquences du monde grâce à ses oreilles. Mais le sang dans son vaste corps, lui, circulait aussi paresseusement que les méandres de la rivière. Au repos, son cœur battait d'un rythme langoureux, comme un immense esturgeon dans le lac, immobile contre le courant. Et lorsque la faim faisait retentir son lent grondement, la Comtesse était en mesure d'y répondre avec grâce, car une seule nuit de chasse pouvait suffire à la satisfaire. Dix, voire vingt tentatives infructueuses pouvaient survenir avant d'attraper une proie ; en été, quand le gibier était abondant, chasser ne s'avérait pas aussi fatigant. Parfois même, certains autres plaisirs – comme le sommeil, comme le jeu – supplantaient la faim.

Mais, dès l'approche de l'hiver, la production de glands et de noix diminuait ; sangliers et biches commençaient à se déplacer de plus en plus loin, et les dix ou vingt tentatives étaient alors parfois séparées par des jours d'intervalle. En outre, la Comtesse passait des nuits moins confortables – malgré l'épaisse fourrure et les longs poils emprisonnant la chaleur, même faible, malgré la couche de graisse qu'elle avait réussi à accumuler.

Avant que les rivières ne gèlent complètement, il restait une chance d'attraper des poissons, mais leur nage se faisait plus rapide lorsque l'eau devenait froide, et s'y reprendre à dix ou vingt fois était épuisant.

Chacune des saisons s'interpénétrait, et l'histoire de la Comtesse s'écrivait à travers les petits qu'elle engendrait tous les deux ou trois ans. Elle était une mère extraordinairement bien lotie : au moins un tigreau avait toujours survécu, souvent plus. Sa taille inhabituelle était l'un des facteurs de ce succès, tout comme la férocité qu'elle déployait pour garder son territoire. Plusieurs territoires féminins jouxtaient le sien – y compris, jusqu'à récemment, celui de sa propre mère, tuée par un piège. Le seul tigre autorisé à empiéter sur son territoire était le roi tigre, et pour la seule et unique raison qu'il ne le percevait pas comme séparé du sien. Son territoire comptait cinq tigresses, et il passait sa vie à en faire le tour, couvrant plusieurs centaines de kilomètres.

Mais un mois plus tôt était arrivée une rupture dans l'ordre établi.

Le roi tigre était mort. La Comtesse était tombée sur son corps à l'extrême limite de son propre territoire. Pris par un piège à fusil, un énorme trou soufflé dans son flanc. Cela s'était produit il y a quelque temps ; les corbeaux l'avaient déjà réduit à un tas d'os.

La tigresse resta assise un moment, cachée près du corps, puis s'enfonça dans le territoire du roi. Bien qu'enceinte, elle commença à suivre sa piste, marquant aux mêmes endroits que lui, traversant les territoires des autres femelles, où elle remporta chaque combat.

De toute évidence, le territoire du roi était devenu le sien, même si le surveiller s'avérait de plus en plus épuisant. Le fils de la Comtesse, né de la portée d'il y a deux ans, ne facilitait pas les choses. Il avait farouchement résisté au moment de quitter la zone comme le font les jeunes mâles, habituellement, pour établir son propre territoire de roi, loin de là. Les jeunes mâles, reculant devant ce défi, restaient souvent près de leurs mères jusqu'à être chassés de force. Mais le roi tigre, ne tolérant sur son territoire que les femelles, pouvait au bout d'un moment s'en prendre à ses propres descendants, considérés comme des rivaux.

Cependant, lorsque son fils se rendit compte que le roi tigre était mort, il commença immédiatement à marquer et griffer le périmètre, souvent par-dessus les propres traces de sa mère. Il était bien plus petit qu'elle, mais plus agressif, et pas non plus handicapé par une grossesse presque à terme. Le bannissement ne pouvait plus attendre. Un combat finit par avoir lieu, juste là sur la terre, sous le tronc courbé que le roi marquait toujours. Fou de rage contre sa mère, le fils grimpa sur elle, lui lacéra les yeux, toutes griffes dehors, et la mordit au cou comme un cerf sika.

Alourdie par la grossesse, la Comtesse devait être prudente. Elle ne pouvait se permettre une blessure qui l'empêcherait de chasser. Mais la férocité de son fils menaçait de l'emporter. Elle le frappa de ses grandes pattes en rugissant alors qu'il grimpait sur son dos. Le fils hurla, grogna en lui griffant les flancs. La Comtesse se dégagea d'un bond maladroit, son fils toujours accroché à son dos, sa gueule sur son cou. Elle s'enfonça dans la partie la plus dense de la forêt, là où les branches basses et les jeunes arbres bouchaient le chemin. Son fils, désarçonné, finit par tomber et se cogner durement à une branche, pour aussitôt se remettre sur ses pattes, fort de l'apparente invincibilité de la jeunesse.

Haletante, elle descendit vers la zone où les arbres s'écartaient légèrement, laissant place à une végétation douce, à des herbes qui attiraient de nombreuses biches en saison.

Là gisaient des pièges abandonnés, des fosses creusées par des chasseurs chinois, des années auparavant. Le périmètre était délimité par des clôtures, détruites à présent, qui canalisaient les biches pour les faire tomber dans les trous placés à intervalles réguliers. À chaque intervalle, un profond fossé, à l'époque recouvert de branchages. À leur départ, les Chinois n'avaient pris la peine ni de reboucher les fosses ni de démanteler la clôture, si bien que les bêtes avaient continué à tomber jusqu'à retenir la leçon.

La Comtesse connaissait cette zone ; son fils, non. Elle bondit, son fils sur ses talons, et sauta par-dessus la fosse. Bien sûr, son fils ne sauta pas, tout concentré qu'il était sur sa mère, et s'écrasa au fond du trou. Malgré sa rage qui résonnait dans les arbres, la tigresse ne se retourna pas. Elle repartit vers la grotte au sommet de la montagne, au loin. Il y avait toutes les chances qu'il parvienne à sortir, mais, le cas échéant, il ne la défierait pas de sitôt, pas avant d'être suffisamment grand pour la tuer d'un seul coup.

L'aube se levait lentement sur la forêt. Elle devait d'abord s'extraire d'un horizon invisible, puis percer l'épaisse couverture de feuilles. Les petits remuèrent de nouveau, une vive douleur la traversa.

La Comtesse se retira dans la grotte, affamée, assoiffée, en grognant.

32

Près d'un an et demi s'était écoulé, et les petits traversaient leur deuxième hiver, le plus rude jamais connu.

La Comtesse s'arrêta pour renifler l'empreinte ovale et lourde d'un ours. Elle était seule, avait laissé ses tigreaux dans un terrier sous un tronc le temps de chasser. Ces traces étaient celles d'une bête qui se déplaçait lentement et se dirigeait vers les hauteurs. Pas de sang. Donc pas de blessure, mais les ours ne se promenaient jamais en cette saison. Les ours hibernaient, profondément, au creux d'un arbre. Il devait avoir faim, comme elle – affamée depuis trop longtemps.

Elle bifurqua pour suivre sa piste. Passant un arbre où tigres et ours aimaient à gratter et marquer, elle s'arrêta pour flairer, puis se raidit. Des poils, accrochés à l'écorce rugueuse du cèdre, flottaient comme des anémones sous son souffle. Elle dressa l'oreille. Trop loin pour qu'elle puisse l'entendre. Elle accéléra le pas.

En hiver, le passage du temps était tout aussi prégnant sur la langue que le goût du sang. Il s'écoulait le long des rivières gelées et stériles ; il rampait comme une liane qui étouffe la vie sur les arbres vides. Le temps était le seul véritable danger pour la Comtesse dans la forêt d'hiver : le temps passé sans manger ; le temps passé loin de ses tigreaux ; le temps pris pour traquer un ours affamé.

Le seul point faible du temps était de laisser une trace. Le temps pouvait être suivi – à rebours – dans la neige. Il ne pouvait rien cacher, en hiver. L'ours se trouvait trop loin, mais il ne pouvait se cacher de la tigresse.

Le seul autre ours qu'elle avait attrapé était une femelle, une jeune, qui construisait un nid dans les arbres, quelques saisons auparavant. L'ourse secouait bruyamment la canopée, cassant des branches dans son empressement à construire cette plateforme qui lui permettrait d'atteindre les meilleures baies. La tigresse suivait un troupeau de sangliers qui lui-même cherchait des glands. Mais une branche lui tomba pratiquement sur la tête et, le succès de son règne étant en partie dû à sa faculté de bien évaluer chaque situation, elle interrompit sa chasse et leva les yeux vers la source du dérangement. L'ourse ne l'avait ni vue ni entendue ; elle s'agitait dans la cime comme si rien au monde n'existait que sa merveille d'ingénierie. La tigresse choisit un endroit confortable à quelques mètres de là, se coucha et attendit.

Le soir venu, après s'être copieusement gavée de baies, l'ourse redescendit. Mais, à environ 5 mètres du sol, quelque chose l'arrêta. Un silence étrange – car en présence d'un tigre, toutes les créatures aux alentours fuient pour sauver leur vie – la fit se raidir. Elle ne voyait rien, n'entendait rien, mais savait qu'elle ne devait pas descendre. Elle remonta jusqu'au nid et y dormit.

La Comtesse était maintenant blottie sous un tronc tombé, où l'on ne pouvait la voir d'en haut, pour dormir. Une légère pluie tombait ; elle lécha l'écorce mouillée et attendit.

Le lendemain, l'ourse redescendit à la nuit tombée ; mais, une fois encore, le terrible silence la poussa à rebrousser chemin.

Au troisième jour, la Comtesse ne tenta même pas de se cacher. L'air la rendait somnolente. Elle s'étendit sur le tronc, ses oreilles au diapason de l'arbre. Elle bâilla.

Au quatrième jour, l'ourse commença à gémir.

Au cinquième jour, l'ourse descendit de l'arbre juste avant l'aube, ses yeux apeurés semblables à deux gros coups de tampon, et détala dans la direction que la tigresse, pensait-elle, ne surveillait pas.

Bien sûr, la Comtesse était là.

Mais nous étions en été, dans une autre histoire, à une époque où le temps ne saigne pas et ne durcit pas.

Au moins, à présent, les traces n'étaient pas difficiles à suivre et il restait encore plusieurs heures de jour. La piste la conduisit plus haut dans les montagnes. Parfois, ses traces s'inséraient dans celles de l'ours, ses pas effaçant les siens.

Quelque part, un pic-vert martelait un tronc, propulsant jusqu'à la lisière du ciel l'écho frémissant de ses coups. La Comtesse s'arrêta pour lécher de la neige, les flancs soulevés par sa respiration. Ses oreilles balayèrent l'horizon ; sur l'écran de ses rétines, les détails se rassemblaient comme de la limaille de fer autour d'un aimant. Au loin, un corbeau s'éleva, minuscule déchirure dans le ciel. Elle goûta l'air, haletante. Quelque chose… Quelque chose…

Il était temps de quitter les traces.

Elle bifurqua et partit vers l'ouest, longeant le bord de la pente. Cette zone, récemment conquise par le roi tigre, lui appartenait désormais. L'ours se dirigerait vers le dernier bosquet de chênes dans l'espoir d'y trouver des glands. La tigresse savait que les sangliers avaient déjà dévoré ce qui restait et passé leur chemin. Un indice de plus qui montrait le désespoir de l'ours. La Comtesse sentait maintenant sa présence, et la perspective de la satisfaction à venir lui donna un frisson. De la salive lui tombait des mâchoires, disparaissant dans la neige en petits tourbillons de désir.

Quelque chose, une étincelle dans sa tête, la fit soudain virer de bord pour commencer à conclure sa boucle. Elle sortit au petit trot de cette parcelle de forêt peuplée d'arbres décimés par un incendie, voilà bien des années, pour s'enfoncer dans la forêt vierge et finalement s'arrêter sous un cèdre gigantesque. Pelotonnée sur ses racines, elle se fondit parfaitement dans l'incisif clair-obscur, le brun de l'écorce et les ombres.

Elle attendit. Non pas avec la langueur de cette chasse estivale, mais tendue par la faim. Il ne pouvait pas ne pas venir à elle.

Assez vite, son pas, ses reniflements. Il poussait la neige avec frénésie de ses pattes avant, enfonçait son museau dans le néant gelé, sous chaque arbre. Il ne remarqua pas la tigresse, à 5 mètres à peine. Il ne voyait rien d'autre que le possible et l'impossible, qui ne cessaient de se superposer, le faisant haleter.

La Comtesse cligna des yeux. L'épaule de l'ours portait des cicatrices, ses côtes saillaient.

Elle se jeta sur son dos, le fracassa contre un arbre. Elle se tortillait sur lui, déplaçait son poids pour le plaquer. Les yeux fermés, elle ouvrit tout grand la gueule pour lui mordre l'échine à pleines dents, au niveau de la nuque. L'ours en eut le souffle coupé, mais il n'en avait pas encore fini. Rugissant de colère, il lui lacéra les côtes. En réponse, elle l'enserra et ils basculèrent, projetant vers le ciel une constellation de neige. Voilà la tendre gorge. Si seulement l'ours pouvait cesser de remuer. Elle avait si faim. Le combat l'épuisait. Plus que tout au monde, elle désirait manger.

Puis les grosses babines charnues descendirent, presque délicatement retroussées, comme pour un baiser. Ses crocs enveloppèrent la trachée et l'un d'eux transperça l'artère carotide, projetant une giclée de sang sur eux deux. L'ours s'agita de plus belle, alors que le corps de la tigresse semblait se ramasser sur lui-même, s'immobiliser. Le pouls de l'ours battait les moustaches du fauve, et ses yeux terrifiés se mirent à rouler dans leurs orbites. La Comtesse, tranquillement, garda les mâchoires serrées sur sa gorge, secouant simplement la tête de gauche à droite pour éteindre les derniers sursauts. Puis elle sentit enfin le temps fondre, répandant sur sa gueule une chaleur exquise.

33

La neige lui arrivait aux aisselles, mais la Comtesse affrontait puissamment les congères, fauchant le manteau blanc. C'était la petite femelle qui peinait : elle bondissait comme un chiot, cherchant à rester dans le sillage de sa mère, mais tombait sans cesse. On aurait dit un jeu, mais l'une comme l'autre étaient épuisées. Elles ne pouvaient pas se permettre de s'arrêter.

À l'horizon, la ligne des arbres s'épaississait. La neige semblait posée sur les branches tendues comme des fardeaux fantômes dans les bras de voyageurs. À l'horizon, encore, les restes de l'ours. Toute la forêt savait que la tigresse était en route pour réclamer son dû.

Le ciel au-dessus des arbres était renflé. La neige allait se remettre à tomber. Mère et fille devaient atteindre la carcasse sous peu ou – et là, la tigresse refusa catégoriquement de regarder derrière elle – la petite y resterait. Elles avaient déjà laissé le mâle mort derrière elles. Perdre la progéniture qui lui restait aurait été un échec absolu, et la tigresse ne connaissait pas l'échec. Son seul objectif était de les amener jusqu'à cette nourriture qui leur appartenait. Elles n'étaient plus que deux désormais, mère et fille, et touchaient presque au but.

La douceur tombait du ciel. Elle accéléra le pas, toute la puissance de son esprit concentrée sur la ligne des arbres. La neige crissait et craquait de plus en plus fort.

La neige a le pouvoir de rendre le silence solide. Il suffit de savoir quoi écouter, de savoir pencher la tête, pencher l'esprit vers le silence, tout en tenant compte, d'une certaine manière, de l'inclinaison, du champ magnétique de la Terre, et accorder l'esprit sur l'invisible avec une précision absolue. C'était ainsi que la tigresse repérait si elles étaient suivies, et sut ce qui les attendait sous les arbres.

Elle goûta l'air, éternua en respirant un flocon. Il était difficile de flairer quoi que ce soit ; tout comme le silence était solide, la neige était l'absence faite solide : l'incarnation du néant. Puis, un craquement au loin – qui lui balaya la peau comme une nuée d'oiseaux et s'acheva par une décharge électrique dans ses tripes. Le craquement était, elle le savait, celui d'une branche cédant sous le poids de la neige, puis du galop exponentiel de la glace après l'impact. Ces craquements, ces ruptures survenaient continuellement ; il fallait avoir vécu toute une vie dans ces conditions pour les comprendre, afin de ne pas se trouver en dessous quand la chute arrivait.

La jeune tigresse avait tracé un cercle dans la neige autour duquel s'étaient formées de petites murailles à force de tourner en rond. Elle s'était pelotonnée dedans, comme si tout était fini, comme si le temps du repos était enfin venu. La Comtesse rebroussa chemin et, de toute sa hauteur, la considéra. Elle ne pouvait pas jouer, ni même l'inciter à repartir. La clé de la survie consistait à savoir se détourner, continuer à avancer, envers et contre tout. Elle avait abandonné le corps de son autre petit dans la neige – un petit qu'elle avait nourri et protégé, avec lequel elle avait joué. Pourtant, elle avait su à quel moment il ne servait plus à rien de rester. Savoir reconnaître ce moment, dans n'importe quelle situation, était peut-être le secret de sa réussite : elle aurait tout laissé derrière elle, absolument tout, pour survivre.

La petite commençait à le comprendre. Docilement, elle sortit du refuge qu'elle avait creusé. Sa mère avançait, elle devait la suivre.

La route n'était plus très longue. Un hibou s'envola, soulevant une traînée de poussière pailletée. Rencontre de deux regards célestes. De deux intelligences : l'une de l'air et de la nuit ; l'autre de la neige et de l'aube.

Le froid était si vif que les corps de la mère et de la petite tigresse ne restaient pas mouillés. Dans la forêt d'hiver, chaque particule d'eau finissait domptée.

La faim grondait dans les ventres. La fatigue lacérait les muscles. La Comtesse avait traîné l'ours à l'abri pour se donner le temps de récupérer les petits et de les emmener jusqu'à lui. C'était sur ce sentier qu'elle l'avait traîné. Le sillon s'était adouci et la neige luisait, rouge.

Autre chose.

Des points de sang inconnu le long du chemin – pas le sien, pas celui de l'ours.

Elle s'arrêta, le renifla. Sang humain. *Femelle*.

Aucune créature à part les corbeaux n'aurait approché sa proie. C'était une certitude, car elle était la reine.

Mais quelque chose, juste à la marge de son esprit, pesait – si sa pitance avait disparu (ce qui était impensable), alors il faudrait chasser de nouveau, or chasser prenait du temps et la Comtesse n'avait tout simplement pas la force de tout reprendre à zéro. Cette considération, qui pas un instant ne bascula vers la peur, ne franchit la ligne de séparation entre présent et futur, ne s'imposa pas à elle comme elle se serait imposée à un esprit humain. L'extrême faisait partie de sa nature. Tout en elle, depuis ses muscles surdimensionnés et son regard insondable de serpent à sa manière de fouler le sol, enrobée dans sa fourrure comme un écrin recelant la masse de ses précieux organes, tout en elle façonnait un spécimen à couper le souffle. Elle n'attendait rien : ni joie, ni repos, ni paix. Et avait pour elle de connaître comme sa poche ce lieu hostile, et de savoir que rien ici ne changeait jamais beaucoup.

La clairière n'aurait pas dû changer, l'endroit où elle avait caché sa proie non plus ni – car il en allait ainsi dans ce lieu inhospitalier – la carcasse de l'ours elle-même qui, bien que se trouvant encore là, reconnaissable, se révéla *réduite*. Les corbeaux s'étaient servis, ce qui était prévisible, mais de gros morceaux avaient également été découpés.

La Comtesse grogna, se mit à faire les cent pas devant la carcasse. La petite hésitait, affamée, mais sans oser prendre d'initiative. Tout autour de la carcasse, des éclaboussures de sang, et toujours cette odeur humaine femelle.

La Comtesse se livra à son analyse, recueillant dans ses naseaux et sur sa langue les particules d'odeur qui flottaient dans l'air, léchant la neige pour s'imprégner de leur goût. Elle savait à présent qui avait pris la nourriture. C'était la chasseuse qu'elle avait vue de nombreuses fois, dans les zones les plus reculées de la forêt, celle qui depuis quelque temps traînait du sang, sentait le sang. Malgré le froid qui effaçait toutes les odeurs et toutes les saveurs, la récolte fut suffisante pour activer dans son cerveau l'indéfectible synapse qui la mènerait à la voleuse.

Mais d'abord, manger. La Comtesse poussa la petite tigresse vers la viande, devenue légèrement craquante, car à demi-gelée, avant de se jeter elle-même dessus. Au milieu d'un nuage carmin, mère et fille se nourrirent voracement.

Des heures plus tard, lorsqu'il ne resta plus sur la carcasse le moindre morceau pouvant être consommé, la Comtesse décida de s'atteler à ce qui devait être fait. Momentanément fortifiée, la petite suivit sa mère en bondissant sur la piste des taches de sang puis, plus loin, des traces de l'humaine. Là où les empreintes se brouillaient sous la neige nouvelle, l'odeur de ce sang la guidait encore, fragmentée comme la lumière à travers les pins.

La Comtesse allait récupérer son dû et tuer la chasseuse qui le lui avait pris. Le trajet s'accomplit comme toute expédition de chasse, avec un calme impitoyable et méthodique. La petite sautillait autour d'elle, et de temps à autre, la tigresse s'arrêtait pour la soulever par la peau du cou et la porter sur son dos, ou pour la faire rouler dans la neige sous ses grosses pattes. Quand la faim était satisfaite et que la récompense attendait, avec certitude, au bout du chemin, même la tigresse pouvait se montrer joueuse. Un moment plus tard, la petite se replaça dans le sillage de sa mère et trotta derrière elle, le regard rivé sur la pointe de sa queue qui ondulait, doucement recourbée.

La Comtesse connaissait leur destination. Le pourquoi du comment ne faisait pas partie de l'équation – le pourquoi n'est pas si important, au final. Son monde à elle se composait de faits et de conséquences. La chasseuse allait subir une conséquence. C'était une loi de la forêt : ne jamais voler la reine ou le roi. Ainsi poursuivirent-elles leur voyage, la tigresse seigneuresse de la forêt, à qui l'on venait de dérober son butin. Toujours à un bout de queue de la catastrophe.

34

Le doigt de l'enfant tremblait violemment sur la détente du fusil. C'était une Kalachnikov de la Seconde Guerre mondiale, l'une des seules armes qu'il avait été possible de se procurer pendant de nombreuses années. Imprévisible, mais aussi lourde et difficile à manier. Tomas pria pour que le coup ne parte pas tout seul. La petite avait un regard féroce, même si ses lèvres grelottaient. Malgré ses muscles épuisés, il garda les mains en l'air, aussi haut que possible, d'une manière qu'il espérait pacifique, apaisante.

D'un signe de tête, la fillette indiqua l'endroit d'où il était sorti de la forêt. La fumée s'était logée dans les plis que la peur et la détresse formaient sur son visage. Elle paraissait beaucoup plus que son âge. Derrière elle, les cimes des arbres brûlaient toujours. La cendre tournoyait autour d'elle comme des mouches et la neige tombait comme si une main secouait le ciel.

— Va-t'en ! cria-t-elle en levant le fusil. Va-t'en !

Il lui vint alors à l'esprit que, s'il se pliait à son ordre, s'il abandonnait cette enfant seule ici, au milieu de ce terrible incendie, auprès de ce corps qui devait être celui de sa mère, il n'était rien ; il mériterait toute la misère, tous les malheurs qui sans nul doute s'abattraient sur lui. Il préférait que son refus d'obéir lui vaille d'être tué. Et aurait encore plus préféré que le coup parte par accident. D'une certaine manière, un équilibre aurait été rétabli. Cette pensée lui donna du courage.

— Ne tire pas ! cria-t-il au milieu de la neige étouffante. Je m'appelle Tomas. L'incendie… il faut éteindre l'incendie !

Le visage de l'enfant s'assombrit, défiant. D'instinct, Tomas fit un pas en arrière, et bafouilla les premiers mots qui lui vinrent.

— Tu veux voir une sirène ?

— C'est quoi, une sirène ?

Ses sourcils se froncèrent derrière le canon.

— C'est une dame qui est à moitié poisson. Tout le bas de son corps, c'est une grande queue de poisson.

L'enfant ne répondit rien, mais se tortilla légèrement.

— Je vais baisser les mains pour retirer mon manteau. Je le ferai très lentement. Tu verras mes mains tout le temps. Je voudrais te montrer que je suis vraiment là pour t'aider. Parce qu'en te montrant ma sirène je prends le risque de mourir gelé.

Sans jamais rompre le contact visuel, il posa lentement son sac et ôta son manteau. Comme un foret invisible, le froid transperça ses vêtements. Les yeux de la fillette s'écarquillèrent lorsqu'il atteignit la dernière couche, un vieux tee-shirt en laine qu'il fit passer par-dessus sa tête. L'air, fondant sur lui comme une nuée de sauterelles, lui arracha un gémissement. Du peu de souffle qu'il lui restait, il haleta :

— Je vais me retourner. Pour te montrer la sirène. Ne tire pas, s'il te plaît. Et, s'il te plaît, ne regarde pas trop longtemps. J'ai très froid.

Il se retourna, révélant la sirène enroulée jusqu'à son dos, et contracta les muscles de manière à la faire onduler. Sous les flocons, on aurait presque cru voir ruisseler de l'eau blanche.

— Alors, elle te plaît ? demanda-t-il par-dessus son épaule. Elles vivent dans la mer, et chantent pour éloigner les marins des rochers.

Il y eut un silence. Avec la plus grande prudence, Tomas se retourna. Le froid était si intense qu'il étouffait même les grelottements. Son corps ne parvenait même plus à comprendre à quel point la température avait chuté. Ses tétons ressemblaient à deux fruits rouges rabougris. Des bleus se formaient sur sa peau.

Le fusil, toujours pointé sur lui, tremblait si fort que le tableau aurait presque été comique. L'enfant avait envie de le poser, le poids était trop lourd. Elle avait le bord des yeux rouges et les cils cerclés de givre blanc.

— Elle s'appelle…, bégaya Tomas entre ses lèvres gelées, rallumant son cerveau engourdi.

Le nom de sa mère.

— Elle s'appelle Natasha. Et toi, comment tu t'appelles ?

— Zina, murmura la petite.

— Zina, acceptes-tu que je me rhabille ? Natasha a très froid.

Elle acquiesça. Les membres raides comme de la viande congelée, Tomas s'empressa de renfiler ses vêtements. Sous l'assaut de la neige, le feu sifflait dans les arbres. On aurait dit un mirage : l'air ondoyait, mais la chaleur l'atteignait à peine ; il ne sentait qu'une tiédeur âcre, mourante, portée par la fumée, qui semblait s'échapper d'un monde souterrain.

— La cabane, Zina. As-tu des outils ? Une pelle ?

Zina hocha la tête. Elle pointa avec son fusil.

— Là-bas.

— Bien. Il faut construire un remblai devant, le plus haut possible. Prends la pelle. Je vais voir ce que je peux trouver à l'intérieur. Laissons nos armes ici, près de la porte.

Il tendit la main vers le fusil.

Le regard de Zina balaya les corps dans la neige. La lueur d'espoir qui se lisait sur son visage déchira le cœur de Tomas. Elle n'avait pas encore compris. Elle semblait perdue, comme un jeune arbre échoué sous la lumière crue du jour.

— Ma maman ne va pas avoir froid ? demanda-t-elle, et pour la toute première fois, elle le regarda dans les yeux.

Sa réponse était cruciale : il devait lui faire savoir que sa mère était morte, mais sans prononcer le mot, sans le jeter sur elle comme on jetterait une pierre.

Alors, aussi calmement possible, Tomas dit :

— Ta maman est au chaud dans le monde des esprits. Elle te regarde, et veille sur toi.

Zina se mordit sa lèvre, mais son regard ne vacilla pas.

Puis elle acquiesça et dit :

— Il y a une planche derrière la cabane. C'est ça que j'utilise quand on dégage la neige, avec maman.

Elle abaissa le fusil et tout son visage se détendit de soulagement, pour se recrisper aussitôt.

— Donne-moi ton fusil, ordonna-t-elle.

— Mais il vaut mieux…

Zina le remit en joue et Tomas leva les mains.

— D'accord, oui. Voilà mon fusil.

Il le poussa vers elle avec son pied.

— C'est moi qui les garde, dit Zina.

— C'est juste… qu'un tigre pourrait arriver. La tigresse a un petit…

— Je sais. Il était là.

— Ici ?

Alarmé, Tomas regarda tout autour de lui.

— Où ça ?

— Il s'est enfui. À cause de toi. Lui et moi, nous avons… Nous avons tous les deux vu…

— Zina, le tigreau va revenir, il faut nous tenir prêts. Il faut l'attraper – je ne sais pas encore comment, mais il le faut. Je dois le ramener avec moi. Il ne survivra pas, ici.

Il s'abstint d'ajouter : *Et toi non plus*, même s'il se rendait peu à peu compte du tournant qu'avait pris cette expédition.

— Il faut garder les fusils à portée de main. Mais pas à l'intérieur, ou le mécanisme se bloquera à cause du choc thermique. Il faut les entreposer à proximité de l'endroit où nous dormirons.

— Touche un poil du petit et je te tue, cracha Zina.

Puis elle ramassa les deux fusils, en jeta un sur chaque épaule, et s'en alla vers la cabane avec une arrogance peu convaincante.

Il leur fallut deux heures pour créer le remblai. Pendant qu'ils travaillaient en silence, chacun à une extrémité, Tomas vérifia constamment la progression du feu. Il s'éloignait, mais le vent pouvait tourner à tout moment. Zina travaillait avec une diligence farouche. Elle avait caché le fusil de Tomas dans les arbres et portait le sien autour de l'épaule. Avec sa carrure frêle, la bandoulière glissait constamment ; mais sans le moindre signe d'agacement ou d'impatience, elle se redressait et la rajustait, puis se remettait à l'ouvrage.

En quelques heures, les corps d'Edit et de la Comtesse avaient durci et fusionné. Tomas dut se servir de la planche pour les séparer. La mort d'une bête telle que la Comtesse n'était pas chose facile à admettre. Mais plus que le sort de la tigresse, ce fut l'abomination que l'on avait perpétrée en faisant entrer une telle créature dans le monde humain qui le désola profondément. Un peu comme si, pensa-t-il soudain, quelqu'un avait trouvé une sirène dans l'océan et l'avait ramenée sur Terre, où elle n'avait évidemment pas sa place, si bien qu'elle avait péri. Et ce n'était qu'une fois morte, après avoir tant souffert, que l'énormité de la perte – et du crime commis – transparaissait. Il comprenait à présent pourquoi les Oudégués disaient que voir un tigre portait malheur. Déclencher une telle apparition ne pouvait être sans conséquences. Ne pouvait rester impuni.

Bien que la Comtesse fût la raison qui l'avait amené à vivre ce périple tout entier, et malgré le choc profond de sa mort, Tomas bouillait d'impatience de voir le visage de la femme qu'il avait si ardemment fantasmée, cette femme maligne qui fabriquait les meilleurs pièges à zibeline jamais vus, cette femme dont les empreintes avaient brûlé ses lèvres.

Il tira le corps de la tigresse, le traîna sur le côté.

Un hoquet lui échappa en découvrant les blessures de la femme. Le cou était intact, seulement touché par une morsure à la trachée, mais sa poitrine était un trou, et sa clavicule et ses côtes brisées. Ses yeux ouverts regardaient un point derrière Tomas, du côté de l'endroit où Zina travaillait. Il tendit la main et promena ses doigts sur les cheveux grisonnants, aussi rêches que les siens. Puis son regard descendit, et il vit un petit pied gelé, tout en bas – confirmation, bien que cela ne fût nécessaire, que c'était à elle, en effet, qu'appartenaient les empreintes.

Il espéra de tout cœur qu'elle n'avait pas eu le temps de comprendre qu'elle laissait derrière elle son enfant. Rien dans la mort ne devait être pire que cela, pensa Tomas, pas même la peur de voir se jeter sur vous un monstre à la gueule béante : abandonner quelqu'un qui dépend de vous, votre propre chair, que vous aimiez plus que tout. Tomas ne craignait pas la mort. Il avait abandonné tous ceux qu'il pouvait abandonner et n'avait personne pour le pleurer, alors que cette fillette, elle, pleurerait pendant le restant de ses jours.

La maligne – car c'était ainsi qu'il l'appelait dans sa tête – n'était pas la jeune et jolie nymphe de son imagination, mais ce qu'il découvrit le toucha bien davantage. Comment avait-elle fait pour élever un enfant, seule, dans la forêt ? Ses yeux, de son vivant, auraient été vifs et sagaces – et comme les pinsons, impossibles à capturer. Elle avait les lèvres fines, l'arc légèrement marqué, des sourcils épais qui se rejoignaient presque. Elle devait avoir son âge, pensa-t-il, et soudain il se sentit minable face aux souffrances qu'elle avait endurées. Il aurait aimé l'avoir trouvée plus tôt. Avoir pu la sauver.

Il se rendit compte qu'il s'était agenouillé près d'elle.

Quel affrontement cela avait dû être ! L'humain le plus intelligent, le plus courageux du monde contre le prédateur le plus féroce de la taïga.

Il s'attela à recouvrir les corps de neige. C'était la seule solution, au moins jusqu'à tant qu'il puisse faire fondre le sol pour creuser une tombe ou construire un bûcher. Ces trophées de la forêt ne deviendraient pas charognes.

Les yeux de Zina se fermaient tout seuls ; elle devait se forcer à les rouvrir. Le poêle irradiait son doux halo et la cabane était humide de fumée de cuisson. Tomas avait découpé les restes de la viande d'ours et avait fait frire les morceaux congelés. Il avait trouvé des herbes qu'Edit avait fait sécher. Il avait insisté pour que Zina se repose pendant qu'il préparait à manger. Assise sur le lit, elle tenait le fusil sur ses genoux, pointé sur lui. Elle se sentait à la fois morte et excitée, comme une pierre sous l'orage.

Tomas était un ours dans la cabane. Il prenait deux fois plus de place que sa mère. Sa tête frôlait presque les toiles d'araignées au plafond. Il sentait différemment. C'était l'odeur d'une tanière d'ours, ou des clairières où les sangliers s'étendaient, où l'imposant mâle laissait derrière lui une empreinte de la taille d'un petit étang. Une odeur masculine, sèche. Elle avait envie de revoir la sirène, mais n'osait pas demander.

Ses mouvements massifs, l'odeur de la viande sur le feu, la nouveauté absolue que représentait un homme dans la cabane, toutes ces choses crépitantes étouffaient l'horreur de ce qui s'était passé ce jour-là, sa mère gisant dehors dans la neige. Une pulsion, de temps en temps, lui intimait de se lever, de se ruer dehors, de se coucher à côté d'elle. Mais il y avait cet homme à surveiller, et chaque partie de son corps qui la faisait souffrir, et l'épuisement qui lui tiraillait le cerveau. Malgré le fusil pointé sur lui, Tomas restait impassible. Il ne lui demandait qu'une chose : qu'elle ne laisse pas son doigt sur la gâchette, car le coup pouvait partir malgré elle, et il tenait à préparer ce repas et avait vraiment envie de lui parler de ce qu'ils feraient après. Elle était libre de le tuer à tout moment – *juste, s'il te plaît, pas par accident.* Ou elle se retrouverait toute seule. C'était une drôle de demande – et pourquoi n'avait-il pas plus peur ? – mais elle avait obtempéré, surtout parce que le fusil était trop lourd pour être tenu correctement sur la durée, et son doigt, en effet, tremblait trop pour rester sur une gâchette armée.

Elle avait dû s'assoupir, car, lorsqu'elle ouvrit les yeux, il se tenait devant elle avec la viande d'ours rissolée dans une assiette. Elle sursauta en attrapant le fusil et il s'écarta d'un bond, mais elle s'aperçut alors qu'il n'avait pas profité de ce qu'elle dormait pour récupérer l'arme et ne faisait rien de plus que lui apporter à manger. Elle accepta l'assiette et se servit du petit couteau à sa ceinture pour embrocher les morceaux. Manger un mets aussi exquis près du poêle bien chaud avec cet étranger avait quelque chose d'un rêve, alors que sa mère était morte. L'image de la tigresse devant le soleil était marquée au fer rouge dans son esprit, et pourtant, curieusement, la douleur n'était pas descendue dans son ventre. Tout se passait comme dans un cauchemar, dont elle se réveillerait bientôt. Et cet homme serait parti, et sa mère serait là, en train de manger, en face d'elle.

Tomas s'assit par terre, à ses pieds. Le fusil était maintenant posé à l'envers, sur ses genoux. Elle avait les mains pleines. La faim l'avait emporté et elle avait oublié le fusil – pour l'heure.

— Zina, dit-il, tu dois savoir que je suivais cette tigresse parce que nous cherchons à prendre soin des tigres. Mon père et moi... nous construisons une réserve pour eux. Le président de la Russie... tu sais qui c'est ?

Elle secoua la tête.

— Non, évidemment, reprit-il. Eh bien, le président Poutine s'intéresse à notre réserve. Et le petit que tu as vu... Je dois le capturer, le ramener avec moi, et l'emmener au centre vétérinaire. Il ne pourra jamais survivre ici, sans mère. Mais il faut d'abord que je lui fabrique une caisse. Et pour lui fabriquer une caisse, j'ai besoin de ta cabane.

Les yeux de Zina s'écarquillèrent.

— C'est *ma* cabane ! s'écria-t-elle.

Puis elle avala un autre morceau de viande comme si de rien n'était.

— Je vais m'occuper du bébé, poursuivit-elle. Je vais vivre ici, comme ma mère. Je sais chasser. Et je sais tirer.

Elle avait prononcé ces mots avec emphase.

— Toi, rentre dans ton camp.

— Tu ne veux pas m'aider ? s'étonna Tomas.

Zina enfourna le dernier morceau de viande et secoua le fusil en le regardant. L'arme cliqueta si fort que Tomas leva aussitôt les mains en l'air.

— Tu fais ce que je dis ! cria-t-elle. Et j'ai dit, va-t'en !

Elle le fixa d'un regard sauvage, son visage déformé par un mélange de faim, d'indignation et d'épuisement complet.

Tomas avait l'habitude de résoudre les querelles entre ses camarades ivres, au camp. Il faisait souvent office de tampon entre eux et son père : c'était lui qui s'en allait voir Ivan le premier lorsqu'ils avaient des récriminations. Tomas faisait un bon médiateur, là-bas. Mais aucun de ces conflits n'aurait pu le préparer à négocier avec une fille de la forêt armée d'un fusil. Peu importe, il devait capturer ce tigreau et le ramener, et il devait sauver cette enfant. Et la clé, pour ce faire, tenait à cette petite cabane dans laquelle ils se trouvaient tous les deux.

Tous les enfants étaient-ils ainsi ? Têtus, dépourvus de bon sens ? La petite venait de perdre sa mère : comment pouvait-elle ne pas comprendre qu'il avait raison ? Mais il courait le risque qu'à force d'insister elle s'en tienne à sa décision et le tue. De plus, elle était trop grande pour qu'il l'oblige à faire quoi que ce soit contre son gré. Mais il avait besoin de son aide. Il avait beau savoir construire une caisse et capturer le petit, il ne pourrait pas le porter seul jusqu'au camp.

C'était un dilemme. Son exaspération devait se lire sur son visage.

— Je connais ton camp, lâcha brusquement Zina. Pourquoi irais-je là-bas ? Ma mère dit qu'il est plein d'hommes dangereux, qui me feront du mal et se saouleront à mort.

Tomas poussa un hurlement de rire.

— Tu connais mon camp, toi ?

— Nous y sommes allées quand j'étais petite. Nous… avons pris des choses. Des munitions. Un carreau pour notre petite fenêtre. Je ne me souviens plus du reste.

Réalisant qu'elle était en train d'avouer un larcin, elle s'empressa d'ajouter :

— Je suis montée sur une souche et j'ai regardé à l'intérieur. Il y avait beaucoup d'hommes assis autour d'une table. Ma mère a dit que nous devions partir, vite. Que vous nous tueriez.

— Vous avez évité les chiens ?

— Maman a tout vérifié, et nous avons fait tout le tour du camp, à la tombée de la nuit. C'était il y a longtemps.

Tomas la regarda d'un air sceptique.

— Nous ne t'aurions pas fait de mal, Zina. Nous nous serions occupés de toi. Enfin, moi en tout cas.

— Tu n'as pas de femme et d'enfant ?

— Non, je n'en ai pas. Et je ne bois pas de vodka, non plus. Je pense savoir pourquoi ta mère a dit ces choses, mais elles ne sont pas vraies. Zina, tu vas mourir, ici. Je suis un inconnu, mais tu dois me faire confiance.

Zina secoua la tête avec force. Mais, quelques instants plus tard, son visage se vida de toute expression et elle s'écroula sur le côté du lit dans un sommeil de plomb. Tomas se retint de récupérer le fusil, afin qu'elle se réveille avec et se sente rassurée. Il prit toutefois soin d'enclencher le cran de sûreté et de pointer le canon à l'opposé du coin où il se tenait, appuyé contre le mur, à balayer la cabane du regard en se demandant comment les planches pourraient être démontées et transformées pour au moins sauver quelque chose au milieu de ce désastre.

Aux premières lueurs, le tigreau revint chercher sa mère.

Le vent avait poussé les flammes loin de la clairière, et le blizzard, désormais tombé, avait étouffé leur fureur. Des flammèches brûlaient encore avec colère au milieu des aiguilles mortes et sur la neige couverte de débris. Il y aurait des braises et de la fumée pendant longtemps.

La lumière du feu qui brillait dans la cabane donnait à la neige des reflets semblables à des danseuses orangées dans une cage d'ombre.

La petite tigresse s'arrêta à l'orée de la clairière, oreilles pivotantes, gueule ouverte pour goûter l'air.

Des voix s'échappaient de la cabane. La fumée s'engouffra dans sa bouche comme de la terre, et elle toussa.

Il y avait deux monticules dans la neige. La petite s'approcha de l'un d'eux pour le renifler.

C'était sa mère. Elle gratta la neige et découvrit sa tête. Ravagée par un coup de feu, mais ses yeux ambrés regardaient toujours.

La langue râpeuse de la jeune tigresse racla le sang givré. Elle frotta ses moustaches contre le cou de sa mère, là où elle avait si souvent senti son pouls. Un jour, la Comtesse avait attrapé un chien viverrin et l'avait apporté à ses petits presque mort, et en le mordant à la gorge, la petite tigresse avait senti les battements de son cœur vibrer à travers ses moustaches.

Elle tourna autour du monticule, gratta les pattes. Elles étaient rigides, gelées.

Son frère avait fini comme ça.

Viande.

Leur mère les avait laissés tous les deux, le frère et la sœur, le temps d'aller chasser. La petite avait sautillé autour de son frère pour jouer, mais il ne cessait de ralentir en faisant goutter du sang dans la neige. Finalement, le froid s'était intensifié et ils s'étaient blottis tous les deux dans une tanière, sous un arbre tombé, en attendant le retour de leur mère. La petite sentait la chaleur du corps de son frère. Elle avait dormi à côté de lui mais, à son réveil, avait trouvé de la viande froide, comme celle-ci. Malgré tous ses coups de langue, il ne s'était pas réveillé.

Postée à côté de son frère, elle avait attendu leur mère, qui finalement était revenue les chercher pour les emmener à la proie. Elle aussi avait poussé son frère avec son museau, avait fait rouler son corps rigide avec sa grosse patte, l'avait reniflé avec ses moustaches. Mère et fille s'étaient couchées de part et d'autre pour le réchauffer. La Comtesse léchait son fils, surtout sa blessure à la patte. Au matin, elle l'avait porté par la peau du cou pour le déposer dans la neige sous l'arbre et, après quelques derniers coups de museau, voyant qu'il ne bougeait pas, avait pris sa décision. Elle s'était détournée et avait emmené sa fille. La petite ne voulait pas quitter son frère, mais sa mère était partie d'un pas si résolu qu'elle craignit de devenir viande, elle aussi, si elle ne la suivait pas.

L'autre monticule était l'humaine, celle dont elles avaient suivi la piste, dont le sang étranger ne pouvait se cacher nulle part. La petite avait encore dans les naseaux cette odeur femelle, qui avait infiltré sa mémoire. Les tigres ne détectent pas bien l'odeur des hommes ; elle doit être imprimée dans les sens, assimilée en profondeur.

L'humaine, elle aussi, était viande.

La petite tigresse était affamée. Elle n'avait rien mangé depuis l'ours. Elle gratta la neige sur les cuisses de la femme, douces et charnues, embaumées par l'odeur du sang. Elle lécha la jambe d'Edit, à la recherche d'un endroit où mordre.

La porte s'ouvrit, et la petite se retrouva clouée par une lumière soudaine. Elle grogna, les oreilles plaquées en arrière, dévoilant toute la longueur de ses jeunes crocs. Elle recula, mais pas trop, déterminée à reprendre sa tâche.

La fille se tenait immobile dans l'embrasure de la porte. Elle portait un fusil. Un homme apparut derrière elle, mais elle se retourna et le pointa sur lui. Voix humaines, glapissements étranges. Les bras de l'homme, bondissant vers le haut, puis à reculons, il retourna lentement à l'intérieur. Quand la porte se ferma, la fille posa le fusil, clairement, soigneusement, bien en vue, puis s'avança vers les deux monticules enneigés.

Les deux petites se fixèrent longuement. Les fauves ne baissent jamais les yeux les premiers, mais il semblait que la fillette ne les baisserait pas non plus. Entre elles deux, les corps de leurs mères. La fillette finit par tomber à genoux et, comme l'avait fait la jeune tigresse avant elle, par gratter la neige au coin du monticule. Les cheveux de sa mère s'étalèrent. La petite fille les toucha du bout des doigts. Elle sortit un couteau, en coupa une poignée. Ils pendirent comme une queue dans sa main, frémissant, semblant presque s'animer.

La tigresse feula. Ses griffes surgirent. Autour de son cou, les poils se hérissèrent comme si elle possédait une crinière faite pour impressionner. Elle s'approcha à pas de loup, comme le lui avait appris sa mère.

Mais la petite fille ouvrit tout grand la bouche et émit un bruit énorme, comme un sanglier effarouché. Les sangliers se défendent, s'ils le peuvent, ce qui explique la nécessité d'une bonne approche. La petite fille se leva d'un bond, dominant la tigresse de toute sa hauteur. Le hurlement se poursuivait crescendo. Une étincelle passa dans le regard de la jeune tigresse. Celle de la peur ? Non. Jamais. De la mesure de la situation, peut-être. La tigresse fit un pas en arrière – petite concession. Puis elle montra les crocs dans un feulement silencieux.

Tombant à genoux, la fillette se remit à gratter la neige sur le visage de sa mère. Avec son couteau, elle arracha quelque chose de son cou. La lumière pâle éclaira une griffe sur un cordon de cuir. La fillette rangea le collier dans sa poche et se leva prudemment, sans jamais quitter la tigresse des yeux.

La jeune tigresse se réavança, la gorge vibrant sous un grondement. Attaquer ne présentait aucun intérêt – elles se ressemblaient trop. Elle serait repartie blessée, même si elle tuait la fille. L'affrontement trouverait sans doute le même dénouement qu'avec les mères : la mort, chacune portant le coup fatal à son adversaire. Beaucoup d'autres possibilités s'offraient à elle pour chasser cette humaine. Et, sitôt partie, elle pourrait enfin manger.

La porte se rouvrit d'un coup, et l'homme surgit. Il s'empara du fusil et, sans laisser à personne le temps de réagir, bondit sur la petite fille et l'entraîna vers la cabane en la ceinturant d'un bras pendant qu'elle se débattait, et pointant de l'autre le fusil vers le tigreau.

Coup de feu dans la clairière. Un choc, comme une pierre, sur la patte arrière de la petite tigresse, qui la projeta à travers la neige.

Cris de la fille, cris de l'homme qui la secouait. Tous deux couraient vers la jeune tigresse, l'air aussi inquiet que des sangliers en fuite. Une corde, jetée autour du cou de l'animal, et la fillette hurlant, hurlant, comme elle avait hurlé à la mort de sa mère.

Le tigreau rugissait de douleur et de fureur. Cordes aux pattes, deux cordes au cou, et la petite fille grondant contre l'homme comme si c'était elle qu'on avait prise, mais se pliant, malgré tout, à ses ordres lapidaires.

Et puis, ensuite, une plateforme en bois où la bête put s'allonger, attachée à un piquet.

Et ensuite, l'homme extrayant le métal de sa patte, enfonçant quelque chose dans le trou pendant qu'elle rugissait et se tordait de douleur sous ses cordes.

Et ensuite, une boîte noire tapissée de broussailles et de morceaux de viande qu'elle n'arriva pas à avaler, et une chute – ce devait être la mort. Elle hurla dans la boîte, espérant que sa mère et son frère l'entendraient.

Cette tigresse ne laisserait plus de trace sur sa terre natale.

Quelques jours plus tard, une chute de neige l'effaça pour toujours de la forêt.

Là où ses traces s'arrêtaient, des traces humaines prirent le relais, partant dans la forêt. Puis les traces humaines devinrent des traces de pneus, incrustées dans la neige. La vie de la petite tigresse devint une vie dépourvue de repères, de boîte en caisse, d'enclos en boîte. Du camp à une cour, à Moscou, attachée par une chaîne, attaquée par les chiens, obligée de se battre, de se battre à en avoir la chair en lambeaux et l'œil arraché. Et puis, vendue pour trois sous, retour dans une caisse, puis dans un enclos.

Le restant de sa vie ne serait plus que caisses et cages. Elle était un parchemin perdu, un chapitre arraché de la toute dernière grande dynastie des tigres sur Terre.

Son royaume sauvage ne demeurerait plus que dans le champ gelé de sa pupille, le livre blanc tournant ses pages immaculées derrière son œil.

Il lui faudrait attendre la rencontre d'un humain, femelle, à l'autre bout du monde, pour être vue telle qu'elle était. À tâtons, par le truchement des terres étrangères d'autres espèces, cet humain comprendrait. Alors, comme dans les plus vraies et les plus oniriques des fables oudéguées, l'esprit de la forêt sur son trône reviendrait.

35

Tomas n'identifia pas immédiatement la femme qui s'avança vers lui à l'aéroport de Moscou, une main gantée tendue – son homologue britannique, Frieda. Tout de noir vêtue, on l'aurait prise pour l'un des gardiens de sécurité militaire qui fourmillaient autour de la zone des arrivées. Son regard était dissimulé sous des lunettes de soleil couvrantes, et ce n'est qu'une fois à proximité qu'il comprit que sa tenue était en réalité un assemblage de vêtements thermiques occidentaux haut de gamme, conçus pour braver la neige. Seul son bonnet brodé de tigres détonnait.

Il rajusta son manteau en feutre et s'éclaircit la gorge. Il s'était coupé les cheveux et rasé la moustache, pensant cette allure plus conforme à celle du directeur de la Réserve Ivanovitch. L'absence de moustache laissait une sensation de nudité et de froid sur ses lèvres ; il envisageait déjà de la laisser repousser. Il demanderait l'avis de Zina à leur retour. Il s'était rendu à l'aéroport de Moscou – une première dans sa vie – afin de superviser avec Frieda le transfert des petits de Luna vers un autre avion, pour la plus longue étape du voyage, jusqu'à Khabarovsk. Ils effectueraient le vol ensemble.

Il avait envoyé un e-mail à Frieda pour lui dire de se vêtir de feutre autant que possible ; le feutre permettait de se déplacer sans bruit dans la neige, chose essentielle pour le pistage et la chasse ; de plus, les couleurs, proches de celles de la forêt, favorisaient le camouflage. Sous le feutre, mieux valait porter de la laine, car la laine respirait. Et le meilleur couvre-chef était un chapeau de fourrure à oreillettes – pas cet accessoire féminin vaguement excentrique qu'elle portait. Certes, l'ensemble avait de l'allure. Les gens se retournaient sur le passage de Frieda. Elle se tenait très droite, et il y avait dans ses mouvements une souplesse qui aussitôt fit naître dans l'esprit de Tomas l'image de la peau sous le noir du matériau. Ses bottes ne ressemblaient à rien de ce qu'il avait pu voir à Khabarovsk. On l'aurait dite parée pour une expédition sur la Lune. Quelque chose chez elle renvoyait une impression d'extrême efficacité. Tomas était confus.

— Tomas, dit-elle.

Grand sourire.

Elle retira son gant pour lui serrer la main. Sa peau était si froide que son contact lui donna des frissons dans tout le bras. Puis elle dit, dans un russe impeccable, bien que singulièrement accentué :

— Le vétérinaire nous attend. Dans un autre terminal. Il faut examiner les tigreaux avant de pouvoir procéder au transfert. On y va ?

— Oh !

Frieda vola à l'autre bout de la camionnette délabrée de Petrov, droit sur Zina qui consultait son guide de conversation en anglais en articulant les phrases tout bas. Elles atterrirent sur le plancher. C'était la quatrième fois en une heure que Frieda se retrouvait éjectée de son siège – qui n'était en réalité qu'une caisse retournée sur laquelle Tomas avait posé une couverture rêche. Il n'y avait nulle part où s'accrocher, et l'on ne pouvait à ce stade même plus parler de route, mais d'une série de cratères que Tomas abordait comme une course d'obstacles à cheval. Sans ciller, Zina se désenchevêtra et remonta sur sa caisse. Elle sourit à Frieda et déclara, en anglais, laissant entrevoir ses dents magnifiques :

— Mon père aime conduire vite !

Ils avaient roulé une heure sur un trajet qui devait en compter six pour rallier l'aéroport au camp. Tomas espérait arriver à la réserve avant la tombée de la nuit. Frieda se retourna vers le pare-brise arrière poussiéreux – le Hilux qui transportait les tigreaux dans des caisses spéciales chauffées était censé les suivre. Elle l'aperçut, au loin ; apparemment, Ivan s'efforçait de négocier les cratères avec un peu plus de délicatesse. La voix d'Ivan explosa dans la radio du van, lâchant un flot de russe qui fit blanchir les jointures de Tomas sur le volant. En retour, Tomas hurla quelque chose à son père et jeta la radio de côté, puis ralentit presque imperceptiblement. Zina et Frieda se regardèrent en levant les sourcils.

Dehors, le monde n'était qu'une infinité de stries sur un ventre blanc. Là où la plupart des gens n'auraient vu que du vide, du silence, l'hostilité de la nature, Frieda voyait une page vierge. Une terre de tous les possibles, comme après les premières chutes de neige, voilà des centaines de milliers d'années. C'était comme si le temps lui-même avait été effacé. Le seul moyen qu'elle avait jusqu'alors trouvé pour échapper au temps était la morphine. Atteindre cet état hors du temps faisait partie des envies auxquelles elle ne pouvait résister : grâce à lui, elle avait pu oublier le présent, se mettre en marge de sa propre vie. Rien – avant cet instant où lui apparut cette neige vierge, sans limites – rien ne lui avait jamais donné le moindre espoir de pouvoir connaître autrement cette sensation. Frieda brûlait d'envie de se jeter dehors. Elle se voyait déjà comme les tigreaux faisant leurs premiers pas dans la neige pour laquelle ils étaient nés, folle de joie. Le van pouvait la ballotter autant qu'il voulait, rien ne pouvait entamer son exaltation.

Un camion chargé de troncs d'arbres approchait. La piste ne pouvait contenir qu'un seul véhicule à la fois. Tomas arrêta le van, aboya dans la radio et descendit. Le froid se referma aussitôt en un étau gelé autour des mollets de Frieda, mordant ses bottes coûteuses et ses chaussettes de laine comme des charançons affamés. Elle remua les orteils, sentit la douleur s'enrouler sur ses os. Ses semelles semblèrent transpercées par les assauts corrosifs de la rouille qui rongeait le plancher par endroits.

Cette sensation était si nouvelle, si physique, si profonde, qu'elle se surprit à l'observer, à la mémoriser, pour s'assurer de prendre garde à tel ou tel paramètre, de combler ses lacunes la prochaine fois. Le froid était un prédateur avec lequel elle devait cohabiter, compritelle : il fallait le respecter ; et ne jamais attendre la moindre indulgence de sa part. Mais cette Frieda, cette nouvelle Frieda – soigneuse de tigres, cheffe de projet en réintroduction animalière, russophone – n'attendait d'indulgence de personne. Elle n'attendait rien de personne.

Deux ans s'étaient écoulés depuis que Luna l'avait attaquée. Elle peinait encore à croire au cours que les événements avaient pris. Tomas avait réussi à remonter la trace de Luna jusqu'au zoo de Torbet, et la relation qui s'était tissée entre les deux organismes avait mené à cela – la réintroduction en milieu naturel des tigreaux de Lyric et Luna. Frieda essuya la buée que son souffle avait laissée sur la vitre pour ne rien manquer de ce voyage sans fin à travers la forêt. C'était donc là que Luna, sa Luna, avait vécu. À l'état sauvage. Dans son milieu, que ses petits connaîtraient bientôt. Frieda attendait avec impatience la fin de ce périple pour les voir faire leurs premiers pas dans la neige et remplir leurs poumons de l'oxygène de la taïga. Le simple fait d'y penser lui faisait monter les larmes. Ils rentraient chez eux.

Tomas gesticulait au milieu des nuages formés par son souffle tandis qu'il négociait avec le conducteur du camion, un homme à la tête d'œuf, affublé de lunettes de soleil et d'une énorme chapka. Les oreillettes du chapeau s'agitèrent vigoureusement lorsqu'il hocha la tête en signe d'accord. Ivan sembla vouloir se joindre à eux – la portière du pick-up grinça en s'ouvrant – mais Tomas lui fit un signe, et la portière se referma.

Le camion recula jusqu'à un passage où la piste s'élargissait assez pour permettre à Tomas de se faufiler. Les jurons de Petrov, furieux de voir les arbres griffer le flanc de son van, crépitèrent dans la radio. Quinze minutes furent nécessaires aux deux vans pour dépasser le camion de l'exploitation forestière. Frieda se contorsionnait pour s'assurer que les tigreaux n'étaient pas trop secoués. On les avait endormis, mais le voyage restait long et difficile. Avant d'arriver, ils durent encore dépasser quatre autres camions de troncs et, chaque fois, le même scénario se reproduisit, les conducteurs trouvant un arrangement pour laisser passer le convoi.

Zina s'était laissée glisser sur la caisse, la tête posée sur les genoux de Frieda, parfaitement détendue dans son sommeil. Frieda ne s'était jamais retrouvée avec une adolescente s'abandonnant sur elle de cette manière – elle n'avait jamais tenu aucun enfant de sa vie. De toute évidence, Zina avait décrété qu'elle était une personne digne que l'on s'assoupisse sur elle, et cette preuve de confiance s'ajouta à toutes les merveilles déjà découvertes depuis son arrivée – exception faite du voyage en camionnette. Elle regarda la fillette. La faculté que les jeunes avaient de pouvoir s'endormir comme ça, en toutes circonstances, comme des animaux, l'éblouissait.

Elle sortit de sa poche une petite photo encadrée. C'était Luna, face à l'objectif, la tête légèrement tournée du côté encore intact. Frieda aimait aussi le côté mutilé, qui renfermait tant de secrets. Elle n'était pas l'auteure de la photo. Gabriel la lui avait donnée.

Quelques jours avant son départ du zoo, Frieda nettoyait l'enclos des tigres, casque sur les oreilles, écoutant des enregistrements en russe. Elle s'était lancée dans l'apprentissage du russe comme dans un projet de recherche, dès que la réserve Ivanovitch avait pris contact avec eux. Frieda était une élève boulimique. Elle écoutait des livres audio, parfois les informations, parfois des cours. Cette immersion lui avait permis d'accomplir des progrès spectaculaires, alors même qu'elle ne disposait d'aucun interlocuteur avec qui pratiquer. Elle s'était construit son propre petit monde russe, soignant les tigres et écoutant la langue pendant qu'elle travaillait.

La fraîcheur apportée par l'ombre de Gabriel la surprit. Elle retira ses écouteurs. Cela faisait deux ans, depuis l'attaque, qu'ils ne s'étaient pas tenus face à face. Gabriel avait passé la majeure partie de la première année à l'hôpital, entre opérations du torse, des bras et des jambes, là où Luna lui avait arraché la chair. Puis il y avait eu la rééducation, intensive, qui l'avait obligé à retourner vivre avec Torbet dans le bâtiment principal. Tous les jours ou presque, les employés l'avaient vu arpenter le zoo pour renforcer ses muscles meurtris et, quelque temps plus tard, se porter volontaire dans n'importe quelle section – à part les félins – qui avait besoin de bras, prêt à accomplir toute tâche que lui permettait son état.

Gabriel avait déployé un tel zèle pour éviter Frieda que celle-ci avait arrêté de se méfier. Elle ne s'attendait pas à le voir arriver, ne le souhaitait pas. Depuis la dernière fois qu'ils s'étaient vus, la collaboration avec la réserve Ivanovitch s'était développée, et son travail avec Luna et Lyric avait pris une nouvelle dimension. Leyland avait insisté pour que Frieda dirige le projet de réintroduction en milieu naturel. Il se réjouissait sincèrement de voir le destin de ses tigres prendre cette direction, avec un seul regret : la perdre comme soigneuse. Frieda était tellement emballée par le projet, et par l'apprentissage du russe lui-même, cette langue si dense et majestueuse, que tout le reste s'en était trouvé occulté.

Le choc. Elle ne pouvait pas le surmonter, pas encore. Blanchâtres et saillants, les cordons de peau greffée disparaissaient sous le col de sa salopette. Son visage était intact. Son regard, sous la casquette de base-ball, se planta dans le sien.

— Ils sont tous chez Lyric, dit-elle pour expliquer pourquoi l'enclos était vide.

Des bribes de russe s'échappaient du casque autour de son cou.

— C'est toi que je suis venu voir, répondit Gabriel.

— Oh.

Elle pria tout bas pour que quelqu'un les interrompe. Sa silhouette, dans l'embrasure de la porte, bloquait la lumière. Il accaparait l'air. C'était comme si une seringue de morphine, prête à l'emploi, lui avait été présentée sur une paume ouverte, juste au moment où elle s'y attendait le moins, juste au moment où elle pensait avoir dépassé tout ça.

— Tiens.

Il lui tendit la photo de Luna.

— Je me suis dit que ça te ferait plaisir. Comme ça, tu penseras à elle.

— Merci.

Frieda accepta la photo et sourit.

— Avec ça, je la ramènerai aussi un peu chez elle, dit-elle.

— Alors, comment ça s'annonce ? demanda-t-il.

— Avec les petits ? Eh bien, départ en milieu de semaine. Transport spécialisé pour animaux. Et puis, de l'autre côté... Apparemment, un camion nous emmène jusqu'à la forêt. Tomas dit qu'ils ont construit un enclos dans un endroit bien précis. Où les tigreaux pourront s'acclimater, tu vois. Et moi, je vivrai dans un camp... Par –35 degrés...

Sa voix se perdit.

— Toi alors, s'exclama-t-il tout bas.

— Comment ça ? demanda-t-elle.

— Tu manques de te faire bouffer par un tigre, et voilà que maintenant tu te retrouves à la tête d'un projet de réintroduction.

Il sourit.

— Ils savent... ? ajouta-t-il. Ils savent à quel point tu es nulle ?

— Je me suis améliorée depuis.

Il se rapprocha d'elle. Même affaibli, il l'obligea à reculer.

— Tu es une sacrée bonne tireuse, soupira-t-il. Je voulais te le dire. Et très bon choix, le fusil hypodermique. Frieda la nullos aurait juste tiré dans le tas. Luna se serait déchaînée de plus belle... et je serais mort.

— Merci d'avoir... tu sais. Accouru. De m'avoir sauvée.

Il acquiesça et se tourna pour partir. Et brusquement un sentiment s'empara d'elle, une décharge, presque comme une piqûre de morphine : celui de savoir qu'elle pouvait résister. La morphine était dans un tiroir, mais le tiroir se fermait. Se fermait sous la pression de sa propre main. Gabriel lui fit un signe, sans se retourner.

— Bon courage, Miss bonobo, lança-t-il.

L'obscurité enflait au milieu des arbres. Elle imaginait des tigres se faufiler au bord de la route, prêts à bondir sur leur passage. Le froid avait transformé ses os en métal, et rien au monde ne l'aurait soulagée davantage que de trouver des toilettes et de boire quelque chose de chaud. Zina se réveilla et se tourna vers la vitre. Là où le paysage ne donnait aucun repère à l'œil étranger, Zina, elle, savait exactement où ils se trouvaient.

— On y est presque, dit-elle.

— J'ai quelque chose pour toi, répondit Frieda, en russe.

Zina secoua la tête.

— J'ai besoin de pratiquer mon anglais, dit-elle. Parlons anglais.

— Très bien, comme tu voudras.

Frieda lui tendit la photo.

La vue de la tigresse vida son visage de toute expression. Puis un rond de couleur se répandit sur chacune de ses joues, comme une goutte d'encre dans l'eau.

— Oh, fit-elle.

Un chapelet de murmures en russe s'ensuivit, trop rapide pour que Frieda y comprenne quelque chose. Son doigt se promena sur la gueule de la tigresse.

— Je suis désolée que ce ne soit pas Luna qui revienne, Zina. Je sais que vous aviez un lien toutes les deux. Mais elle n'est plus en état aujourd'hui, après tout ce qu'elle a traversé.

Frieda avait envoyé des photos de Luna et du zoo au cours de l'année précédente. L'œil borgne de Luna avait beaucoup fait parler ; il avait fallu du temps pour que la réserve admette qu'il n'était pas judicieux de la ramener.

— Oui, dit Zina, la lèvre tremblante.

— Ses petits, en revanche… Ses petits grandiront chez eux. Et Luna est très heureuse au zoo de Torbet. Elle va vivre une longue vie – et je suis sûre qu'un jour tu viendras lui rendre visite. Je sais combien tu l'aimes. Je l'aime aussi.

Zina glissa la photo dans sa poche. Sa main se referma sur celle de Frieda et y resta.

Finalement, le sentier s'ouvrit sur une vaste étendue de neige illuminée par la lune et un projecteur solitaire. Des cabanes étaient éparpillées parmi les ombres. Les silhouettes trépignantes d'un groupe d'hommes apparurent. Les deux véhicules, remplis de leur précieux chargement, vrombirent jusqu'à eux, et à travers la vitre Frieda vit les visages fatigués des hommes s'illuminer d'excitation tandis qu'ils les scrutaient et se mettaient à rire, à s'exclamer, au milieu de leur souffle qui s'élevait en grands nuages blancs.

Frieda sauta dans la neige et leur serra la main.

L'aube filtrait par les couvertures grossières clouées aux fenêtres. La chaleur de la cabane s'était dissipée pendant la nuit. Frieda compta jusqu'à dix pour se donner du courage avant de bondir du matelas rêche et d'enfiler les vêtements qu'elle avait préparés la veille. Les ailes d'un scarabée mort étaient collées à sa jambe. Elle les balaya d'un revers de main.

Aux dires d'Ivan, grâce aux subventions du gouvernement, le confort du camp avait augmenté au-delà de toutes espérances comparé à ce qu'il était avant, mais la question des sanitaires ne semblait pas figurer parmi les priorités. Un seau lui avait été fourni par Petrov, avec une révérence sarcastique. L'alternative consistait à se rendre à l'autre bout du camp jusqu'à une rangée de latrines toutes neuves, dont Ivan était curieusement fier. Elle les avait essayées une le premier soir, s'asseyant prudemment sur la planche glacée où elle avait senti contre sa peau des croûtes dont la nature était impossible à identifier. Puis elle s'était rendu compte que deux hommes occupaient les cabines voisines, de chaque côté. Leur fumée de cigarette s'infiltrait par les fissures des murs et la lumière jaune de leurs torches se déversait entre les planches chaque fois qu'ils tournaient les pages d'on ne savait quel magazine. Impossible de revivre la même situation en plein jour.

En arrivant à l'enclos, elle trouva la neige complètement retournée, là où les petits avaient bondi dans leur nouveau monde. La veille, à leur arrivée, les tigreaux avaient été déposés, somnolents, dans la partie couverte de l'enclos afin de leur permettre de récupérer. La zone était chauffée par un tuyau qui passait en dessous, rattaché à un poêle à bois. Les semaines suivantes, la chaleur serait réduite pour les aider à s'acclimater aux nuits froides.

Pendant que les tigres étaient installés, Erik et Petrov lui confièrent d'un air las que l'année précédente avait été entièrement consacrée à la construction de l'enclos et du parc. Pendant l'été, une équipe avait été dépêchée près de la cabane de Zina, où avaient été bâtis un grand parc ainsi qu'une zone de bivouac en vue de l'insertion des tigreaux. Parallèlement, l'enclos avait été construit au camp pour que les petits y terminent l'hiver, avant leur introduction dans la forêt au printemps.

L'enclos était une forteresse, comportant des troncs entiers pour poteaux et de grosses lattes de bois pour plancher. L'esthétique n'avait, de toute évidence, pas été prise en compte. Le grillage, clairement sorti d'un camp militaire de type goulag, était d'une laideur affligeante, mais répondait au niveau de sécurité requis. Il s'incurvait, à plus de 4 mètres du sol, et semblait aussi avoir été enterré suffisamment profond. Les hommes avaient reçu comme consigne de construire une prison ; ils avaient construit une prison.

Frieda se réjouit de voir qu'ils avaient pris en considération ses suggestions de plateformes et de recoins cachés. La partie couverte pouvait être séparée de l'extérieur par une trappe, ce qui donnait la possibilité aux hommes d'entrer dans l'enclos pour le nettoyer, sans être vus.

Le générateur s'anima en grondant. L'électricité, l'avait informée Ivan, fonctionnait une heure le matin et deux heures le soir. Le camp avait certes reçu des financements, mais le diesel coûtait extrêmement cher et l'argent du président Poutine ne devait servir que pour l'essentiel : les tigres et un logement de première classe pour Poutine lui-même, lorsque enfin sa visite arriverait.

Ayant au moins une heure devant elle avant le petit déjeuner, Frieda laissa les tigreaux à leur découverte et décida de partir explorer un peu. Elle suivit les traces du Hilux et s'enfonça dans les arbres, par là où ils étaient arrivés.

À quelques centaines de mètres, tout se passait déjà comme si les hommes n'avaient jamais existé. Un large sentier enneigé, parsemé de traces d'animaux, bifurquait dans la taïga. Elle ne reconnaissait pas toutes les empreintes, mais remarqua que la plupart avaient à peine cassé la croûte superficielle de la neige. Les plus gros spécimens – des cerfs, supposa-t-elle – laissaient derrière chaque empreinte un raclement qui la faisait paraître plus grande, mais qui n'était en réalité qu'une indication du poids de l'animal. La neige brillait comme le blanc d'un œil. Chaque fissure dans l'écorce semblait cacher une ligne de cocaïne, transformant les troncs en labyrinthes scintillants. Ses bottes fendaient la neige, si sèche qu'elle volait comme de la poussière. Lorsqu'elle regarda derrière elle, ses propres traces lui apparurent comme celle du premier être sur Terre, marchant dans le jardin d'Éden, parmi les animaux.

Pas un oiseau ne chantait, et le silence aurait été total sans le crissement de ses vêtements, un bruit de paille de fer. Un corbeau s'élança, seul, du sommet d'un arbre. Quelque chose bougea à la périphérie de sa vision : un écureuil, exactement du même brun que l'écorce, bondissant dans les branches. Elle scruta les arbres sans fin. Comme il était étrange que, sous la combinaison de la neige réfléchissante, du ciel lumineux et des branches nues, sans feuillage, la forêt ne soit jamais synonyme de pénombre. Au contraire, elle s'étendait à perte de vue, dans un motif défiant toute classification, seulement limité par son acuité visuelle. Était-ce le passage fugace d'un animal, là-bas ? Elle avait lu quelque part que, bien qu'il soit extrêmement improbable de croiser un tigre à l'état sauvage, il était en revanche certain qu'un tigre l'observe.

Un coup de feu résonna au loin. Frieda s'arrêta.

— Frieda !

Derrière elle, à l'horizon, un homme. Elle plissa les yeux, incapable d'identifier la silhouette à cause de sa tenue de camouflage en feutre. Puis elle finit par reconnaître la foulée puissante de Tomas. Il lui fit signe. Il tenait quelque chose à la main – pas un fusil, mais une sorte de bâton.

— Frieda !

Quelques instants plus tard, il arriva à sa hauteur. Il se déplaçait presque sans un bruit. Il était vrai que ses couches de vêtements high-tech n'étaient pas très discrètes.

— Vous n'avez rien à faire ici ! s'écria-t-il avec colère. Ivan vient de tirer un coup de feu pour effrayer les tigres. Vous n'avez même pas de fusée éclairante !

Il agita devant elle l'objet qu'elle avait pris pour un bâton.

— Mais je... je me promenais, c'est tout.

— Frieda, articula-t-il, lentement, en russe, comme s'il craignait de ne pas se faire comprendre. Vous êtes dans une nature sauvage, ici. On ne se... promène pas ! Les tigres viennent jusqu'au camp. Si vous en croisez un ici, vous êtes morte. Vous pourriez déclencher un incident diplomatique international ! Allez, s'il vous plaît, suivez-moi.

— Je ne suis pas une gamine ! s'exclama Frieda, en lui emboîtant le pas malgré tout. Je suis la directrice du projet de réintroduction. Ne croyez pas que vous allez me garder prisonnière dans votre camp.

Tomas soupira.

— Vous n'êtes pas prisonnière, Frieda. Mais, regardez.

Il montra la forêt en marchant.

— Tout ça vous semble peut-être stérile, vide, mort... mais détrompez-vous. Vous croyez tout voir, mais un tigre sait se camoufler mieux que n'importe quel animal. Il peut se trouver à 10 mètres, vous ne verrez rien. Comment croyez-vous qu'ils prospèrent quand la nourriture est si rare ?

— Je prendrai une fusée éclairante la prochaine fois. Ou donnez-moi un fusil. Je sais tirer !

Il s'arrêta et se tourna face à elle.

— Frieda, il n'y aura pas de prochaine fois. Si vous voulez vous balader, nous vous accompagnerons, moi ou l'un des hommes. Et si vous croisiez un tigre et que vous l'abattiez ? Même si vous vous en sortez – ce qui ne sera pas le cas –, imaginez la catastrophe pour nous !

Il lui saisit le bras.

— Nous ne sommes pas au zoo, ici. Nous sommes dans la taïga russe, au milieu des bêtes sauvages !

Il repartit de son pas lourd en allumant une cigarette, soufflant la fumée dans l'air pur pour se calmer. Muette de rage, Frieda le suivit.

Elle le rattrapa juste au moment où ils arrivaient devant la cuisine.

Cette fois, ce fut elle qui lui saisit le bras et l'obligea à se retourner. Dans les yeux de Tomas se lisait davantage de lassitude que de colère.

À son tour, elle parla lentement pour être sûre de bien se faire comprendre.

— Tomas, j'aurais dû vous prévenir que je partais. Je m'en excuse. Mais je sais tirer. Je comprends les tigres. Je suis votre *partenaire* sur ce projet. Nous sommes égaux ! Enseignez-moi ce qu'il faut que je sache. Mais ne me parlez plus *jamais* de cette façon.

Ce n'était pas l'envie qui manquait, mais plutôt que de courir pleurer dans sa cabane, elle passa devant lui et entra dans la cuisine pour prendre le petit déjeuner. Elle salua Ivan et Zina d'un bonjour faussement joyeux et remercia Petrov qui lui tendit son café avec un sourire narquois.

Le soir venu, les hommes insistèrent pour qu'elle se rende en premier dans la *banya*. Tomas leva les yeux au ciel pendant que son père lui soufflait quelque chose à l'oreille.

— Ivan vous promet qu'il se couvrira pour vous fouetter avec les branches de bouleau. Vous pouvez aussi rester habillée. Enfin, si vous voulez.

Ivan riait dans sa barbe.

— Ça va aller, merci, répondit Frieda.

Elle leur sourit tout en songeant tristement qu'il en serait sans doute ainsi, à partir de maintenant : avec elle, les hommes allaient soit fait preuve d'une prévenance excessive, soit parler par sous-entendus. Comprendre leur langue rendait la situation encore plus difficile, comme si le fait d'éliminer la barrière linguistique mettait en lumière sa différence en tant que femme. Une fois qu'elle fut sortie du sauna, les hommes s'y engouffrèrent tous ensemble. Elle entendit leurs rires depuis sa cabane, et sortit pour les regarder lorsqu'ils s'élancèrent dans la neige. C'était la deuxième fois de sa vie que son travail la plaçait dans un cadre presque exclusivement masculin, et Frieda regrettait que cette situation implique, comme auparavant, de se voir exclue de la camaraderie. Mais il y avait quelque chose de différent, ici : ils ne savaient pas quoi faire d'elle, mais ne la détestaient pas. Avec un peu de chance, ils finiraient même peut-être par oublier qu'elle était une femme.

Mais quelque chose d'autre encore avait changé, cette fois, songea-t-elle plus tard, au milieu de ses couvertures rêches. Un insecte bourdonnait dans le noir, au creux de son oreille, réveillé par la chaleur du poêle. Elle le chassa d'un geste, imperturbable. Pauvre Tomas, pensa-t-elle. Il ne connaissait rien à la vie, habitant ici, dans la forêt, avec ses hommes ; son petit cœur russe n'avait jamais eu à répondre au moindre défi.

36

Il y avait tant à apprendre. Chaque jour, de nouvelles informations déferlaient dans un sens comme dans l'autre, Frieda montrant aux hommes comment s'occuper de tigres en captivité, les hommes lui expliquant la complexité de la forêt, les techniques pour s'en faire un foyer. Chaque jour, Tomas et elle étudiaient la carte de la taïga, bordée par des réserves de chasse et des exploitations forestières, et traversée par ce fleuve, source de vie, qui se prolongeait dans l'immensité sauvage, au-delà. La carte était hérissée d'épingles et de traits de différentes couleurs, marquant les emplacements des tigres pistés ou capturés par les pièges photo. Il y avait le registre, qu'Ivan lui présenta avec fierté, détaillant les mesures et les marquages de chaque tigre passé par la réserve. Il y avait les vidéos à visionner – la Comtesse jouant avec ses petits. Frieda se retenait de pleurer en voyant Luna, sa petite gueule grande ouverte, ballottée et chahutée par sa mère. Tous les quatre – Ivan, Tomas, Zina et elle – visionnaient les images en boucle, Ivan et Tomas regrettant en silence la Comtesse, Zina et Frieda unies dans leur émerveillement pour Luna. Souvent, ils se retrouvaient ensuite à migrer tous ensemble vers l'enclos, où les petits commençaient à prendre véritablement leurs marques. Quel miracle qu'après avoir été brisée de la sorte la chaîne finisse réparée grâce à ces deux nouveaux maillons ! Ivan avait installé des pièges photo dans leur enclos pour immortaliser leur séjour au camp dans les moindres détails.

De nombreux clichés du parc construit dans la forêt avaient également été pris. Frieda s'en imprégnait, mémorisant ses dimensions, ses particularités, les matériaux dont il était fait.

— Petrov, qu'est-ce que tu fous sur toutes les photos ? demanda Tomas en les parcourant sur l'ordinateur. Tu gâches tout avec ta sale tronche !

— C'est quand même moi qui l'ai construit ! s'insurgea Petrov. Au moins, je serai sûr que le jour où tu te vanteras devant Poutine, tu ne m'oublieras pas ! Le Président saura que j'existe !

— Ah oui, je l'entends d'ici : « C'est quoi, ce monstre dans la forêt ? » Tu croyais prendre des photos de vacances ou quoi ?

Petrov fit un grand geste, mais pour lui, l'honneur était sauf. Les hommes se remirent à expliquer à Frieda le fonctionnement du parc prévu pour la réintroduction. Il y avait un portail principal, puis plusieurs ouvertures pour faire entrer des proies ou d'autres objets. Les tigreaux y grandiraient en situation réelle de vie sauvage, au milieu des bruits de la nature, à la lisière du territoire qui leur était destiné. Le parc incluait une paroi rocheuse et un ruisseau. Les tigres seraient entraînés à la chasse grâce à des animaux lâchés à l'intérieur, qu'ils pourraient poursuivre et tuer. Et les tigres de la forêt s'acclimateraient à leur présence. Pour minimiser les perturbations, tout avait été construit sur le site de la cabane d'Edit et de Zina, mais un peu à l'écart.

L'excitation montait à mesure qu'approchait la date du transfert des petits dans le parc de réintroduction. Frieda prenait ses propres photos d'eux, les observant à leur insu dès qu'elle le pouvait, et envoyait les clichés à Leyland, qui lui répondait par des messages brefs, mais chargés d'émotion.

Tomas pouvait la fixer de son regard noisette perçant autant qu'il le voulait. Il pouvait toujours lui remplir son verre de vodka – qu'elle refusait rarement, car il s'agissait là du dernier plaisir subversif qu'elle s'accordait – et, restant sobre quant à lui, la regarder se détendre et rosir tranquillement. Il pouvait toujours passer des après-midi à s'entraîner au tir avec elle (et s'extasier sur son étonnante adresse), l'emmener à Khabarovsk pour les leçons d'anglais de Zina et des déjeuners au restaurant, qui manifestement étaient un supplice pour lui. Il pouvait toujours lui apprendre à reconnaître les traces dans la forêt et lui expliquer toutes les propriétés des arbres, tout en la faisant rire avec ses tentatives sincères, mais vaines, pour parler anglais. Autant qu'il le voulait, Tomas pouvait s'échiner à lui rendre la vie agréable, veiller à son confort, mais jamais il n'y aurait à attendre d'elle d'autres réactions qu'amicales, distantes, polies. Le monde intérieur de Frieda était une terre gelée sur laquelle elle avait, enfin, appris à régner.

Un soir, après dîner, une fois Zina couchée, après les jeux de cartes et la boisson, alors que tous les hommes s'étaient retirés, Tomas s'attarda et, la voyant sur le point de partir à son tour, lui demanda de rester un peu. Il avait allumé des bougies et disposé quelques torches dans la pièce pour avoir de la lumière après l'extinction du générateur. Il réalisa trop tard que cette mise en scène devait passer pour romantique, alors qu'il ne s'agissait pas là du but recherché.

— Juste un peu, insista Tomas.

Il lui remplit son verre de vodka.

— Je suis fatiguée, protesta nerveusement Frieda.

La vodka la détendait, et elle n'avait aucune envie de se montrer détendue. La nouvelle Frieda lui plaisait. C'était comme si la femme piégée dans le miroir avait réussi à s'échapper et prendre sa revanche.

Tomas prononça alors la phrase d'amorce qu'il avait soigneusement répétée, à la fois professionnelle et sous-entendant une volonté de parler avec elle de manière plus intime :

— C'est une bonne chose pour des collègues que de se relaxer ensemble après une dure journée.

Nom de Dieu ! On aurait dit un pervers ! Il aurait aimé pouvoir retirer ces mots, lui expliquer qu'il n'était pas un pervers, qu'il n'avait aucune arrière-pensée. Coucher avec une femme était une chose dont les hommes rêvaient dans la forêt, mais qui restait un rêve. Qui ne se réalisait jamais. Pas avec des femmes, en tout cas. Il n'y en avait pas. Merde. Tomas voulait… voulait lui parler, voilà tout. Dépité, il massa l'espace où se trouvait autrefois sa moustache épaisse et rassurante. Il devait arriver à lui parler.

— Commence par prendre un verre si tu veux te détendre, lui dit Frieda, en russe.

Elle leva le sien.

— *Vashye Zdorovye !*

Puis elle le vida.

Tomas secoua la tête.

— Si j'en prends un, je finis la bouteille. Et j'aurai tout perdu. Pour moi, c'est tout ou rien. Et ce que tu vois ici, je n'ai que ça.

Frieda se versa un autre verre.

— Tous les Russes sont aussi radicaux que toi ?

— Je n'en sais rien.

Il paraissait confus.

— Et toutes les Britanniques sont comme toi ?

— C'est-à-dire ?

— Froides, dit-il, en anglais.

— Tu me trouves froide ?

— Comme la *glace*, répliqua-t-il fièrement.

Elle considéra sa remarque. Frieda avait toujours tenu le rôle de la fille émotive, passionnée. Mais il était vrai qu'elle avait changé. Et ce changement lui avait ouvert la liberté. L'invulnérabilité.

— Ce n'est pas parce que je ne suis pas amoureuse de toi que je suis froide.

— Qui a parlé d'amour ? demanda Tomas, en russe.

Cette conversation exigeait qu'il revienne à sa propre langue.

— Tomas, je ne te verrai jamais autrement qu'un collègue de travail. Tu le sais, n'est-ce pas ?

— Hmm.

— Et j'ajouterais, poursuivit-elle, qu'un homme qui a passé toute sa vie dans un camp au milieu de la forêt avec une bande de… de *mercenaires*… est assez mal placé pour me faire la leçon.

Elle était une boxeuse, pensa Tomas, qui pare les coups jusqu'à ce que l'adversaire baisse la garde une seconde, et *bam !* Pas étonnant qu'elle n'ait pas de petit ami.

— Excuse-moi, c'était déplacé. Je crois que j'ai trop bu, dit-elle.

— Je pense que nous sommes pareils, toi et moi, dit Tomas.

— Froids ?

— Non. Avec nous, c'est tout ou rien.

— Je suis fatiguée.

— J'ai raison ?

— Raison pour quoi ?

— C'est tout ou rien, avec toi ?

— Tout ou rien, mais froide en même temps ? Ce n'est pas un peu contradictoire ?

Elle tapota le dictionnaire sur la table.

Tomas soupira, la main serrée sur le dictionnaire, déployant toute sa concentration pour franchir le champ de bataille que représentait cet écart linguistique.

— Tu es *froide*, parce qu'en ce moment tu ne décides de *rien*. Mais je suis curieux de savoir ce qui pourrait te pousser à *tout* donner.

Frieda le regarda fixement. C'était une surprise, et pas une bonne. Sous son bonnet, son cuir chevelu fourmillait. Elle se sentait comme un chien attaché à un piquet devant un inconnu qui lui tourne autour. Un grognement lui soulevait déjà la lèvre. Pour qui se prenait-il ?

— Frieda, il faut que je te dise quelque chose. Tu te trompes sur mon compte. Pour toi, je ne suis qu'un homme comme tous ceux qui vivent ici – incapables de prendre soin des autres, incapables d'aimer qui que ce soit. Pour toi, je ne suis qu'un type qui a passé sa vie à chasser, à écouter le foot à la radio et à se branler dans sa *banya*. Pas vrai ?

Tomas passa nerveusement les mains dans ses cheveux. Les mots sortaient tout seuls de sa bouche.

— Ma vie est peut-être ce qu'elle est aujourd'hui, mais je veux que tu saches que je le regrette. Je regrette les erreurs que j'ai commises, et j'essaie de changer. Zina… Tu sais ce qui lui est arrivé. Elle est ma seconde chance. Une chance que j'ai saisie à bras-le-corps. Et je m'y accroche. Les hommes, ici, ils ont tous abandonné. Tous. Et je veux que tu saches que je ne leur ressemble pas. Que je ne suis pas comme ça…

Son regard était maintenant braqué sur la bouteille. Comme il était difficile de parler avec sincérité, sans vodka.

— Frieda, depuis que je t'ai rencontrée, je t'observe, et je me demande pourquoi tu parais toujours aussi triste. Je crois que tu as commis la même erreur que moi. Que tu n'as pas tout donné quand tu le pouvais, et que, depuis, tu as baissé les bras.

— Comment ça ?

— Tu as l'air si seule. Est-ce que tu te sens seule ?

Il la dévisagea alors ouvertement, ses yeux noisette ouverts, sondeurs.

Les joues de Frieda s'embrasèrent.

— Tomas, je suis ici pour travailler. Je suis la seule femme à avoir mis les pieds dans ce camp depuis Dieu sait quand, alors pas la peine d'essayer de m'amadouer avec tes discours. Je suis une femme, *point barre*, comme dirait Petrov. Arrête d'enjoliver. Tu ne sais rien de moi ni de ce que j'ai traversé. Je suis là pour mes tigreaux, pour faire de ce projet une réussite, et ce n'est certainement pas toi qui vas tout gâcher.

Elle se recula, au bord des larmes.

— Mais Frieda, je ne suis pas là pour gâcher quoi que ce soit.

Comment pouvait-elle penser une chose pareille ?

— Pour moi aussi, ce projet représente tout ! Pour moi et la réserve. Pour la conservation du tigre en Russie. On est du même côté, toi et moi.

Son regard bleu et dur était rivé sur lui.

— Que t'est-il arrivé, Frieda ? demanda-t-il. Pour que tu deviennes comme ça ?

Elle se leva si vite que la pièce tangua autour d'elle. Elle s'agrippa à la chaise pour s'empêcher de tomber.

— Tu as raison, dit-elle, je suis quelqu'un de froid. Qui ne ressent rien. Et *j'aime* ça. J'aime être ici, vivre dans la neige blanche et glaciale, au milieu des tigres, sans autres règles que celles de la survie. Luna m'a tout appris – sur la taïga, sur la vie ! Mais pour le reste, tu te trompes sur toute la ligne. Mon erreur n'est pas de ne pas avoir tout donné… ou peu importe comment tu l'as formulé. Mais justement… justement…

Elle pressa ses poings sur ses tempes, excédée.

— D'avoir *trop* donné !

Elle le détestait de l'avoir ainsi poussée à bout. D'avoir jeté des pierres, comme ça, nonchalamment, sur le sublime champ de glace sous lequel elle s'était réfugiée et appréciait enfin la vie.

— Ça va, j'en ai assez entendu.

Là-dessus, elle claqua la première porte, puis les trois suivantes, et retourna à sa cabane.

37

Ce fut un hiver si rude que l'on peinait à imaginer que le printemps reviendrait un jour dans la taïga, mais il finit pourtant par arriver. Le plan prévoyait que, aussitôt que la température aurait augmenté la nuit, les tigreaux seraient endormis, transférés dans des cages, chargés dans le Hilux et conduits jusqu'à ce point où la piste s'arrêtait et où leur voyage dans les profondeurs de la forêt pourrait commencer.

Tomas avait fabriqué des cages en acier, légères et peu encombrantes, doublées de planches fines et de toile. Elles étaient équipées de longues perches, qu'un porteur tiendrait à chaque extrémité. Deux hommes avaient été envoyés en amont pour préparer le camp et s'assurer que le parc, construit l'été précédent, avait survécu au pire des hivers. Tomas avait insisté pour que Zina parte avec eux, afin de lui épargner du travail et la savoir en sécurité, mais elle refusa de quitter les tigreaux. Leurs disputes résonnèrent dans tout le camp pendant plusieurs soirées. Habitués aux affrontements de ces deux fortes têtes, les autres décidèrent de ne pas s'en mêler. Ce fut Tomas qui finit par céder. À peine capable de contenir son excitation, Ivan, quant à lui, n'arrêta pas de prendre des photos pendant les jours qui précédèrent l'exode. Il remplit un sac de pièges photo en disant à son fils :

— Des images, Tomas !

Car il était prévu qu'Ivan reste sur place, au camp, pour continuer à assurer son fonctionnement pendant leur absence.

Depuis six semaines qu'ils étaient arrivés, les petits avaient grandi, mais il y avait autre chose, que Frieda ne put décrire à Tomas que comme un « regain de vie ». Elle ne savait pas comment l'exprimer autrement. Ils avaient perdu, tel un pelage d'hiver, leur côté languide de tigres en captivité. Comme s'ils sentaient que la liberté approchait, ils étaient devenus distants, s'étaient affinés, et Frieda décelait désormais dans leur regard le vide qu'elle avait vu dans l'œil de Luna. Cette découverte l'avait à la fois glacée et enchantée. Elle avait couru chercher Zina et Tomas, et leur avait expliqué, exaltée, que cette absence dans l'œil d'un tigre traduisait leur nature sauvage.

Il était presque insupportable à Frieda de devoir faire subir à ces petits un nouveau voyage éprouvant. Ils gémirent sous l'effet du tranquillisant, chancelants, avant que leur force immense se soumette à la gravité. Leur chair semblait aspirée, comme dans un travail de taxidermie inversé. Frieda fut reconnaissante à Tomas de l'efficacité dont il sut faire preuve pour écourter autant que possible ces cruels moments.

Tomas n'avait pas retenté de lui reparler une seule fois depuis leur conversation, quelques semaines plus tôt, mais ce que Frieda trouvait merveilleux, ce qu'elle aurait aimé pouvoir lui dire pendant qu'ils travaillaient, côte à côte, était qu'il n'avait absolument rien changé à sa manière de se conduire avec elle. Il avait décidé de laisser repousser sa moustache après que Zina lui avait fait remarquer qu'il souriait moins, sans ; de plus, au fin fond de la taïga, il ne servait à rien de se raser. Il continuait à pratiquer son anglais avec Frieda, continuait à lui transmettre tout ce qu'il savait sur les traces et, par-dessus tout, continuait de se montrer chaleureux avec elle et de lui sourire comme avant. Elle se demandait, sous ses couvertures rêches, sans plus prendre la peine d'écraser les scarabées rampant sur elle, pourquoi donc cette absence de changement la rendait heureuse. Mais c'était clair : elle avait hâte de le voir le matin, en train de s'assurer que les tigreaux allaient bien ou de couper du bois, sa cigarette aux lèvres. Dernièrement, elle avait pris l'habitude de s'asseoir avec lui pendant qu'il cuisinait. Elle lui lisait parfois ses textes russes ou bien elle l'aidait – malgré son manque d'enthousiasme, car elle détestait cuisiner. Ce que Tomas semblait préférer, c'était de l'entendre lui lire à voix haute des passages des quelques romans russes qu'ils possédaient.

Enfin, les tigres furent installés, parés, tout le matériel pour le camp emballé. Tomas et son père se serrèrent la main, hésitèrent, puis s'étreignirent. Le convoi parti, Ivan continua de leur dire au revoir en agitant la main jusqu'à ce qu'il disparaisse complètement. Frieda le regarda, de plus en plus petit, semblable à un vieux monsieur dans un film.

Zina et elle étaient entassées à l'avant avec au volant Tomas, qui franchissait les ornières boueuses pied au plancher. Sur la terre détrempée par la fonte des neiges de tout un hiver, mieux valait en finir le plus vite possible. Derrière eux, dans la radio, Petrov leur hurlait de ralentir – son foutu van n'était pas fait pour la course.

Zina tenait entre ses mains la photo de Luna et son collier à la griffe de lynx. Ses doigts se promenaient distraitement dessus. C'était tout ce qu'elle possédait de la maison à laquelle elle retournait.

Elle n'avait bien sûr aucun portrait de sa mère. Frieda trouvait cette absence de souvenir visuel émouvante, mais en même temps, dans un monde sans photo, Zina n'avait jusqu'à présent jamais remarqué qu'elle n'en avait aucune de sa mère. La griffe de lynx, comme elle l'avait dit à Frieda, lui permettait de la voir quand elle dormait. En réponse aux questions que Frieda aimait lui poser d'une voix douce, Zina racontait avec joie son enfance dans la forêt – en russe, si vite et avec un tel enthousiasme que Frieda avait du mal à suivre – mais cette fois-là, tout à coup, elle s'arrêta en plein milieu d'une phrase.

La photo lui tomba des mains. Elle se tourna vers Frieda avec une expression de sincérité absolue.

— Je ne me souviens plus de ce à quoi elle ressemblait, lâcha-t-elle, semblant guetter sur Frieda une réaction à cette annonce.

Frieda se retrouva brusquement projetée des années auparavant, à l'époque où elle avait reçu la photo de Zaïre, qui fixait l'objectif avec la même sincérité. Elle se pencha, ramassa la photo de Luna, et la pressa dans les mains de Zina.

Frieda ne se souvenait pas non plus du visage de sa mère, ni de celui de son père. À vrai dire, elle peinait à se souvenir des visages de presque tous les êtres qui lui avaient été chers : Charlie, Zaïre, Gabriel. Cela ne faisait que deux mois qu'elle était partie, mais ils commençaient déjà à s'effacer, comme des empreintes sous la nouvelle neige.

— Et ton village ? demanda Frieda. Ils se souviennent peut-être de ta mère, là-bas ? Peut-être qu'ils auront une photo.

Elle regarda Tomas d'un air interrogateur. Lui aussi attendait que Zina continue. Ils n'avaient jamais beaucoup parlé du village. Pour Tomas, ce village était associé à l'avortement de Marta et, s'il voulait être honnête avec lui-même, il était jaloux du lien de sang qui liait Zina à cet endroit, et craignait la douleur qu'ils éprouveraient tous les deux s'ils venaient à le déterrer.

— Ma mère disait que nous serions punies si on y retournait, raconta Zina. Elle s'est enfuie. Elle est partie pour me donner une vie meilleure. Mon grand-père était chaman. Mon... Mon père...

Elle jeta un coup d'œil à Tomas.

— Mon père, avant papa, reprit-elle, il buvait trop de vodka. Ma mère disait... qu'ils devaient tous être morts, maintenant.

— Oh, Zina.

Frieda saisit les mains de l'enfant.

— Tomas..., ajouta-t-elle. Quand les tigres seront installés... ne pourrions-nous pas y aller ? Je suis certaine que personne ne te reprochera quoi que ce soit, Zina. C'était il y a longtemps.

Tomas tendit le bras pour saisir l'autre main de Zina.

— Bien sûr, dit-il. Si c'est ce que tu veux.

L'idée que le père de la fille puisse être encore en vie lui traversa l'esprit. Puis il revit soudain Marta, s'éloignant dans le pick-up pour la toute dernière fois. Assise juste là où Frieda et Zina se tenaient à présent, portant son enfant, son avenir.

Il heurta violemment une ornière. Le Hilux fit un bond en avant.

— Moins vite, papa !

Zina gloussa d'excitation.

Les images disparurent, ne laissant que le sourire de la fillette et de Frieda.

Épuisés après trois jours de marche à travers la forêt – les pauses réduites au minimum, pour le bien des tigres –, ils finirent par atteindre la ligne des arbres calcinés. Zina se débarrassa de son sac à dos et se précipita vers la clairière à travers les troncs brûlés. Tournoyant sur elle-même, elle contempla le paysage, bouche bée. Des nappes roses et vaporeuses de laurier de Saint-Antoine illuminaient le sol de la forêt, et de délicates fougères vert pâle se déployaient au pied des arbres. La forêt s'était régénérée, faisant jaillir de jeunes pousses des troncs brisés et carbonisés. L'air scintillait d'oiseaux, et Frieda remarqua soudain la présence de leur chant, trillant, criant, martelant, tandis que la forêt revenait à la vie.

La cabane avait été entièrement reconstruite et agrandie à partir du mur que Tomas avait utilisé pour construire la caisse de Luna ; le reste du bois lui avait ensuite servi à traîner les corps d'Edit et de la Comtesse, puis à créer un bûcher. C'était une cabane solide, au toit incliné, avec une vraie véranda pour poser les fusils. De la fumée s'échappait de la cheminée. Même des toilettes avaient été construites, à l'arrière.

Tomas serra Zina dans ses bras et ils se tinrent ensemble, au même endroit où ils s'étaient tenus deux ans auparavant, où ils avaient capturé la petite tigresse qui deviendrait Luna.

— Ta mère et ta maison sont là. Ici, c'est chez toi. Et ça le restera, peu importe où nous allons.

Les hommes qui étaient occupés à ramasser du bois, à préparer le repas, à vérifier l'enclos, vinrent tous ensemble à leur rencontre, et il y eut des salutations et des tapes dans le dos. Les caisses furent hissées dans le parc, puis ouvertes. Et tout le monde se retira avant que les tigres ne retrouvent leurs esprits.

— Non, il faut te mettre à genoux, comme ça… et garder tes mains dans l'eau sans bouger, regarde…

Tomas montrait à Zina comment attraper les poissons à la main. Le simple fait d'y penser la faisait glousser si fort qu'elle les effrayait. Mais la patience de Tomas était sans fin, et la joie qui irradiait son visage lorsqu'il regardait Zina était une chose que Frieda n'avait jamais vue sur personne. Sauf peut-être Gabriel, le jour où elle l'avait surpris entre les pattes du tigre. Elle s'assit à côté d'eux sur un tronc, trempant son doigt dans l'eau glacée.

Zina devenait une splendide jeune fille. Elle avait de grandes mains et de grands pieds, faits pour une vie de nature, semblait-il : courir vite, grimper, construire. La puberté était arrivée et son corps de femme se développait de manière si spectaculaire que Tomas se retrouvait très régulièrement à rabrouer les hommes qui la fixaient. Quand ses règles arrivèrent, ce fut vers Frieda qu'elle se tourna pour se confier. Et Zina fit alors le lien entre ce phénomène et ce sang si particulier dont les traces avaient mené la Comtesse jusqu'à sa mère. Elle comprit enfin, là aussi, la réaction violente de Luna au brusque retour de la fertilité de Frieda. Cela voulait-il dire que les tigres viendraient la trouver quand elle aurait ses règles ? lui demanda Zina, les yeux écarquillés. Frieda secoua la tête d'un air songeur.

— C'était un cas isolé. Luna a associé la perte de sa mère au sang que ta propre mère avait perdu à ce moment-là, expliqua-t-elle.

À la suite de cet échange, Frieda avait envoyé un e-mail plein d'entrain à Leyland, imaginant déjà sa réaction pleine de flegme face à ces informations, et son hésitation à la rédaction de la réponse. Elle voyait parfaitement les plis entre ses sourcils se creuser sur son visage ridé alors qu'il tentait d'intégrer ces données dans son panthéon de connaissances. Tout ce qui avait trait à la féminité n'avait pas vraiment sa place dans le domaine des tigres. Et Leyland, n'échappant pas à la règle, était aussi prisonnier du lexique de domination masculine que tous les autres soigneurs de fauves – parlant toujours de noblesse, de courage, de majesté, *et cætera*, propres au roi. Il n'existait, après tout, que ce patriarche impérial et son harem de femelles, mais pas de reine. Quoique. Ces derniers temps, Leyland avait commencé à élargir sa vision du monde des tigres, pour voir la bête telle qu'elle était, moins ordonnée, moins idéale mais finalement plus extraordinaire encore, initiatrice de structures sociales qui pourraient s'avérer bien plus complexes et flexibles qu'on ne l'imaginait. Toutefois, quelques jours lui furent nécessaires avant de répondre. Il écrivit : *Ne sais pas comment vérifier ça ici. En discussion avec Torbet.*

— J'en ai un ! s'exclama Zina en brandissant un petit poisson frétillant.

L'euphorie traversa son visage tel un martin-pêcheur. De grandes exclamations en russe éclatèrent tandis que Tomas l'aidait à poser sa prise par terre pour l'achever rapidement d'un coup de pierre.

— Mets-le avec les autres, Zina, lui dit Tomas.

Leur filet contenait déjà plusieurs poissons pêchés le matin.

— Petrov va nous cuisiner tout ça.

Frieda les regardait travailler. Sur le dos de Tomas pommelé par le soleil, cette ridicule sirène agitait la queue. Une fois Zina partie avec son sac sur le dos, il s'assit sur le tronc à côté de Frieda et bâilla.

Et sans savoir pourquoi, Frieda tendit la main et la posa sur celle de Tomas.

Son visage s'empourpra, car elle s'attendait à ce qu'il retire brusquement sa main, qu'il se mette en colère, percevant ce geste comme une transgression qui demanderait une explication qu'elle n'était pas en mesure de fournir. Son souffle se bloqua dans sa gorge comme un papillon de nuit battant des ailes vainement. Son corps se raidit de peur.

Tomas ne retira pas sa main. Mais posa l'autre par-dessus celle de Frieda.

— Ma mère et mon père... ils sont morts. Quand j'étais petite.

Pourquoi avait-elle prononcé ces mots ? Impossible à dire. Ils n'avaient de rapport avec rien. N'étaient pas une amorce de conversation. Pas un souvenir heureux.

Tomas la mena par la main un peu plus loin dans la clairière. Il lui montra un arbre imposant, orné de feuilles de printemps vert tendre. Les stries profondes de son tronc large ressemblaient aux lignes d'une vieille main.

— C'est un chêne-liège. Touche.

Frieda posa ses doigts sur le tronc.

— En cas d'urgence, tu peux utiliser l'écorce pour te réchauffer, dit-il.

— C'est une urgence ? demanda-t-elle.

— Frieda, retire tes vêtements et mets-toi contre l'arbre.

— Quoi ?

Il resta sans rien dire, simplement campé devant elle, les bras croisés. L'expression sur son visage n'était ni de la colère ni du mépris. Mais elle n'aurait su dire quoi.

— Je ne peux pas... Je...

Il ne disait toujours rien. Pourquoi ne disait-il rien ?

— Pourquoi tu ne dis rien ?

Il esquissa un léger sourire, mais resta silencieux.

Peut-être avait-elle mal entendu.

Bien sûr que non. Et l'ordre qu'elle avait reçu supplanta toute nécessité de trouver une explication rationnelle à ce moment.

Elle enleva son manteau et le tee-shirt en dessous, parvint à dégrafer son soutien-gorge, puis sentit peser sur elle une honte qui sembla durer une éternité en réalisant qu'elle ne pouvait pas retirer son collant sans se débarrasser de ses bottes. Elle se retrouva à genoux, poitrine nue, à tenter de défaire ses lacets, trop embarrassée même pour le regarder. Une fois les bottes assez ouvertes, elle sauta à cloche-pied pour les enlever.

Chaussettes, collants. Culotte. Elle avait fermé les yeux très fort et grelottait. Elle se plaqua contre l'arbre. Ce n'était pas de la chaleur qui émanait du tronc, mais plutôt une absence de froid.

— Ton bonnet, entendit-elle.

— Non.

Le corps de Tomas était contre le sien, l'enveloppant d'une chaleur qui stoppa aussitôt ses frissons. Il murmura à son oreille :

— Frieda, enlève ton bonnet.

— Tu ne comprends pas, dit-elle tout bas.

Son pouls battait contre lui. Le problème était qu'en refusant de retirer son bonnet elle courait le risque de se priver de cette chaleur. Et elle n'était pas sûre de pouvoir supporter que cette chaleur s'en aille. Bien qu'elle puisse aussi s'en aller si elle retirait son bonnet et si Tomas découvrait ce qu'il y avait en dessous.

Elle arracha doucement le bonnet et le laissa tomber par terre. Ses cheveux cascadèrent sur ses épaules, mais seulement d'un côté, car ils étaient encore clairsemés, et la cicatrice pâle et brillante était encore visible sur son crâne. Elle fondit en larmes.

— J'ai été agressée par quelqu'un. Il m'a frappée ici. Mes cheveux n'ont jamais repoussé.

Elle aurait donné n'importe quoi pour qu'il dise quelque chose. Mais, à la place, il passa ses doigts sur la partie clairsemée et embrassa la cicatrice.

Elle ne put retenir toutes les pensées qui déferlèrent dans son esprit. C'était comme si elle galopait sur un cheval, au milieu d'un troupeau sauvage, galopait sans plus savoir sur lequel elle se trouvait ou même si, en fait, elle n'était pas devenue l'un d'entre eux. Elle lui attrapa la tête et l'embrassa violemment. Il avait un goût de cigarette et quelque chose d'autre, quelque chose de réconfortant. C'était une sorte de colère qui l'habitait, à présent – mais pourquoi ne disait-il rien ? pourquoi restait-il insensible à ses larmes ? –, mais elle était sûre d'une chose : elle ne voulait pas que cela s'arrête. Que faire de ce paradoxe ?

Ils s'adossèrent au chêne-liège.

Tomas descendit le long de son corps et s'agenouilla à ses pieds.

— Non, je…, protesta-t-elle, mais le plaisir la fendit en deux, décapitant la phrase.

Elle aurait voulu pouvoir dire à quelqu'un comme il était difficile de révéler ses cheveux clairsemés, de se retrouver tellement à nu qu'un aigle fondant sur elle aurait pu lui arracher le cœur ou les yeux. Mais son être tout entier était à la merci de cette sensation qui la fractionnait en souffles saccadés. Vouloir fuir quelqu'un aussi loin que possible tout en le suppliant de ne pas s'arrêter. Le conflit montait en elle, bouillonnant, percutant de plein fouet la dernière barrière de glace, la plus profonde couche de tristesse qui l'habitait, pesant comme le couvercle d'un cercueil sur les assauts de ses sentiments.

— Tomas, souffla-t-elle.

Il y avait dans sa voix un désespoir qui le fit s'arrêter. Il leva les yeux vers elle. Les mots peinèrent à se former.

— Tomas, je ne pourrai jamais… je ne pourrai jamais avoir d'enfant.

Les larmes coulèrent sur ses joues.

— Là, Frieda, dit-il.

Il lui serra doucement la main. Puis, sans mot dire, il reprit là où il s'était arrêté, et Frieda comprit qu'il ne restait en elle plus rien pour faire barrage au sentiment qu'il lui transmettait au travers de son corps, sur lequel elle s'élevait, s'élevait, et devenait complètement nouvelle.

38

Ils sont frère et sœur. Ivan leur a donné leur nom – Zina pour la femelle, Vladimir pour le mâle –, des noms qu'ils n'ont bien sûr jamais entendus, dont ils ne savent rien.

La sœur possède la carrure de sa grand-mère, une future Goliath, avec une magnifique plaque d'ardoise pour museau, noire comme le charbon. Elle la tient, bien qu'elle ne puisse le savoir, du roi tigre. Actuellement, elle mesure la même taille que son frère, environ 2 mètres, queue incluse. Sa tête, encadrée par un croissant blanc à la gorge, est tenue haute et bien centrée, l'extraordinaire parabole toujours à l'affût de toutes les informations environnantes.

Sous ses rayures noires, le frère laisse entrevoir l'orange du cuivre. Il dépassera sûrement bientôt sa sœur en taille, lui aussi héritier de la corpulence qui a rendu ses grands-parents si remarquables. Il possède également le croissant blanc de sa mère, Luna, et les grandes oreilles noires avec une tache blanche de son père, Lyric. Et pourtant, pour ceux qui connaîtraient la lignée de ces bêtes, il est extraordinaire de voir ces éléments familiers gravés dans leur corps, et comme ces tigres sont, en même temps, absolument nouveaux.

Des pièges photo ont été installés. Le camp a été nettoyé de toutes les traces humaines qu'il était possible de retirer. L'une des portes du parc a été laissée ouverte. Il sera plus tard démantelé dans sa totalité, car potentiellement dangereux pour les animaux qui pourraient s'y piéger, mais pas tout de suite. Pour l'heure, les gens sont partis.

Ainsi donc, personne ne sera témoin de la grâce terrible avec laquelle la sœur s'approche de la clôture ouverte, et s'arrête net, avec la méfiance innée d'une créature sauvage face au changement. Le frère, un peu plus prudent, ouvre grand la gueule pour goûter l'air.

Deux paires d'yeux ambre, clairs et immenses, aux pupilles comme des insectes primaires prisonniers de la sève d'un arbre. Il n'y a rien, dans ces yeux, de la fureur terne du tigre en captivité. Ce regard n'est que pure attention sauvage. Puis la sœur lève sa grosse tête et pousse un rugissement dévastateur, avertissant chaque créature à portée d'ouïe que tout a changé, désormais ; elle tend ensuite son grand corps et bondit, tel un oiseau gigantesque quittant l'épaule de la terre.

Elle atterrit une dizaine de pieds plus loin et, sans rompre son élan, s'élance dans la forêt comme une boule de feu. Les tiges se brisent sous ses grandes pattes ; les pétales des fleurs s'écrasent pour se redresser, soulagés, aussitôt après son passage. Le frère suit juste derrière ; pour l'heure, ils forment une équipe, ce qui les rend plus efficaces. Mais cela ne durera pas : l'un finira par se retourner contre l'autre, fatalement.

Cette merveille de la nature qu'est le spectacle de deux tigres sauvages bondissant vers leur terre natale défile en miniature sur les cornées des oiseaux qui s'envolent de terreur, sur les carapaces des petits insectes accrochés aux feuilles. Les arbres s'inclinent un peu pour les laisser passer. Ils poursuivent leur chemin, bien au-delà de la portée des pièges photo, invisibles à l'œil du ciel sous la canopée, laissant leur instinct les guider vers l'endroit où ils pourront se reposer, trouveront quelque chose à tuer, ou du moins tenteront, échoueront, réussiront.

Et si, au loin, de temps à autre, résonne le grincement strident des scies à bois, et si le claquement brutal d'un fusil – si faible que seul un tigre peut l'entendre – signale un jour l'approche de braconniers, alors quoi ? Et s'ils ne connaissent rien aux pièges, n'ayant pas eu de mère pour leur apprendre à s'en méfier, cela change-t-il quelque chose à ce moment déchirant de liberté ? Aux kilomètres qu'ils enchaîneront dans cette forêt grouillante de vie, où jamais un humain ne sera vu ?

Remerciements

Deux œuvres remarquables de non-fiction ont allumé ma passion pour le tigre de Sibérie et m'ont transportée avec leur prose : *Le Tigre : une histoire vraie de vengeance et de survie* de John Vaillant et *The Great Soul of Siberia* [*L'Âme immense de la Sibérie*] de Sooyong Park. Lorsque j'ai appris que j'allais entreprendre un voyage au fin fond de la taïga, j'ai puisé du courage dans un classique de la littérature de voyage : *En Sibérie*, de Colin Thubron. Je dois beaucoup à ces livres et à leurs auteurs. Merci.

J'adresse toute ma reconnaissance à Creative Scotland et la Society of Authors, dont les bourses m'ont aidée à financer mon voyage de recherches sur les traces des tigres des neiges.

Merci à Martin Royle de Royle Safaris et Alexander Balatov de la réserve de Durminskoye pour leur passion et leur expertise. Les tigres sont entre de bonnes mains avec vous.

Merci également à : Frank Sayi, dont les explications sur les rapports de police m'ont été très utiles ; mon amie Annalena McAfee pour ses encouragements ;

Jennie Erdal pour le chant russe qui accompagne la boisson et sa bonne compagnie ; Alexia Holt et mes collègues de Cove Park pour leur gentillesse et leur compréhension ; et Julian Forrester, qui a si bien su s'occuper du foyer familial.

Un immense merci à Jon Riley pour son génie, ainsi qu'à l'équipe de Riverrun. C'est un privilège que de travailler avec des amoureux de la littérature tels que vous. Un merci tout particulier à Rose Tomaszewska d'avoir piloté *Loin des hommes* avec autant de panache.

Et merci pour tout à l'incomparable Jenny Brown, agente littéraire et tigresse de l'édition.

Composition : Facompo, Rouen

Pour plus d'information :

www.lisez.com

Imprimé sur du papier issu de forêts gérées durablement.

Achevé d'imprimer par
Normandie Roto Impression s.a.s.
61250 Lonrai (Orne)
N° d'imprimeur : 2402448

Imprimé en France